Mirko Bonné
Wie wir verschwinden

Roman

Schöffling & Co.

Für meine Eltern
Bruni und Thomas Eggers

Erste Auflage 2009
© Schöffling & Co. Verlagsbuchhandlung GmbH,
Frankfurt am Main 2009
Alle Rechte vorbehalten
Satz: Reinhard Amann, Aichstetten
Druck & Bindung: Pustet, Regensburg
ISBN 978-3-89561-403-3

www.schoeffling.de

*Schwarzes Pferd, weißes Pferd, eine einzelne
Menschenhand zügelt das Rasen beider.
Wie heiter die Fahrt mit halsbrecherischem Tempo.
Wahrheit lügt, Offenheit verhehlt. Verbirg dich im Licht.*
Albert Camus

I

Es war Sommer, als ich den ersten Brief von Maurice Ravoux bekam, der Jahrhundertsommer, nachdem Chauvin, Grubbs und Schrock für die Entdeckung des molekularen Partnertauschs den Nobelpreis für Chemie erhielten. Ich dagegen war aus meinem Labor ausgeschieden. Eine Angina, eine instabile, sogenannte Crescendo-Angina, hatte mein Herz eingeschnürt, und so war ich sechs Wochen lang unfreiwillig Dauergast der Clinique de la Porte Verte von Versailles gewesen, während die Hitze die Berberitzen und Forsythien vorm Fenster in blühende Mauern verwandelte. So flach mein Atem war, so wenig ich den Flügeln noch traute, die in meiner Brust schnarrend nach Luft japsten, nie sehnte ich mich mehr nach einer leichten Brise im Freien. Blanker Hohn, dass es pünktlich am Tag meiner Entlassung wie aus Eimern zu schütten begann. Aber ich wusste ja, einem Schleierwolkenhimmel war Moral so fremd wie dem menschlichen Herzmuskel.

Meine Jüngste holte mich ab und fuhr mich die paar Kilometer durch den Regen nach Haus. Mit seinem vielen Grün, alles strotzend vor Lebendigkeit, war es in Le Chesnay um einiges kühler. Pénélope brachte mir die Post ins Schlafzimmer hinauf, die meine Nachbarin für mich gesammelt hatte, und sagte, während sie Jalousien und Fenster schloss, in dem Stapel aus Rechnungen und Wurfsendungen sei auch ein Brief ohne Absender.

Ich bekam nur noch selten persönliche Post. Pénélope wollte wissen, wer mir geschrieben habe.

Sie konnte sich an einen Jugendfreund ihres Vaters mit Namen Maurice nicht erinnern, und was ihre Mutter ihr von ihm erzählt hatte, schien sie wieder vergessen zu haben: 1969, als wir aus Villeblevin wegzogen, war sie noch ein kleines Kind gewesen, keine zwei Jahre alt. Es war 38 Jahre her.

»Ruf mich, wenn du was brauchst«, sagte sie. »Ich bin unten und sehe nach, was ich einkaufen muss. Jeanne kommt aus dem Verlag direkt hierher, dann entscheiden wir, wer über Nacht bleibt.«

Damit ließ sie mich allein, und kurz darauf hörte ich sie unter der Terrassenmarkise mit meiner Nachbarin anreden gegen den strömenden Regen.

Ich hatte mich matt gefühlt, müde, traurig und alt wie der seiner Krone beraubte Ludwig XVI., ich hatte mich in meinem Krankenzimmer als Letztes noch einmal im Spiegel betrachtet, mein fahles eingefallenes Gesicht, die Hakennase und die Bürste aus weißem Haar, und hatte mir vorgestellt, dass so der Bürger Ludwig Capet aussah, als man ihm die Allongeperücke samt Krone vom Kopf riss.

Wie groß warst du, Ludwig?

Ich war knapp 1,90 und wog nun kaum noch 70 Kilo.

Maurice' Schrift zu lesen und dabei sein Gesicht vor mir zu sehen machte mich nervös. Ich setzte mich im Bett auf und dachte an dieses Gesicht, das es so wenig noch gab wie mein eigenes Jungensgesicht. Und erst als ich mir vergeblich vorzustellen versuchte, wie Maurice Ravoux an diesem verregneten Sommertag wohl aussehen mochte, las ich den Brief.

Es waren wenige Sätze in einer fremden, genau gesetzten Handschrift. Schwarze Tinte. Kein Datum. Dann folgten fünf mit der Maschine geschriebene, eng getippte Seiten.

»Mein lieber Raymond«, mit dieser Frechheit begann der Brief, »Du wirst Dich wundern, von mir zu hören. Ich möchte Dich nicht belästigen, will Dich aber darüber informieren, dass es mir nicht gut geht. Ich dachte lange an unsere gemeinsamen Jahre zurück und frage mich, ob es Dir auch so geht.

Bist Du bei guter Gesundheit? Und die Kinder?

Ich hoffe es von Herzen! Véroniques Tod vor zwei Jahren hat mich sehr erschüttert, auch wenn ich mich nicht gemeldet habe, um Dir mein Beileid auszudrücken. Ich habe viel gedacht an Dich, an Jeanne und Pénélope.

Es gibt Dinge, über die ich gern mit Dir sprechen würde.

Erinnerst Du Dich an unsere Strecke?

Die Gleise, die Züge?

Den negativen Wind?

Weißt Du noch: der alte Schuppen und unsere glorreiche Maschine, mit der wir hofften, für immer zu verschwinden?

Ich habe das alles in den Jahren nie vergessen, besonders nicht den einen Tag, den Unfall auf der Chaussee. Ich habe begonnen, über den Autounfall zu schreiben, frage mich nun aber, weshalb, für wen?

Ich glaube, ich habe die beigefügten Seiten für Dich geschrieben, und deshalb schicke ich sie Dir.

Ich weiß, und ich höre Dich sagen, das Leben geht weiter, vorbei ist vorbei.

Mein Leben geht nicht weiter, Raymond, darum dieser Brief. Ich war ja nie gut im Fach Selbstlosigkeit.

Beste Grüße, Maurice«, hatte er unterschrieben, und unten, sehr klein auf der Seite, stand die Adresse einer Klinik, in einem Ort, den ich nicht kannte.

Ich legte den Brief beiseite, überlegte und döste dann etwas. Ich hatte keine Lust zu lesen, was Maurice Ravoux von einem Unfall schrieb, über den die ganze Welt Bescheid wusste. Ich fragte mich, was ich mit dieser Nachricht anstellen sollte, was sich in Wahrheit dahinter verbarg, und als ich mich schließlich dabei ertappte, dass ich Maurice zumindest in einem Punkt recht gab, darin nämlich, dass Selbstlosigkeit nie seine Stärke gewesen war, schlief ich ein.

2

Jeanne weckte mich am nächsten Morgen. Sie saß auf dem Bettrand, schön wie ihre Mutter, mit einem geblümten Tuch im Haar.

»Wie geht es dir?«, fragte sie und ob ich frühstücken wolle. Sie ging nach unten und bereitete etwas zu. Als ich Tee trank, einen Happen aß und meine Medikamente nahm, fragte sie nach dem Brief, von dem Pen ihr erzählt habe.

Maurice, wer das sei.

»Ein Freund«, sagte ich schwach, »ein alter Freund.«

»Darf ich lesen, Papa?«

Ich gab ihr den Brief. Sie las ihn und sagte dann, es sei seltsam, dass mein Freund und ich gleichzeitig im Krankenhaus gewesen seien.

»Willst du ihm antworten?«

»Meinst du, ich sollte?«

»Er scheint im Sterben zu liegen.«

»Scheint so. Ich habe seit fast 40 Jahren nichts von ihm gehört. Sogar als deine Mutter starb, hat er sich nicht gemeldet. Jetzt, wo es mit ihm selber zu Ende geht, meldet er sich.«

»Kannte er Maman?«

»Wir waren alle auf einer Schule. Du kanntest ihn auch, sogar Pen. Aber ihr wart noch Zwerge. Du warst vier und Pen zwei, als wir nach Versailles zogen. Kein Wunder, dass du ... ich erinnere mich selbst kaum an ihn.«

»Und dieser Unfall, von dem er schreibt?«

»Villeblevin«, sagte ich bloß, und die Seiten, die ich noch nicht gelesen hatte, fielen mir wieder ein. Sie lagen auf dem Nachttisch. Ich hatte noch immer keine Lust, sie mir anzusehen.

Jeanne sah zur Zimmerdecke, zog die Mundwinkel nach unten und zuckte mit den Achseln. »Keine Ahnung. Was für ein Unfall war das?«

»Im Januar 1960. Der Autounfall, bei dem Albert Camus starb. Der Wagen fuhr draußen vorm Dorf gegen einen Baum.«

»Das hat Maman uns immer erzählt!«, sagte sie freudig. »Dass ihr in dem Dorf aufgewachsen seid, in dem Albert Camus verunglückt ist. Ich glaube, wir haben *Mythos des Sisyphos* in der Schule gelesen, und ich weiß noch, dass Camus irgendwo geschrieben haben soll, der absurdeste Tod sei, bei einem Autounfall zu sterben. Na, deinen Freund scheint das immer noch zu beschäftigen.«

»Er ist nicht mehr mein Freund.«

»Aber er war es. Du solltest ihm den Gefallen tun und ihm antworten, egal, was du jetzt von ihm hältst.«

»Ich weiß nicht, was ich von ihm halte. Ich kenne ihn ja

nicht. Er ist ein alter Mann, irgendwo in einem Krankenhaus.«

»Gestern warst du selber noch im Krankenhaus, und wir hatten Angst um dich. Du bist selber kein alter Mann, Papa, nur ein älterer Herr, das bist du.«

»Ich könnte zumindest dein Vater sein«, sagte ich. »Moment mal: Bin ich nicht sogar dein Vater?«

Sie lachte. »Sehr komisch. Alzheimer hast du zum Glück nicht. Noch nicht! – Du solltest ihm schreiben. Was verlierst du dabei?«

»Was hätte deine Mutter gesagt, was meinst du?«

»Genau dasselbe. ›Schreib ihm. Sei nicht so stur. Ich mag sture Leute nicht‹, hätte sie gesagt.«

»Gut, damit steht es zwei zu eins. Ich werde Pen fragen.«

»Mach das.« Jeanne stand auf. »Frag sie. Aber du solltest auch das in dir drin fragen, dessentwegen du im Krankenhaus warst.«

»Du willst, dass ich auf mein Herz höre«, sagte ich. »Also gut. Gib mir einen Kuss. Komm her, mein Herz.«

Jeanne ließ mich allein, ich hörte, wie sie sich unten an den Flügel setzte und ein bisschen spielte, es klang nach Rachmaninow, wie der Wind so traurig und zugleich leicht und schwer, und ich sank zurück ins Kissen und starrte zur Decke.

Meine Gedanken verschwammen, so lange, bis ich nur noch den Regen hörte. Ich fragte mich, wie lange es her sein mochte, dass ich im Garten unter den Pappeln gesessen hatte. Ich nahm den Umschlag und sah auf dem gelben Papier nach, von wann der Poststempel war.

Maurice Ravoux' Brief war schon zwei Wochen alt. Inzwischen bist du vielleicht tot, dachte ich und faltete die getippten Seiten auf.

3

Der dunkelgrüne Wagen flog fast, als er aus dem Wäldchen auftauchte und herauspreschte in Richtung Paris. Es war ein trüber Mittag Anfang Januar mit beständigem Nieseln. Diesiges Licht und in der Ferne Krähen und Elstern, die versprengt über Felder und Äcker längs der Chaussee durch die Lüfte gaukelten. Kein Schnee und keine Sonne. Aber beinahe dottergelb waren die zwei Paar Scheinwerferkegel, die da durchs Unterholz brannten und das Zwielicht zwischen den Bäumen auf einen Schlag zunichtemachten. Es schien, das triste Grau der Birken würde im selben Tempo zerplatzen, mit dem der fremde Wagen näher kam und hineinraste in die winterliche Stille des Tages.

Es war ein Tag, der dem Treiben von allem und jedem so zärtlich und so gleichgültig gegenüberstand wie jeder Tag vor ihm und jeder danach – nur ein gewöhnlicher Montag, wäre er nicht der erste Montag des Jahres gewesen. Am 4. Januar 1960 kam der grüne Wagen durch den Wald. Die Fahrbahn war regennass. Auf dem Asphalt spiegelte sich der Himmel. Und in den Pfützen schwammen Abbilder von Wolken, die seit Tagen von den Britischen Inseln herüberkamen und ihren Regen dem Land spendeten zwischen Seine, Marne und Yonne, rasche, tief dahinziehende Wolken aus Somerset und Cornwall.

Was dort herandonnerte, musste ein tonnenschweres Geschoss auf vier Rädern sein, ein Projektil, das durch den Tag flog und in dessen Innern Leute saßen, denen es offenbar darum ging, Zeit zu gewinnen. Der so dachte, stand in sein Regencape gehüllt, mit nassem Gesicht und beschlagener Brille am Straßenrand auf einem schmalen, schmutzig grünen Streifen zwischen Graben und zwei der uralten Platanen, die die Nationalstraße säumten. Vom Sattel auf die Rahmenstange gesprungen, hatte Paul Cassel, ein Bauer aus der Ortschaft Villeblevin, sein Fahrrad zum Stehen gebracht. Es kam nicht oft vor, dass derartiger Lärm die Mittagsstille durchbrach, Lärm wie von einem herabstoßenden Flugzeug. Paul Cassel hatte in den Ardennen gekämpft. Er war in Sachsen in Gefangenschaft gewesen. Der Lärm, den er aus dem Birkenwäldchen hörte, fuhr ihm durch die Glieder wie das Kreischen der deutschen Stukas. Er rutschte vom Sattel und sank auf die Rahmenstange. Und als das Fahrrad stand, wandte er sich um, gepackt von der alten Panik und zugleich neugierig, zu sehen, welche Höllenmaschine dort in seinem Rücken durch Chévreaux' Forst brach.

Cassel sah vier gelbe Lichter, die auf ihn zurasten, vier Lichter, zwei links, zwei rechts. Ihm war kein Auto mit solchen Scheinwerfern bekannt. Er war ein aufgeklärter Mann, der viel las. Er hatte eine Melkmaschine entwickelt. Er war bei seinem Bruder im Nachbarort Villeneuve-la-Guyard gewesen und hatte dort den ganzen Morgen lang über Elektrozäune diskutiert.

Neun Meter breit war die Route Nationale 6 bei Villeblevin. Rund 30 Meter freie Fläche, in den warmen Jahreszeiten bewachsen von Gras, Brennnesseln und Huflattich, lagen zwischen je zweien der mehr als 250 Platanen zu beiden Seiten der Fahrbahn. In dem noch kahlen Geäst der über ein

Jahrhundert alten Chausseebäume hingen die Mistelbälle des letzten Sommers. Paul Cassel wusste, es gab Pläne, jeden zweiten Baum zu fällen, um seinem Nachbarn Platz zum Atmen und Wachsen zu verschaffen, Pläne, gegen die nicht allein die Erben der Chévreaux Einspruch erhoben, die den Platanensaum zu einer Zeit gepflanzt hatten, als die Nationalstraße zwischen Sens und Fontainebleau noch ein Heerweg gewesen war, ungepflastert, mit Sand und Schottersteinen bestreut, die Mulden und Schwemmlöcher mit Scherben aufgefüllt, Scherben aus Ton oder Glas.

Ohne die Geschichte der Straße zu kennen, setzte Gilberte Darbon den Blinker und stoppte ihren Renault kurz vor der Einmündung in die RN 6. Seit den Weihnachtstagen besuchte die Erzieherin aus Lyon eine Freundin, die in Misy-sur-Yonne lebte, ein paar Minuten nördlich von Villeblevin. Selten zu Fuß, lieber mit dem Wagen, zumal es nicht aufhören wollte zu regnen, erkundete sie die Gegend, Kirchen, Märkte. Mademoiselle Darbon war an diesem Montag unternehmungslustig gestimmt, sie hatte das Autoradio laut gestellt und sang die Chansons mit, deren Text sie kannte.

Die Gestalt mit dem roten Cape, die auf der Hauptstraße unter den Bäumen hindurchradelte, hatte sie schon vor einiger Zeit entdeckt, umsichtig, wie sie fuhr, hatte sie den Fahrradfahrer seither nicht aus den Augen gelassen. Dass er, ein Mann, wie sie annahm, einige hundert Meter östlich von ihr und bevor sie auf die Einmündung traf, sein Fahrrad anhielt, verwunderte sie nicht, es erleichterte Gilberte Darbon, und weil er nicht länger ein Verkehrsrisiko für sie darstellte, vergaß sie Paul Cassel wieder.

Gilberte Darbon aus Lyon und der alte Monsieur Cassel waren nicht die ersten, die an diesem 4. Januar Zeugen wurden, mit welcher Geschwindigkeit das dunkelgrüne Coupé durch den Birkenforst bei Villeblevin fuhr. In dem Wäldchen war ein Holztransporter unterwegs, und darin saßen zwei Männer, zwei Brüder: France IV FM spielte ein Chanson von Yves Montand, *Les enfants qui s'aiment*. Wie die Kindergärtnerin, die das Lied so laut gestellt hatte, dass sie nichts von einem durch das Wäldchen brechenden Lärm vernahm, hörten Montand in ihrer Fahrerkabine auch die Waldarbeiter Roger und Pierre Patache zu, während sie ihren schweren Lastwagen durch das Waldstück bugsierten. Roger saß am Steuer. Sein jüngerer Bruder Pierre, den man Pipin nannte, überflog auf dem Beifahrersitz eine Zeitung. Der Scheibenwischer quietschte. Ab und zu verzog Roger Patache das Gesicht zu einer Grimasse, denn bei dem Lied aus seinem Transistorradio musste er an Yves Montand in *Lohn der Angst* denken, und auch wenn er selbst bloß Baumstämme geladen hatte, konnte er sich gut in den Nitroglyzerin-Fahrer aus dem Film einfühlen. Seinem Bruder, der ein schlichtes Gemüt besaß, verriet er von dieser Tagträumerei, die ihn für Sekunden zu einem Kinostar machte, allerdings nichts.

Es war ihr erster Transporttag. Weshalb die Erben der Chévreaux beschlossen hatten, das Birkenwäldchen fällen zu lassen, durch das er schon als Kind gelaufen war, wusste Pipin nicht, das heißt, eigentlich wusste er es schon, denn Roger hatte ihm erklärt, dass im Zuge der Flurbereinigung die Abholzung vonnöten war. Er überlegte deshalb, wieso die Felder und der Wald, die er so gut kannte, überhaupt flurbereinigt werden mussten. Pipin fand jedoch vorläufig keine Antwort. Und er wollte Roger auch nicht auf die Nerven gehen, zumal sie beide ja gutes Geld mit dem Holz verdienten, und Arbeit gab es im Winter nur wenig. Pipin vertiefte sich in die Zeitung, er sah sich Bilder darin an, die seine Aufmerksamkeit erregten.

Roger sah den heraneilenden Wagen zuerst, im Rückspiegel tauchten Lichter auf und wurden rasch größer. Er nahm an, der Wagen würde abbremsen und hinter ihnen bleiben, zumindest bis sie aus dem Wald kamen und die Chaussee erreichten. Doch er irrte sich und sagte im selben Moment, als der Wagen auf die andere Spur wechselte und im toten Winkel verschwand: »Jetzt sieh dir den an: Friedhof, ich komme.«

Einen Sekundenbruchteil später erschien das grüne Coupé seitlich vor der Schnauze des alten Simca-Lasters und scherte auf die Spur zurück, so dass auch Pipin es sah.

»Hallo, hallo!«, lachte er, »wie viel Sachen hat der denn drauf!«

Roger schätzte das Tempo des Wagens, der vor ihm davonschoss und dem Ausgang des Wäldchens zustrebte, auf mehr als 130 Stundenkilometer, behielt die Mutmaßung jedoch für sich. Eine andere Frage beschäftigte ihn. Aber auch Roger war das Fabrikat des Wagens unbekannt, er entschied, dass es sich entweder um ein neues Mercedes-Modell oder um einen amerikanischen Wagen handelte.

In einiger Entfernung verlief längs der Chaussee die alte Bahntrasse nach Paris. Mit seiner Dampflok fuhr dort der Mittagszug aus Sens vorbei, Roger sah die Qualmschleppe, wie sie auf der Brücke über die Yonne heller wurde und dann verschwand.

»Hast du die Karre gesehen?«, rief Pipin. »Weißt du, was das war?«

Roger sagte es ihm: ein Chevrolet.

Pipin prustete. Chevrolet… Von wegen! Ein Facel Vega

sei das gewesen, und er gab sich einen Klaps auf die Stirn, bevor er in tiefes Nachdenken versank. Roger sah den Wagen den Waldsaum erreichen, sah die lange schnurgerade Schneise der Chaussee, in die der Amischlitten eindrang.

Im selben Moment, da sich in ihm ein elendes Gefühl für die Schneckenartigkeit seines nicht im mindesten mit Nitroglyzerin beladenen Lasters breitmachte, stieg ein paar hundert Meter entfernt in Paul Cassel die alte Angst vor dem Lärm der Stukas auf, so mächtig, dass er trotz des Regens sein Fahrrad zum Stehen brachte und die Stiefel in den Matsch grub.

Einen Renault, der in östlicher Richtung in die RN 6 einbog, sah Cassel nicht. »Les enfants qui s'aiment ne sont là pour personne«, sang Yves Montand im Radio und mit ihm Gilberte Darbon, als sie vor sich am Ende der Chaussee das Birkenwäldchen liegen sah. In zartes Lila getaucht, oder vielmehr ein zartes Lila von sich gebend, lag der Wald da. Daraus hervor kam ein Wagen, ein Auto mit vier gleich stark blendenden Scheinwerfern kam ihr so schnell entgegen, dass sie erschrak, noch ehe sie den Mann mit dem Fahrrad wieder entdeckte. Das grüne Auto mit dem weißen Dach jagte in einem Tempo an ihm vorüber, dass der Luftzug den Mann fast von den Beinen hob, er schwankte, das Cape blähte sich, und Cassel fluchte, er hob drohend eine Faust. »Merde alors!«, »So eine Scheiße!«, brüllte er durch den Lärm, in dessen Mitte er sich plötzlich versetzt sah, denn zu seiner Verblüffung stammte das Dröhnen und Kreischen, das er hörte, nicht nur von dem Wagen, der an ihm vorbeibrauste, und von dem Mittagszug, der pfiff, bevor er auf die Yonne-Brücke fuhr, es kam gleichzeitig noch immer aus dem Wald. Roger Patache schaltete dort in einen niedrigeren Gang. Das Lkw-

Getriebe jaulte auf, fügte sich, der Simca wurde schneller, auch die Brüder Patache erreichten die Chaussee.

Damit waren zwischen Chévreaux alten Platanen alle versammelt, vier Opfer, vier Zeugen und zwei Handvoll Elstern und Krähen. Die Vögel schenkten dem zufälligen Aufeinandertreffen keine Beachtung. Sie gaukelten durch den Nieselregen mit der gleichgültigen Zärtlichkeit jener Kinder, die für niemanden da waren, weil sie sich liebten.

4

Ich fragte mich, ob mit diesen Kindern in Wahrheit wir gemeint waren – Véronique, Delphine, Maurice und ich. Vieles erkannte ich in der Beschreibung wieder, das Wäldchen der Chévreaux, die Chaussee, sogar an den Laster der Patache-Brüder erinnerte ich mich: Er war blau, aber der Lack an vielen Stellen vom Blech geplatzt, und darunter kam ein fast weißes Hellblau zum Vorschein. Ein alter Simca, so verbeult, Maurice sagte einmal, der Laster der Pataches sehe aus, als habe ein Flugzeug ihn abgeworfen.

Ich fragte mich, ob er wohl noch einmal in Villeblevin gewesen war, um mit Roger, Pipin oder dem alten Cassel über den Unfall zu sprechen. Seit dem Tod meines Vaters, als auch meine Mutter nach Versailles zog, war ich selbst nicht mehr dort gewesen. Ich rechnete nach und kam zum Schluss, dass Paul Cassel wahrscheinlich nicht mehr lebte. Er musste schon damals über 60 gewesen sein, so alt wie ich heute war.

Und wir waren auch ganz anders gewesen als die Kinder in dem kitschigen Chanson von Prévert. Wir waren, das stimmte, für niemanden da, nicht für den alten Cassel und nicht für Pipin Patache, der nur vier oder fünf Jahre älter war als wir und so kreuzeinsam wie die Eichhörnchen, die er im Wald einfing und hinterm Haus in winzigen Käfigen sich selbst überließ. Wir waren ja nicht mal füreinander da. Geliebt hatten wir uns? Maurice schien es zu glauben. Ich hatte es auch geglaubt.

Unsere Strecke. Die Gleise.

Was wir wirklich liebten, waren Züge. Der die Eisenbahn erfunden hatte, der hatte sie für uns beide in die Welt gebracht, meinten wir, und die Welt war es, die sie uns bedeutete.

Dabei hielt kein Zug der Welt jemals in Villeblevin, all die Jahre nicht, die Maurice und ich zusammen in dem Nest lebten, bevor es uns auseinandertrieb und wir, jeder mit dem eigenen Wagen, vollbepackt, vollgetankt und ohne dass wir uns voneinander verabschiedet hätten, davonfuhren, Delphine und er und bald darauf auch Véronique und ich.

Sie saß neben mir. Wir waren Anfang 20 und hatten zwei kleine Kinder, Jeanne und Pénélope, sie saßen hinter uns. Ich erinnerte mich deutlich an den Augenblick, als ich den Renault, den wir von Véroniques Mutter übernommen hatten, über die Yonne-Brücke lenkte und uns mitten über dem Wasser der Morgenzug aus Sens entgegenkam. Es war das letzte Mal, dass ich ihn sah. Er hatte noch immer die alten grünen Waggons mit dem goldenen Schriftzug. Eine Diesellok zog sie, so wie das früher Dampflokomotiven getan hatten. Und ich dachte auch da an Maurice: Wo mochte er sein? Ein halbes Jahr, vielleicht etwas länger, war es her, dass er und Delphine aus Villeblevin weggezogen waren. Und Véronique muss in meinen Augen gelesen haben, woran ich dachte, denn kaum war das Geratter vorüber und wir am anderen Ufer, fragte sie mich, ob ich an ihn denke. Wen sie meine, fragte ich. Und sie lächelte lange. Maurice, sagte sie irgendwann, sie rede von Maurice.

Kam ein Zug wie der Mittagszug aus südlicher Richtung über die Yonne, fuhr er gut einen Kilometer lang parallel zur Chaussee, bevor Gleise und Nationalstraße sich trennten. Die Route Nationale 6 machte im Norden einen Bogen um Villeblevin, die Schienen aber führten mitten durchs Dorf, mitten zwischen zwei Sportplätzen hindurch, vorbei an der Kirche, dem Friedhof, dem Freibad, der Schule, vorbei hinterm Haus von Maurice' Großonkel und weiter zwischen Bauernhöfen, Gärten, Feldern hindurch, bis das Dorf zu Ende war und der Wald von Fontainebleau begann. In seinen ersten Ausläufern lagen umgeben von alten Eichen der Park und das verfallene Gutshaus der Chévreaux. Das war die Strecke, die Maurice in dem Brief erwähnte – die er heraufbeschwor. Denn die Strecke war uns heilig, ja mehr als das. Sie war unser Ausweg, unser Fluchttor aus Villeblevin. Auf ihr übten wir zu verschwinden.

Die Erinnerungen jagten mir seit dem Brief durch den Kopf. Vorbei ist vorbei – ich wusste nicht, wann ich das zu Maurice gesagt haben sollte, aber ich wünschte dennoch, es wäre so: vorbei, vorbei.

In der Woche nach meiner Entlassung aus der Klinik kümmerten sich meine Töchter im Wechsel um mich: Vormittags kam Pen, nachmittags nach dem Büro Jeanne. Hatte Jeanne länger zu tun, besuchte mich mein Schwiegersohn und spielte Schach mit mir. André gewann jede Partie, obwohl, wie mir nicht entging, er mir fast immer ein Sizilianisch vorschlug, in dem ich besser war als er. Ich war erschöpft, doch so erschöpft auch wieder nicht, dass ich ihm den Triumph des absichtlichen Verlierers gegönnt hätte. Ich im Bett sitzend, er im Korbstuhl daneben, so schoben wir stumm und verbissen die Figuren übers Brett. Gute Spieler waren wir nicht. Beide neigten wir zu dramatischen, unüberlegten Offiziersopfern, André sogar zum Selbstmord seiner Dame, was er wohl genial, ich hingegen idiotisch fand, ihm aber nicht sagte. Beide waren wir scharf aufs Gewinnen, und kaum war die Eröffnung abgeschlossen, versuchte er mich zu verwirren, indem er Züge aus seinen Lieblingspartien zitierte, »Fischer gegen Spasski, Reykjavík 1972!«, oder Sätze aus Vladimir Nabokovs Romanen: »Wenn Sie so, dann ich so, und Pferd fliegt.« Von dem Brief schien er nicht zu wissen, deshalb erwähnte ich ihn erst gar nicht. Und Jeanne und Pen schienen Maurice' Elaborat schon vergessen zu haben, weshalb ich auch ihnen verschwieg, was in mir vorging. Es hörte nicht auf zu regnen. Es regnete fast die ganze Woche. Ich hörte mir Andrés Ausführungen zum »Solus Rex« und anderen grässlich öden Beispielen aus dem weiten Feld des Problemschachs an, während ich so gut wie nie das Bett verließ und doch in Gedanken durch die heißesten Sommertage lief, an die ich mich erinnerte.

Ich entsann mich jeder Einzelheit. War ich endlich allein mit mir, warf ich das Kissen aus dem Bett, mähte damit die für die nächste ruhmlose Partie bereits aufgestellten Figuren nieder und legte mich flach auf den Rücken. Ich schloss die Augen. Ich verschränkte die Hände überm Herzen. So ließ ich es über mich ergehen. Und es dauerte keine Minute, bis sich die Bilder, die Geräusche und alles andere einstellten und sie wieder da waren: Brücke, Gleis, Bahndamm. Das Freibad und der Schulhof. Madame Labeige, Professor Ravoux, die Patache-Brüder. Der Tag des Unfalls. Albert Camus! Der Nobelpreisträger tot in Villeblevin. Und nicht tot, nicht Nobelpreisträger, aber am Leben: ich, ich in Villeblevin. Und Villeblevin in mir. Ich hatte das ganze Nest in meinem Kopf.

Dann rollte er, und der Regen prasselte dazu gegen das Fenster: Der Zug, der Regionalexpress meiner Erinnerungen überquerte die Yonne-Brücke und preschte auf die genau dreieinhalb Kilometer lange Strecke zum Waldrand zu. Dazwischen lag Villeblevin, das keinen Bahnhof hatte. Die Strecke war zweigleisig, und das Nebengleis, als Ausweichgleis gedacht, war in Wirklichkeit ein totes Gleis, kein Zug war je darauf gefahren. Die Holzbohlen verrotteten, die Schienen waren verrostet, ein dicker, klumpiger roter Pelz klebte darauf, Mäusestädte mit Gängen und Tunneln, Magazinen und Friedhöfen lagen unter dem Schotter, und der Schotter war nicht grau, sondern schillerte und leuchtete, grün, blau und im Sommer sogar lila, von Flechten und Moos.

Der tote Bahndamm war das Beste, was es in Villeblevin gab. Während der Sommerferien glich ihm der ganze Ort. Alles war ausgestorben, öde und leer. Beamte und Bauern waren dageblieben, alle anderen aber verreist ans Meer. Es schien nur zwei Kinder in Villeblevin zu geben, Maurice und mich, ausgerechnet. Wir waren auch in der Schulzeit diejenigen, die sich am königlichsten langweilten. Im Sommer langweilten wir uns Löcher ins Gesicht. Es gab Wochen, in denen wir Tag für Tag die einzigen Freibadbesucher waren. Handtücher, Bücher, Süßigkeiten und mein Transistorradio, wir ließen abends alles auf dem Rasen liegen, am Morgen fanden wir es genauso vor wie nach einer Runde zum Abkühlen durch das leere blaue Becken.

Was war gut an Sommerferien? Nur, dass auch das Schulhaus leer stand. Bloß die Fenster der Hausmeisterwohnung im Erdgeschoss waren tagsüber offen, um etwas kühlen Wind hineinzulassen. Lange nach zehn Uhr am Abend, wenn meine Mutter hereinkam und ich so tat, als würde ich schlafen, und sie das Licht ausmachte, leuchtete etwas drüben in der Stube der Hausmeister so hell wie ein Raumschiff kurz vor der Landung. Wenn ich noch mal aufstand und zum Fenster zurückschlich, sah ich die Wohnzimmer des Dorfes flimmern. Das absolut Helle aber, das vor meinen Augen schwebte und sie starr werden ließ, bis ich zu träumen anfing und praktisch schon träumend zurückschlüpfte in mein Bett, war der Kronleuchter der Hausmeister, so groß und strahlend hell, dass er eigentlich in der Schulaula hätte hängen müssen. Bestimmt hatte er das früher, meinte Maurice – und Dinge, die er sich ausmalte, waren für ihn so gut wie wahr. Er war ein Junge, der mit Kopf und Kragen in Wunderdingen steckte. Ich war vorsichtiger, vielleicht weil meine Vorstellungskraft mir eher Angst einjagte. Laut Maurice hielt Monsieur Labeige seine junge Frau als eine Art Hausmeistersklavin, und den Kronleuchter hatten sie unter irgendwelchen frei erfundenen Sicherheitsvorwänden aus dem Schulhaus in ihr Wohnzimmer verbracht, so wie sie einmal die ausgediente Vitrine für Tierpräparate aus dem Biologieraum abtransportierten und durch ihren Vorgarten schleppten, um damit in ihrem Hauseingang zu verschwinden. Ob es stimmte, dass sie den Glasschrank, in dem noch kurz zuvor Fuchsschädel, ausgestopfte Vögel und Fischskelette zu sehen gewesen waren, fortan wirklich als Küchenschrank nutzten, fanden wir nie heraus. Aber wir hielten alles für möglich bei Labeige, und das nicht nur, weil Maurice und ich uns jahrelang in einer Art intergalaktischem Kriegszustand mit ihm befanden.

Ob ich wisse, wer 1957, in seinem Geburtsjahr, Schachweltmeister war, fragte mich André an einem der Nachmittage, als Jeanne im Verlag festgehalten wurde. Ich hatte weder von Botwinnik gehört noch von Smyslow, zwei Russen, die sich, wie André lang und breit erklärte, über ein Jahrzehnt hinweg auf dem Brett bekämpften und beide 1957 Weltmeister waren, bevor endlich mit Tal und Petrosjan die Ära der...

1957, als wir anfingen, die Maschine des großen Verschwindens zu bauen, waren Maurice und ich 13. Wir gingen in die achte Klasse und wohnten in derselben Straße, in der auch das Gymnasium lag. Mein Vater war Binnenschiffer. Schach interessierte ihn so wenig wie die sowjetische Planwirtschaft. Er war nie da, und war er doch da, war es so gut wie unmöglich, mit ihm auszukommen. Wenn sie sich begegneten, redeten meine Mutter und Maurice' Mutter nur über unsere Väter. Wir, sagten sie, würden werden wie unsere Herren Väter. Wobei ich nicht vorhatte, Binnenschiffer zu werden, und Maurice nicht anstrebte, sich mit Anfang 30 in der Normandie von einem Deutschen abknallen zu lassen. Er und seine Mutter hatten drei Zimmer im ersten Stock eines alten Hauses, das in Villeblevin nur Haus Ravoux genannt wurde, eine kleine, stille Wohnung mit lauter Stuck an den Decken, die auf einen verwilderten Hinterhof und den Bahndamm blickte. Über ihnen wohnte niemand, dort waren der Dachboden und ein großer Raum zum Wäscheaufhängen, an den ich mich gut erinnerte. Maurice und ich wünschten uns, dort hinaufziehen zu können, um die dämmrige Leere dieses Raums ganz aus Holz für uns allein haben zu können. Haus Ravoux hieß so nach seinem Großonkel Benjamin, der allein im Erdgeschoss wohnte und um den seine Mutter sich kümmerte, weil er zuckerkrank war. Maurice' Mutter war, wenn man sie nach ihrem Beruf fragte, Haushälterin, manchmal sagte sie auch Zugehfrau. Ob Professor Ravoux 1957, als André zur Welt kam, sich für Schach interessierte, für den Schachkrieg zwischen Smyslow und Botwinnik? Ich wusste es nicht.

Gelang mir mal ein Überraschungszug, rief André gleich »Ssobáka!«, was, wie er mir erklärte, auf Russisch »Hündchen« bedeute und durchaus liebevoll gemeint sei. Boris Spasski habe es 1972 am Brett zu Bobby Fischer gesagt. Während André redete, während er Sätze zitierte aus *Lushins Verteidigung* oder *Lolita* – »finis, meine Freunde, finis, meine Feinde« – und meine Rochade-Bauern torpedierte, entsann ich mich unvergesslicher Sommernachmittage. Sie waren die heikelste Tageszeit. Nie konnte man wissen, wo sich der Feind aufhielt. Vormittags reinigte Labeige die Korridore und Klassenräume, am Mittag schloss er die Fenster und zog die Vorhänge zu. Dann, hieß es, schlief er für zwei Stunden. Nachmittags aber war man nicht sicher vor ihm. War es nicht zu heiß, um im Freien zu arbeiten, stand Madame Labeige breitbeinig, ihren schönen Po zum Himmel gereckt, im Schulgarten und zupfte Unkraut aus einer sandigen Erde. Denn wo der Schulgarten lag, war früher, bevor man ihn an den Bahndamm verpflanzt hatte, ein Bolzplatz gewesen. Madame Labeige und ihr Hintern beschäftigte unsere Phantasie wie kein anderes weibliches Wesen in Villeblevin: Sie war nicht nur schön und viel jünger als ihr Mann. Sie war wild, war klug, lebendig, stark, ehrlich und rätselhaft. Zauberhaft und wundervoll. Meist trug sie ihre Haare hochgesteckt, und ihr Mann, orakelte Maurice, zwang sie in den Ferien dazu, den gleichen taubengrauen Trainingsanzug anzuziehen wie er selbst, so dass man die beiden von weitem kaum unterscheiden konnte. Allerdings schraubte bloß Labeige am Dach des Fahrradunterstands herum. Wenn er uns entdeckte beim schwersten aller Vergehen, wenn wir, um den Weg zum Bahndamm abzukürzen, über den Schulhof rannten, war es immer Labeige, der brüllte. Seine Frau dagegen, stand sie plötzlich vor uns, sagte: »Raymond und Maurice. Unterwegs? Zehn Sekunden noch halte ich euch für eine Luftspiegelung, dann muss ich leider Monsieur Labeige rufen...« – so als folge sie einer Vorschrift, die zu ändern nicht in ihrer, nur in der Macht des Hausmeisters lag, zufälligerweise ihr Mann. Sie hatte Sommersprossen und grüne Augen. Sie schwitzte stark und roch sehr süß nach Schweiß und noch etwas, was ich nicht kannte, was Maurice aber so wild machte wie mich. Manchmal fragten wir uns, wie sie wohl reagieren würde, käme einer, oder kämen zwei, um sie zu retten.

Ockergelb erstreckte sich das Gebäude fast über die gesamte linke Seite der Straße. Außer dem Gymnasium war die Mairie darin untergebracht. Die Trikolore hing an einem Mast über dem Eingang, einer Tür, die wie ein paar Meter weiter die Einfahrt mit dem Holztor fast immer verschlossen war, es sei denn, der Bürgermeister wollte hinein- oder herausfahren. Am Lenkrad der DS saß Roger Patache, der den Bürgermeister manchmal chauffierte. Roger war ein Freund von Maurice' Vater gewesen, und seit dessen Tod besuchte er ab und zu Maurice' Mutter oder fuhr mit ihr ins Kino nach Fontainebleau. Hinten hatte der Citroën getönte Scheiben, so dass man vom Bürgermeister nie mehr zu sehen bekam als vielleicht seine Hand, ein Stück seines Hemdsärmels.

Ab und zu, wenn der Hausmeister den Rasenstreifen vor der Schule mähte oder in den Rabatten frische Blumen pflanzte, parkte Roger die DS in der Einfahrt vor dem geschlossenen Tor, ließ die Fahrertür offen und rauchte eine Zigarette mit dem am Zaun lehnenden hochroten und kahlköpfigen Hässling Labeige. Spähten wir durch die Vorhänge von Maurice' Kinderzimmerfenster, hatten wir nur für den Wagen Augen. Wir spürten, wir würden Zeugen eines geheimen Vorgangs werden, sobald sich hinten in der schwarzen DS etwas regte. Man musste sich dann nämlich fragen, wieso der Bürgermeister nicht auch ausstieg, wieso er nie selbst mit dem Hausmeister sprach, sondern lieber Roger Patache vorschickte, der, abgesehen von Maurice' Mutter Cora, zu niemandem freundlich war. Cora nannte er sie, obwohl sie Corinne hieß.

Aber nie regte sich etwas in der DS. Manchmal, wenn er die Zigarette auf die Straße schnippte und sich von Labeige abwandte, sah Roger zu uns herauf, bevor er zu dem Wagen zurückging. Und wir, wir duckten uns, tauchten mit einer Drehung weg unter dem Fenster und wurden unsichtbar wie der Bürgermeister, der Léaud hieß und der die ganze Zeit in der Gangsterlimousine saß und wartete.

»Kannst du«, fragte André, als ich am Zug war und mir ein Blick übers Brett verriet, dass ich auch diesmal keine Chance hatte, »kannst du wohl die Weltmeister seit 1957 in der korrekten Reihenfolge aufsagen?«

»Nein.«

»Ich schon. Warte...« – er rieb sich die Hände und starrte zur Decke – »Botwinnik, Smyslow, Botwinnik, Tal, Botwinnik, Petrosjan, Spasski, Fischer, Karpow, Kasparow und...«

»Botwinnik?«

Er lachte. Und sagte beleidigt: »Kramnik.«

Wir warteten, bis man hörte, wie drüben die DS in den Hof fuhr und das Holztor zukrachte. Dann sprangen wir auf die Beine, rannten nach hinten ans Küchenfenster und rissen es auf. Alles war still im Haus und in dem verwilderten Hinterhof. Vor uns lag der Nachmittag, leer und lang und brütend heiß. Unter uns stand die Gartentür von Maurice' Großonkel offen. Aber wir hörten auch von dort nichts, kein Schnarchen und kein Sichwälzen in dem Bett, das ein Stockwerk tiefer genau unterm Bett von Maurice stand, nicht das kleinste Geräusch. Professor Ravoux war da, nur hörte man ihn nicht, er war immer da, denn aus dem Haus ging er schon lange nicht mehr, und selbst wenn er es gewollt hätte, er war viel zu dick dafür. Wenn es so still war, saß er in seinem Spezialsessel am Fenster, dem, der unter seinem Gewicht nicht zusammenbrach. Da las er oder schrieb über den Herzog von Montmorency, den er verehrte, oder schaute bloß, was auf der Straße passierte.

Aber da Roger Patache und Bürgermeister Léaud nicht mehr da waren, passierte auf der Straße nichts. Wo es passierte, war hinten, jenseits des verwilderten Gartens in den großen Walnussbäumen, und darauf warteten wir.

Was wir den negativen Wind nannten, kündigte es an.

»Stoppuhr?«, fragte Maurice und fuhr sich durch den Haarschopf, der rötlich blond war und ihm wild mal in die eine, mal in die andere Richtung vom Kopf abstand. Und ich nickte und starrte wie er hinüber zum Bahndamm.

Noch bevor das Pfeifen von der Yonne-Brücke kam, fingen die Walnussbäume an, sich zu bewegen. Von unserer grünen Tribüne aus, dem efeuumrankten Fenster im ersten Stock von Haus Ravoux, sahen wir es: Das Laub rauschte nicht, es wehte kein Lüftchen. Was die Blätter zittern ließ, war der negative Wind – sie bebten und rasselten, und nur dann zeigten sie ihre schillernde Unterseite. Im Sommer wurden die Bäume am Bahndamm silbern, wenn der 13-Uhr-50-Schnellzug nach Paris durch Villeblevin donnerte.

Dann kam das Pfeifen von der Brücke. Es war der schrille, lang anhaltende Pfiff der größten Dampflok, die noch im Einsatz war. Wir liebten sie und nannten sie für uns »die Schöne, die Wunderbare«, und genau das war sie, denn so waren unsere Empfindungen für sie, schön und wunderbar.

»Still jetzt!«, war das Nächste, was Maurice sagte, obwohl er es nicht zu sagen brauchte. Ich wusste, worauf es ankam. Wir hofften, dass uns kein Geräusch störte. Wir lauschten bloß hinaus in den Garten, die Gleise entlang und immer weiter bis zum Fluss. Von dort kam das Rattern. Die Schöne, die Wunderbare kam über die Brücke, und wir wussten, wurde das Rattern etwas leiser, nur einen Hauch, dann war die Lok angelangt diesseits der Brücke und hatte die Weiche passiert, von der das Nebengleis abging, und dann raste sie neben dem toten Gleis her, während die Waggons mit den Menschen, die nach Paris zur Gare de l'Est fuhren, noch über der Yonne schwebten.

»Jetzt!«, rief Maurice, und einen Sekundenbruchteil später: »Hast du?«, und die weit aufgerissenen Augen in seinem Sommersprossengesicht starrten mich an.

Und ich rief zurück: »Ja! Ich hab sie!«, und dann hielt ich, um es zu beweisen, die Stoppuhr hoch, so dass wir beide darauf sehen konnten, wie die Sekunden rannten.

5

»Schach!« Andrés Fanfare riss mich aus meinem Dämmern. »Ich fürchte, du hast nicht aufgepasst und bist – schachmatt, Raymond. Smyslow ist am Boden, Botwinnik triumphiert.«

Ich musste ihm recht geben und gestand meine Niederlage ein. Ich gratulierte ihm, und er freute sich und war zugleich betrübt, schon wieder, zum siebten Mal, gewonnen zu haben.

So ging es nicht weiter. Welches Fiasko. Immerhin wurde das Wetter besser. Um die Schmach abzumildern, traute ich mich zum ersten Mal aus dem Schlafzimmer hinaus und begleitete André in Pyjama und Morgenmantel zu seinem Wagen.

Als er gefahren war, setzte ich mich an das Metalltischchen unter den Bäumen. Ich sah mir an, wie alles gewachsen war. Gesund fühlte ich mich noch nicht, aber doch so weit wiederhergestellt, dass von Beschwerden zu sprechen übertrieben gewesen wäre.

Hätte ich Maurice geantwortet, ich hätte keine Beschwerden erwähnt, geschweige denn, dass ich glaubte, überhaupt nur zu genesen, weil ich wusste, ihm ging es schlecht. Aber so war es: Wenn es stimmte, was er geschrieben hatte, lag mein Jugendfreund Maurice im Sterben. Er war so alt wie ich, aber ich war noch einmal davongekommen.

Ich hatte mir eingestehen müssen, dass es mir ziemlich

gleichgültig war, ob Maurice lebte oder nicht, und als ich es mir eingestand, nahm ich an, dass es besser war, wenn ich ihm nicht zurückschrieb. So hatten meine Verdrängungsmechanismen immer funktioniert: Ich gestand mir etwas ein, war ganz nah dran an der Wahrheit, war aufrichtig bis zum Umfallen, und dann fiel ich um – wie mein König, Solus Rex, mutterseelenallein auf dem Brett. Wer konnte sagen, dass es besser war, Maurice zu antworten? Jeanne vielleicht konnte es, ich nicht.

Jeanne wusste nicht, was in meinem Kopf vorging, aber sie sah mich vom Auto aus im Garten sitzen und in die Baumkronen starren. Sie parkte den Spider in der Auffahrt und winkte. Als sie die Einkäufe ins Haus gebracht hatte, kam sie zu mir, mit einer leichten Decke, die sie mir um die Schultern legte, als sie mich auf die Wangen küsste.

»Bonsoir, Papa, wie fühlst du dich?«

Ich sagte es ihr: »Gut. Sehr gut.«

»Was machst du hier?«

»Nichts. Die Luft genießen, das Grün, den Duft. Ich denke an nichts. Es gibt nichts, worum ich mir Sorgen mache. Es ist schön.«

»Weißt du, woran ich denke, wenn ich dich hier so sitzen sehe? Wir sollten ein Essen geben. Nichts Großes. Eine kleine Feier zu deiner Genesung. Wenn das Wetter schön ist, könnten wir den Esstisch in den Garten tragen.«

Mir gefiel die Vorstellung, nicht allein unter den Pappeln zu sitzen, sondern mit Jeanne und André und Pen und ihrem neuen Freund Thierry, der in Kanada lebte und sich mit dem Gedanken trug, zu meiner Tochter an die Porte Molitor zu ziehen. Ich stellte mir vor, wie wir tranken, aßen und lachten. Aber wie stets bei auszusprechenden Einladungen nagte da auch Skepsis an mir. Véronique hatte es geliebt, Gäste auszuwählen, die zueinander passten oder sich auf wundersame Weise bei Tisch ergänzten, obwohl sie ganz und gar nicht zueinanderpassten, sie hatte Freude daran gehabt, Einladungskarten auszutüfteln, die ihre kleine Lieblingsdruckerei für sie druckte. Eine Meisterin im Organisieren und Vorbereiten war sie gewesen, und kein Abend hatte einem anderen geglichen.

Mit keinem einzigen unserer Gäste von früher, allesamt Leute, die Véronique als unsere Freunde bezeichnet hatte, stand ich noch in Kontakt. Als wären die Carons und die Le Roys, der blasierte Jules Mugler und die chronisch kinderlose Suzette, die Prochets und die Fourniers mit ihren beiden ein jedes Mal neu den Garten verwüstenden Airedale-Terriern – als wären sie alle auf einen Schlag bei einem Flugzeugabsturz in den Anden ums Leben gekommen.

Irgendwo, wahrscheinlich in ihrem Zimmer, musste Véroniques Zigarrenkasten stehen. Jules Mugler hatte ihr den Humidor geschenkt. Darin hatte sie alphabetisch geordnet, versehen mit Bemerkungen über Geschmacksvorlieben und Geschmacksaversionen, Karten mit Namen und Anschrift eines jeden Menschen aufbewahrt, der einmal bei Véronique und Raymond Mercey zu Gast gewesen war. Ich hatte den Humidor lange nicht gesehen, seine Kartei nie wieder benutzt.

»Wen soll ich einladen? Aus dem Labor will ich keinen hier haben. Dich, André, Pen, ihren Freund. Und sonst?«

Jeanne umarmte mich –

Sie küsste mich auf die Stirn.

»Vergiss dein altes Labor. Zunächst dachte ich an Oma«, sagte sie. »Wir holen sie ab und richten ihr Mamans Zimmer her. Was meinst du?«

»Gut – nur denk an Mamies Bridge-Nachmittage. Und ihre Theaterabende. Madame verlässt das Heim nur mit dem gepanzerten Theaterbus.«

»Ich werde sie überlisten. Und dann dachte ich auch an Madame Sochu. Weil sie immer für dich da ist. Als du im Krankenhaus warst, hat sie ...«

Ich war mir bewusst, was ich an meiner Nachbarin hatte. Mich störte, dass sie Witwe war, dass es keinen Monsieur Sochu mehr gab, seit der den plötzlichen Herztod gestorben war.

Aber meinetwegen. Ich war einverstanden.

6

Am Wochenende darauf saß meine Mutter Marguerite neben meiner Nachbarin Robertine unter den Pappeln und plauderte mit meinem Schwiegersohn. André arbeitete für ein Kulturmagazin und hatte Mamie zwei Karten fürs Théâtre Mogador organisiert: für eine ausverkaufte Aufführung von Sartres *Fliegen*. Das also war Jeannes List gewesen, anerkennend nickte ich ihr dafür zu. Ihre 89-jährige Oma glücklich zu machen war eine hohe Kunst, und ich war froh, die beiden miteinander lachen zu sehen – auch wenn mich betrübte, dass Jeanne ihrer Mutter offenbar immer ähnlicher wurde.

Ihre Schwester war ganz anders. Pénélope war jung geblieben, und darauf war sie stolz wie ein Kind. Sie war ungestüm und vertraute ihrer Phantasie und ihren Empfindungen mehr als der Vernunft, mit der ihre ältere Schwester sie vor den Abgründen des Lebens bewahren wollte. Jeanne war seit 15 Jahren mit André liiert, vor drei Jahren hatten sie geheiratet. Ihre Mutter war schon in der Chemotherapie gewesen und hatte bei der kirchlichen Trauung eine Perücke getragen.

Einen Steinwurf entfernt von Notre-Dame lag in Versailles das Haus der Antikrebsliga. Noch ein halbes Jahr nach Véroniques Tod hatten Jeanne und ich in der Rue Madame mittwochabends die Gruppentherapiestunde besucht und uns Vorträge angehört über den Umgang mit Trauer: Trauer führe zu Veränderungen im Hormonsystem, Immunsystem, autonomen Nervensystem und kardiovaskulären System, referierte ein graues Männlein, das Professor an der Sorbonne war und sich unentwegt die Brille auf- und absetzte. Dass so ein vertrockneter Blindfisch lieber zum Ophthologen gehen solle, zischte mir von links Jeanne ins Ohr. Und mein rechter Stuhlnachbar brach in würgendes Schluchzen aus und sagte, nach dem Tod seiner Frau habe sich die Hälfte seiner Seele verfinstert. Alle diese Systeme, antwortete der Pariser Professor und zeigte mit der Brille wie zum Beweis auf den hemmungslos Weinenden neben mir, fundamental würden sie abhängen von Gehirnfunktionen und Neurotransmittern.

Auch Pen war auf der Sorbonne gewesen. Sie hatte dort Kunstgeschichte studiert. Seit dem Abschluss ihrer Doktorarbeit hatte sie viele Beziehungen gehabt, war aber nie mit einem Freund zusammengezogen. Jeanne machte gern Urlaub, Pen dagegen reiste durch die Welt. Im Herbst hatte sie für jeden Ort, den sie gesehen hatte, eine Sommersprosse im Gesicht. Allein oder mit Freundinnen war sie in den letzten drei Jahren in Schweden, Karelien, Bulgarien, Patagonien und Mexiko gewesen. Sie ging zum Yoga, Jazzdance, Beckenbodentraining und verteidigte ihre Trommelmeditation, obwohl ich nie etwas gegen Schamanismus gesagt hatte. Er war mir bloß fremd. 39 war sie jetzt. Im Winter hatte sie eine alte Schulkameradin in Montreal besucht und sich dort verliebt. Wie sie interessierte sich Thierry besonders für die Kunst der deutschen Romantik, Caspar David Friedrich, Philipp Otto Runge, Maler, deren Namen ich kannte. Thierry war bretonischer Champion im Wellenreiten gewesen. Seine Eltern lebten in der Bretagne, in Pont-Aven. Er fuhr einen alten Saab. Mehr wusste ich nicht von ihm.

Nun saß auch er unter meinen Pappeln. Er rauchte von Andrés Gitanes. Die beiden schienen sich zu mögen. Sie waren sich einig, dass dem Wasserstoffauto die Zukunft gehöre.

»Alten Saabs jedenfalls nicht!«

Der lachende André gab Thierry seine Visitenkarte und sagte, er wisse vielleicht einen Job für ihn: Das Centre Pompidou plane eine neue Zeitschrift, und ein Freund suche noch Mitarbeiter, die etwas von Kunst verstünden.

Thierry hob eine Hand und verdeckte die Augen. Na, ob er da der Richtige sei… Dann aber zog er seinerseits eine Karte aus der Cordjacke, strich sie auf dem Tisch glatt und schob sie zu André hinüber.

Ich merkte, wie meine Mutter den jungen Mann musterte, wenn er von seinem Sport erzählte, von Wellenformen, Spots und Tubes und Webcams am Strand. Ich fand Thierry etwas zu unbedarft. Mamie zwinkerte mir zu.

Kurz gab es am Büfett Streit zwischen Pénélope und Jeanne, die mit irgendeiner Deko nicht einverstanden war. Aber dann aßen wir, und ich hielt eine kleine Rede über uns, die Merceys, unser Herz, dem eine Angina nichts anhaben könne.

Bei Tisch kam das Gespräch plötzlich auf Albert Camus.

André fing damit an, und ich mutmaßte sofort Jeanne dahinter. Aber der Name Maurice Ravoux fiel nicht. André psalmodierte vom Theater für den kleinen Mann, pries das Mogador, den Mut dort, Sartres verstaubte Revoluzzerstücke zu aktualisieren. Den Namen des Regisseurs hatte ich noch nie gehört.

Ihr sei Camus stets lieber gewesen als Sartre, sagte meine Mutter, und das nicht nur, beileibe nicht, weil Albert Camus wie Humphrey Bogart ausgesehen habe. Das Mogador, das sei doch so ein Spaßtheater.

»Camus hatte viel kleinere Ohren«, trompetete André und lachte heiser. Er war sichtlich in seiner Eitelkeit getroffen, und Jeanne musste ihm beispringen. Sie könnten die Karten ja umtauschen. Demnächst würde Camus' *Caligula* gegeben.

»Alles Käse«, schnaubte Mamie in ihr Taschentuch.

Pen zeigte Thierry nach dem Essen das Gästehaus. Als sie zurückkamen, küsste sie ihn und nahm dabei sein Gesicht in beide Hände. Jeanne sah mich vielsagend an. Und ich sah, dass Madame Sochu ihr Besteck ordnete und Anstalten machte, aufzustehen, als sie merkte, dass der Kuss kein Ende nahm.

»Hilfst du mir abräumen, Schwesterherz?«, fragte Jeanne.

Meine Mutter meinte, es müsse erlaubt sein, Vorlieben zu äußern. Sie kenne wenig von Sartre. *Der Ekel* sei unvergesslich, *Das Spiel ist aus* rührend, *Die Wörter* bloß Geschwätz. Leider seien ihre Augen zu schlecht, um noch viel zu lesen.

»Mit Camus allerdings verbindet mich eine Menge«, sagte sie stolz. »Immerhin waren wir dabei, als er starb.«

»Sie waren dabei, als Albert Camus starb?«, fragte Thierry nahezu entrüstet. »Ist er nicht in Algerien gestorben?«

Jeanne begann abzuräumen, und Robertine Sochu half ihr schließlich, das Geschirr hineinzutragen, als Pénélope sich nicht rührte. Den Teller ihrer Schwester ließ Jeanne stehen.

»Camus war ein Pied-noir, Algerienfranzose, schon richtig«, sagte André. Er rauchte und zwei gelbe Finger hielten die offene Schachtel Thierry hin. »Aber er ist nicht in Algerien gestorben. Er ist tödlich verunglückt in dem Dorf, in dem Raymond und Madame Mercey damals lebten, in ...«

»... in Villeblevin«, sagte Mamie unwirsch, »mon dieu, ja, und das kann nicht die ganze Welt wissen. Abgesehen davon, dass auch mein Mann in Villeblevin lebte, nur war er selten zu Haus, denn er verdiente das Geld für unsere Familie, allein, mit harter Arbeit auf einem Binnenkahn, einem Flamländer. Er liebte uns und liebte seinen Beruf. Überlege, André, wie lange das her ist. – Wie alt, wenn ich fragen darf, sind Sie, junger Mann?«

Thierry hob die Hände und öffnete und schloss sie rasch dreimal, bevor er den Kopf schief legte und grinste. Mit seinen langen blonden Locken sah er viel jünger aus als 30. Aber auch so war er neun Jahre jünger als Pénélope.

Auch André machte eine Geste – eine, die ankündigte, dass er gar nichts mehr sagen würde. Und da auch kein anderer etwas sagte, entstand endlich das peinliche Schweigen von der Sorte, wie Véronique es nie zugelassen hätte, selbst bei ihrer wie eine provençalische Distel vertrockneten Freundin Suzette nicht.

»Jules, heute Abend bist du kein guter Tischnachbar«, hätte Véro zu Doktor Mugler gesagt, der Zahnarzt war und kubanische Zigarren rauchte, mit denen er die Luft verpestete. In Ermangelung einer Lebensgefährtin versoff und verrauchte er ein Vermögen, das er den Leuten aus dem Mund bohrte.

»Deine Gattin hat keine hohe Meinung von meinen gegenwärtigen Möglichkeiten«, pflegte Jules in solchen Momenten zu mir zu sagen. An Véronique persönlich richtete er das Wort nur in Notfällen. Sie war seine Patientin, er kannte ihre Zunge, ihre Lippen, und ich war mir immer sicher gewesen, dass sein ertrunkenes Herz sie vergötterte.

»Muntere die liebe Suzette etwas auf, bitte. Suz! Sieh nicht mich an, sondern den Doktor! Jules, erzähl uns eine Geschichte, ja? Auf mein Kommando – eins – zwei – los!«

Dann lauschte Suzette voll Abscheu Jules' Gefasel. Um seine Art von schmerzhafter Groteske zu würdigen, brauchte es einen robusteren Humor als den ihren. Immerhin aber lachte sie am Schluss, und der Tisch applaudierte hustend weniger Jules' jüngster geschmackloser Parodontose-Anekdote als vielmehr Suzettes tapferer Heiterkeit. Suz lachte Véronique ins Gesicht, obwohl ihr bestimmt nach Weinen zumute war.

»Calvados?«, fragte Jeanne. »Oder jemand Kaffee?«

Keiner wollte etwas, keiner am Tisch und keines meiner Gespenster, niemand außer Jeanne, die noch nicht bereit war aufzugeben.

»Lasst uns etwas spielen«, sagte sie, »so wie früher! Was haltet ihr von einer Runde Königsscharade?«

Sie stand am Tisch. Mit großen Augen, lächelndem Gesicht, die Hände hinter dem Rücken, blickte sie in die Runde.

Ich sagte, ich sei müde, und stand auf.

»Heute nicht, Schatz. Oder spielt doch ohne mich.«

Aus der Küche drangen die Geräusche von Madame Sochu in den Garten, die den Geschirrspüler einräumte oder ausräumte, um ihn neu einräumen zu können. Aus seinem Bau gekrochen kam mein schlechtes Gewissen. Ich hatte immer ein schlechtes Gewissen gehabt, wenn Véronique nach einer Party oder einem Essen Jules Muglers Zigarrenasche einsammelte, die sie als Porzellanreiniger hortete. Dann ging sie zu Bett, wortlos. Wie Efeu rankte die Freudlosigkeit an einem empor.

Jeanne pfefferte eine Handvoll Kugelschreiber und einen Stapel Post-it-Zettel auf den Tisch. Sie drehte sich um und stiefelte beleidigt ins Haus.

So war sie mit sechs gewesen, mit 16, 26 und 36. Und so würde sie noch mit 86 sein, wenn ich schon seit Jahrzehnten Beute eines mitleidlosen Gewürms war.

Pen kam um den Tisch, auf dem noch Kerzen brannten, und schmiegte sich an mich.

»Ich liebe dich, Papa«, sagte sie leise.

Thierry nahm sich eine Gitane, und André fragte: »Spielst du eigentlich Schach?«

Als sich Robertine Sochu verabschiedet hatte und der Saab davongefahren war, gingen Jeanne und André ins Gästehaus, während ich wartete, bis meine Mutter aus dem Bad kam. Wir tauschten Gutenachtgrüße, dann verschwand Mamie oben auf der Galerie in Véroniques Zimmer.

Im Garten war der Tisch der einzige helle Fleck. Darauf sah ich ein schwarzweißes Muster – Andrés Schachbrett, das er bei mir eingeschleust hatte, um mir Woche für Woche Niederlagen beizubringen. Ich setzte mich, zündete eine Kerze an und besah mir auf dem Brett, wie Thierry sein Königsgambit so rasch hatte entwickeln können, dass Andrés Stellung binnen weniger Züge zusammengebrochen war. »Ach, was soll's, bin zu blau«, hatte mein Schwiegersohn noch genuschelt und beleidigt, mit mahlenden Kiefermuskeln, den weißen König gekippt. Lauschend in die Geräusche der Nacht, die aus den Büschen kamen, räumte ich die Figuren ab und legte sie in den Kasten. Flieder und Rhododendren waren verblüht. Und auch der Goldregen hatte aufgegeben und seine gelben Trauben auf den Rasen geworfen wie ein Boxtrainer in den Ring das Handtuch seines chancenlosen Schützlings. Es tat gut, die Anspannung des Abends von mir abfallen zu spüren, aber ich war auch wieder müde wie in den Wochen der Angina. Quecksilbrig, hartnäckig und giftig war mir im Krankenhaus meine Deprimiertheit vorgekommen. Etwas gelöst hatte sie sich erst, als der Brief von Maurice kam.

Aber sie war nicht vergangen. Sie saß in mir fest und wartete. Ich hatte es nicht erst an diesem Abend gemerkt. Das Essen nicht zu geben, wäre für alle Beteiligten besser gewesen. Véronique hätte nicht gezögert, einen Abend abzusagen, bevor meine Launen ihn verkorksten.

Im Gästehaus ging das Licht an. Ich sah es Jeanne sofort an, dass sie aufgebracht war. Sie fuchtelte herum und lief auf und ab. Wie nicht anders zu erwarten, stritt sie mit André. Ihn sah ich erst, als er ins Zimmer kam, mit nacktem Oberkörper, ein Handtuch um die Hüften, und sich auf das Sofa fallen ließ. Jeanne redete auf ihn ein, unablässig, beharrlich, der Argumentehagel ihrer Mutter. André schwieg. Er mochte klug sein, aber er war feige. Auch ich hatte nie ein Widerwort gesagt, zwecklos. Ich konnte André nicht leiden, aber ich hatte mich an seine geschmäcklerisch gespitzten Lippen, die Raucherfinger und die Großspurigkeit, mit der er nicht nur beim Schach seine Selbstzweifel kaschierte, gewöhnt. In gewisser

Hinsicht waren wir uns ähnlich, und er war gut für Jeanne. Ihre Stimmungsschwankungen, die es für sie gar nicht gab, nahm er hin als naturgegeben, er sah sie bloß an, verstummte und wartete, bis sie sich beruhigte. Im Garten hörte man von ihrem Streit keinen Ton. Es war so still wie im antarktischen Weddellmeer, so still wie in meinem Labor, wenn ich nachts über Daten der letzten Strukturübertragung gesessen und Hunderte fotolithographischer Tabellen ausgewertet hatte.

Nach meiner kleinen Rede hatte ich bei Tisch so gut wie nichts mehr gesagt. Es war mir nie gelungen, dieses Bindeglied zu sein, das Véronique gewesen war. Sie kannte viele, alle, ich nur einen Weg, wie man Streit vermied. Und darum schrieb ich Maurice Ravoux nicht zurück: Man ging Konflikten aus dem Weg, sehr einfach. Es war nie leicht gewesen, Vater, Laborchef und Patriarch zu sein, wenn man Konflikte scheute. Das war der schwerste Konflikt von allen, die größte Herausforderung der reifen Jahre, viel entscheidender als die Lösung des Paradoxons, wie es gelang, die Integrationsdichte eines Planarhalbleiters durch zunehmende Verkleinerung zu steigern.

Ich hatte zugesehen, wie Jeanne und Pen und wie Mamie und André aneinandergerieten, und meine Teilnahmslosigkeit hatte mich keine Überwindung gekostet. Der Garten war schön, mein Ruhepol, auch wenn meine Älteste ein paar Meter weiter hinter Glas ihren Ehemann zur Schnecke machte. Wen kümmerte schon wirklich die Seelenpein eines anderen? Eine Fehlfunktion von Gehirn und Neurotransmittern. Wen kümmerte die meine? Einen, so schien es, der im Sterben lag, den ich seit 38 Jahren nicht mehr gesehen hatte. Aber hatte mich deshalb auch gleich seine Seelenfehlfunktion zu kümmern?

Jeanne setzte sich neben André auf das Sofa und legte ihm den Arm um die nackten Schultern. Ab und zu kraulte sie ihm den Kopf. Derweil saß ich unter den Pappeln, ich genoss den Frieden, und meine Pappeln, stellte ich mir vor, nickten in der Sommernachtbrise und lauschten.

Eine ganz andere Tischrede hätte ich halten müssen. Erzählen von Verzweiflung statt von der Crescendo-Angina. »Seht mich an«, hätte ich sagen sollen, »ich bin am Boden zerstört, auch zweieinhalb Jahre nach dem Tod eurer Mutter.« Von Hypochondrie, Phantasmen hätte ich reden sollen – dass ich an ihnen litt, wie ich an ihnen bastelte. Voilà! Von Mattherzigkeit statt von einem angegriffenen Herzen, von diffuser Niedergeschlagenheit, Lähmungsangst, fortschreitendem Versagen der Kräfte, Schwindel, Kopfschmerz, vom Horror vor dem Unbestimmten. Aufzählen die Symptome. Und feststellen: Es ging hier nicht um eine melancholische Gemütsverfassung, sondern um die seelischen, körperlichen und psychosomatischen Folgen einer ein halbes Jahrhundert lang verschleppten und damit lebendig gehaltenen Kränkung – von Maurice, Delphine, von uns und Albert Camus hätte ich erzählen müssen. Von Villeblevin. Wie alles verschwand und wie nur der Kummer blieb.

Der Kummer blieb. Er war mitnichten nur Ausdruck oder Eigenschaft einer Seelenlage. Der Kummer ließ sich chemisch erklären genauso wie psychologisch. Aber auch mit Mathematik kam man ihm auf die Schliche. Arithmetisch betrachtet war er identisch mit dem Charakter infinitesimaler Zahlen: Sie strebten gegen null, ohne je null zu werden oder nur werden zu können. Aristoteles rechnete mit Infinitesimalzahlen, glaubte aber nicht an sie. Dass der Kummer so in der Welt war, wie es das Mitgefühl war, und dass beides, »sorrow and compassion«, sich auf mannigfaltige Weise ausdrücken ließ, wie David Hume sagte, daran hatte dagegen auch ich nie einen Zweifel gehabt, schon als Junge nicht, wenn Maurice und ich umgeben von Bücherstapeln auf Professor Ravoux' Sofa saßen und in zwei Bänden der Geschichte der französischen Passagierschifffahrt blätterten, die er uns überließ, damit er Maurice' Mutter, während sie ihm die Nägel schnitt oder die Hornhaut von seinem diabetischen Fuß schabte, ungestört sein Leid klagen konnte.

»Ich bin wie ein dickes Kind, das von allem zum Weinen gebracht wird«, hätte ich bei Tisch sagen sollen, so wie der alte Benjamin Ravoux es gern sagte. »Mir kommt es vor, als würde ich in einem Meer aus alledem versinken, das nicht mehr da ist und zugleich endlos andauert« – infinitesimal.

Auch meine Seele hatte sich wohl zur Hälfte verfinstert. Nur war das nicht Ausdruck meiner Trauer um Véronique. Diese Verfinsterung hatte viel früher begonnen, und Véronique hatte meine unglückselige dunkle Seite vielmehr Jahre über Jahre ertragen. Grausam. War jede Grausamkeit nicht immer auch der Versuch, die vorhergehende ungeschehen zu machen? Besäße man die Fähigkeit, zu erkennen, warum einer unglücklich war, alles zum Himmel schreiende Elend in der Welt würde sich, daran hatte ich immer geglaubt, so rapide verringern, wie Beulenpest und Schwindsucht sich schließlich zurückziehen mussten aus dem Leben unserer Vorfahren. Aber sogar Véronique war dazu nicht in der Lage gewesen, keiner war es. Täglich, stündlich, Minute um Minute peinigte man Leidensgenossen mit einem milden Lächeln und trieb einander in die Verzweiflung, ohne es zu merken. Was Véro immer gesagt hatte, stimmte: Der Kummer unter uns allen würde erst vergehen, wenn auf dem Asphalt Veilchen wuchsen.

Wie mein Stuhlnachbar im Haus der Antikrebsliga war ich im Jahr nach ihrem Tod zu keiner Zeit sicher vor plötzlichen hemmungslosen Tränen gewesen. Im Schlosspark beim Latona-Brunnen ging eines Abends eine Mutter mit ihrem kleinen Sohn und einem winzigen schwarzen Hund spazieren. Ich folgte ihnen, und als ich sah, wie sich der Junge sein ferngesteuertes Auto unter die Achsel klemmte und Mutter und Hund hinterherrannte, fing ich an zu weinen. Einmal weinte ich eine ganze Stunde lang, als ich mir im Fernsehen eine Doku über Steppenmurmeltiere ansah. Und ich war verloren für Musik! Es fing kurz nach Véros Tod mit einer Arie aus *Castor und Pollux* an. Der Komponist, hörte ich, hatte das Lied »Tristes apprêts, pâles flambeaux« 1737 komponiert. Er hieß Rameau. Nach den ersten Tönen im Radio weinte ich uralte Tränen. Und das war nur der Anfang. Es gab noch mehr von ihnen, und ich merkte mir ihre Namen: Couperin, Destouches, Lully, Marchand. Für mich die reinsten Terroristen. Ich weinte nie bei Saint-Saëns oder Chopin, selbst bei einer Rachmaninow'schen Rhapsodie nicht. Diese fünf aber machten mich wehrlos. Ich stand in der Küche, sah hinaus in den sonnigen Garten, hörte ihre Musik und versank in Selbstmitleid.

Ich dachte, so möchte ich immer sitzen, unter den Bäumen im Dunkeln, und zusehen, ohne etwas zu hören, wie andere sich streiten, sich versöhnen und neue Pläne schmieden. Jeanne küsste André auf den Scheitel. Ich war mir sicher, er hatte nicht ein Wort von Bedeutung gesagt. Ja, hatte er gesagt, ja, chérie, ja, Jeanne, und zur Bilanzierung ihres Streits hatte er vielleicht eine auflockernde Schachanekdote aus dem Jahr 1972 beigetragen: Spasski erscheint mit Sonnenbrille am Brett, woraufhin sich Fischer einen Joghurt bringen lässt und den Plastikbecher schmatzend leer löffelt. Jeanne stand auf. Sie öffnete die Terrassentür und kam in den Garten. Sie rauchte ihre Zigarette, die einzige am Tag, so wie seit Jahren.

Als sie mich bemerkte, rief sie, ob ich es sei, und erst als ich antwortete, kam sie aus dem Licht herüber ins Dunkel. Sie hockte sich hin und legte ihren Kopf auf meinen Schoß.

»Wie lange sitzt du hier schon?«

Ich antwortete, ich hätte nichts gehört, und bat sie aufzustehen. Auf dem Rasen, feucht vom Nachttau, würde sie sich bloß erkälten.

»Ich habe mich furchtbar über Pen aufgeregt«, sagte sie. »Sie hat sich aufgeführt, als wäre sie 17, es war so peinlich. Sie hat den ganzen Abend verdorben.«

Ich streichelte ihre Schläfe und sagte, es sei ein schöner Abend gewesen. Dass ich einen guten Eindruck von Thierry und dass sich Mamie über die Theaterkarten sehr gefreut habe.

»Es war schrecklich«, sagte Jeanne. »Dieser Thierry ist ein Bubi, und mein Mann hat nichts Besseres zu tun, als ihn das spüren zu lassen und sich obendrein mit Oma anzulegen. Maman wäre im Erdboden versunken.«

Sie warf die Zigarette ins Gras und versuchte sie auszutreten, aber es gelang ihr nicht.

»Jeanne, Jeanne«, sagte ich. »Du bist doch meine Sonne.«

Sie legte ihren Kopf zurück, und ich streichelte sie weiter. Ich fragte mich, ob sie weinte, als sie plötzlich sagte, sie hätte mich gern überrascht und meinen Freund eingeladen.

»Welchen meinst du?«

»Na, Maurice«, sagte sie. Und dass sie in der Klinik angerufen habe, aber dass er dort nicht mehr sei.»Er ist entlassen worden. Hast du ihm eigentlich geantwortet?«

»Ja«, sagte ich, »schade«, und ein heißer Schauder überlief mich. »Das wäre wirklich eine Überraschung gewesen.«

Jeanne drehte den Kopf und sah mich von unten herauf an. Ich strich ihr über die Wimpern und fühlte an den Fingerkuppen, dass sie feucht waren.

»Erzähl mir von ihm«, sagte sie. »Ich finde die Vorstellung so schön, dass es ihm besser geht. Ich wollte es dir den ganzen Abend sagen. Wenn er gesund wird, wirst du auch gesund. Meinst du nicht?«

Drüben im Licht saß André und bewegte sich nicht.

7

Ich erzählte Jeanne, wie verrückt Maurice und ich nach Zügen waren. Dass wir uns auf dem Weg zum Bahndamm verwandelten: Nur äußerlich blieb ich der Spiddel, zu dem ihre Oma, meine Mutter, manchmal Storch sagte, »junger Storch« oder »Storchi«. Ich erzählte ihr, dass, war sein Großonkel gut gelaunt, er Maurice zu sich in seine Wohnung rief, um ihm ein neues Buch zu zeigen über den Herzog von Montmorency, der ihm in unserer Vorstellung so ähnlich war: Er gebot über hundert Schlösser, ein gigantisches Vermögen, einen unverwüstlichen Körper. 75, so alt wie Professor Ravoux, war der Duc, als in der Schlacht bei Saint-Denis fünf Degenstiche, zwei Streitkolbenschläge und ein Arkebusenschuss nötig waren, um ihn aus dem Sattel zu heben. »Und noch im Fallen«, sagte sein Großonkel zu Maurice,

»zerbarst unter seinem Kinn der Knauf eines Rapiers.« Dann legte er ihm die fleischige Pranke auf die Schulter und sagte zu Maurice: »Jetzt lauf, du schmales Hemd.«

Ich erzählte Jeanne, während wir im Garten saßen und es immer dunkler wurde, dass Maurice und ich alles andere waren als ein junger Storch und ein Hemd, dass wir aber trotzdem so taten, als wäre es die einzig gültige Wahrheit über uns, so lange, bis wir zum Bahndamm liefen, wo unsere Baracke stand.

»Denn es kam vor«, sagte ich, »dass uns kurz vor dem Ziel noch ein Schulkamerad abfing und fragte, ob wir mit ihm Fußball spielten. Was immer damit endete, dass man vor Langeweile auf dem Bolzplatz entweder einging oder Streit bekam. Weißt du, damals war ich mir sicher, Mamie würde nicht wissen, dass ich fast täglich mit Maurice zu den Gleisen ging. Aber vorhin am Tisch habe ich sie angesehen und war mir sicher, sie wusste es sehr wohl. Und ich glaube, so, wie ich damals falschlag, wenn ich annahm, dass sie es verbieten würde, hätte ich ihr davon erzählt, so habe ich mich in fast allem geirrt. Da stand zum Beispiel dieses Schild an den Gleisen: ›Betreten verboten! Eltern haften für ihre Kinder!‹ Weißt du, was für mich darauf stand? ›Betreten verboten, sonst verhaftet man an deiner Stelle deine Mutter!‹«

»Erstaunlich, dass du das Gefängnis trotzdem Tag für Tag für sie in Kauf genommen hast«, sagte Jeanne.

Sie saß mit dem Rücken zum Gästehaus, und so konnte nur ich sehen, dass André aufstand und das Licht ausmachte.

Ich sagte: »Davon allerdings, was wir in der alten Baracke machten, hatte sie wirklich keine Ahnung. Und doch hatte ich immer das Gefühl, etwas für Mamie zu erledigen, wenn ich zu den Gleisen ging, schon komisch.«

Ich erinnerte mich ganz deutlich: Es war dasselbe verwirrende Gefühl, das so hell in mir leuchtete wie der große Kronleuchter im Haus gegenüber, wenn Madame Labeige plötzlich vor mir stand und mich anlächelte, so als hoffte sie, ich sei gekommen, um sie zu retten. Nur dass das Gefühl für meine Mutter noch stärker war, so stark manchmal, als finge mein innerer Kronleuchter Feuer, ja als ginge er mit einem Knall in Flammen auf. Das erzählte ich Jeanne allerdings nicht.

»Schliefen die Hausmeister«, sagte ich stattdessen, »dann nahmen wir die Abkürzung über den Schulhof. An ihn grenzte eine Wiese, auf der Müll lag und Geräte abgestellt waren, Traktorenteile, eine alte Egge, und überall waren Maulwurfshügel. Die Wiese gehörte dem alten Paul Cassel, an den du dich vielleicht noch erinnerst.«

»Nein«, sagte Jeanne, »keine Erinnerung, bei Paul Cassel ist ein weißer Fleck.«

»Er nutzte die Wiese nicht mehr, oder nur als Mülldeponie und Schrottplatz. Unser Ziel war das hintere Ende des Grundstücks. Dort senkte die Wiese sich ab. Und am Fuß der Böschung verliefen die Gleise, da stand die Baracke. Wir spähten über den Schulhof. Einer gab das Kommando. Dann rannten wir los und tauchten hinterm Pausenkiosk in die Büsche, kauerten uns auf den Boden und verschnauften. Dann weiter an einem Graben lang. Stöcker, Büchsen und Gummistiefel ragten aus dem Schlamm, Fliegen schwirrten einem um den Schädel, bis wir zur Stelle kamen, wo wir sprangen. Wir konnten es gar nicht abwarten. In der Sekunde in der Luft verwandelten wir uns. Sobald wir auf der anderen Grabenseite landeten, waren wir die Erbauer der Maschine des großen Verschwindens.«

Ich sagte das spöttisch, voller Hohn über mich selbst, allerdings mit einem traurigen Unterton, der echt war.

»Und was für eine Maschine war das?«

Ich sagte es ihr: »Eine stinknormale Draisine.«

Sie wisse, was eine Draisine sei, habe aber nie eine gesehen. »Wie sah sie aus? Habt ihr sie zu Ende gebaut?«

»Na ja, wie soll sie ausgesehen haben. Ich glaube, man sagt Handhebeldraisine. Sie hatte einen Stahlrahmen mit Holzbrettern, groß genug, dass wir beide darauf stehen konnten. Mit vier Rädern in Gleisspurbreite. Und dann natürlich diesem Mechanismus, auf den es bei einer Draisine ankommt – eine Art Pumpschwengel. Sie war dunkelgrün, auch die Räder, ich habe sie selber lackiert. Und das Holz für das Trittbrett war neu, helles Kirschbaumholz. Maurice und ich haben es zurechtgesägt und eingepasst in den Rahmen.«

»Ihr habt das ganze Ding wirklich selber gebaut«, fragte Jeanne noch einmal, »und seid damit gefahren?«

»Wir haben sie selber gebaut, ja. Ja und nein. Als wir sie in der Baracke fanden, war sie ein Wrack, ein Schrotthaufen. Wir haben sie Stück für Stück wiederhergerichtet, und das war das Phantastische an ihr. Aber sonst war sie nichts Besonderes. Sie war sogar ziemlich hässlich. Aber sie fuhr gut. Ja«, sagte ich und stand auf, »auch gefahren sind wir mit ihr. Ein paarmal. – So. Jetzt aber ins Bett. Die Märchenstunde ist zu Ende. Morgen ist ein neuer Tag.«

Nichts schien sie zu André zurückzuziehen, und erst nach ein paar erfolglosen Widerspruchsversuchen trollte sich Jeanne schließlich. Langsam tappte sie über den Rasen davon, und ich ging zum Haus.

Aber mir fiel noch etwas ein, und ich rief sie, und sie war noch da: Sie stand auf der Gästehausterrasse und rauchte.

»Jeanne«, rief ich, »sei mir nicht böse, weil ich vorhin keine Lust hatte, Königsscharade zu spielen.«

»Ich bin dir nicht böse«, rief sie zurück. »Ich dachte, es freut dich – Mamans Lieblingsspiel!«

»Das nächste Mal! Versprochen!«

»Wenn auch dein Freund dann dabei ist... Gute Nacht, Papa.«

8

Ein paar Tage später brachte mir Robertine Sochu gemeinsam mit einem Hühnchen zum Mittag die Post, die sie dem Briefträger abgeluchst habe. Als ich sie durchsah, ließ ich mir die Aufregung nicht anmerken, in die mich die Handschrift auf dem gelben Umschlag versetzte.

Robertine war eine jung gebliebene, auffallend attraktive Frau. Sie kleidete sich schlicht, in dezenten Farben, sie musste allein mehrere Dutzend Hosenanzüge in ihrem Schrank hängen haben, und doch war ich stets überrascht, wenn ich sie sah, weniger davon, was sie anhatte, als vielmehr davon, wie sie es zu tragen verstand. Darin ähnelte sie Véronique. Die Frauen hatten einander respektiert, hatten Zeitschriften ausgetauscht und sich bei Lebensmitteln ausgeholfen, Freundinnen aber wurden sie nicht, Du sagten sie nie zueinander. Véronique hatte nie Geld verdienen müssen, ich verdiente genug, das Labor wuchs mit jedem Jahr. Daher blieb sie zu Haus, ging darin auf, auch als die Mädchen auszogen, und war zufrieden. Robertine war Steuerberaterin bei Air France gewesen, und sie half auch uns bei den Abrechnungen, nahm die Unterlagen mit nach drüben und brachte sie fertig zurück. Dann hatten unsere Nachbarn – ob er oder sie, wusste ich nicht – geerbt, eine nicht unbeträchtliche Summe, und Robertine gab den Bürojob auf. Véro beglückwünschte sie, fand aber, es schicke sich nicht, nun weiterhin Robertines unbestreitbare Fähigkeiten in Anspruch zu nehmen.

Sie kochte zudem exquisit. Wir aßen das Perlhuhn, plauderten über das Wetter an der Küste, dann ging sie in die Küche und kochte Kaffee. Ungeöffnet lag der Brief neben mir. Ich malte mir aus, was darin stehen mochte. Warum war Maurice aus dem Krankenhaus entlassen worden? Ich war neugierig, ob ich ihn bei einer Lüge ertappte, dabei, dass er noch immer so log wie früher. Der Brief war noch dicker als der erste. Die Handschrift auf dem Umschlag erschien mir weniger zittrig. Eine Absenderadresse fehlte auch diesmal.

»Das schöne Wetter wird sich doch halten?«, fragte Robertine aus der Küche, wo die Kaffeemaschine sprudelte und zischte.

»Das will ich hoffen!«, rief ich. »Regen hatten wir wahrlich genug.«

Das Tablett in Händen, kam sie ins Zimmer. Sie wirkte verändert, und ich rätselte, was diesen Eindruck hervorrief. Ihr kurzes dunkelgraues Haar leuchtete, es unterstrich ihre feinen Gesichtszüge.

Robertine setzte sich und schenkte den Kaffee ein. »Na so oder so, an der Küste macht das Wetter eh, was es will. Sie nehmen sich Ihre Milch selbst, Raymond? Wann ist Pénélope denn losgefahren?«

Pen war mit Thierry tags zuvor in die Bretagne zum Surfen gefahren. Sie wollten zehn Tage bleiben und wohnten bei Thierrys Eltern.

»Wenn ich nicht irre, gestern«, sagte ich.

»Es wird sicher sehr schön. Pénélope war ja ganz aufgeregt. Das erste Mal, dass sie diesen Sport macht. Ich kann mich erinnern, als mein Mann und ich zum ersten Mal Kajak fuhren, auf der Rhône, wie aufgeregt ich war. Sie machen sich doch keine Sorgen?«

Weshalb sollte ich mir Sorgen machen?

»Wie Eltern so sind«, sagte ich.

»Sie weiß, was sie tut. Sie ist eine wilde kleine Madame. Und so hübsch. Die kurzen Haare stehen ihr sehr gut. Sie liebt ihren Freund sehr. Thierry. Ich fand ihn sehr nett. Höflich. Es ist nicht sehr leicht, wenn man lange im Ausland war.«

Ich trank meinen Kaffee und hörte Robertine Sochu zu, wie ich einige Tage zuvor dem Regen zugehört hatte. Alles sehr gut, sehr schön, sehr nett.

»Ja, ich denke auch, dass er ein sehr guter Kerl ist.«

»Ein klein wenig hat er mich an Bertrand erinnert, als er jung war und wir uns kennenlernten.« Sie wurde ernst. Wenn sie die Augen schloss, sah ich ihren hellblauen Lidschatten.

»Die Jugend verändert sich nicht. Jeder erlebt sie, und immer vergeht sie. Aber was will man da machen?«

»Nichts«, sagte ich. »Es ist der Lauf der Dinge.«

»So ist es. Man soll seine Sachen ordnen.«

So ging das Gespräch weiter. Irgendwann stand sie auf und fragte, ob es mir geschmeckt habe.

»Es war köstlich, Robertine, vielen Dank.«

»Na bitte. Bertrand hat dieses Rezept geliebt, er hat es sich oft, fast zu oft gewünscht. Das ging so weit, dass er frühmorgens mit dem Hund in die Felder zog, nur um zwei Perlhühner zu schießen, die ich dann am Abend auf den Tisch zu bringen hatte. Der Verrückte. – Ein Dessert, Raymond?«

»Nein danke. Sie hatten also früher einen Hund.«

»Einen deutschen Vorstehhund, einen Weimaraner. Oder Obst? Ich habe frische Kirschen drüben. Und Bananen.«

Bananen – ich. Ich hatte eine Bananenaversion. Aber woher sollte sie das wissen.

»Nein danke, Robertine. – Lassen Sie bitte alles stehen. Jeanne kommt nachher und wird ohnehin aufräumen.«

»So weit kommt's noch. Jeanne hat wirklich genug zu tun. Da werde ich nicht mein schmutziges Geschirr stehen lassen, bestimmt nicht. Lassen Sie mich das kurz in die Maschine stellen, dann sind Sie mich los.«

»Es ist sehr schön, dass Sie da waren«, sagte ich etwas hilflos und hörte, wie sie in der Küche auflachte.

»Na, noch bin ich ja nicht weg!«

Kurz darauf schnappte die Haustür ins Schloss. Ich riss den Umschlag auf.

Der Brief sah aus wie der erste, nur dass er etwas länger war. Die schwarze Tinte. Kein Datum. Sieben oder acht getippte Seiten, die außerdem in dem Kuvert steckten, trugen diesmal eine Überschrift: *Möglichkeit, das Leben zu lieben.*

Er ist gesund, dachte ich sofort. Man hat ihn geheilt, Maurice Ravoux, aus dem Krankenhaus entlassen als gesunder Mann. Ich sah nach, wann das gelbe Kuvert abgestempelt worden war. Gestern.

»Lieber Raymond, viele meiner Befürchtungen bestätigen sich in diesen Tagen, so auch jene, dass Du auf meinen Brief nicht antworten könntest. Den Grund dafür glaube ich zu kennen, es dürfte derselbe sein, weshalb ich gern mit Dir gesprochen und Dich um Verzeihung gebeten hätte.

Leider bin ich nicht in der Lage, Dich zu besuchen, selbst Dich anzurufen verbietet mir mein Zustand. Ich hänge an einer Maschine, sozusagen meiner eigenen Maschine des großen Verschwindens. Die wenigen Dutzend Kilometer, die zwischen uns liegen, sind für mich unüberwindbar.

Es erklärt sicher nichts und macht nichts wieder gut, und dennoch solltest Du wissen, dass Delphine und ich keinen Kontakt mehr haben. Unsere Ehe wurde vor mehr als 20 Jahren geschieden. Wir haben keine gemeinsamen Kinder. Vielleicht deshalb haben wir uns so schnell aus den Augen verloren.

Delphine und ihr Mann leben in Paris, sie hat einen Sohn, so viel immerhin weiß ich. Mit Nachnamen heißt sie mittlerweile Péres.

Die Ärzte sagen mir, meine Krankheit sei nicht heilbar, es bleibe wenig Zeit. Ich versuche, meine Sachen zu ordnen, nutze die Stunden, die mein Körper mir gestattet, um Texte abzuschließen, die meine letzten sein werden.

Hätte ich früher begonnen, über Villeblevin zu schreiben, vielleicht wäre es mir gelungen, eine Barriere zu überwinden, die ich mit mir herumtrage, seitdem ich damals fortging. Aber es war mir nicht vergönnt. Keine Chance, etwas über uns beide zuwege zu bringen, worin ich Dich und mich, wie wir waren, wiedererkannt hätte. Du und Delphine – Véronique und ich – die Schule, die Gleise, unsere Draisine – ich habe Monate über Monate Buchstaben aneinandergehängt, um irgendetwas davon zum Leben zu erwecken.

Als ich während meiner Zeit in Algier anfing, mich mit Camus und seinem tödlichen Unfall zu befassen, hatte ich vor, darüber zu schreiben, wie dieser Tag unser aller Leben damals veränderte. Ich wollte von Deiner und von meiner Mutter erzählen, von Labeige und unseren endlosen Stunden in der Baracke, und ich wollte in allen Einzelheiten unsere Draisine beschreiben, wie wir es schafften, sie flott zu kriegen und auf die Schienen zu bekommen. Ich habe alles verworfen, kein Satz ist übrig geblieben. Als seien meine eigenen Erinnerungen wie die Wolken so schön anzuschauen und doch so bedeutungslos, habe ich mich stattdessen immer weiter mit dem Unfall beschäftigt, mir auszumalen versucht, was in den acht Menschen, die ihn miterlebt haben, vor sich gegangen sein mag.

Meine Hoffnung ist, dass es Dir anders geht. Ich stelle mir vor, wie Du Dich erinnerst – an Delphine, vielleicht an mich, auch wenn das wahrscheinlich zu viel verlangt ist. Aber ich stelle mir vor, wie sich beides zusammenfügt, Deine Erinnerungen und meine Beschreibungen, wenn Du sie liest.

Du brauchst mir nicht zu antworten, Raymond, ohnehin lässt sich wohl kaum klären, was uns beide entzweit hat. Dass dafür ich die Verantwortung trage, keine Frage, das weiß ich. Auch deshalb möchte ich Dir weiter berichten, zumindest so lange, wie es mir möglich ist, über den Unfall zu schreiben. Wenn Du mich nicht allzu sehr verabscheust, wünsch mir Glück dafür, so wie ich Dir alles Glück wünsche.

Maurice«, hatte er unterschrieben, und ganz unten auf der Seite stand seine Adresse, der Name eines Ortes, den ich kannte, so wie jeder ihn kannte:

Maurice Ravoux
15 Rue Daubigny
95430 Auvers-sur-Oise

Vincent van Gogh, der sich dort erschossen hatte und dort begraben lag, hatte mich nie sonderlich interessiert. Mein Vater schipperte mit seiner *Henriette* oft über die Oise, er liebte diesen Fluss besonders. Aber ich, ich war nie in Auvers gewesen.

Ich stand vom Tisch auf, nahm Brief und getippte Seiten und ging in den Garten.

Es war kurz nach drei, in etwas mehr als einer Stunde kam Jeanne aus dem Verlag. Ich sah, auch Robertine Sochu war draußen, sie trug grüne, viel zu große Gummihandschuhe und war mit einer Heckenschere dabei, die Johannisbeerbüsche und die Schlehe zu stutzen, offenbar weil sie über den Zaun wuchsen. Wohin sollten die Büsche sonst wachsen? Aus ihren Beeren hatte Véronique im Herbst Gelee gekocht.

Mit langsamen Schritten ging ich über den Rasen hinüber zum Gästehaus, vertieft in die Seiten, die ich doch nur überflog.

»Raymond, schauen Sie nur, eine prächtige Ernte wird das!«, hörte ich es in meinem Rücken rufen, aber ich tat, als wäre ich taub.

Das Licht, das die Sonne auf die Seiten warf, blendete, und ich las, während ich durch die warme Luft ging, und wusste dabei selbst nicht, ob ich wirklich las, was Maurice geschrieben hatte, oder ob ich nur so tat: *Möglichkeit, das Leben zu lieben.*

9

Véronique hatte das Gästehaus selbst entworfen. Im Erdgeschoss befanden sich ein Wohnzimmer mit Kamin, eine kleine Küche, und es gab einen Verbindungsflur zur Garage, die leer stand, seit ich den Rover verkauft hatte. Als das Haus fertig war, lag Véronique schon auf der Krebsstation, sie hatte es nur einmal besichtigt. Für einen Nachmittag holte ich sie nach Haus, und sie sah sich alles an, jedes Zimmer, die Terrasse und den frisch gesäten Rasen.

Eine Weile ging ich unschlüssig durch die Zimmer und stieg dann die Treppe hinauf ins Obergeschoss, wo neben dem Bad das Schlafzimmer lag. Die Sonne hatte es aufgeheizt, es war stickig in dem Raum, der nur einem Doppelbett und einem einfachen Kleiderschrank Platz bot.

Véroniques Begleitung, ihr Krankenpfleger, hatte sie die Treppe hinaufgetragen und auf dem Bett abgesetzt. Dann war er hinuntergegangen, um uns allein zu lassen – ein junger Mann mit Pferdeschwanz, dem ich später ein Trinkgeld gab, das ihn beschämte.

Da war noch derselbe Spiegel an der Schranktür, in dem sie sich ansah und sagte, das sei nicht mehr sie.

Ich setzte mich aufs Bett, nahm das Telefon von einem der Nachttische und ließ mich von der Auskunft mit Andrés Redaktion verbinden.

»Raymond!«, flötete er ins Telefon, als die Sekretärin mich zu ihm durchgestellt hatte. »Wie geht es dir? Alles in Ordnung?«

»Alles bestens. Seid ihr gut heimgekommen?«

»Bestens«, sagte auch er. »Jeanne meint ja, sie bekomme ihre jährliche Sommergrippe, aber ich glaube, sie hat nur etwas wenig geschlafen. Stress im Verlag, mit dem Übersetzer eines historischen Kochbuchs, stell dir das vor! Sie müsste eigentlich bald bei dir sein. Wie spät haben wir's denn? Mon dieu, schon halb vier.«

»Deshalb rufe ich an. Ich möchte dich um einen Gefallen

bitten, André. Aber es ist mir wichtig, dass du Jeanne nichts davon erzählst.«

»Worum geht es? Ich schweige wie ein Grab, solange es nicht mein eigenes ist!«

»Es hat mit Jeanne nichts zu tun, nur insofern, als ich nicht möchte, dass sie sich unnötig Sorgen macht«, sagte ich umständlich als Antwort auf seinen blöden Witz. »Ich wollte dich bitten, etwas herauszufinden über einen früheren Freund von mir. Er ist Schriftsteller.«

»Dieser Maurice?«

»Ja. Ich würde gern wissen, wie er lebt und was er in den letzten ... na sagen wir: 30 Jahren getan hat, nur in groben Zügen. Vielleicht kannst du mir ja eine Liste seiner Bücher zusammenstellen lassen.«

»Dürfte kein Problem sein.«

»Und ich wüsste gern, wie er heute aussieht. Sicher gibt es ein aktuelleres Foto von ihm, im Internet bestimmt.«

»Dürfte kein Problem sein«, sagte André noch einmal. Ich hörte, wie im Hintergrund geredet wurde. Ein Telefon fiepte und dann noch eines. André war Redakteur eines Pariser Kulturmagazins, das sich *Rivoli* nannte, nach der Adresse der Redaktion in der Rue de Rivoli. Durchs Telefon hörte ich die Sirene eines Krankenwagens, der vor seinem Fenster vorbeibrauste.

»Erst letzte Woche habe ich eine unserer jungen Damen mit einer ähnlichen Recherche betraut«, sagte er. »Sie hat ein Händchen für so was. Du müsstest mir nur den Nachnamen deines Freundes sagen und bis wann du die Daten brauchst.«

Ich sagte, es eile nicht, und buchstabierte ihm Maurice' Namen.

»Nie gehört von ihm«, meinte er. »Ein großes Kaliber

dürfte er nicht sein. Gib mir Zeit bis zum Wochenende. Ich melde mich dann, falls wir uns vorher nicht sehen.«

»Wunderbar.« Ich bedankte mich und war froh über meine Idee, ihn anzurufen.

»Nicht der Rede wert. Ich danke dir für das Vertrauen. Hat Jeanne dir erzählt, dass ich mit dem Rauchen aufgehört habe? Na, bin gespannt, wie lange ich durchhalte. Und dass wir übers Wochenende ans Meer fahren? Ursprünglich wollte sie ja in die Bretagne, Pen beim Surfen zusehen. Aber nach ihrem Knatsch fürchte ich ...« Er brach den Satz ab.

Nach einem kurzen Schweigen sagte ich, es sei sicher besser, wenn Pen und ihr Freund sich nicht beobachtet fühlten. André stimmte mir zu. Ich fragte, wohin sie fahren würden.

Sie wüssten es noch nicht, sagte er ein wenig betrübt, es hänge vom Wetter ab, in die Normandie nach Caen oder vielleicht doch nach Saint-Malo.

»Ja, ich komme jetzt!«, rief er jemandem zu.

Auf jeden Fall aber würde ich vorher von ihm hören.

Ich sah Andrés immer ein wenig verwundert wirkenden Blick vor mir. Seine schmalen Augen, von schweren Lidern halb verdeckt, so als wäre er in einen feinen, aber heimtückischen Staub hineingeraten und müsste sich davor schützen. Durch diesen Staub seiner Unsicherheit aber funkelten braune, feuchte Pupillen, in denen etwas Wirres und zugleich Anziehendes lag. Plötzlich hatte ich Lust, seine Gegenwehr herauszufordern. Ich fragte, ob er seinen sang- und klanglosen Untergang bereits verwunden habe.

»Keine Ahnung, was du meinst.«

»Thierry. Das Königsgambit.«

»Ach, weißt du, meine Niederlagen im Schach«, lachte er

trocken, »wenn es bloß die wären, was mir Kopfzerbrechen bereitet.« Er wünschte mir alles Gute, versprach noch einmal, sich zu melden, und bald darauf legten wir auf.

Ich öffnete die Fensterluke, streifte in dem Luftzug, der hereinkam, die Schuhe ab und legte mich aufs Bett.

Leise sang draußen ein Pirol, und immer wieder unterbrach die Heckenschere sein Plaudern. Ein Viereck des blauen Himmels stand in der Luke, keine Wolke war zu sehen. Das Bild aus Maurice' Brief fiel mir ein, und ich las die Stelle noch einmal, nur diese Stelle: »Als seien meine eigenen Erinnerungen wie die Wolken so schön anzuschauen und doch so bedeutungslos.«

Ich schloss die Augen und überlegte.

Delphine Péres, dachte ich, Delphine Péres, Delphine Péres, und immer wieder, bis ich es laut sagte, »Delphine Péres, Delphine Péres«, wie von allein, »Delphine Péres«.

Einige Minuten lang lag ich so auf dem Doppelbett im Gästehaus, starrte durch das Dachfenster in den Sommerhimmel und plapperte Delphines Namen, ihren neuen Ehenamen vor mich hin. Irgendwann kam ich mir lächerlich vor.

»Ich will«, hatte Véronique hier zu mir gesagt, »die Chemo abbrechen. Ich verliere mich sonst, und das will ich nicht. Ich möchte mich behalten.«

Daran musste ich denken. Trotzdem dachte ich zugleich weiter, immer weiter an Delphine, »Delphine Péres«, so lange, bis ich Maurice' getippte Seiten nahm. Und dann fing ich an zu lesen: *Möglichkeit, das Leben zu lieben.*

10

Der Skye-Terrier lag zusammengerollt zwischen den Frauen auf der Rückbank. Unter Janine Gallimards Hand zuckte es ab und zu, denn das wuschelige Knäuel träumte. Nach dem Mittagessen im Zentrum von Sens war Anouchka mit Floc in einem Park gewesen, und noch immer roch sein Fell nach Regen.

So luxuriös das große Sportcoupé ausgestattet war, im Fond bot es nur wenig Fußraum, so dass Janine und ihre Tochter ziemlich eingezwängt hinter Fahrer- und Beifahrersitz saßen. Jede Ablenkung war ihnen willkommen. Draußen gab es nicht viel zu sehen, plattes Land, Äcker, Regen, ein paar Nebelkrähen schwirrten wie Ufos durch die Luft, die Straße gerade mit wenig Gegenverkehr, ein alter Heerweg, darüber die grau in graue Wolkendecke. Von Lourmarin im Vaucluse bis zu dem Gasthaus in Thoissey bei Mâcon, wo sie übernachtet hatten, waren sie tags zuvor 300 Kilometer gefahren, dieselbe Strecke lag an diesem Tag bereits hinter ihnen, und bis Montmartre, wo Albert verabredet war, würde es ohne Zwischenstopp mindestens noch anderthalb Stunden dauern. Michel Gallimard wollte deshalb für Aufheiterung sorgen, besonders bei den Frauen, die es hinten so eng hatten.

»Mon dieu, was stinkt der Hund. Anouchka, kurbel das Fenster runter und wirf ihn raus, ja?«, sagte er trocken.

Keiner lachte. Sie waren schläfrig, hatten alle viel zu viel gegessen. Obwohl auch ihm das Essen schwer im Magen lag und er sich lieber etwas die Beine vertreten hätte, fühlte sich Michel verantwortlich für die Stimmung. Schließlich hatte er darauf bestanden, dass sie alle gemeinsam mit dem Wagen fuhren. Zwar hatte er Albert nicht überreden müssen, immerhin jedoch hatte er es ihm schmackhaft gemacht, die Zugkarte, die sein Freund in der Tasche hatte, verfallen zu lassen – eine kleine Feier zu Anouchkas Geburtstag, das gute Essen im *Chapon Fin* in Thoissey, man konnte über das neue Romanmanuskript sprechen, Alberts Theaterpläne in Avignon, der Facel war bequem, eine Freude, damit zu fahren, zumindest für sie vorn.

Aber welche Trübsal, Licht, das die Bezeichnung nicht verdiente. Vor ein paar Tagen noch war er mit den Frauen in Grasse gewesen, der Frühling kam schon übers Mittelmeer, kobaltblau und glatt wie eine Tragfläche hatte die See in der Sonne geflimmert. Wirklich ein trister Mittag. Michel beschleunigte etwas, zugleich schaltete er zusätzlich zum Abblendlicht auch die Nebelscheinwerfer ein.

»He, mein Kleiner«, sagte Camus neben ihm, »wir haben's nicht eilig.«

Michel erwiderte nichts darauf, er ging jedoch auch nicht vom Gas. Die RN 6 war frei und gerade, es regnete zwar, aber es war bloß feiner Sprühregen. Er unternahm einen neuen Aufheiterungsversuch.

Janine und er hatten Anouchka zum Geburtstag ein erstes eigenes Auto versprochen, zurück in Paris, sollte sie sich eines aussuchen. Wie schon mehrfach seit gestrigem Abend gab sie ihren neuesten Überlegungen Ausdruck und verriet: Im Grunde favorisiere sie ein ganz bestimmtes Fabrikat, ein deutsches.

»Einen Porsche«, sagte Michel sofort.

Und Anouchka: »Richtig.«

»Pah!«, machte ihre Mutter. »Kommt gar nicht in Frage.«

»Wir werden das in Ruhe besprechen«, sagte Michel, er gab Camus einen Klaps auf den Schenkel, »Anouchka, Albert und ich, während einer Probefahrt. Albert sitzt hinten!«

»Schön.« Anouchka war vergnügt, sie schien eine wichtige Hürde genommen zu haben. »Und wenn es keine Rücksitze gibt, was dann?«

»Es gibt keine Rücksitze!«, sagte Camus empört. »Hast du gehört, Janine? Michel wird nicht nur für den Wagen berappen, er wird außerdem Rücksitze einbauen lassen müssen. O, là, là, ein teurer Spaß.«

»Wenn es bei den Rücksitzen bleibt, kein Problem«, sagte Michel. Er warf einen Blick über die Schulter auf seine Stieftochter. »Ich fürchte nur, deine Mutter wird sich damit nicht zufriedengeben! Wir werden nicht umhinkommen, den Motor ausbauen zu lassen. Was meinst du, Albert?«

»Tja, ich glaub's auch. Janine wird auf ein Tretgestänge bestehen.«

»Macht euch nur lustig. Warte, bis deine Zwillinge ins Alter kommen, wo du ihnen das Motorrad nur mit einem Sportwagen ausreden kannst«, sagte Janine.

Camus erwiderte nichts, er sah aus dem Seitenfenster, an dem das Regenwasser in langen Fäden entlanglief, schnell und funkelnd wie Quecksilber.

Anouchka stöhnte ein paarmal beleidigt und sagte schließlich, als keine Reaktion kam: »Bin ich eigentlich 18 geworden oder 13? Ja, es muss ein Albtraum gewesen sein. Ich bin 13, zum Glück noch lange nicht erwachsen und verknöchert. 18«, plapperte sie lustlos vor sich hin, »was für ein sagenhaft überschätztes Alter. Früher hab ich immer geglaubt, bis man 18 ist, zählt nichts.«

»Ganz richtig«, sagte Michel. »Und danach ist es genauso.«

Er redete gern über schnelle Autos, Sportflugzeuge, Jachten, alles, was der Kronprinz eines großen Verlegers sich leisten konnte und leistete. In derselben lebenssatten, nicht unangenehmen Art sprach Michel auch über die Vergänglichkeit, sie war eines seiner Lieblingsthemen. Anders als sein Freund Camus hatte er während der deutschen Besatzung nicht Not leiden müssen, allerdings beschlich ihn immer öfter das Gefühl, eigentlich nicht wirklich zu wissen, was das war, Reichtum... Geld zu haben, viel Geld, bedeutete für Michel im Grunde nur die Möglichkeit, das Leben lieben zu können. Dass Camus dazu kein Geld brauchte, bewunderte er. Diese heimliche Bewunderung machte ihn glücklich, und dieses Glück band ihn so fest an Camus wie an keinen anderen Freund.

Und noch etwas verband sie: Beide hatten sie seit vielen Jahren von der Tuberkulose angegriffene Lungen, sehr alt würde die Schwindsucht sie nicht werden lassen. Michel trug stets zwei Briefe bei sich, denjenigen, worin Janine, da noch die Frau seines Cousins Pierre, ihm ihre Liebe gestand, und einen, den Camus ihm vor mehr als elf Jahren aus Algerien schrieb und den er fast auswendig kannte, so oft hatte er den Brief seither gelesen: »Großer Saint Michel, ich habe die mannigfaltigen Leiden, über die Du klagst, Revue passieren lassen: Tuberkulose, Sterilität, drohende Impotenz, Ischias und Hämorrhoiden, Syphilis und Prostatitis. Und diese Auflistung, die Dich in so erhabene Melancholie versinken lässt, hat mir bloß ein Höllengelächter entlockt, für das ich hiermit um Verzeihung bitte.« Nein, abgesehen von dem Wetter, Grund zu klagen hatte er wirklich nicht. Die eigene Gesundheit liebte keiner, und so musste er tatsächlich auf nichts, woran sein Herz hing, verzichten. Er hatte das große Glück, nichts entbehren zu müssen, was das Leben in seinen Augen lebenswert machte. Schon in dem Wagen, den er quer durch das Land lenkte, wo er aufgewachsen war und das er gegen kein anderes auf der Welt hätte eintauschen mögen, in diesen fünf Metern Blech war beinahe alles versammelt, was ihm teuer war, die Frau, die er liebte und die ihn liebte, die Familie, die sie ihm bot, der Freund fürs Leben. »Es gibt nämlich ein Gleichgewicht«, stand in Alberts Brief. »Jedes Übel wird durch eine Freude ausgeglichen, und letztlich ist es nur die Liebe zum Leben, die einen Menschen rechtfertigt. Der Tod geht uns nichts an, sagt Epikur. Wobei Liebe zum Leben wohlverstanden das Gegenteil von Orgien, Boogie-Woogie und Rasen mit 150 Stundenkilometern ist.« Hier war Michel etwas anderer Ansicht. Für eine gepflegte Orgie im *Chez Olivier*, seinem Lieblingslokal in St. Paul de Vence, mit Loup de Mer, zubereitet mit Fenchel, Artischocken, Basilikum und Thymian, dazu einen Puligny-Montrachet Premier Cru, ließ er so manches stehen und liegen. Anouchka zu verbieten, am Wochenende bis in die Puppen mit Antoine und ihrer Clique Rock 'n' Roll zu tanzen, kam für sie der Inhaftierung in der Bastille gleich. Und was das Schnellfahren betraf, so hatte der Facel Vega nun mal seine acht Zylinder und 260 PS. Er stellte sich eine Kutsche vor, gezogen von 260 Rappen und Schimmeln. Diesen schwarzweißen, vorwärts stürmenden Pulk zu bändigen, darauf kam es an.

Abgesehen davon, dass er im Augenblick nicht 150 fuhr,

sondern bloß 135. Die Reifen sangen auf dem nassen Asphalt. Wenn er Albert richtig verstand, lag das Geheimnis in einer gewissen Art Liebe, einer gewissen Art Spiel, einer gewissen Art Heldentum, einer gewissen Art hellsichtiger Beharrlichkeit. Michel fand alles das aufgehoben in diesem Moment, da er am Steuer saß und durch die Bourgogne jagte, neben sich Albert, im Rücken Janine und Anouchka: Das Geheimnis verband sie, so wie sie das beständige leichte Vibrieren des Wagens verband, mit dem zu fahren er liebte.

In das schläfrige Schweigen hinein sagte Michel: »Ich glaube, ich werde es nun doch über mich bringen und mal nächste Woche mit dem alten Germain wegen einer Lebensversicherung sprechen.«

Janine gab nur ein Grummeln zur Antwort, eine Unmutsbekundung gegenüber dem Thema, das Michel ansteuerte.

»Oder was meint ihr? Man muss doch vorsorgen für seine Lieben.«

Camus meinte: »Tu, was du nicht lassen kannst. Ich für mein Teil finde es unerträglich, wenn ich mir vorstelle, Francine, die Kinder oder meine Mutter erhalten jeden Monat einen Scheck über die aufgelaufenen Tantiemen. Statt der Summe könnte darauf genauso gut stehen: Er ist tot, und was ist euch von ihm geblieben, he?«

»Na ja, Geld, immerhin!« Michel lachte.

Und Anouchka sagte gedehnt, sie gähnte: »Den meisten bleibt gar nichts, die wissen oft nicht mal, wie die Bestattung bezahlen.«

Janine schlug vor, von etwas anderem zu reden. Sie sprach mit dem Hund, der aufgewacht war und auf ihr herumturnte, offenbar um aus dem Seitenfenster sehen zu können. »Floc, Platz, leg dich wieder hin. Floc, bitte!«

»Auf Bitten hört der nicht. Reiß ihm ein Bein aus«, sagte Michel.

Und wieder Camus: »Es geht doch gar nicht ums Geld, wenn ich das sage. Natürlich brauchen Hinterbliebene ihr Auskommen, sie haben ja nicht umsonst ein Anrecht darauf. Ich meine bloß, diese Tantiemen oder Policen, die sie scheibchenweise nach deinem Tod ausbezahlen, machen dich zu einer Art Zahlenwiedergänger. Endlich haben sie's geschafft: Sie haben dich umgebracht, aber in ihren Zahlen lebst du weiter.«

»Finanzzombie.« Anouchka machte ein Gruselgeräusch.

Daran konnte Michel nichts Schlimmes finden, genau das, sagte er, sei er auch jetzt schon. »Zumindest kommt es mir so vor. Floc zum Beispiel, er frisst uns die Haare vom Kopf. Du glaubst gar nicht, Albert, wie viel so ein kleiner Hund fressen kann. Der reinste Alligator.«

»Der süßeste Alligator der Welt«, sagte Janine.

Und Michel: »Stimmt. Und der verfressenste. Jedenfalls werde ich mir Alberts Bedenken zu Herzen nehmen, wenn ich mit Germain rede. Eigentlich geht es mir ja nur um eines: Ich will vor Janine sterben, denn, mein Schatz, ich kann ohne dich nicht leben.«

Und Janine: »Danke. Ich will trotzdem weiterleben, mit dir oder ohne dich.«

»So sind sie, die Frauen, undankbar«, sagte Camus. »Du weißt, was das bedeutet. Wir haben es gestern besprochen.«

Michel sagte es: »O ja! Wir werden beide vor ihr sterben müssen. Ich werde den alten Germain bitten, uns einbalsamieren zu lassen, er wird uns im Wohnzimmer aufbahren und du, Liebling, wirst Tag und Nacht mit uns reden wollen. Aber wir, wir werden stumm sein.«

»Ihr seid schrecklich, das seid ihr«, sagte Janine, obwohl sie lachte, »so etwas vor dem Kind!«

»Das Kind ist erwachsen«, sagte Anouchka und gähnte wieder. »Und das Kind würde gern Musik hören. Können wir bitte, bitte, bitte das Radio anmachen?«

Camus hielt einen Schlüsselbund in der Hand. Er wechselte ihn von der Rechten in die Linke, beugte sich vor und stellte das Gerät an.

»Hört mal... schönes Lied!«, sagte er. »Der Text ist von Prévert.«

Yves Montand sang. In das Chanson hinein tönte ein Pfiff, und sie sahen in einiger Entfernung einen Zug, gezogen von einer alten Dampflokomotive. Dann fuhren sie durch ein Wäldchen und verloren ihn aus den Augen. Ihre Blicke waren nach innen gerichtet, heiter und ruhig, und das Wasser glänzte darin, das überall um sie her an dem Glas herabfloss. Floc bellte, bis Janine ihm das Maul zuhielt. Sie küsste den Hund auf die Stirn, wo ihm das Fell über die Augen hing und wo noch immer der Regengeruch war.

11

Als ich aufwachte, meinte ich, es wäre Véronique, die da mit dem Rücken zu mir auf dem Bettrand saß. Ich fragte mich, wo wir waren, sie und ich, in welchem Zimmer, welchem Hotel, in welchem Ort. Kurz meinte ich, ein Schwanken zu spüren, meinte, an Bord der *Plouzané* mit ihr zu sein, noch immer auf Kreuzfahrt im Eismeer. Aber da drehte Jeanne sich schon um und bemerkte, dass ich wach war.

Sie beugte sich zu mir, streichelte meinen Arm und fragte amüsiert: »Was machst du hier? Warum schläfst du nicht drüben im Haus, hm?«

»Ich wollte nicht schlafen«, sagte ich, »aber es war so still hier. Bist du schon lange da?«

»Ein paar Minuten. Bonjour, Papa.«

Sie küsste mich auf die Wange. Dann aber wurde ihr Gesicht ernst und sie senkte den Blick.

»Papa. Warum schwindelst du mich an? Ich habe dir gesagt, ich wollte dir eine Freude machen, als ich in dem Krankenhaus anrief, um deinen Freund einzuladen. Du sagtest, du hättest ihm zurückgeschrieben.«

Ich drehte den Kopf zur Seite und sah Maurice Ravoux' Brief auf dem Bett liegen.

»Der ist erst heute Mittag gekommen.«

»Das erklärt nicht, weshalb du mich anlügst.«

»Ich habe dich nicht angelogen. Ich habe ihm geantwortet, nur meinen Brief nicht abgeschickt.«

Jeanne sah mich an, mit einem durchdringenden Blick.

»Papa!«, sagte sie, »bitte!«

»Bitte was!?«

»Bitte schwindle mich nicht an. Ich mache mir nur Sorgen um dich.«

»Wie kommt es eigentlich, junge Frau, dass Sie meine Post lesen?« Jetzt lächelte ich sie an. Aber dann zog ich den Arm weg und setzte mich auf.

»Weil ich mir um dich Sorgen mache, weil ich wissen will, was dich beschäftigt, damit ich dir helfen kann. Jetzt, nachdem ich diesen düsteren Brief gelesen habe, erst recht.«

Ich stand auf, trat unter das Fenster und sah hinauf in die Bläue. Sie brauche sich keine Sorgen zu machen, sagte ich, es gehe mir gut, jeden Tag besser. Der Brief habe mit mir nichts zu tun. Dieser Mann kenne mich gar nicht, er hole Dinge aus dem Museum der Erinnerung hervor, die ein halbes Jahrhundert zurücklägen. Und dieser ganze Mumpitz, eine Verbindung herstellen zu wollen zwischen Erinnerungen und Beschreibungen. Einem Literatenhirn entsprungen. Delphine Ravoux, dachte ich, Delphine Péres, ein Schwachsinn.

Ich schloss die Luke. Sie krachte in ihre Verriegelung, und das Glas zitterte.

Jeanne saß immer noch auf dem Bett. Sie faltete den Brief und die Manuskriptseiten zusammen und steckte sie zurück in den Umschlag.

»Komm, lass uns nach drüben gehen«, sagte sie. »Ich habe uns was Schönes zum Abendessen besorgt.«

»Bleibst du denn so lang?«

»Ich dachte, ich bleibe über Nacht, ja.« Sie stand auf und ging zur Treppe. »Ich möchte mich nicht streiten, Papa, nicht hier und nicht zu Hause. Entschuldige bitte, dass ich den Brief gelesen habe. Es war falsch.«

Ich erzählte Jeanne von Madame Sochus Perlhuhn, aber auch davon, dass sie den Schlehenbusch ihrer Mutter gestutzt habe, mit einer so riesigen Heckenschere, dass sie mir wie ein Samuraischwert vorgekommen sei. Jeanne bereitete ein japanisches Essen zu, rohen Fisch und Reis, den sie in Algenblätter wickelte. Sie hatte ihr rotes Haar zu einem Pferdeschwanz verknotet, und ich sah ihre Ringe, während sie den Fisch schnitt, auf der Arbeitsfläche liegen, in einem sternförmigen Arrangement, das ich schön fand. Sie hörte mir zu, lächelte und meinte, vielleicht wäre es vernünftig, wenn ich hinübergehen und Madame Sochu einladen würde. Bestimmt habe sie noch nie Sushi gegessen.

Bei Tisch sprachen wir über Japan. Jeanne benannte die einzelnen Speisen, die auf weißen, viereckigen Tellern vor uns standen: Maguro, Awabi, Doraden-Tempura. Robertine Sochu erzählte von dem Sohn von Freunden, der demnächst heirate; er sei auf Geschäftsreise schon einige Male in Kōbe gewesen. Sie fragte Jeanne, ob sie wisse, dass unser Pflaumenbaum eine Kreuzung der japanischen Kirschpflaume mit der mitteleuropäischen Schlehe sei. Fremdartig, aber vorzüglich sei das Essen, man lerne nie aus. Sie bedankte sich für die Einladung.

»Phantastische Gärtner, ja das sind sie, die Japaner«, sagte Jeanne, und dann wechselte sie das Thema.

Eine Weile hörte ich dem Gespräch noch zu, dann aber entschuldigte ich mich und ließ die beiden allein. Ich ging hinauf, ins Bad, ließ die Tür offen und stellte den Wasserhahn an. Ich ließ das Wasser laufen und betrachtete mich dabei im Spiegel. Die Frauen redeten, und ich hörte, dass Jeanne auf dem Flügel ein paar Takte einer Sonate von Schubert spielte. Ich wartete eine Minute, dann ging ich hinüber in Véroniques Zimmer.

Jeannes Badmintontasche stand auf dem Teppich vor dem Bücherregal. Sie war offen, voll sorgfältig gefalteter Wechselwäsche und Bücher. Ich sah durch die Verbindungstür ins Bad und bemerkte erst da ihre Sachen auf der Ablage vorm Spiegel. Unterm Bett stand ein Paar fester Schuhe, auf dem Bett lag ihr Nachthemd, auf dem Nachttisch ein dickes abgegriffenes Manuskript, darauf Jeannes Füllfederhalter.

Die Küche von Liliput stand auf dem Deckblatt, *Abnehmen mit Lemuel Gulliver*, darüber ein englischer Frauenname.

Ich ging ins Badezimmer zurück, schloss die Tür zur Galerie und drückte, um Zeit zu gewinnen, die Toilettenspülung.

»Papa?«, rief Jeanne unten. »Alles in Ordnung?«

»Ja«, rief ich zurück, »komme gleich.«

Ich hob die Sporttasche beiseite. Keines von Véroniques Büchern hatte ich seit ihrem Tod angefasst, die Bücher, die sie im Krankenhaus las, als sie noch in der Lage dazu war, hatten Pen und Jeanne eingesammelt, ins Haus geschafft und wahrscheinlich irgendwo in das Regal gestellt – welche, wusste ich nicht.

Auf Reisen, im Sommer auf der Terrasse, abends vorm Schlafen, sie hatte viel gelesen und vor allem amerikanische Krimiklassiker geliebt. Der Bücherschrank war alphabetisch geordnet. Unter H stand ihr Lieblingsautor Dashiell Hammett, in mehreren französischen und amerikanischen Ausgaben ihr Lieblingsroman von ihm, *Der gläserne Schlüssel*. Ich sah nach unter R. Kein Buch von Maurice war darunter. Und auch hinter den Bücherreihen fand ich keines versteckt. Immerhin möglich, dass er unter anderem Namen schreibt, dachte ich, als ich die Buchrücken überflog. Da klopfte es an der Badtür.

»Geht es dir gut, Papa?«

Ich sah noch, dass eine ganze Reihe von Büchern in den Regalen war, auf deren Rücken Albert Camus' Name stand, *Der Fremde*, *Der Fall*, *Die Pest* waren da und bestimmt ein halbes Dutzend weitere. Ich ging ins Badezimmer zurück.

»Jeanne, ich sagte, ich bin gleich so weit. Kann ich denn in meinem eigenen Haus nicht in Ruhe ...«

»Entschuldige«, sagte sie hinter der Tür.

Ich konnte mich nicht erinnern, seit dem Tag des Unfalls je wieder mit Véronique über Camus gesprochen zu haben.

12

Als Robertine Sochu gegangen war und Jeanne die Küche gemacht hatte, setzten wir uns ins Wohnzimmer. In der linden Abendluft, die zur Terrassentür hereinkam, tranken wir ein Glas Wein. Ich hatte weder Lust zu lesen noch fernzusehen, also legte Jeanne die Programmzeitschrift wieder weg.

Sie nippte an ihrem Glas, rollte es zwischen den Händen hin und her und fragte tonlos: »Was ist los mit dir?«

»Was soll mit mir sein? Nichts.«

»Nichts? Du bist völlig verändert! Du hättest hören sollen, wie deine eigene Nachbarin sich vor dir fürchtet. Du hast sie einfach mit mir hier sitzen lassen, so lange, bis sie gegangen ist. Ich weiß nicht ... wenn das kein Affront ist!«

»Ich mag sie nun mal nicht besonders.«

»Ich mag sie auch nicht«, sagte Jeanne leiser, mit einem Seitenblick zur offenen Terrassentür, »aber das ist doch kein Grund, sie das auch spüren zu lassen!«

»Sie ist eine Profilneurotikerin«, sagte ich laut. »Jeder, aber auch jeder Handschlag, den sie macht, ist eine Demonstration. Wenn ich ihr sagen würde: Robertine, ich bin froh, Ihr Nachbar zu sein – sie würde am nächsten Tag bei mir einziehen wollen, und die Hölle bräche über mich herein.«

»Du spinnst.« Sie musste grinsen. Aber dann sagte sie sehr ernst: »Die Briefe von diesem Maurice tun dir nicht gut. Ich spüre doch, wie dich die Sache zermürbt. Und weißt du was? Inzwischen kann ich das sogar verstehen. Er schreibt von Maman, als wäre sie sein Eigentum gewesen, als hätte es eine Véronique gegeben, die nur er gekannt hat. Meine Mutter! Willst du ihm antworten?«

»Nein«, sagte ich, und plötzlich hielt ich es für besser, sie nicht noch weiter zu verunsichern. Es war offensichtlich, dass sie und André Probleme hatten.

»Ich habe heute Nachmittag mit deinem Mann gesprochen und ihn gebeten, ein paar Dinge für mich herauszufinden über Maurice Ravoux. Ich warte ab, was André in Erfahrung bringt. Davon mache ich abhängig, wie ich mich verhalte.«

»Das sind ja Neuigkeiten«, sagte Jeanne. »Was soll André denn herausfinden, was nicht auch ich für dich hätte herausfinden können?«

»Vielleicht erklärst du mir zunächst einmal, was mit dir los ist«, sagte ich.

Und sie: »Mit mir? Was soll mit mir los sein?«

Sie stand auf und rauschte in den Flur zur Garderobe. Ihr Haar war wie eine rote Schleppe. An einem Tag, an dem Jeanne im Haus war, konnte ich überall vom Boden ihre armlangen Haare aufsammeln, ein rot schimmerndes Gewirr. Und ein mathematisches Rätsel. Die Menge, die ihr ausfiel, konnte unmöglich am selben Tag nachwachsen, und dennoch wirkte Jeannes Haar nie verändert, immer leuchtete es voll und rot und prächtig.

Die Zigarette schon zwischen den Lippen, kam sie ins Zimmer zurück. Sie stellte sich in die Terrassentür, und ich hörte ihr Feuerzeug, das Gas, die Flamme, und wie sie den ersten Rauch ausatmete.

»Wer ist Delphine?«, fragte sie.

Ich sagte es ihr: »Niemand. Sie war eine Jugendfreundin, ein Mädchen, eine Schulkameradin in Villeblevin.«

»Du hast nie von ihr erzählt. Maman auch nicht.«

»Aus gutem Grund. Es gibt nichts zu erzählen.«

»Ach ja?« Sie lachte auf. »Das sieht dein Draisinenfreund aber ganz anders.«

»Du wirst wütend, Jeanne, wütend und ungerecht. Ich habe Pénélope und dir immer gesagt, dass unser Gespräch zu Ende ist, wenn ihr ungerecht werdet. Daran hat sich nichts geändert.«

»Es ist ungerecht von dir«, sagte sie auf der Terrasse, wo sie die Zigarette austrat.

»Heb bitte den Filter auf«, sagte ich.

Und sie: »Ich habe ihn schon aufgehoben! Und ich trage ihn jetzt in die Küche und werfe ihn in den Müll, mon dieu!«

Und ich: »Halt ihn bitte vorher unter Wasser. Du sagtest, du willst dich nicht streiten. Wenn du dich nämlich streiten willst, fahr bitte nach Hause zu deinem Mann.«

Sie ließ sich in den Sessel fallen, schnellte aber sofort vor und schenkte sich ein weiteres Glas ein. Sie hatte müde Augen, und ihr Hals rötete sich, hektische Flecken, die sie von ihrer Mutter geerbt hatte.

»Ich werde nicht nach Haus fahren, nicht heute, nicht morgen und nicht am Wochenende. Ich bleibe hier, bei meinem lieben alten kranken Vater. Du bist ein Ekel.«

»Du hast Ärger im Verlag, hat André mir erzählt.«

»Ärger im Verlag«, sagte Jeanne und blies die Luft ihrer Empörung zur Zimmerdecke. »Ich lebe im Krieg mit einem Irren, der meint, das Französische neu erfinden zu müssen, während er ein Kochbuch übersetzt. André hat gut reden. Ihm habe ich den Mist doch zu verdanken! Ich habe versucht, es ihm zu erklären. Er hat mich nur mitleidig angeglotzt.«

»Ärger mit Besserwissern gibt es in jedem Beruf, man kann daran nur reifen«, meinte ich weise. »Kennst du den Mann?«

»Ob ich ihn kenne? Natürlich kenne ich ihn. André hat ihn mir empfohlen – er ist ein hohes Tier beim *Rivoli* und, angeblich, Übersetzer von Format. O ja! Wir haben uns getroffen, zu dritt, und den Vertrag aufgesetzt. Seitdem dachte ich, ich sei seine Lektorin. Dieser Ivan Loïc allerdings hält mich wohl für seine Sekretärin. Ivan Loïc Muco. Oder, wie er sich gern nennen lässt, ILM... il aime! – – Es geht um ein Buch, das in Amerika und England großen Erfolg hat: eine Art Kochbuch zu *Gullivers Reisen*. Seit drei Wochen hat er es fertig übersetzt. Er hat es verhunzt, es ist komplett unlesbar, aber er – er sitzt da, die Respektlosigkeit in Person, grinst blöd und starrt mir in den Ausschnitt.«

»Tja, kann ich nicht beurteilen«, sagte ich, »aber die Buchidee klingt gut. Dieser Muco, dieser Übersetzer, ist er denn wirklich so unfähig, wie du sagst? Oder hat er sich in dich verliebt? Du bist eine schöne Frau –«

Sie sah mich an. Dann schüttelte sie langsam den Kopf.

»Verliebt«, sagte sie, lächelte und stand auf. »Verliebt ist der allein in sich selbst.« Sie war wieder im Flur. »Verliebt!«, sagte sie dort noch einmal. »Das ist toll. Deine Menschenkenntnis ist atemberaubend.«

Ich hörte sie hinter mir auf der Terrasse, das Feuerzeug, das Feuer und wie sie den Rauch ausblies.

»Manchmal glaube ich, du hast jeden Sinn für das sogenannte menschliche Miteinander verloren«, sagte Jeanne. »Anders kann ich mir nicht erklären, wie du mit Madame Sochu umspringst.«

»Sprich bitte nicht so laut«, sagte ich. »Sie hört jedes Wort mit. Wahrscheinlich steht sie drüben im Dunkeln mit ihrer Heckenschere am Fenster.«

Und Jeanne: »Natürlich. Ich vergaß. Deine Nachbarin wartet nur darauf, dich zu unterjochen. Ein Samuraischwert! Das ist lachhaft. Während der grässlichste Mensch, der mir in 15 Jahren Berufspraxis über den Weg lief, in mich verliebt ist.«

Auf dem Tisch ging das blaue Licht ihres Handys an. Kurz und nur ein einziges Mal gab das Gerät ein Geräusch von sich, als würde etwas ins Wasser fallen, ein Schlüssel oder das Handy selbst. Das blaue Licht erlosch.

»Komm wieder rein«, sagte ich. »Was weiß ich denn schon, was in diesem Muco vorgeht oder in Robertine Sochu! Aber – du hast recht: Es interessiert mich auch gar nicht. Ich möchte, dass es meinen Kindern gut geht. Und meiner Mutter.«

Keiner erwarte irgendwelchen Aktionismus von mir, sagte Jeanne. Ich solle mich nur nicht gehenlassen. Sie kam herein, stellte sich hinter mich und legte mir die Hände auf die Schultern. Ich zeigte auf das Handy. Es habe gegluckst.

»Frag mich, wie so ein Gerät funktioniert«, sagte ich. »Frag mich nach der Symmetrie von Kristallen, und ich sage dir, so und so ist es, war es und wird es immer bleiben. Ich habe es tausendmal mit meinen Augen gesehen. Respektlosigkeit? Unterm Mikroskop gibt es keinen Respekt, da ist alles von Anfang an respektlos gewesen. Und was kennt keine Liebe, keine Einsamkeit, keine Verzweiflung, was meinst du?«

»Steine?«

»Halbleiter.«

»Wir leben aber nicht in einem Labor«, sagte sie, indem sie

um das Sofa herumkam und sich zu mir setzte. »Und ich bin weder ein Kristall noch ein Halbleiter.«

»Genau das will ich damit sagen. Die Leute funktionieren nicht. Jetzt bin ich 63 und habe nie verstanden, wieso zwei einander hassen. Leider fehlt mir da die Erfahrung. Nur mich selber hasse ich manchmal, aber auch das vergeht, ohne dass man es hinterher erklären könnte.«

»Ach Papa.« Jeanne nahm das Handy. Das blaue Licht ging an und sie las. »Von Pen. Alles super. Tolles Wetter, Thierrys Eltern wundervoll. Bleibt es bei der Wohnung? Du weißt, wo der Schlüssel liegt. Geht es Papa gut? Küsschen und liebe Grüße. – Na bitte.«

»Danke. Grüß sie zurück, wenn du ihr schreibst. Wie sagte deine Mutter immer so schön: ›Wo die Liebe hinfällt …‹«

»›… da wächst nichts mehr, da muss man ein Haus bauen‹«, sagte Jeanne. Sie streifte die Schuhe ab, zog die Beine an und legte den Kopf an meine Schulter. Eine Weile saßen wir so da, stumm wie der Steinway-Flügel, der uns geduldig Gesellschaft leistete.

»Was liest du?«, fragte sie irgendwann.

Auf dem Sofatisch lag ein Buch über das Problem der Infinitesimalzahlen seit Aristoteles, *Die Zahlen und das Nichts*.

»Mathematik«, sagte ich missmutig.

»Weißt du, was mir aufgefallen ist?«, fragte sie plötzlich. »Er schreibt, er sei mit dieser Frau verheiratet gewesen, mit dieser Delphine. Aber dann meint er, er habe es nie zuwege gebracht, etwas über euch zu schreiben, über Delphine und dich, über Véronique und sich. Das klingt, als sei er mit Maman zusammen gewesen und du mit seiner späteren Frau, oder? Es klingt so. Habt ihr euch deswegen zerstritten, wegen Maman und dieser Delphine Péres?«

»Nein«, sagte ich, »ja. Ja und nein. Ich weiß es nicht mehr. Und es spielt auch keine Rolle.«

»Wie hast du sie kennengelernt?«

»Wir waren alle auf einer Schule, das habe ich dir schon gesagt.«

»Aber du warst nicht mit jedem Mädchen in deiner Klasse zusammen, oder doch?«

»Sie war nicht in meiner Klasse. Sie war in der Parallelklasse.«

»Und Maman?«

»In meiner.«

»Und Maurice?«

»In der anderen.«

»Warum warst du dann nicht in Maman verliebt, wenn ihr in einer Klasse wart und dein Freund und dieses andere Mädchen in der Parallelklasse? Das wäre doch naheliegend.«

»Meinst du? Was soll das! Wir waren auch damals nicht im Labor. Und du warst doch selber mal 13 oder 14, oder nicht? Warst du da verliebt, ich meine: so richtig verliebt?«

»Aber hallo.«

»Ich war es nicht. Später vielleicht, in deine Mutter. Damals hatte ich andere Dinge im Kopf, wirres Zeug, viel wirrer als später beim Küssen oder wenn ich, wie dein Herr Übersetzer, einem Mädchen wirklich in den Ausschnitt schielen konnte. Was damals praktisch unmöglich war – die Mädchen waren nämlich umpanzert wie die Schildkröten. Und Delphine hat diesen Kuddelmuddel in meinem Kopf verstanden. Also.«

»Delphine hat dich verstanden. Und Maman?«

»Maman, Maman. Véronique war das Mädchen von Maurice, ihn verstand sie. Und damals war das gut so.«

»Männer«, meinte Jeanne verdrossen.

Und ich: »Wir reden über Dinge, die Lichtjahre zurückliegen. Oder weißt du etwa, wer 59 Staatspräsident war?«

»Wer soll es schon gewesen sein. De Gaulle.«

»Und Außenminister?«

Sie zuckte mit den Achseln. »Und wann wurde Delphine Péres dein Mädchen?«

»Da hieß sie noch nicht Péres. – Ich weiß es nicht mehr. Zum ersten Mal miteinander geredet haben wir auf einem Schulausflug. Ich hatte nie etwas mit einem Mädchen gehabt. Ein paar Sitzenbleiber in meiner Klasse brüsteten sich damit, was sie nicht alles gesehen und angefasst hatten. Von denen wusste ich, was auf mich zukam. Die Mädchen in meinem Alter waren alle größer, sie waren so kräftig, dass einem angst und bange wurde. Die verstanden keinen Spaß. Delphine mochte ich, weil sie ganz anders war. – Couve de Murville, so hieß der Außenminister von de Gaulle damals, und soweit ich weiß, war er es noch, als du auf die Welt kamst. Ich glaube sogar, er hieß Maurice mit Vornamen.«

»Freut mich für ihn. Wie sah sie aus«, fragte Jeanne, »war sie hübsch?«

»Sehr hübsch. Fand zumindest ich. Sie war nicht so schön wie eure Mutter und wie du und Pen, aber sie wirkte sehr lebendig, frech. ›Kess‹ würde Mamie sagen. Obwohl sie eher still war. Etwas Warmes, Sonniges hatte sie. Sie war so groß wie ich, und sie hatte kurze blonde Haare.«

»Oha – Jean Seberg.«

»Jean Seberg, na ja, mit 15 vielleicht.«

»Bitte erzähl mir von dem Schulausflug, ja?«

»Wir fuhren frühmorgens mit dem Bus nach Fontainebleau. Von dort ging es zu Fuß zurück bis Villeblevin, eine ganz schöne Strecke. Wir brauchten den ganzen Tag dafür, und überall war Wald – Bäume Bäume Bäume. Es war Herbst, wir waren zwei Klassen. Irgendwie blieben wir hinter den anderen zurück, Delphine und ich, und trotteten ihnen eine Zeit lang hinterher. Wir fingen an, einander zu fragen, was uns wichtig war, was wir liebten und was wir werden wollten, und der schönste Moment war der, als wir darin übereinstimmten, dass uns nichts wichtig war, dass wir nichts liebten und dass wir nichts werden wollten. Delphine erzählte mir, sie habe nie eine beste Freundin gehabt. Als ich erwiderte, nie auch nur irgendeinen Freund gehabt zu haben, verstand sie das auf Anhieb, ja sie war sich sogar sicher, den Grund dafür zu kennen. Er bestand ihrer Ansicht nach darin, dass es etwas wie Freundschaft auf der Welt gar nicht gibt. Ich stimmte ihr zu.«

»Aber warst du nicht mit Maurice befreundet? Ihr habt doch zusammen die Draisine gebaut, und sie wird von eurer Freundschaft gewusst haben.«

»Es ging um etwas anderes. Es war ein Spiel. Wirklichkeit zählte nicht. Wir logen uns nicht an, verstehst du, wir subtrahierten einfach alles aus unserem Leben, was uns einfiel, und schauten dann, was übrig blieb. Ich erzählte, dass ich so wenig, wie ich Lust hätte, Sport zu treiben, einem anderen Hobby nachgehen oder irgendwelche Musik favorisieren würde, Swing oder Bebop oder Rock 'n' Roll, weiß der Teufel, für was man sich damals gerade begeisterte. Delphine sagte, sie habe sich auch für klassische Musik nie interessiert, im Schulchor bewege sie immer bloß die Lippen. Von da an sah ich immer wieder auf ihren Mund, während wir unter den Bäumen hindurchgingen. Motorroller, Rennwagen, Panzer und Flugzeugträger seien mir absolut gleichgültig, sagte ich ihr, ich sei nie Fußballfan gewesen, könne weder Schach spielen noch tanzen. Segeln und Skifahren, phantastisch, aber ohne sie, meinte Delphine. Irgendwann blieben wir stehen, wahrscheinlich schoben wir mit unseren Stiefeln Laub zusammen, und irgendwo hämmerte bestimmt ein Specht, ich weiß es nicht mehr. Aber ich weiß noch, dass wir warteten, bis das Raunen und Johlen der anderen nicht mehr zu hören war. Ich glaube, das war der Moment. Von da an wollte ich, dass sie mein Mädchen war. Ich wollte allein sein mit ihr, und sie schien allein sein zu wollen mit mir. Delphine sagte, sie habe weder einen Berufstraum noch einen Traumberuf. Sie wolle später überhaupt nicht arbeiten. Aber auch Kinder wolle sie keine, am liebsten würde sie nichts tun, nur durch die Gegend spazieren – und träumen und schlafen, wenn sie müde sei. Dann gingen wir weiter, und ich fragte sie, ob sie lese. Sie habe noch nie ein Buch zu Ende gelesen und habe das auch nicht vor, war ihre Antwort. Bäume, Pilze, Kaninchen, ich erinnere mich nicht, was sie alles aufzählte, die ganze Pflanzen- und Tierwelt werde benannt und studiert, ohne dass sie Anteil daran nehme. Warum sollte sie? Ich wusste keine Antwort, dachte bloß, dass mir Delphine auch deshalb so gefiel, weil sie wie ein Tier hieß, das ich immer schon gemocht hatte.«

»Hast du sie gefragt, was sie von Delphinen hält?« – Jeanne gab ein Kichern von sich, das in ein Gähnen überging. »Wahrscheinlich hätte sie dich gefragt, wozu Delphine gut sind.«

»Glaube ich nicht. Ich habe sie nicht gefragt, weil ich mich nicht getraut habe. Sie hätte bestimmt etwas viel Merkwürdigeres gesagt. Ich fühlte mich verbunden mit ihr durch etwas wie die Vorstellung von einer leeren Welt, in der wir trotzdem glücklich sein könnten. Delphine hatten dasselbe Anrecht. Alles hatte dieses Anrecht, alles lebte in seiner eigenen Welt, aber nichts wusste voneinander.«

»Eine seltsame Vorstellung, schön und schaurig zugleich. Für mich klingt das ganz schön nach zerrüttetem Elternhaus.«

»Mag sein. Ich bin kein Psychologe. Wenn ich mich recht erinnere, waren ihre Eltern Ärzte, aber sicher bin ich mir nicht. Sie kam aus einer der ältesten Familien im Ort, der Gutsbesitzerfamilie. Jedenfalls war ich ganz beseelt von unserer Unterhaltung, als wir in Villeblevin ankamen. Wir liefen an den Bahngleisen lang ins Dorf, und dann, um zum Schulhaus zu kommen, wo wir uns versammeln sollten, ging ich zum ersten Mal allein mit ihr durch den Ort. Ich zitterte am ganzen Körper, so stolz war ich. Die Lehrer, der Hausmeister, unsere Klassen, alles wartete auf uns. Es gab ein Riesengejohle, als sie uns kommen sahen. Ich solle mich um die nicht kümmern, sagte Delphine, alle würden bloß darauf warten, zu Mann oder Frau gemacht zu werden. Pech, meinte ich, dass sie wie der Rest der Menschheit ohne uns auskommen müssten. Und Delphine meinte noch, ja, weil die Liebe eine Erfindung sei, es gebe sie nicht. Und damit trennten wir uns.«

»Das heißt, ihr habt euch nicht geküsst, nicht umarmt, gar nichts?«, fragte Jeanne leise an meiner Schulter.

»Wir haben uns nicht einmal berührt, den ganzen Tag lang nicht. Sie ging hinüber zu ihrer, ich zu meiner Klasse, wo mich die Jungs erst einmal mit Sprüchekaskaden von Händchenhalten und Zungenküssen eindeckten.«

»Kein Wunder. Und das war's, ja? Das wolltest du mir nicht erzählen! Und Maman und dein Freund, wo waren die?«

»Sie waren auch dabei, bei den anderen.«
»Bei den anderen. Während du und Delphine Péres...«
»Damals hieß sie Chévreaux. Als sie Maurice heiratete, hieß sie Ravoux. Und jetzt, was ich bis heute auch nicht wusste, heißt sie Péres. Delphine, voilà.«
»Und der Unfall, bei dem Camus starb, war da schon passiert? Oder war das später?«
»Ein paar Monate später, kurz nach Neujahr. Lass mich bitte aufstehen.«

Ich machte mich von ihr los. Sofort, als ich stand, wurde mir schummrig, und ich sah auf die leere Flasche. Ein Wunder, dass mir nicht schlecht war. Seit Monaten hatte ich keinen Alkohol getrunken.

»Wie schreibt er denn so, dein Freund?«, fragte Jeanne und gähnte wieder. »Wird der Unfall plastisch?«

»Sagt man so, wie bei plastischer Chirurgie, ja? – Keine Ahnung. So weit ist er noch nicht. Aber ich werde es erfahren, er will mir dieses letzte Werk ja weiterhin schicken, bis zum bitteren Ende. Eine große Ehre, wahrlich. – Ich gehe ins Bett. Du bitte auch.«

Ich stand auf der Treppe und sah zu ihr hinunter. Jeannes Haare fielen über die Sofalehne, sie waren so lang, fast reichten sie bis auf den Teppichboden.

»Gleich. Ich rauche noch eine. Schlaf gut, Papa.«
»Jeanne, was ist los mit euch?«
»Mit uns?«, sagte sie, ohne sich umzudrehen oder nur zu rühren. »Nichts. Ich hätte nicht auf André hören sollen, als er mir diesen Verrückten empfohlen hat. Stell dir vor, es gibt Dinge, von denen selbst mein Mann keine Ahnung hat... Ansonsten? Alles wie immer. André lebt in seiner Welt, ich in meiner.«

Sie stand auf und ging unter der Treppe hindurch in den Flur. Und von dort hörte ich sie sagen: »Fragt sich bloß, welche leerer ist.«

13

In einer der Nächte, als Jeanne im Zimmer ihrer Mutter schlief, träumte ich zum ersten Mal von Maurice.

Ich träumte, wir liefen mit den Körpern von pubertierenden Jungs, aber den Gesichtern zweier Greise über Paul Cassels Schrottplatzwiese in Villeblevin. Wir wollten einen kleinen Hund fangen, der vor uns davonrannte, Haken schlug und sich platt auf den Boden legte, nur um sofort weiterzuhasten, sobald einer von uns ihn fast erreicht hatte.

Über die Wiese flog ein Vogel, eine riesige Elster. Aufgeregt flatterte sie hin und her, griff mal mich und mal Maurice an und schrie und keckerte dabei. Plötzlich hatte ich das Hündchen auf dem Arm, hielt es fest und versteckte mich vor beiden, Maurice und dem Vogel, hinter einem Busch, der voller leuchtend blauer Blüten war. Dort kauerte ich mich auf den Boden, den Hund an mich gedrückt, und bekam panische Angst. Und ich sah in den Busch über mir und bemerkte, dass die Blüten Augen glichen, lauter großen blauen Augen. Die Elster saß mitten unter ihnen, unmittelbar über mir, und starrte mich an. Im nächsten Moment verwandelten sich die Blüten, öffneten sich, blinzelten und blickten alle mit Maurice' blauen Augen auf mich und den Hund in meinem Arm, der am ganzen Leib zitterte.

Ich erwachte aus dem Traum mit einem Gefühl der Beklommenheit, das rasch verging. Das Bild von dem Busch aber, der voller Augen hing, Maurice' Augen, die ich plötzlich wieder deutlich vor mir sah, dieses Geisterbild verschwand erst, als ich in den Garten ging und lange, ohne an etwas anderes zu denken, Véroniques Schlehe untersuchte. Jeanne kam an diesem Tag später als üblich aus dem Verlag. Wir verbrachten den Abend vorm Fernseher, wo eine Doku über Wirbelstürme lief, den Untergang von New Orleans. Wir aßen kalt, redeten wenig, von dem Traum erzählte ich nichts.

Warum die Wiese? Warum nicht die Baracke, der Bahndamm oder die Gleise? Weil die Wiese dem alten Cassel gehörte, der bei dem Unfall dabei gewesen war? So, wie in Maurice' Beschreibung Elstern vorkamen. So, wie es Janine Gallimards kleinen Skye-Terrier gegeben hatte, Floc.

Träume erzählten nichts. Träume, hatte ich gelesen, waren Kerzenflammen des Hirns. Traute man diesem Vergleich, musste man sich fragen, woraus das Wachs dieser Kerzen war. Bestand es aus Erlebnissen, die das schlafende Gehirn bei Tage nicht hatte verarbeiten können? Wie auch immer. Offenbar hatte Jeanne recht: Maurice Ravoux' Briefe zermürbten mich.

Welchen Sinn ergab das alles, fragte ich mich noch am nächsten Tag. Welchen Zweck sollte es haben, ihm den Gefallen zu tun, meine Erinnerungen und seine ertüftelten Beschreibungen in einen Topf zu werfen? Um auf andere Gedanken zu kommen, entschloss ich mich, zum ersten Mal seit der Angina einen längeren Spaziergang zu machen, durch die Stadt hinüber zum Schloss. Es war heiß. Das Thermometer auf der Terrasse zeigte 32°, allerdings schien die pralle Sonne darauf.

Ich versicherte mich, genug Geld dabeizuhaben für ein Taxi zurück, steckte meine Herztabletten ein, dann schrieb ich Jeanne einen Zettel für den Fall, dass sie früher aus dem Verlag kam.

Während ich durch den Wochenendverkehr auf dem Boulevard de Glatigny ging, war ich mir sicher: Es ergab nur dann Sinn, wenn wir beide, Maurice und ich, etwas davon hatten, wenn wir uns trafen und redeten, das heißt, wenn ich zu ihm fuhr und ihn besuchte oder aber wenn ich meinerseits aufschrieb, woran ich mich erinnerte, und es ihm schickte. Weder das eine noch das andere kam für mich in Betracht.

Wir hatten jahrelang einen gemeinsamen Traum gehabt, aber diese Jahre, vier oder fünf, waren mittlerweile zehnmal solange Vergangenheit. Der Traum war verschwunden, so verschwunden, wie wir mit unserer Maschine hatten verschwinden wollen. Hunderte, Aberhunderte Male rannten wir so wie in meinem Traum über Paul Cassels Wiese, sprangen die Böschung zum Bahndamm hinunter und dokterten dann, bis es dunkel wurde, in der Baracke an der Draisine herum. Ich erinnerte mich an jede Einzelheit, jeden Geruch, jede Null auf unseren Konstruktionszeichnungen, jede Schraube, jedes Wort, jedes Blatt, das im Herbst auf dem Wasser im Becken des Freibads trieb, wenn wir in der Abenddämmerung über den Zaun stiegen, uns die verölten Klamotten auszogen und hineinsprangen in den glatten blauen Spiegel. Ich wusste noch genau, wie wir uns fühlten, wie zumindest ich mich fühlte, als ich durch die Walnussblätter schwamm, im allerletzten Licht neben Maurice, dem Verräter: Ich fühlte mich wie der Erfinder meiner eigenen Zukunft. 46 Herbste, 46 Winter und einen Jahrhundertsommer war das alles her.

Unser Traum verschwand damals, wir aber verschwanden nie. Erst neun Jahre später, 1969, neun Jahre nach Albert Camus' Unfall und unserem Versuch, davonzukommen, erst da trieb es uns beide, uns vier, Maurice und Delphine, mich und Véronique, aus Villeblevin weg. Da aber hatten wir lange schon aufgesteckt. Die Wohnung in Versailles, der Urlaub in Chamonix, der Kindergarten in Versailles, die Reise nach Berlin, das Haus in Versailles, die Kreuzfahrt in die Antarktis, das Labor in Versailles und das größere Haus mit dem Garten und den Pappeln und dem Gästehaus in Versailles, es hätte alles auch in Villeblevin stehen, alles auch von Villeblevin aus starten und in Villeblevin enden können. Ich hatte meinen Frieden gemacht, erst mit Villeblevin, dann auch mit Versailles, mit den Versailler Markthallen und den Versailler Stadtvillen und Pendlerhäuschen, an denen ich vorüberging und meinen Gedanken nachhing. Ich hatte mich nie wieder wie der Erfinder meiner eigenen Zukunft gefühlt. Dafür wusste ich, was ich getan und was ich versäumt hatte, wo ich gewesen und nicht gewesen und was meine Vergangenheit war und was nicht. Wie Hunderttausende, die jährlich kamen, um das Schloss des Sonnenkönigs zu bestaunen, ging ich durch Versailles und erinnerte mich an Hunderttausende von Augenblicken, die ich erlebt hatte in Villeblevin. Es war mir gleichgültig, woran ein Maurice Ravoux sich erinnerte, während er umringt war von den Tausenden, die in Auvers-sur-Oise zum Van-Gogh-Grab pilgerten.

Gelb, handtellergroß trieben die Walnussblätter auf dem Wasser, ich sah sie noch ganz deutlich. Im Abendwind hörte ich die Bäume rauschen, in deren Schatten das Freibad lag, und sah die Fledermäuse von Krone zu Krone flattern. Ich spürte noch das Wasser auf der Haut, als wir in der Dunkelheit schwammen und Maurice sagte, zwei, drei Monate noch, vielleicht schon zwischen Weihnachten und Neujahr, spätestens aber Anfang Januar 1960 würden wir fertig sein und auf die Gleise gehen. Ich hörte noch, wie er es sagte, feierlich, mit einem Zittern in der Stimme: »Auf die Gleise gehen!«

Ich sah uns noch über Cassels Wiese rennen. Ich wusste noch, zu den Erfindern der Maschine des großen Verschwindens wurden wir in dem Augenblick, als wir über den Graben sprangen und dann die Bahndammböschung hinunter. Sie war steil, im Herbst das Gras voller Schnecken. Sobald wir Boden unter den Füßen spürten, mussten wir in die Zaunmaschen greifen. Und das Gleichgewicht halten, um nicht zurückzukippen. Ich sah uns noch am Zaun stehen, wie wir uns daran festhielten, Luft holen und lauschten. Alles, was man hörte, war, wie sich das Holz der Baracke in der Sonne dehnte.

Wir drückten uns am Zaun lang und waren mit wenigen Schritten bei einem Durchlass, einer bog die rostigen Maschen um, der andere schlüpfte hindurch. Hohes, gelbes, hässliches Gras wuchs auf dem Grundstück, überall waren Brennnesseln.

Und die Baracke hatte ein doppelflügliges Tor zu den Gleisen hin und eine kleine rote Seitentür. Auf dem Bahnhof von Sens hatten wir ein Schild abgeschraubt und es an der Tür angebracht: »Betreten strengstens verboten! Lebensgefahr! Die Bahndirektion«. Gleich dahinter begann der Gestank, der überall hing, der schlammige Boden. Wir kannten jeden Zentimeter. Man konnte sich nirgends festhalten, die Holzwände waren voll Moos und im Dunkeln leuchtender Schwämme, überall krochen Spinnen und schwarze Käfer, und hordenweise gab es auch hier Nacktschnecken, braune und bläuliche, Pferdeschnecken nannte sie Professor Ravoux, dem Maurice manchmal eine besonders große mitbrachte und unter die Nase hielt.

Als im Winter 59, in dem wir die Draisine fertig bauten, der Professor starb, musste man den Leichnam durch ein Fenster hieven und abtransportieren. Derlei Spezialaufgaben erledigten in Villeblevin für gewöhnlich die Patache-Brüder, und ich sah sie noch, Roger und Pipin, wie sie in ihren schwarzen Anzügen vorfuhren und mit Maurice' Mutter Corinne oder Cora durch den winterlichen Garten von Haus Ravoux stapften. Ich sah noch die Grabsteinreste und verwitterten Umfriedungen aus dem gefrorenen Boden ragen, als es anfing zu schneien und zwischen den weiß bepuderten Grasstoppeln mitten auf dem alten Friedhof mir plötzlich die Grundrisse von Zimmern erschienen, Türdurchgänge, ein Flur und eine Kammer. Während mein Vater, die Patache-Brüder und Labeige den Sarg von Maurice' Großonkel in das Grab hinabließen, ging ich wie in einem kühlen Traum durch diese Räume in meiner Einbildung, in denen es immer wilder schneite, und stellte mir dabei vor, dass dort, wo der Friedhof war, früher auch ein Junge gewohnt und dass er vielleicht wie ich Raymond oder wie mein Freund Maurice geheißen hatte.

14

Unter den Linden rings um die Place de la Paix raste eine Kolonne Autos und Motorroller im Kreis, als gelte es, auf dem Weg zum Schloss so viele deutsche und niederländische Touristenbusse wie möglich zu überholen. Ich bog rechts ab in die Avenue Franchet d'Esperey und war froh, dem Lärm, dem Wirbel, der Hitze, die sich mir aufs Gemüt legten, zu entkommen. Die Straße war grün und ruhig. Wie überall in der Stadt wurden auch hier die Gehwege flankiert von rechteckig gestutzten Linden. So setzten sich die Schlossgärten mit ihren genauso bepflanzten Bassins und Brunnen fort bis nach Le Chesnay, Rocquencourt und Viroflay. Gleichgültig, wie viele Geschäfte, Boutiquen oder Tankstellen es inzwischen gab in der Stadt, ganz Versailles war noch immer Bestandteil des Schlosses. Forsythien und Berberitzen wuchsen an den Zäunen der Grundstücke und verbreiteten ihren Duft. Nun waren ihr Gelb und das tiefe Rosa, das das Gelb durchwirkte, verblasst. Aus dem Krankenzimmerfenster hatte ich sie noch in voller Blüte gesehen.

Vor der Clinique de la Porte Verte blieb ich stehen. Ich legte die Hände an das grün lackierte Zaungitter und sah hinauf zu den Fensterreihen. Welches meines gewesen war, wusste ich nicht, alle Fenster sahen gleich aus. Vorm Eingang standen drei junge Männer in Trainingsanzügen um einen silbernen Zylinder herum und rauchten. Ich dachte an Jeanne, daran, dass sie nun wieder weit mehr rauchte als nur ihre eine Abendzigarette. Je unglücklicher sie war, umso mehr rauchte sie, und je mehr sie rauchte, umso unglücklicher wurde sie. Ich fragte mich, warum sie überhaupt unglücklich war.

Ein Krankenwagen fuhr langsam vom Gelände, und im selben Moment kamen zwei junge Frauen ganz in Weiß durch den Park geschlendert, wo das Schwesternheim war. Ich meinte, die eine wiederzuerkennen, war mir aber nicht sicher. Am Eingang unterhielten sie sich kurz mit den Rauchern, die lachten, und alle fünf jungen Leute gingen schließlich zusammen hinein. Diese Rauschhaftigkeit, diesen bei

Stress plötzlich aufflammenden und sie binnen Wochen verzehrenden Raubbau am eigenen Körper, dachte ich, woher hat Jeanne das, einen so selbstzerstörerischen Irrsinn, der so wenig zu ihr passt und den sie an anderen so verdammt? Vor zweieinhalb Jahren, als drüben in einem von der Avenue aus nicht einsehbaren Trakt ihre Mutter starb, nahm Jeanne in den letzten sechs Wochen vor Véroniques Tod über zehn Kilo ab. Sie sah grau aus und hatte Haarausfall, und doch rannte sie, um zu rauchen, alle halbe Stunde aus dem Zimmer, in dem ihre Mutter künstlich beatmet wurde.

Die Krebsstation war von der Straße aus wirklich nicht zu sehen. Langsam ging ich an dem Zaungitter entlang, weiter in Richtung Innenstadt. Forsythien und Berberitzen. Die Büsche waren zu dicht, als dass man durch sie hindurch auf dasjenige hätte sehen können, was die Clinique de la Porte Verte aus gutem Grund vor neugierigen Blicken verbarg. Irgendwo hinter diesen Mauern und Fenstern hatte ich an ihrem Bett gesessen. Ich erinnerte mich an Kleinigkeiten. Ihre rissigen Lippen. Wie ihr Pénélope über die Augenbrauen strich. Wie Jeanne hinauslief, um zu rauchen. An unsere letzten Gespräche. Immer erwähnte sie wenigstens einmal ihren Jasmin, die Johannisbeeren und die Schlehe.

Ich kam zur Place Laboulaye, als mir eine Stelle in Maurice' erstem Brief durch den Sinn ging. An den genauen Wortlaut erinnerte ich mich nicht, aber Maurice hatte geschrieben, Véroniques Tod vor zwei Jahren habe ihn erschüttert. Das mochte stimmen. Von wem aber, fragte ich mich plötzlich, hatte er von ihrem Tod erfahren? Ich hatte Véroniques Wunsch befolgt und auf eine Traueranzeige verzichtet. Es gab niemanden in unserem Freundes- und Bekanntenkreis, der eine wie auch immer geartete Verbindung zu Maurice Ravoux dargestellt hätte, abgesehen von meiner Mutter vielleicht, die, was Villeblevin betraf, sogar noch nostalgischer veranlagt war als ich. Sie hatte es nie erwähnt, doch denkbar war es, dass sie noch immer mit Corinne Ravoux in Kontakt stand. Auch Maurice' Mutter aber war, falls sie noch lebte, mittlerweile an die 90 oder sogar älter und schrieb bestimmt keine Briefe mehr.

Unterwegs zum Boulevard de la Reine, der mich ohne weitere Umwege zum Schloss führen würde, ging ich die Rue du Maréchal Foch hinunter, vorbei an Cafés, vor denen lesend oder plaudernd die Leute saßen, vorbei an Boutiquen, Läden, Drogerien, aus denen sie auf die Straße strömten und alle, ohne Ausnahme, schockartig geblendet waren von der Sonne. Wie viele jetzt diese bunten, viel zu weiten, zerknitterten Trainingsanzüge anhatten. Ob jung oder alt. So als kämen sie alle vom Sport, als wäre ihr Alltag nur eine Pause zum Einkaufen zwischen zwei Laufstunden. Hier fand sich ein Großteil dessen, was das Leben im Wesentlichen ausmachte: An einem dumpfen Sommertag konnte ein flotter Trab zur Einkaufsmeile genau das richtige Rezept sein, um eine gottverlassene Einsamkeit für weitere 24 Stunden erträglich zu machen.

Ich sah mir die verhutzelten Damen an, die darunter waren und Schritt zu halten versuchten mit dieser schnellen Strömung aus Notwendigkeit, Luxus, Kauflust und übler Laune, und ich versuchte mir vorzustellen, wie mit einer von ihnen meine Mutter am Telefon sprach, von Altenheim zu Altenheim, und sie in Kenntnis setzte vom Krebstod ihrer Schwiegertochter, der kleinen Véro, mit der doch auch Maurice einmal verbandelt war, der immer so ernsten, strengen, verschlossenen, aber so patenten, begabten und hübschen kleinen Tochter der Lehrerin an der Schule in Villeblevin. Véronique, man stelle sich vor, mit 61.

Genauso absurd und grotesk war es, anzunehmen, Mamie könnte mit Maurice persönlich gesprochen haben. Ich nahm mir vor, sie anzurufen und zu fragen, ob sie noch Kontakt hatte mit einem der Ravoux, Maurice oder Corinne, oder mit Roger Patache, der, kurz bevor auch meine Mutter Villeblevin verließ und nach Versailles zog, seine Cora geheiratet hatte. Und wenn nicht? Wenn nicht Mamie ihn von Véroniques Tod unterrichtet hatte, von wem konnte Maurice es sonst wissen? Mir fiel niemand ein.

Es gab niemanden.

15

Ich war müde und ausgelaugt von dem langen Wandern in der Sonne. Als ich kurz vor der Einmündung in den Boulevard zum Bahnhof kam, blieb bis zum Schlossplatz noch ein Kilometer Fußmarsch. Auf dem Platz vor der Gare Rive Droite stand eine Reihe leerer Taxis. Die Fahrer lehnten an ihren Wagen, rauchten und unterhielten sich, die meisten im Trainingsanzug, mit Sonnenbrille und T-Shirt, eine zusammengerollte Zeitung in der Hand. Ich beschloss, einen von ihnen nicht länger warten lassen.

Doch ich ging noch eine der Rampen hinauf, durchquerte das Bahnhofsgebäude und lief an einem leeren Gleis entlang bis zur Brücke der Rue du Parc de Clagny. Ich stieg hinauf, stellte mich an das Brückengeländer und blickte hinunter.

Immerhin hatte ich über die Hälfte der Strecke bis zum Schloss geschafft. Ich war durch meine Stadt gelaufen, hatte das Krankenhaus gesehen und es hinter mir gelassen. Ich hatte über Jeanne, Véronique und Mamie nachgedacht, war mir über einiges klar geworden und würde anderes in den kommenden Tagen und Wochen zu klären wissen. Den Traum von Maurice hatte ich fast vergessen.

Unten lagen die Gleise. Mehrere Züge standen an den Bahnsteigen. Wie merkwürdig sahen Waggons und Lokomotiven aus, wenn man sie von oben betrachtete.

Ich spürte keinen Schmerz in der Brust, nur ein leichtes Schwindelgefühl und dass meine Beine schwach wurden. Aber ich hielt mich an dem Geländer fest und war mir sicher, dass es nur ein Schwächemoment war, der vergehen würde.

Wir waren nicht immer zum Sterben in die Clinique de la Porte Verte gefahren. Jahrelang war ich Patient der Herzstation gewesen, um weiterleben zu können, und Véro hatte mich besucht oder, später, zur ambulanten Nachsorge begleitet.

Meine erste Angiographie im Frühjahr 1988 bestätigte einen 75-prozentigen Verschluss der linken Herzkranzarterie. Es stellte sich heraus, dass die Arteria circumflexa um 80 Prozent verengt war – eine Diagnose, die vor allem deshalb einen Eingriff vonnöten machte, weil beide betroffenen Arterien denselben Teil meines schäbigen Herzens mit Blut versorgten.

Ein halbes Jahr später unterzog ich mich einer Angioplastie. Véronique saß mit mir in einem Korridor, in dem lauter leere Betten standen, und wartete auf die Ergebnisse der Stressechoaufzeichnung. Der Chefarzt war zufrieden. Sie ebenso. Ich traute dem Frieden erst, als in den Jahren nach der OP mehrere Thalliumszintigraphien die Resultate bestätigten: Mein Herz sei repariert worden, ehe es überhaupt einen Unfall hatte haben können.

Véronique sagte das zu mir in dem kleinen Park der Klinik an einem Tag Ende September 1994. Es war der Tag, als die Nachricht um die Welt lief, dass nachts zuvor auf der Ostsee die *Estonia* gesunken war. Neun Jahre lang ließ mein Herz mich danach glauben, dass es gesundet sei und sich erholt habe. Dann wurde Véros Krebs festgestellt. Dann starb sie. Dann wieder mein schäbiges Herz.

Seltsam, das Bahnhofsgebäude. Dass es innen von gelbem Licht erleuchtet schien, wo doch die Sonne so hell brannte. Unter mir lag der Rangierbahnhof. Ein Stück die Schienen entlang sah ich eine Reihe von Güterwaggons und eine Rangierlok und dahinter auf der Rue du Maréchal Foch, wo ich gerade noch gegangen war, ein Auto, das auf den Bahnhofsplatz einbog. Ich konnte hören, wie die Lok Waggons hin und her schob, auf denen andere Autos standen, und konnte die Gleise als Lichtspuren sehen, die von mir wegführten, aus dem Versailler Sackbahnhof hinaus, dorthin, wo grüne und, noch weiter weg, rote Signallichter im Flimmern der Luft schwach leuchteten.

Auf einem der Bahnsteige standen Reisende neben ihren Koffern und Taschen, und um einen Automaten für Getränke oder Süßigkeiten drängte sich eine Gruppe Kinder, aus der zwei Erwachsene heraustachen, ein Mann und eine Frau, die Erzieher oder Lehrer. Beide hatten ihre Sonnenbrille im Haar und einen Rucksack auf dem Rücken. Als der Pulk auseinanderstob, sah ich, dass bestimmt die Hälfte der Kinder, aber auch die beiden Lehrer ebenfalls Trainingsanzüge anhatten, ich sah die Streifen an ihren Ärmeln und Beinen, wobei es einen, zwei oder drei Streifen zu geben schien. Die beiden, die auf dem Bahnsteig versuchten, die Kinder zusammenzuhalten, hatten jeder nur einen, und bei ihrem Anblick fragte ich mich, wie viele Streifen wohl Labeige damals an seinem Trainingsanzug hatte, wenn er Maurice und mir nachsetzte über den Schulhof. Weil er uns nicht zu fassen bekam, brüllte er, wir sollten stehen bleiben, er habe uns erkannt, uns Verbrecher, und während wir davonjagten und in die Büsche tauchten, hörten wir den Hausmeister nach Luft japsen und wie seine Frau hell und fröhlich lachte. Wir beobachteten Madame Labeige durch die Büsche, und ich glaubte mich zu erinnern, dass zumindest ihr Trainingsanzug drei Streifen hatte, wenn sie da stand und ihren Mann aufzog, während wir hinuntersprangen zu den Gleisen.

Ich wollte nicht länger an Villeblevin denken, an Maurice, Delphine, die Labeiges oder die Patache-Brüder. Alles erschien so unverrückbar, festgefügt, aneinandergereiht, es kam mir wie ein Gleis vor, das durch die Zeit führte und hier endete, wo ich stand und hinunterstarrte auf lauter Schienen.

Der Sackbahnhof von Versailles. Die Unveränderlichkeit. Sie war es, was mir Kopfschmerzen bereitete. Die Unverrückbarkeit. Nichts anderes raubte einem die Kraft. Was bewegte man mit einer Erinnerung oder Beschreibung? Genauso wenig wie mit Träumen.

Ich folgte mit Blicken dem Gleis, auf dem der Zug und mit ihm die Kinder, die eingestiegen waren, davonfuhr. *Plaisir – Dreux*, auf der Leuchttafel am Kopf des Triebwagens stand, wohin sie fuhren, nach Dreux oder Plaisir, ein Regionalzug. Am Ende des Bahnsteigs lag die erste Weiche. Der Zug fuhr darüber hinweg, geradeaus, unter mir und der Brücke der Rue du Parc de Clagny hindurch ostwärts.

Von der Weiche aus aber verlief das Gleis auch in nördlicher Richtung. Ich sah, dass es andere Gleise querte, bevor es lange im Schatten an einer großen Halle entlanglief, die an der Passage Roche stand und seit Jahren verfiel. Dort endete es. Das Gleis war leer, keine Waggons, keine Lok standen darauf. Ich war mir nicht sicher, aber ich meinte, weit hinten bei der alten Halle, deren Fensterscheiben fast alle zerbrochen waren, den Schotter schillern zu sehen, grün, blau und sogar lila leuchtete das von Flechten und Moos überwachsene Gleisgelände.

Es war ein totes Gleis. Es war so tot wie unseres in Villeblevin, das die Baracke vom Rest der Welt abschnitt, tot, bis Pipin Patache eines Morgens im Winter 59 in Gummistiefeln die Bahndammböschung heruntergeschlittert kam und uns half, die verrostete Weiche flottzubekommen, die das tote Gleis mit dem Hauptgleis verband. Weit auseinanderliegende Einzelheiten: die irgendwann mit Schottersteinen des Bahndamms eingeworfenen Fensterscheiben der alten Halle an der Passage Roche, die Mauersegler, die hoch oben in der Luft über den Gleisen flogen, die Kinder, die nun unterwegs waren und Plaisir bald erreichten, ich, ich, der hier stand. Ich hatte das Gefühl, alles vibriere in einer Zusammengehörigkeit, die keine Erinnerung, keine Beschreibung, keinen Traum brauchte.

Es war dasselbe Gefühl wie in dem Augenblick, als wir mit der Draisine fuhren.

Vielleicht das Gefühl dafür, wie alles verbunden war. Wir fuhren mit der Maschine des großen Verschwindens, drei Jahre lang hatten wir in jeder freien Minute daran gewerkelt. Wir wollten hinaus aus der Baracke, hinaus auf die Gleise, weiter über die Yonne, nach Paris, ans Meer, allein, weil es möglich war.

Es war vielleicht das Gefühl, dass man von überall aus und auf allen Wegen nach Hause gelangte.

Es war jedenfalls das Gefühl, mit dem ich in die Knie ging. Ich knickte ein, und mir wurde schwarz vor Augen. Dann ließ ich alles los, Gleise, Brücke, Geländer.

16

Ich drückte eine Tablette aus der Alurippe, steckte sie in den Mund, setzte die kleine Plastikwasserflasche an und trank sie noch im Sitzen ganz aus. Leute, die auf der Brücke vorübergingen, starrten uns an, mich insbesondere, aber auch die beiden, deren Wasser ich trank, Aid und Chris.

So stellten sie sich vor. Sie waren Amerikaner, nette Leute, zumindest in dieser peinlichen Situation – hilfsbereit, respektvoll, es gab für sie nur uns drei in diesen Minuten auf der Brücke, und das zu spüren tat mir gut. Ich versuchte mich zu sortieren, Chris in seinen gelben Shorts, seinem grünen T-Shirt hockte vor mir, schirmte mit seinem fassartigen, von Muttermalen gesprenkelten und über und über behaarten Körper die Sonne ab, und Aid, die eigentlich Adriana hieß, streichelte mir über den Kopf, während sie Fragen stellte wie, ob ich Diabetiker sei, ob sie einen Krankenwagen rufen solle oder ob ich ein »cell phone« bei mir habe. Sie trug ein für ihre Beine unvorteilhaftes, viel zu knappes Kleidchen und hatte auffallend große schöne Augen mit langen Wimpern.

Es waren zwei ziemlich übergewichtige Schutzengel aus Elizabeth, New Jersey, die mein Schöpfer mir da gesandt hatte. LaGuardia, hatte ich verstanden, hießen sie mit Nachnamen, wie der alte Flughafen von New York. Es klang nach italienischer Abstammung, worauf allerdings nichts schließen ließ an Chris, der wahrscheinlich in Wirklichkeit Christopher hieß, Mr. und Mrs. Christopher LaGuardia auf Europareise.

Ich verneinte alles, wonach sie mich fragten, und weil mir auf die Schnelle nichts Besseres einfiel, sagte ich, mein Name sei Ravoux, Maurice Ravoux.

»Okay, Maurice, wie sieht es aus, meinen Sie, Sie können aufstehen?«, fragte Chris besorgt mit einem Blick auf seine Armbanduhr, den ich nicht einzuschätzen wusste.

Ich nickte. Jeder auf einer Seite griffen sie mir unter die Achseln, hakten sich ein und stellten mich hin.

Ob ich okay sei, was meine weiteren Pläne seien.

Ich zeigte zum Bahnhof. Um mich dankbar zu erweisen, aber auch um mich unmissverständlich auszudrücken, sagte ich kehlig in ihrer Sprache: »I'll take a taxi and drive home.«

Hätten sie mir widersprochen, ich hätte nicht auf meiner Entscheidung bestanden, denn ganz bei mir fühlte ich mich nicht. So aber überquerten wir zu dritt die Brücke, stiegen die Stufen hinunter und liefen über den Bahnsteig bis zum Bahnhofsgebäude. Erst als wir es erreicht hatten, ließen die LaGuardias mich los. Chris sagte etwas, was ich nicht verstand, etwas über die Sonne, und nahm dabei den Hut ab, einen zerknitterten weißen Stoffhut voller blassbrauner Flecken, unter dem sein kahler, mit Sommersprossen übersäter Schädel zum Vorschein kam. Er zeigte auf seinen Kopf, seine Glatze, und hielt mir dieses Relikt von einem Sonnenhut hin.

»Danke«, sagte ich höflich, »brauche ich nicht.« Ich würde,

wie gesagt, ein Taxi nehmen. »I do not need a cap. I need a cab.«

»You're kidding!«, lachte Aid laut. »So you're doing better, I guess. – What do you think, honey?« Sie zwinkerte Chris zu. Gekränkt – was hatte ich Falsches gesagt? – wandte er sich ab.

Aid rollte mit den Augen. »He's tired. Wir waren unterwegs zum Schloss, und Chris war sicher, dass wir uns verlaufen haben. Eine halbe Stunde lang, Maurice, und das bei der Hitze, sage ich zu ihm, warte, wait darling, gleich kommt ein Wegweiser. Und da sehen wir Sie auf der Brücke zusammenbrechen.«

»Ja«, sagte ich und deutete eine Verbeugung an. »Danke.«

»So take care!«, sagte sie mit gespieltem Ernst und streichelte meinen Arm. »We're right behind you!«

Mr. LaGuardia schüttelte mir die Hand. Unser Aufeinandertreffen schien ihn zu verwirren – seine Hand aber war warm, er trug einen großen Ring, einen Siegelring mit grünem Stein.

»Folgen Sie dem Boulevard«, sagte ich. »Am Ende links, dann immer geradeaus. Da liegt der Waffenplatz, direkt vorm Schloss.«

Damit ging ich langsam, noch immer ein bisschen wacklig, davon.

Aber ich drehte mich noch einmal um und rief den beiden zu: »Immer den Bussen nach!«

Sie lachte, er nickte, und ich hob die Hand zu einem Gruß, und dann ging ich wirklich.

Im Taxi sank ich in die kühlen Polster und fiel augenblicklich in einen klimatisierten Dämmerzustand. Es war mir egal, welche Route der Fahrer fuhr. Ich gab ihm 20 Euro, obwohl es bis Le Chesnay nicht mehr als acht, höchstens zehn kostete. Er stellte die Uhr gar nicht erst an, und das war das Letzte, was ich sah, bevor ich die Lider zuklappte und mich dem Wirrwarr überließ, der dahinter tobte.

17

In der Auffahrt parkte Andrés Jeep Grand Cherokee, ein Wagen, wie ich ihn den LaGuardias wünschte, die in New Jersey sicherlich Kinder hatten und mindestens zwei kälbergroße Hunde. Jeanne, mit ihrem Tick für restaurierte, katalysatornachgerüstete italienische Sportflitzer, verdammte den Wagen als protzig und klimaschädigend. Was sie nicht daran hinderte, den Jeep für Großeinkäufe zu nutzen.

Ich zwängte mich zwischen den Hecken und dem roten Innenstadtpanzer hindurch und sah, dass der Jeep reisefertig war, bereit für einen Wochenendausflug ans Meer, den meine Tochter nicht unternehmen wollte.

Auf dem Dach standen zwei Fahrräder, die keine Fahrräder waren, sondern, laut Jeanne, »beach cruiser«.

Windschutzzelt, Picknickkorb, Schnorchelausrüstung und Badetaschen sah ich auf der Ladefläche und den Rücksitzen.

Auf dem Beifahrersitz lag eine Landkarte. Die zurechtgefaltete Seite war zur Hälfte blau und zeigte den Umriss der bretonischen Halbinsel.

André war im Garten. Barfuß, die Hosenbeine bis zu den Waden hochgekrempelt, saß er unter den Bäumen und schien eingenickt zu sein. Sein Hemd war über der Brust aufgeknöpft, er hatte den Kopf in den Nacken gelegt. Als ich näher kam, bemerkte ich, dass er rauchte, und neben ihm im Gras zwei Tennisschuhe, auf denen seine Socken lagen.

Er öffnete die Augen, sah mich und stand sofort auf, um mich zu begrüßen. Die Zigarette zwischen den Lippen, gab er mir die Hand und legte mir die andere auf die Schulter. Ich sah ihm in die Augen. Müde wirkte er und bekümmert, genau so, wie ich mich fühlte.

»Du rauchst wieder? Setz dich«, sagte ich, und wir setzten uns unter die Pappeln. Sogar im Schatten war es noch immer sehr warm. Ich zückte mein Taschentuch und wischte mir kalten Schweiß von der Stirn.

Seit ein paar Tagen, sagte er, und dass es viel Arbeit in der Redaktion gebe, deshalb. Er erzählte von dem neuen Konkurrenzblatt des *Rivoli*, von dem Druck, den die Geschäftsleitung ausübe, und dass die Abonnenten absprängen, was ihn, wenn er nicht aufpasse, den Job kosten könne.

»Ja«, sagte ich, »das kommt mir alles bekannt vor«, obwohl es nicht stimmte. Im Labor war ich der Leiter gewesen, ich hatte den Druck ausgeübt, und wer ihm nicht gewachsen gewesen war, hatte gehen müssen, so wie ich selbst, als mein Herz dem Druck nicht mehr standhielt. Ich fragte mich, ob Jeannes dreister Übersetzer, dieser Muco, den André ihr empfohlen hatte, einer seiner Vorgesetzten war.

»Du kannst froh sein über deinen Vorruhestand«, sagte er, indem er sich bückte. Er drückte die Zigarette im Gras aus, und ich war gespannt, was er mit der Kippe vorhatte.

»Es war die richtige Entscheidung zum richtigen Zeitpunkt.«

Ich stimmte ihm zu und nickte. »War es wohl.«

Fragte sich bloß, wer diese Entscheidung getroffen hatte.

Mein Herz? Ein komisches Herz, das sich selbst in den Ruhestand schickte.

André zog ein Papiertaschentuch aus der Hosentasche, zerknüllte es über dem Filter und steckte es wieder ein. Dann begann er, Socken und Schuhe anzuziehen, und wir schwiegen, bis er fertig war, sich zurücklehnte und mich anlächelte.

Er schien mir, wovon auch immer, verunsichert zu sein, deprimiert, vielleicht war er wirklich depressiv, wie ich schon öfter gemutmaßt hatte. Aber André war zäh, zäh wie ich, wie jeder Feigling.

»Du siehst müde aus«, sagte er. »Warst du in der Stadt?«

Ich sagte, ich sei zum Schloss gelaufen, aber es sei mir zu viel Trubel dort gewesen, lauter übergewichtige Amerikaner, die die gestutzten Linden, die Brunnen und sich selbst fotografierten. Ich sei noch bis zur Gare Rive Droite zurückgelaufen, hätte von dort aber ein Taxi genommen, um Jeanne nicht warten zu lassen.

»Verstehe.« André zog aus seiner Hemdtasche eine zerknitterte Packung Gitanes. »Obwohl es sie bestimmt freuen wird zu hören, dass du etwas für deine Gesundheit tust. Es stört dich doch nicht…?«

Er zeigte auf die Zigarette zwischen seinen Lippen –

Ich hob die Hände zu einer abwehrenden Geste –

Und André nutzte die Gelegenheit, wechselte das Thema und sagte in den Rauch hinein, er habe mir etwas mitgebracht.

An seinen Stuhl gelehnt stand eine Ledermappe im Gras. Er platzierte sie auf seinem Schoß, zog den Reißverschluss auf und holte eine Klarsichtfolie hervor, in der ein Dutzend Papiere steckte.

»Hier hast du ihn: Maurice Ravoux.« Er zwinkerte mir

durch den Qualm zu. Plötzlich schien er viel besserer Laune zu sein.

»Ich werde dir referieren«, sagte er und rollte die »r«s dabei, so wie er es während unseres mit 7:0 für ihn ausgegangenen Schachturniers gemacht hatte, wenn ihm ein Satz aus *Pnin* oder *Lolita* eingefallen war. »Einverstanden?«

Ich nickte und wünschte mir im Stillen, Jeanne würde endlich kommen, würde sich auseinandersetzen mit ihrem Gatten, etwas, was ihre und nicht meine Aufgabe war.

»Also los. Zunächst ... was haben wir hier? Angaben zur Person. Maurice Ravoux. Er wurde geboren ...«

»Das kannst du überspringen.«

»Es gibt Details, die dich interessieren werden, wirklich.«

»Also schön«, sagte ich. »Entschuldige. Lies bitte vor.«

»Geboren am 3. Februar 1944 in Fontainebleau. Einziges Kind von Joseph, Ingenieur, gefallen 1943, und Corinne Ravoux, spätere Patache, Hausfrau, verstorben 1998. Gymnasium Villeblevin, Burgund, Bac B für Technik und Wirtschaft 1964. Danach Classe prépa, Grandes-écoles-Vorbereitungskurs mit Fachausrichtung Mathematik. Befreiung vom Wehrdienst. 1966 bis 68 Studium an der École d'ingenieurs Paris. 1970 Heirat mit Delphine Chévreaux, geboren 1944 in Villeblevin, die Ehe wurde 1985 geschieden, wie es aussieht, kinderlos, soll ja vorkommen. Ab 1973 längere Auslandsaufenthalte, Marokko, Kongo, Algerien. Als Ingenieur war dein Freund spezialisiert auf Bewässerungsfragen, Staudammbau, Meerwasserentsalzungsanlagen. Ist weit in Afrika rumgekommen. So war er an den Inga-Wasserfällen in der Republik Kongo bis 82 maßgeblich daran beteiligt, den Inga-II-Staudamm fertigzustellen. Als Wohnorte in Frankreich hab ich hier Paris bis 1985, dann St. Etienne, kurz Marseille, dann ein paar Jahre Algier, wieder Paris und schließlich, seit 99, Auvers-sur-Oise. Dort lebt er noch immer, allein, wie es scheint. Adresse und Telefonnummer sind vermerkt. Mit dem Wagen ist man in einer knappen Stunde da.«

»Ah ja?«

»Na ja, das Van-Gogh-Grab ist in Auvers«, sagte er. »Deine Tochter und ich, wir waren mal dort. Lange her.«

»Meine Tochter? Du meinst ...« Ich lächelte ihn an. Der Gedanke machte mir zu schaffen, dass er bislang kein einziges Mal Jeannes Namen in den Mund genommen hatte, und auch jetzt schien er nicht bereit dazu. André blätterte.

Ich wechselte zurück zum Thema: »Befreiung vom Wehrdienst, sagst du. Hast du etwas über eine schwere Krankheit herausgefunden?«

»Hab ich. Warte«, sagte er sofort und blätterte. »Hier ist es. Angeblich leidet er an einer seltenen Nervenkrankheit, akut seit etwa fünf Jahren. ALS, amyotrophe Lateralsklerose. Donita, der wir übrigens die meisten der Angaben verdanken – ich sagte ja, sie hat ein Händchen für so was –, Donita schreibt über ALS: ›Betroffen sind die motorischen Nervenzellen in Hirn und Rückenmark. Sie sterben ab, und in der Folge verkümmern die Muskeln. Im Endstadium ist auch die Atemmuskulatur von der Lähmung betroffen.‹ Ach ja, und hier schreibt sie noch, prominentestes ALS-Opfer sei Mao Tsetung gewesen. Und auch Stephen Hawking, der Astrophysiker, auch der hat ALS. Wusste ich auch nicht.« André blätterte und blätterte.

Und ich sagte: »Schwer vorstellbar, dass er da allein lebt. Er wird im Rollstuhl sitzen und auf Hilfe angewiesen sein, oder meinst du nicht?«

André zuckte mit den Achseln. Er spitzte die Lippen, fuhr

sich mit einer Hand durch die silber melierten, für meine Begriffe etwas zu fettigen Haare und sah mich an.

»Tja«, sagte er, »vermutlich. Man kann natürlich nicht alles über jemanden herausfinden, schon gar nicht in so kurzer Zeit. Vielleicht hat er eine Haushälterin. Oder eine Nachbarin versorgt ihn. Auch ein mobiler Pflegedienst ist denkbar.«

»Ja, natürlich«, meinte ich, obwohl die Bemerkung mich ärgerte. Aber ich war müde, zu müde, um zu entscheiden, ob diese Nachbarin als Seitenhieb gemeint war.

André sagte, ihn erinnere die Krankheit an diesen Chefredakteur der *Elle*: »Wie hieß er doch gleich? – Er war noch bedeutend jünger als dein Freund, als er aus heiterem Himmel einen Hirnschlag erlitt und von da an gelähmt war. Bauby hieß er, jetzt fällt's mir wieder ein, Jean-Dominique Bauby. Er konnte in den letzten Monaten seines Lebens nur noch ein Augenlid bewegen, alles andere war vollständig gelähmt. Hast du nie von ihm gehört?«

»Nein. Wie hieß der Mann, sagst du?«

»Jean-Dominique Bauby. Als Macher der *Elle* war er in der Pariser Schickeria ziemlich bekannt, berühmt wurde er aber durch das Buch, das er über seine Erkrankung schrieb, das Locked-in-Syndrom. *Schmetterling und Taucherglocke* heißt es. Er diktierte das gesamte Buch, indem er das Lid, das ihm blieb, öffnete und schloss, öffnete und schloss.«

André demonstrierte es mir.

»Wie soll das funktionieren?«, fragte ich und schüttelte ungläubig, unwillig den Kopf.

»Soweit ich weiß«, sagte er, »hat eine Logopädin eigens für ihn die Methode entwickelt: Sie sagte das Alphabet auf, und Bauby bedeutete ihr mit dem Augenlid bei jedem Buchstaben

Stopp, den er diktiert haben wollte. Buchstabe für Buchstabe entstand so der Text.«

Ich versuchte mir Maurice Ravoux vorzustellen, ganzkörpergelähmt, mit einem Augenlid, das mir einen Brief diktierte – eingeschlossen, lebendig begraben im Sarg seines Körpers.

Kurz darauf hörte ich das Röhren des Alfas, der vor dem Haus vorfuhr, und ein paar Sekunden später, wie der Motor abgestellt und eine Autotür zugeschlagen wurde.

»Jeanne«, sagte ich.

Und André: Ja, er habe es gehört. Er sah auf seine Armbanduhr. »Na, dann kann's ja jetzt losgehen.«

Darauf erwiderte ich nichts. Ich wusste nicht, ob die beiden inzwischen miteinander gesprochen, sich vielleicht sogar ausgesprochen hatten. Bei seinem Zustand und so wie André sich benahm, war es eher unwahrscheinlich, doch möglich war es immerhin, möglich, dachte ich, und auch wünschenswert.

Wir warteten eine Weile, ohne weiter über die Papiere zu sprechen. Doch es passierte nichts. Jeanne kam nicht. André und ich saßen am Gartentisch und versuchten, auf etwas zu kommen, was wir stattdessen sagen, etwas, worüber wir reden konnten, irgendetwas Normales, die Redaktion, die LaGuardias, das Wetter, seinen Jeep, der vollbeladen in meiner Auffahrt stand, über Dinge, die geschehen waren oder noch geschehen würden, oder bloß über diesen Tag. Es schien nichts zu geben. Ich sah hinüber zum Haus, zur Terrassentür, die sich nicht öffnete, und André sah durch den Garten, in die Bäume und den Himmel darüber, der blau war und wolkenlos. Plötzlich dachte ich, dass ich André nun seit 15 Jahren kannte, aber dass ich noch nie ein normales Wort mit ihm gewechselt hatte. Er war seit drei Jahren mein Schwiegersohn, und ich hatte ihn nie um Rat gefragt oder um seine Meinung gebeten. In Wahrheit kannte ich ihn überhaupt nicht. Zwar hatte ich Schach mit ihm gespielt und daher eine vage Ahnung von seinen Gedankensprüngen – Rückzug, Ausfall, Rückzug, Blockade –, hatte aber keine Vorstellung davon, was er in der jetzigen Lage als Nächstes tun würde: mit mir in meinem Garten, wo meine Tochter, seine Frau, ihn nicht sehen wollte.

»Als seien meine eigenen Erinnerungen wie die Wolken so schön anzuschauen und doch so bedeutungslos«, sagte ich. »Das ist ein Satz, den er mir geschrieben hat, Maurice, meine ich, Maurice Ravoux. Ich muss immer wieder daran denken.«

»Poetisch«, sagte André, »und traurig. Was kein Wunder ist. Sag Bescheid, wenn du weiterhören willst. Zu dem Autor Ravoux sind wir ja noch gar nicht gekommen.«

Ich sagte, ich würde uns eine Karaffe Wasser und Gläser holen und nachsehen gehen, wo Jeanne bleibe. Sicher telefoniere sie.

»Bleibst du zum Essen?«

»Eigentlich wollten wir abends am Meer sein und dort essen. In Pont-Aven ist ein Zimmer reserviert. Ein Tisch auch.«

Er stand auf und sah mich mit demselben kummervoll-unterwürfigen Ausdruck an, mit dem ich ihn im Garten gefunden hatte.

»Ich wollte sie überraschen. Ich dachte, es ist bestimmt der Streit mit Pénélope, was ihr auf der Seele liegt, und dass die beiden sich am Meer vielleicht eher aussprechen können. Keine Ahnung, was sie für Pläne hat«, sagte er. »Vielleicht fragst du sie einfach.«

Ich war etwas verwundert, dass er sich über meine Bitte, Pen und Thierry nicht zu besuchen, so einfach hinwegsetzte, aber vielleicht weil ich dachte, dass es zu diesem Treffen in der Bretagne ohnehin nicht kommen würde, gab ich ihm bloß einen Klaps auf den Arm und sagte, ich sei gleich zurück.

André sah mich nur an, so als hätte ihn etwas aufgeschreckt, etwas, was er gehört hatte oder zu hören erwartete, oder etwas, an das er gedacht hatte, als er von dem Zimmer in Pont-Aven erzählte, und das alles, was er noch sagen wollte, aus seinen Gedanken verscheuchte.

So ließ ich ihn stehen und ging über den Rasen hinüber zum Haus.

18

Ich ging ums Haus herum und sah auf dem Weg zur Eingangstür in den Briefkasten. Es war eine Karte darin, eine Ansichtskarte aus Pont-Aven. Pénélope schrieb, wie schön es dort sei, wie glücklich sie und Thierry und wie nett seine Eltern seien.

»Der Pfeil, da sind wir« – vorn auf die Panoramakarte war ein Pfeil gemalt, der aufs Meer wies, eine Stelle, wo nichts als Wasser war. Ich ging hinein, las dabei die Karte noch mal und hatte beim Anblick ihrer Handschrift und beim Klang ihrer Worte plötzlich Sehnsucht nach Pen. Ich vermisste sie, aber war zugleich froh, dass es ihr gut ging. Das Gefühl, mit dem ich André allein gelassen hatte, das Gefühl, dass man aus fast jeder Erfahrung lernen konnte, wie die eigenen Bedürfnisse bei einem anderen für gewöhnlich nicht gerade an erster Stelle standen, sogar wenn dieser andere ein Mensch war, der einen liebte – dieses wenig beglückende Gefühl verschwand, als ich Pens Zeilen las, und so froh ich darüber war, so erleichtert war ich auch, dass kein neuer Brief aus Auvers im Kasten lag.

Jeanne war nirgends. In der Küche standen Einkäufe. Ich legte die Karte auf den Tisch und ging ins Wohnzimmer. Ihre Badmintontasche und drei, vier weitere große, vollgepackte Taschen lagen übereinandergestapelt zwischen Flügel und Treppe, Taschen, die ich in Véroniques Zimmer nicht gesehen hatte. Für ein Wochenende an der See waren es eindeutig zu viele. Ich sah hinaus, über die Terrasse in den Garten, wo André sich wieder gesetzt hatte, rauchte und in den Papieren über Maurice las. Meerwasserentsalzungsanlagen, Inga-Wasserfälle... Ich öffnete die Terrassentür – was Jeanne, kam sie zu Besuch, für gewöhnlich als Erstes machte – und rief André zu, ob er Wasser wolle oder etwas anderes, Bier, Orangeade, und er rief zurück, es sei ihm egal.

Ich ging hinauf, ging ins Bad und fand die Verbindungstür zu. Obwohl dahinter nichts zu hören war, musste Jeanne dort sein, im Zimmer ihrer Mutter. Vielleicht schlief sie, oder sie telefonierte, aber man hörte nichts, und weder das eine noch das andere konnte ich mir vorstellen, wenn André da war, dessen Wagen unübersehbar in der Auffahrt stand, und auf sie wartete.

Ich wusch mir Gesicht und Hände. Im Spiegel sah ich, dass ich einen Sonnenbrand bekam, und meine Augen waren gerötet, klein und glasig. Ich kam mir eingefallen vor, abgemagert, neben Mr. LaGuardia musste ich wie ausgemergelt gewirkt haben. Es lief alles aus dem Ruder, nichts ließ sich festhalten, weder Menschen, die einen eben noch umgeben hatten, noch der eigene Körper, dieses lachhafte Konstrukt einer Gesundheit. Man verschwendete sich an Entwicklungen, Vorstellungen, Bedürfnisse, an Menschen, die sich durch nichts aufhalten ließen.

»Bist du da?«, rief ich, und als keiner antwortete: »Jeanne, hörst du mich?«

Ich riss die Tür auf und sah sie auf dem Bett liegen, angezogen, in ihrem Bürokostüm, in dem sie am Morgen aus dem Haus gegangen war. Nur die Schuhe hatte sie abgestreift, ein Paar mit Schnürriemchen und dicker Korksohle, umgekippt lag es vor dem Bett, darauf bäuchlings Jeanne, Füllfederhalter im Mund und vor sich das Manuskript, das ich kannte: *Die Küche von Liliput. Abnehmen* – oder was immer man da den Leuten andrehen wollte – *mit Lemuel Gulliver*.

»Bonjour, Papa.« Sie sah mich an mit einem Blick, der voller Abwehr war, aber mit Augen, die geweint hatten, wie ich sehr wohl sah. »Ich arbeite. Ich brauch noch ein paar Minuten.«

»Dein Mann ist da. Er wartet im Garten, André wartet, mit dir ans Meer fahren zu können, Jeanne.«

»Weiß ich.«

»Also komm bitte runter und sprich mit ihm. Ich jedenfalls werde hier nicht weiter antichambrieren.«

Keiner erwarte das von mir, sagte sie und strich etwas in dem Manuskript an. Sie las oder tat, als würde sie lesen, und ich stand in der Tür und sah ihr dabei zu. Auf dem Nachttisch lag eines von Véroniques in Leder gebundenen Büchern. Außer den Papieren, dem Federhalter und den Schuhen hatte Jeanne alle ihre Sachen aus dem Zimmer geräumt, es war wieder zum Zimmer ihrer Mutter geworden, und ich drehte mich um und sah, dass auch vor dem Spiegel nichts mehr von ihr stand.

»Gut«, sagte ich ruhig. »Ich habe mit André noch etwas

zu besprechen, im Garten. Ich erwarte dich dort in zehn Minuten.«

»Hat er die Informationen beschaffen können, die du wolltest?«

»Ja.«

»Und bist du zufrieden?«

»Ja.«

»Das freut mich für dich, Papa, das freut mich für André, für seine Lolita« – sie meinte Donita –, »und auch für Maurice Ravoux und sogar für den toten Camus freut mich das sehr. Ich werde nicht kommen«, sagte sie, ohne mich anzusehen, »nicht in zehn Minuten und nicht in zehn Stunden. Ich werde nicht mit André reden, sondern hier meine Arbeit machen, so lange, wie ich meine, dass ich brauche. Und ich werde für alle Zukunft auf keine Ultimaten mehr eingehen, weder auf deine noch auf seine.« Sie sagte das ruhig und ohne den Blick von dem Manuskript zu heben, in dem sie kurz darauf wieder etwas anstrich.

Von einem Ultimatum, das André ihr gestellt habe, sagte ich, wisse ich nichts.

»Er hat mich im Verlag angerufen. Zitat: Um fünf hole ich dich ab. Wir fahren in die Bretagne zu deiner Schwester und ihrem Freund, mit denen kannst du dich weiterstreiten. Pack deine Sachen, und um fünf ist Schluss mit diesem Ausflug zu deinem Alten Herrn. Zitat Ende.«

»Und deine Sachen? Wieso hast du dann alles zusammengepackt?«

Sie sah mich an und lächelte, nicht ironisch und nicht zynisch, eher war es ein bitterfreundliches Lächeln.

»Es ist kurz vor sechs. Eine Stunde Bedenkzeit hatte ich immer, weißt du, seit 15 Jahren. Voilà – er wird gleich fahren, glaub's mir, denn Gott bewahre, eine Blöße wird er sich nicht geben. Sobald er weg ist, ziehe ich ins Gästehaus, natürlich nur mit deiner Erlaubnis. Ich war noch kurz zu Haus vorhin und hab mir Sachen geholt, Bücher, Klamotten, tralala. Aber ich kann auch ins Hotel, zwar nicht am Meer, aber im *Cheval Rouge* ist bestimmt was frei.«

Es war nicht der Augenblick, um sie nach Gründen zu fragen, das las ich in ihrem Gesicht. Wie sie da lag, hatte auch Véronique auf diesem Bett gelegen, wenn sie sich in sich selbst vergrub, nur dass sie dann eher etwas Weises, etwas weise Trauriges sagte, wie zum Beispiel, dass man nie unterschätzen solle, wozu jemand, der frei sein wolle, in der Lage sei. Etwas wie »tralala« hätte sie nie gesagt.

Was für ein Buch sie da lese, fragte ich und zeigte auf den Nachttisch.

Sie sah hin.

»Camus. *Mythos des Sisyphos*. Von Maman. Ich stelle es zurück.«

»So war es nicht gemeint, Grundgütiger. Nimm es mit.«

Ich nahm das Buch, schlug die letzte Seite auf und las den letzten Satz: »Wir müssen uns Sisyphos als einen glücklichen Menschen vorstellen.«

»Also gut. Bitte geh ins Gästehaus.« Ich legte das Buch zurück. »Ich werde André sagen, dass du dich nicht gut fühlst.«

Eine Weile stand ich noch da und wartete auf eine Antwort, obwohl mir klar war, dass sie nichts weiter sagen würde.

»Ich suche übrigens seit Tagen den Humidor deiner Mutter. Hast du ihn gesehen?«

»Den Humidor? Ich weiß nicht, was du meinst.«

»Den Zigarrenkasten. Die Adresskartei deiner Mutter.«

»Nein«, sagte Jeanne abwesend, »keine Ahnung.«

Als ich sah, dass sie wieder las und auch den Federhalter in Position brachte, schloss ich die Tür. Ich stellte mich vor den Badezimmerspiegel, sah mich an: Nase, Stirn. Augen, Lippen, Ohren. Schläfen, Brauen, Wangen, Kinn. Wimpern, Zähne, tralala – alles, was mein Gesicht war.

19

Es war unwahrscheinlich, dass Jeanne mit allen Vorwürfen, die sie André machte, recht hatte. Man lebte sich auseinander, das hieß immer, dass zwei sich voneinander entfernten, zwei, die zuvor zu eng aufeinandergehockt hatten. Zu eng war es aber nie für nur einen. Die Enge war niemandes Glück, ein enges Glück war nichts anderes als Unglück.

Ich wusste das aus meiner Ehe mit Véronique, in der wir dennoch zusammengeblieben waren. Aber ich hatte es auch vorher schon gewusst. Maurice und ich waren über Jahre so eng aufeinander bezogen gewesen, dass kein anderer zwischen uns Platz gehabt hatte, keiner neben noch über oder unter uns, kein Vater und keine Mutter, kein anderer Freund und kein Mädchen passte in unsere Freundschaft, die alles von einer Liebe hatte, alles, außer dass sie auch körperlich gewesen wäre.

Nein, dachte ich, als ich hinunterging, sie ist nicht körperlich gewesen, auch wenn ich alles an Maurice so geliebt habe, wie ich später alles an Véronique liebte, die Nase, die Stirn, die Augen und so weiter, alles, was ich auch an mir liebe, weil es zu mir und sonst niemandem gehört und nicht anders ist, als es ist.

Was ich immer, noch ganz bis zum Schluss, daran liebte, mit Véronique zu schlafen, war das Gefühl, zugleich mit ihr und mit mir selbst zu schlafen – das Gefühl, mich selbst lieben zu dürfen, indem ich sie liebte, mich ganz zu haben und mich dann wieder verlieren zu können, wo sie doch dablieb.

Dazubleiben, wo die Enge war, die Enge aufzulösen und doch dazubleiben, das war mit Véronique möglich. André und Jeanne schien es nicht möglich zu sein, und auch Maurice und mir war es unmöglich gewesen. Uns war nichts anderes übrig geblieben, als diese fatale Zweisamkeit, die keinen Ausweg bot, gemeinsam zu sprengen. Die Maschine des großen Verschwindens ... dafür stand sie, dafür hatten wir sie, und als wir es nicht schafften, mit der Draisine Abstand zu gewinnen, Abstand von uns selbst und voneinander, Abstand von allem, was zu viel eng war – was blieb da?

Ich griff mir mit jeder Hand eine von Jeannes Taschen und trug sie hinüber zur Terrassentür.

Die Enge blieb. Und was wurde aus ihr? Sie wurde noch enger. Und das Unglück darüber machte alles Recht und Unrecht ununterscheidbar. Falls sie es jetzt noch nicht spürt, dachte ich, als ich in der Tür stand und in den leeren Garten hinaussah, dann wird Jeanne es sehr bald spüren: Eine Trennung, so heilsam sie anfangs sein mag, bedeutet immer auch, dass die Hälfte von einem selbst verloren geht – als hätte man mit dem anderen, den man aufgibt, die Kraft zu unterscheiden verloren.

Immerhin in einem Punkt hatte Jeanne recht: Es war kurz nach sechs und André nicht mehr da. Ich ging zurück und holte die restlichen Taschen, dann brachte ich alle hinüber ins Gästehaus. Der Jeep mit den Fahrrädern auf dem Dach, die über die Hecke gesehen hatten, war verschwunden.

Als ich über den Rasen zurückkam, sah ich Andrés Ledermappe auf dem Tisch. Ich ging ins Haus und holte mir endlich ein Glas Wasser. Eine Weile hörte ich einer Grasmücke zu, wie sie sang, während ich Véroniques gefolterte Schlehe mit Blicken liebkoste. Ich überlegte, welchen Sinn es ergeben sollte, über Maurice mehr zu wissen, als ich von früher wusste oder, ohne dass ich darum gebeten hatte, von ihm aus seinen Briefen erfuhr. Dann aber überwand ich mich, sagte mir, dass es keinen Unterschied machte, weil ich ihm ohnehin nicht antworten würde, und zog die Klarsichtfolie aus der Mappe.

Ich blätterte, trank und las.

Die Grasmücke, wenn es eine Grasmücke war, sang, und ich las und trank dabei das Wasser. Ich ging wieder auf Abstand, es ist der gute Abstand des stillen Betrachters, sagte ich mir im selben Moment, als ich das Bild in Händen hielt und davor zurückprallte.

Sein Gesicht zu sehen war ein Schock.

Eines der Papiere zeigte eine grobkörnige Schwarzweißkopie eines Fotos, auf dem er abgebildet war. Mir fiel wieder ein, was André auf meine Vermutung gesagt hatte, Maurice, so krank er war, würde bestimmt im Rollstuhl sitzen: »Vermutlich«, hatte er gesagt, und nun hielt ich ein Foto in der Hand, das André offensichtlich gar nicht wahrgenommen hatte. Konnte es da verwundern, wenn mein Schwiegersohn Gefahr lief, seinen Job zu verlieren? Druck, den andere auf einen ausübten, musste man zuvorkommen durch Druck, unter den man sich selbst setzte, den man selbst regulierte und den man gemeinhin Fleiß nannte.

Maurice Ravoux saß auf dem Foto im Rollstuhl, der Rollstuhl stand auf einem Sandweg vor einer Parkbank, und im

Hintergrund war ein niedriger Wall aus Steinen. In dem Park regnete es, man sah die Regenfäden durch das Bild schneiden, und der Alte mit dem dichten weißen Haarschopf, dem wilden, einstmals rötlich blonden Haarschopf von Maurice, hielt einen dunklen Schirm mit einer langen silbernen Spitze und schützte damit sich und sein Gefährt vor der Nässe.

Zuletzt gesehen hatte ich ihn irgendwann im Sommer 1969, kurz bevor er und Delphine Villeblevin verließen. Er war 25 gewesen, wie wir alle. Mit Pipin Patache, dessen Verlobter Odile und ihrer Tochter, deren Name mir nicht einfiel und die ein dünnes scheues Mädchen war, das eine Beinschiene hatte und hinkte, stand er auf der Straße und belud sein Auto und einen kleinen Anhänger. Ich sah es so deutlich vor mir wie in diesem Moment den Gartentisch, den Jasminbusch und die Hauswand, vor der eine Hummel vorbeiflog: Ein Kühlschrank oder eine Waschmaschine stand auf dem Anhänger. Und Maurice hatte einen schwarzen Nadelstreifenanzug an, ganz so, als würde er nicht das Dorf verlassen, sondern als würde er Villeblevin und alle, die dortblieben, begraben wollen.

Zusammengesunken und auf eine Seite gesackt, die freie Hand leblos wie eine Prothese im Schoß, mit spindeldürren Beinchen, spitzen Knien und die Füße, die in Turnschuhen steckten, pflugartig einwärtsgedreht auf den Trittbrettern des Rollstuhls, saß er unter dem Schirm und lächelte durch den Regen in die Kamera. Er sah aus wie ein netter, etwas störrischer Greis, der vom Schicksal geschlagen war, der darüber aber keinen Groll hegte. Es stand in seinen Augen: So schlecht die Kopie von dem Foto war, sie leuchteten, so wie seine Ravoux-Augen immer geleuchtet hatten.

Es war nicht Andrés Handschrift, sondern, nahm ich an,

die seiner Angestellten Donita, seiner Lolita, wie Jeanne gesagt hatte, in der unter dem Bild ein paar schnelle Zeilen geschrieben waren. Die Aufnahme sei das aktuellste Bild, das von MR aufzutreiben gewesen sei, stand da, es zeige MR in seinem Wohnort Auvers-sur-Oise und sei das Pressefoto zu seiner jüngsten Buchpublikation *Die letzten drei Tage im Leben des Vincent van G.*, erschienen 2003 in den Éditions des Châtaigniers, Paris.

Also war das Foto etwa vier Jahre alt. Vor vier Jahren lebte Véronique noch. Der Bauchspeicheldrüsenkrebs war noch nicht einmal festgestellt. Im Winter, der in der Antarktis ein Sommer war, gingen wir auf Kreuzfahrt. Pen reiste durch Mexiko, Jeanne und André waren noch nicht verheiratet. Vor vier Jahren lebte auch Bertrand Sochu noch. Ich war 59, Leiter eines Labors fürs Halbleitertechnologie in Versailles, eines der führenden in Europa.

Die Liste, die bei den Papieren war, führte mehr als 20 Bücher auf, die Maurice geschrieben und veröffentlicht hatte, Romane, Betrachtungen, immer wieder Reisebeschreibungen: *Die Küste des Lichts. Über Marokko, Schwarze Ewigkeit. Reisen durch den Kongo.* Soweit ich sah, war sein erstes Buch 1979 erschienen – er war 35, ich auch –, *Die Katzen von Agadir*, ein Roman. Ich versuchte mir Maurice vorzustellen, in den siebziger Jahren in Agadir, wo ich nie gewesen war, einer Stadt, von der ich nichts wusste, außer dass sie am Meer lag, und von der ich kein Bild hatte, Maurice Ravoux zehn Jahre nach Villeblevin in der sengenden Hitze einer nordafrikanischen Küstenstadt, wo die Katzen... Was war das Besondere an Agadirs Katzen? Und war er mit Delphine dort gewesen, Delphine in Afrika, im Kongo?

Ich blätterte zurück zu dem Foto, sah aber im selben Moment Jeanne auf die Terrasse kommen. Sie hatte sich umgezogen, trug jetzt ein hellgrünes, zerknittertes Sommerkleid, das ihr nicht stand. Große blaue Blumen waren darauf, Kornblumen vielleicht, und sie hatte ihre Sonnenbrille, ihre Sophia-Loren-Brille, auf, bestimmt, damit ich nicht sah, wie verweint ihre Augen waren.

Sie winkte, als sie über die Steinplatten hinüber zum Gästehaus ging, und ich hob kurz die Hand – eigentlich erwartete ich, dass sie zu mir kam und ihr Verhalten erklärte.

»Sind die Taschen schon drüben?«

Ich nickte.

»Danke! Alles gut bei dir, Papa?«

»Alles bestens«, sagte ich, und sie blieb kurz stehen, bevor sie zwischen dem Jasmin verschwand. Mit keinem Blick hatte sie zur Auffahrt gesehen.

Seine Augenbrauen waren weiß und buschig. Er schien unrasiert zu sein: Ein silberner Schatten lief ihm ums Kinn. So sah er mich an. Musste er nicht gedacht haben, dass mir in 30 Jahren, die er Bücher schrieb, bestimmt einmal eines in die Hände fallen, ich sein Gesicht erkennen und beim Lesen seiner Worte den Klang seiner Stimme im Ohr haben würde?

Auf dem Handrücken der Faust, die den Schirm hielt, war etwas, ein länglicher, leicht gekrümmter, heller Fleck. Die andere Hand war nur blass, dürr, leblos. Während ich die beiden verglich, fragte ich mich, welche wohl seine Schreibhand war, welche mir die Briefe schrieb. War er Rechts- oder Linkshänder? Ich konnte mich nicht erinnern. Was da auf der Faust mit dem Schirmknauf war, konnte eine Tätowierung sein, ein Wort vielleicht, oder zwei, und ich ging dicht an das Foto heran. Aber was immer es war, verewigt in alter Haut, ein Bild, ein Name, es ließ sich nicht erkennen, die Kopie war zu schlecht.

Delphine, dachte ich, Delphine Chévreaux.

20

Wir aßen an diesem Abend auf der Terrasse, und als drüben in ihrem Garten Madame Sochu erschien und der Rasensprenger anging, bat ich sie, ohne dass Jeanne etwas hätte sagen müssen, zu uns. Entgegen meiner Erwartung und obwohl ich müde und geschafft war und den Sonnenbrand zu spüren begann, unterhielt ich mich eine Zeit lang angeregt mit ihr.

Als Robertine gegangen war, räumte Jeanne den Tisch ab. Während sie im Haus verschwand, wiederkam und erneut verschwand, fragte sie mich, was ich über Maurice Ravoux gelesen hätte, ob ich mir nun ein genaueres Bild von ihm und seinem, wie sie meinte, Lebensweg machen könne. Ich erzählte ihr alles so, wie ich es empfand, beschrieb seine Erkrankung, seine Ingenieurlaufbahn, seine literarische Karriere, und ich beschrieb ihr das Foto, von dem ich sagte, sie könne es sich gern ansehen, es sei in Andrés Mappe, sie liege im Wohnzimmer auf dem Flügel.

Plötzlich hörte ich sie mit jemandem reden. Und kurz darauf hörte ich auch Robertine Sochus Stimme wieder, die erregt klang oder sogar aufgebracht, was an sich nichts Besonderes war, für gewöhnlich aber nicht spätabends vorkam, wenn sie sich zurückzog, gelobt sei der Erfinder des Telefons.

Ich stand auf, um nachzusehen, was los war, und stieß in

der Terrassentür mit Jeanne zusammen, die im selben Moment herausgerannt kam, eine Entschuldigung murmelte und mich stehen ließ. Die Vögel sangen noch oder jagten einander: zwei Wacholderdrosseln, die eine Krähe auf keinen Fall dulden wollten. Im Garten dämmerte es allmählich, und nacheinander sah ich längs des Plattenwegs hinüber zum Gästehaus die Lichter der Bewegungsmelder angehen, als Jeanne davoneilte und drüben ins Halbdunkel tauchte.

In der Küche war es schon fast ganz dunkel. Ich machte Licht und sah zunächst, dass das Fenster offen stand. Ein tiefgraues, von den schwarzen Konturen der Büsche und Bäume durchbrochenes Rechteck, so lag davor der Garten in seiner erdigen Wärme, eine Stunde an Sommerabenden, die Véro geliebt hatte. Die Teller, das Besteck und die Schüsseln mit den Resten vom Abendessen auf dem Tisch, die benutzten Servietten, ein Handtuch, der halb eingeräumte Geschirrspüler, darauf zwei frische Gläser und eine Flasche Rotwein, in der noch der Korkenzieher steckte – ich erkannte nichts, was Jeanne so erschreckt haben könnte. Pens Postkarte lag auf dem Tisch. Ich hatte vergessen, davon zu erzählen, doch Jeanne hatte sie mittlerweile bestimmt gelesen, und nichts von dem, was ihre Schwester schrieb über Thierry, seine Eltern, das Meer und die Wellen oder den Jahrhundertsommer, rechtfertigte ein so unverständliches Verhalten.

Unschlüssig trat ich ans Fenster. Ich stützte mich am Küchenschrank ab, schob die Füße nach hinten, drückte die Knie durch und schloss die Augen, bis der Schmerz der Dehnung sich löste und mich eine angenehme Mattigkeit erfüllte. Ich atmete den Geruch des abendlichen Gartens ein und dachte dabei an ihren Geruch, wenn sie hier gestanden hatte und in einem Kochbuch ein Rezept nachlas, das sie verfeinern wollte, oder für einen Obstsalat Erdbeeren, Birnen und Pfirsiche klein schnitt, keine Bananen, weil sie wusste, dass ich Bananen nicht mochte. Ich dachte daran, wie ich dann hinter sie trat, mich an sie schmiegte, das Gesicht in ihrer Halsbeuge vergrub und wie Véroniques Duft und die kühle Glätte ihrer Haut mich betörten.

»Raymond, es tut mir so leid!«, hörte ich da mit einer weinerlich hohen Stimme Robertine Sochu rufen.

Ich sah hinaus, verblüfft, wie finster es binnen einer Minute geworden war, konnte sie aber nirgends entdecken. Da war das blasse Weiß der Schlehe, da waren die Umrisse der Kirsche und des Zauns, aber links davon, der Garten der Sochus war, so weit ich sehen konnte, leer. Bestimmt hatte ich mich verhört. Manchmal erinnerte ein Haus, in dem man schon lange wohnte, an ein Terrarium. Zwar lebte man selbst darin, zugleich aber starrte man auch hinein, man hatte ja die Aufsicht darüber.

Dann entdeckte ich sie.

Robertine war nicht in ihrem, sie war in meinem Garten. Sie stand mitten auf dem Rasen zwischen dem Haus und den Pappeln, deren Blätter rasselten. Mit ihrem Schlafrock dort im Dunkeln wirkte sie verloren, und ihr Anblick rührte mich.

»Was machen Sie denn da?«, rief ich. »Ist Ihnen nicht gut? Warten Sie, ich komme.«

Als ich über das Gras zu ihr ging, sah ich, dass sie Hausschuhe anhatte und im Pyjama war. Mit einer Faust hielt sie den Schlafrock über der Brust zusammen und rührte sich nicht, bis ich vor ihr stand. Erst da hob sie den Kopf und blickte mich von unten herauf an. Ungeschminkt wirkten ihre Augen viel kleiner. Überhaupt kam sie mir in diesem

Moment klein vor, klein und hilfsbedürftig. Sie reichte mir gerade bis zum Solarplexus.

»Ich bin völlig durcheinander, es tut mir wirklich sehr leid, Raymond«, keuchte sie. »Bestimmt wollte ich Jeanne nicht vor den Kopf stoßen. Ich dachte, ich entschuldige mich bei ihr, aber dann ist sie weggelaufen, und jetzt weiß ich gar nicht mehr, was ich machen soll.«

Zunächst, sagte ich, solle sie sich beruhigen. Jeanne sei ein erwachsener Mensch, und was immer vorgefallen sei, lasse sich sicher auch morgen noch aus der Welt schaffen. Ich legte ihr eine Hand auf den Rücken.

»Kommen Sie, Sie erkälten sich. Ich bringe Sie nach drüben.«

Ich machte einen Schritt in Richtung des Gartentors an der Straße, die im Licht der Laternen still hinter der Hecke lag.

»Nein«, erwiderte sie laut, indem sie sich meinem sanften Druck entgegenstemmte, »ich gehe da nicht noch mal hin, ich bin doch nicht masochistisch veranlagt!«, und mit einer schnellen Bewegung, die fast ein Ellenbogenhieb war und die ich so wenig von ihr kannte wie eine so drastische Ausdrucksweise, machte sie sich aus meinem Arm frei.

Inzwischen konnte ich ihr Gesicht kaum noch erkennen. Aber ich hörte, wie sie zwei Meter entfernt von mir keuchte, und im selben Augenblick sah ich, dass unterm Dach im Gästehaus das Schlafzimmerlicht anging.

»Was ist denn passiert? Was ist da auf der Straße und was hat das mit Jeanne zu tun?«, fragte ich aufrichtig verblüfft und vielleicht deshalb mit einem Anflug von Amüsiertheit in der Stimme.

Und Robertine Sochu sagte, wobei sie böse den Ton senkte

und zugleich zu weinen begann: »Was da ist auf der Straße, das fragen Sie mich? Das wissen Sie genau, Raymond, denn es würde mich sehr überraschen, wenn Sie ausgerechnet das nicht wüssten. Sie, der Sie doch alles wissen!«

»Robertine –«

Auf einen solchen Überfall, dazu in meinem eigenen Garten, war ich nicht vorbereitet.

»Würden Sie mir bitte erklären, was in Sie gefahren ist?«

»In mich gefahren? Hören Sie auf, mit mir zu reden wie mit einer Verrückten!«

Sie lachte, obwohl sie weinte, es war kein entschuldigendes oder peinlich berührtes, es war ein verächtliches Lachen.

Erklären schien sie jedenfalls nichts zu wollen.

»Dann benehmen Sie sich nicht wie eine Verrückte.«

»Kommen Sie mir nicht so«, sagte sie. »Meinen Sie, ich lasse mir von Ihrer Familie alles gefallen? Sie glauben wohl, ich wüsste nicht, was Sie und Ihre Töchter von mir halten. Ich weiß es sehr wohl, ich bin nicht aus Holz. Wie mein Mann immer gesagt hat: Die Arroganz bemäntelt sich mit der Pflicht. In mich gefahren! Da ist es mir sogar lieber, man spuckt mir offen ins Gesicht und würdigt mich herab, wie Ihr Schwiegersohn es gerade getan hat.«

»Ich habe keine Ahnung, wovon Sie reden. Ich möchte Sie aber daran erinnern«, sagte ich und wusste selbst nicht, woran ich sie hätte erinnern können.

»Natürlich, Sie wissen von gar nichts. Ihre Tochter, ein erwachsener Mensch, aber hat keine blasse Ahnung und fühlt sich verantwortlich für nichts! – Wahrscheinlich bin ich selbst schuld. Was treibe ich mich abends auf der Straße vor meinem Haus herum? Was fällt mir ein, meinen Müll in meine Mülltonne werfen zu wollen? Hier gehört doch alles

Ihnen und Ihrer Familie, Ihr Garten, der Garten meines Mannes, die Bäume und die Büsche, die Straße, die Luft, alles Eigentum der Merceys, wo Sie und Ihre Sippe nach Herzenslust jedermann spüren lassen können, wer das uneingeschränkte Sagen hat.« Damit brach sie in lautes Schluchzen aus. »Verzeihen Sie, wenn ich noch wage zu atmen!«

Das letzte dunkelblaue Licht war erloschen, nur ein paar zarte Wolken trieben über den Himmel, und zwischen den Pappeln sammelte sich die Finsternis und war bereits dichter als das Dunkel, das mich selbst umgab, mich und eine Fremde, seit 20 Jahren meine Nachbarin. Die Luft hüllte uns ein, und wäre alles anders gewesen an diesem Tag, vielleicht hätte ich Lust gehabt, noch einen Abendspaziergang durchs Viertel zu machen, nur um aus der Dunkelheit wieder nach Haus kommen zu können.

»Gute Nacht, Robertine«, sagte ich zu Robertine Sochu. »Ich glaube, es ist besser, wenn wir dieses Gespräch hier unterbrechen.«

Damit ließ ich sie stehen. Ich wollte nicht mehr an sie denken und vergaß sie auch wirklich, und schnellen Schrittes ging ich davon über das Gras, dessen Nachgiebigkeit mir tröstlich erschien. So tauchte ich in den Schatten der Hecken, zwischen denen das Gartentor war.

Ich fühlte mich zerschunden. Bis vor wenigen Wochen, eigentlich, wenn ich darüber nachdachte, bis Maurice Ravoux' erster Brief eintraf, hätte ich es nicht für möglich gehalten, dass ich mich wie damals als Junge in Villeblevin je wieder danach sehnen würde zu verschwinden und dass ich mir den doch wohl irrigen Trost herbeiwünschen könnte, keine andere Adresse zu haben als die der Nacht. Als ich das Tor aufmachte und auf die Straße trat, spürte ich jede Faser meines Körpers. Eine ausgebreitete menschliche Lunge, hatte ich irgendwo gelesen, war so groß wie ein Tennisplatz. Ich fühlte mich übergroß, unpassend, fehl am Platz in der Ordnung der Dinge, die anscheinend nur auf Konflikt, Streiterei, Auseinandersetzung und Feindseligkeit beruhte. Selbst das Straßenlaternenlicht peinigte mich so, dass ich am liebsten davongerannt wäre, zurück in eine Dunkelheit und Stille wie die meines Labors. Mein Labor aber gab es nicht mehr.

Ich blickte die Reihe der in der Straße parkenden Wagen entlang und sah, unmittelbar neben der Auffahrt und beschienen von einer Laterne, tatsächlich den Jeep. Noch immer standen die zwei Fahrräder, die keine Fahrräder waren, auf dem Dach. Ich trat ans Beifahrerfenster und sah André am Steuer sitzen, eine Zeitschrift im Schoß und ein zusammengerolltes Handtuch im Nacken.

Seine Augen waren geschlossen. Er schlief.

Ein Fahrrad, ein echtes, fuhr vorbei mit singendem Dynamo.

Sofort, als ich am Türgriff zog, schrak er auf seinem Sitz auf und starrte mich an. Aber die Beifahrertür war verriegelt. Im Licht, das in den Wagen fiel, wirkte sein Gesicht grau und verquollen, und auf dem Beifahrersitz, auf der Landkarte, die immer noch dort lag, sah ich einen angeschnittenen Apfel, ein Obstmesser und mehrere Getränkedosen, doch weder konnte ich erkennen, ob sie offen, noch ob es Bierdosen waren.

»Mach auf«, sagte ich, mein Gesicht dicht an der Scheibe, »ich will mit dir reden.«

Er wich meinem Blick aus, fuhr sich mit der Hand durchs Haar und schüttelte dann den Kopf, langsam und bloß zweimal.

Ich merkte zum ersten Mal, wie wütend ich war, wütend auf André, auf Robertine Sochu und Jeanne, vor allem aber auf Maurice Ravoux, der sich in mein Leben drängte und mir die Kraft raubte, es zusammenzuhalten und ihm eine Richtung zu geben, die für alle die beste war. Wütend wummerte ich mit der flachen Hand gegen die Scheibe und sagte noch einmal, lauter, er solle aufmachen.

»Sei nicht so kindisch. Seid ihr alle verrückt geworden? Rede gefälligst mit mir, ich bin dein Schwiegervater!«

Er drehte mir das Gesicht zu und fixierte mich mit einem durchdringenden Blick. Dann hörte ich das Summen des Fensterhebers, und die Scheibe rutschte zwei Fingerbreit nach unten. Der Spalt war gerade breit genug, dass wir uns in die Augen sehen konnten.

»Was tust du hier?«, fragte ich ihn erbost. »Bist du noch bei Trost? Was hast du zu meiner Nachbarin gesagt? Sie hatte fast einen Nervenzusammenbruch! Wenn du glaubst, Jeanne toleriert ein solches Verhalten, kennst du sie sehr schlecht!«

André sah mich bloß an, aus starren Augen, so traurig wie die Augen eines alten Menschenaffen. Seine Lippen waren nur ein dünner Strich.

»Was hast du gesagt zu ihr? Ich will es wissen, sie ist meine Nachbarin, ich wohne hier!«

»Gib meine Frau frei«, sagte André mit einer rauen, brüchigen Stimme.

Und ich: »Bist du wahnsinnig? Jeanne kann selbst entscheiden, wo...«

Und er: »Gib sie frei, oder es passiert was.«

Ich fragte, ob er mir drohen wolle.

Und er krächzte wieder: »Gib sie frei.«

Dann wurde seine Stimme etwas klarer, aber noch immer

klang es seltsam fremd, so als hätte ein böser schwermütiger Zauber, ein Kummer wie aus einem Märchen von ihm Besitz ergriffen: »Ich war immer für sie da, ich habe es nicht verdient, so von euch abserviert zu werden.«

»Gib sie frei, gib sie frei!«, rief ich. »Was soll das eigentlich heißen? Meinst du, ich habe sie eingesperrt? Sie will hierbleiben, sie will nicht in die Bretagne fahren, sie braucht Zeit, um sich zu sortieren, merkst du das nicht? Du machst alles nur viel schlimmer. Fahr nach Haus, schlaf dich aus und warte nicht auf sie!«

»Ich warte hier auf sie«, sagte er ruhig. »Wenn du sie nicht freigibst, fahre ich deinen Freund besuchen und erzähle ihm, dass du ihn ausspionieren lässt.«

»Du bist ja verrückt«, sagte ich. »Du weißt gar nicht, was du kaputtmachst, André.«

»Gute Nacht«, sagte er, und im nächsten Moment summte der Fensterheber. Die Scheibe fuhr nach oben.

Eine Weile noch blieb ich an dem Wagen stehen und sah André an, fassungslos, so lange, bis er das Gesicht abwandte und sich eine Zigarette ansteckte.

Ich ging langsam zurück, lauschte, ob der Motor gestartet wurde, aber hörte nichts, nicht das leiseste Geräusch.

Ich beschloss, ihm seinen Willen zu lassen, oder vielmehr, dass er unzurechnungsfähig war und von freiem Willen bei André derzeit nicht die Rede sein konnte. Weshalb es auch zwecklos war, vernünftig mit ihm reden zu wollen. Eine Aussprache, die Predigt, die ich ihm halten würde, konnte ich auf den nächsten Tag verschieben. Sollte er bis dahin diese Belagerung aufgegeben haben, würde ich ihn spätestens im Büro am Telefon zur Rede stellen.

Im Gästehaus brannte kein Licht mehr, und der Garten lag

nun in völliger Dunkelheit. Ich ging über den Rasen zur Terrasse und sah die zwei im Wohnzimmer auf der Couch sitzen. Die Grillen, die von nichts wussten, zirpten. Robertine hatte meine Couchdecke um die Schultern, und meine Tochter hielt sie im Arm. Als ich eintrat, sah mich Jeanne an, hinweg über den silbergrauen Haarschopf in ihrer Halsbeuge.

»Alles gut«, hauchte sie. »Alles wird gut, nicht wahr, Papa? – Komm und nimm sie in den Arm.«

Ich zögerte, trat dann aber, als Jeanne mich halb flehend, halb drohend fixierte, hinter die Rückenlehne, beugte mich nach unten und legte die Schläfe an Madame Sochus nassgeweinte Wange.

»Alles gut«, flüsterte ich, »alles ist gut« – und dann spürte ich, wie sich Robertines Hand auf meine kalte Hand schob und dort liegen blieb.

21

Sonntag. Ich schlief lange. Als ich die Augen aufschlug, verging mir im selben Moment die Lust, aufzustehen. Ich blieb liegen, tastete meinen Leib nach Auffälligkeiten ab und wälzte währenddessen ein Problem hin und her. Weit nach Mitternacht irgendwann musste ich über meinem Buch, über Fußnoten und Zahlenkolonnen eingeschlummert sein.

Was, lautete das Problem, ginge wohl Aristoteles durch den Kopf, würde er in ein Rastertunnelmikroskop sehen? Es gab einen merkwürdigen Unterschied, ob man die Oberflächenstruktur eines Gegenstands unter dem Rastertunnelmikroskop 50-tausendfach oder 50-millionenfach vergrößert betrachtete. Der Unterschied bestand nicht darin, dass der Gegenstand mit jeder schrittweisen Vergrößerung anders aussah. Vielmehr war es so, dass die Oberfläche eines jeden Objekts bei etwa 30-millionenfacher Vergrößerung gleich aussah – Blumentopf, Kissenbezug, Fensterglas, Brillenbügel, Jalousielamelle, Fingernagel, Schachfigur, Spiegelrahmen, Tapetenfaser, Türschloss, Lampenschirm, Aristotelesbuch, Gürtelschnalle, Lederschuh, Herztablette: Ließe sich rastertunnelmikroskopisch alles spektroskopieren, es sähe alles absolut gleich aus. Die phantastischen und chaotischen Materietopographien, die einem das Mikroskop bei 900-tausendfacher oder sogar 10-millionenfacher Vergrößerung offenbarte, sie verschwanden vollständig im 30-millionsten Stadium. Was der Verfasser von *Organon* und *Nikomachischer Ethik*, gebeugt über ein RTM, sähe, wäre die immer gleiche strenge Geometrie, sehr klar, sehr fein: ein Netz vorm Nichts. Etwas, das sei, so Aristoteles, könne nicht gleichzeitig und in derselben Hinsicht nicht sein. Sicherlich hatte er recht. Aufblickend von dem Mikroskop aber hätte er sich fragen müssen, wohin alle die Unterschiede verschwunden waren. Als ich aus dem Fenster sah, war ich erleichtert, einem irritierten Griechen der Antike nicht die moderne Welt erklären zu müssen, und ebenso erleichtert war ich, dass der rote Jeep meines Schwiegersohns nicht mehr vorm Haus stand.

In guter Stimmung frühstückte ich mit Jeanne. Neben mir auf dem Tisch lag das Buch, und so unterhielten wir uns eine Zeit lang über, natürlich, Einstein, den sie verehrte, ohne genau sagen zu können, weshalb. Insofern sich die Sätze der Mathematik auf die Wirklichkeit bezögen, seien sie nicht sicher, habe Einstein gesagt, und insofern sie sicher seien, bezögen sie sich nicht auf die Wirklichkeit. Gegen Einstein, sagte ich, könne man ebenso schlecht etwas ins Feld führen wie gegen Beethoven: Das Prestissimo in der Neunten klinge aber arg abgekupfert. Lieber erzählte ich ihr, was am Abend vorgefallen war, ohne jedoch Andrés Forderung zu erwähnen, sein dämliches »Gib sie frei!« oder die damit verbundene Drohung.

Meine Tochter ging darauf nicht ein. In Gedanken schien sie Albert Einsteins Weisheiten längst mit ihrem Manuskript und der Küche von Liliput vertauscht zu haben, und kaum dass ich sie gefragt hatte, wie sie den freien Tag zu verbringen gedenke, hastete sie ins Gästehaus, um, wie sie sagte, zu arbeiten.

Langeweile und das ungewohnte Gefühl, ausgeschlafen zu sein an einem Morgen, der einem außer Aristoteles, Beethoven und Einstein zu widerlegen nichts weiter abverlangte, trieben mich eine Stunde später dazu, ihr nachzugehen. Ich klingelte nicht, sondern ich schloss das Gästehaus mit meinem eigenen Schlüssel auf, und dann stand ich unten im Kaminzimmer und hörte Jeanne oben im Schlafzimmer kichern und lachen. Sie telefonierte. Als ich aber nach ihr rief, schien sie aufgelegt zu haben. Barfuß kam sie an die Treppe, sie hatte ein ärmelloses T-Shirt und eine helle weite Jogginghose an. Während wir redeten, die Treppe zwischen uns, wedelte sie in einem fort mit den Fingern, und ich erinnerte mich plötzlich daran, wie ihre Mutter ihr beigebracht hatte, sich die Nägel zu lackieren: während unserer Reise nach Berlin, wenn ich mich nicht täuschte. Jeanne war 11 oder 12 gewesen.

Ich bat sie, mir zu sagen, was zwischen ihr und Robertine Sochu vorgefallen sei, und sie setzte sich auf eine der obersten Stufen und erzählte es mir so unbeteiligt wie möglich, wie es mir schien, und als wäre neben dem Trocknen ihrer Fingernägel das Wichtigste, mich spüren zu lassen, dass dieser Rapport nicht freiwillig geschah.

Robertine habe plötzlich wie aus dem Nichts materialisiert vor dem Küchenfenster gestanden. Sie habe sich bitterlich über André beklagt. Er habe sie im Dunkeln bei den Mülltonnen zu Tode erschreckt. Er habe sie bedrängt, habe sie auszuquetschen versucht. Er habe wissen wollen, ob Jeanne Besuch habe. Und Robertine Sochu sei aus der Haut gefahren. Sie habe sich Andrés Impertinenz verbeten. Sie sei geflohen. Und er habe versucht, sie festzuhalten, und habe sie beleidigt, unflätig und offensichtlich von allen guten Geistern verlassen.

»Wundert dich das?«, fragte ich sie. »Wenn er da draußen sitzt und auf den Gedanken verfällt, dass du Besuch haben könntest? Von wem überhaupt?«

Sie zuckte mit den Achseln und stand von der Stufe auf. Sie krümmte die Hände, hielt sich die Fingerkuppen vor den Mund und pustete, und dabei schloss sie die Augen, so wie Véronique es gemacht hatte, der Nagellackgeruch immer zuwider gewesen war.

»Ich kann es nicht ändern. André ist für sich selbst verantwortlich«, sagte sie. »Ich muss arbeiten, Papa. Die Zeit rennt mir davon.«

Ich sagte, dass ich zum Grab ihrer Mutter fahren, dort nach dem Rechten sehen und danach gern ihre Großmutter besuchen würde. Ob sie nicht mitkommen wolle. Wir könnten reden. Reden sei nie verkehrt.

»Liebend gern«, sagte Jeanne, »wirklich. Aber nicht gerade heute. Ich habe Pen versprochen, in ihrer Wohnung vorbeizusehen. Vielleicht nächste Woche, wenn der Gulliver fertig ist. Grüß Mamie ganz lieb von mir, ja? Ich werde sie anrufen.«

Ich sah nach, ob Post gekommen war, vielleicht ein Brief von Maurice. Aber auch den, fiel mir vor dem leeren Kasten ein, beförderte die Post nicht sonntags. Was, wenn André seine Drohung wahr machte und tatsächlich nach Auvers fuhr? Was, wenn er schon gefahren war und in diesem Augenblick mit Maurice Ravoux in dessen Haus, in dessen Garten oder in dem Park saß, den das Foto zeigte? Mit dem Wagen, hatte er gesagt, war man in einer knappen Stunde da.

Ich verwarf den Gedanken und lenkte mich ab mit ein wenig leichter Gartenarbeit. Unkraut zupfend arbeitete ich mich Stück für Stück von den Büschen am Gästehaus hinüber zu denen am Zaun zum Sochu'schen Grundstück. Dabei ließ mich die Vorstellung nicht los, dass alles, was so wohlsortiert gewesen war, sich nun wieder verwirrte, verhedderte in der besessenen Fixierung auf eine Zukunft, die nur mit einer geordneten Vergangenheit beginnen konnte. Aber auch dieser Gedanke führte zu nichts, es sei denn, ich setzte ihn in die Tat um. Weshalb ich beschloss, gleich am nächsten Morgen den Gartendienst anzurufen. Die Schlehe und die Johannisbeerbüsche mussten umgepflanzt werden, bevor sie eingingen, vom Zaun ans Gästehaus, jedenfalls weg aus dem sich rachedurstig ausdehnenden Aktionsradius der Heckenschere meiner Nachbarin.

Das Gefühl von Unentrinnbarkeit, das mich am Bahnhof überfallen hatte, und die mich niederdrückende Traurigkeit darüber, dass ein ganzes Leben, so festgefügt es schien, von einem auf den anderen Tag ins Trudeln geriet und man sich wiederfand im freien Fall, diese Empfindungen, mit denen man so hoffnungslos allein war, obwohl unabhängig von Geschlecht, Charakter, Temperament, Naturell, Alter, Konstitution, von was auch immer, jeder sie hatte, Nachbarin,

Töchter, Schwiegersohn, Jugendfreund – ich war nicht bereit, mich dieser Zumutung von einer verzweifelten Einsamkeit so mir nichts, dir nichts zu überantworten. Auch dann nicht, wenn sie vielleicht das Einzige war, was uns alle verband.

Verzweiflung war nicht dasselbe wie Depression, o nein! Verzweiflung war keine Krankheit. Sie war ein Symptom. Verzweiflung machte es offensichtlich, wie schwierig es war, sein Leben selbstbestimmt zu einem erfolgreichen Abschluss zu bringen. Verzweifelt zu sein hieß jedoch ebenso, dass man noch nicht verkümmert, abgestorben und tot war. Man war verzweifelt wach, verzweifelt lebendig und verzweifelt frei, wenigstens frei genug, um sein Leben nicht zu verplempern. Eine Stunde im Garten vertrieb mir die vergrübelte Düsternis, und solange ich das behaupten konnte, ging es mir gut und kehrte die Brustenge nicht wieder. Ich zog mich ins Wohnzimmer zurück, wo es kühl war, und las mein Buch weiter. Was würde man finden, gäb es erst Mikroskope, die ein Blütenblatt, einen Fingernagel milliardenfach vergrößerten?

Am Nachmittag fühlte ich mich kräftig genug und war wieder so weit ich selbst, um zu entscheiden, was das Beste war. Ich bestellte ein Taxi zum Friedhof. Sonderbare Adresse, zugegeben – das sagte ich auch der Dame in der Telefonzentrale. Dann schnitt ich ein paar Schlehen- und Jasminzweige für Véros Grab zurecht und machte mich damit zu Fuß auf den Weg zu ihr. Als mich das Taxi eine Stunde später unterwegs zu dem Seniorendomizil in Viroflay unter dem wie ein Schwarm Flamingos rosaroten Eisenbahnviadukt hindurchfuhr, war ich heiter und gelöst, und nach all der Niedergeschlagenheit freute ich mich darauf, meine Mutter zu sehen.

22

Mamie saß beim Bridge. Der große, süßlich duftende Aufenthaltsraum war voller Tische, an denen in kleinen Gruppen Alte saßen, die Karten oder Brettspiele spielten oder in Illustrierten blätterten. Aus Lautsprechern in der getäfelten Decke kam leise Akkordeonmusik, Ventilatoren brummten, ein Murmeln und Raunen wie in einem Theater vor der Vorstellung ging durch den lichtdurchfluteten Raum, und ich sah drei oder vier junge Frauen mit straff zurückgebundenem Haar und in hellblauen Kitteln, die Kaffeegeschirr abtrugen und von Tisch zu Tisch futuristisch wirkende Tablettwägelchen schoben, deren Chromlack im Licht glitzerte. Auf jedem Tisch stand eine Schale mit Früchten, Äpfeln und, wie ich sah, alten, fleckigen Bananen.

»Bonjour, Mamie«, begrüßte ich sie, als ich an den Tisch trat, an dem sie mit anderen Damen saß und sich ausgelassen ihrem Lieblingsspiel hingab.

Sie blickte über die Schulter zu mir auf, und ich sah, wie sich auf ihrem Gesicht die Überraschung breitmachte, als sie mich erkannte. Die Rückseiten nach oben, legte sie den Fächer aus Karten auf dem Tischtuch ab.

»Raymond! Was ... Ist etwas passiert?«

Ihre drei Bridge-Partnerinnen kannte ich vom Sehen, ihre Namen waren mir allerdings nicht geläufig. Ich nickte jeder von ihnen kurz zu, grüßte in die Runde, legte meiner Mutter eine Hand auf die Schulter und drückte meine Wange an ihre.

»Nichts ist passiert«, sagte ich lächelnd, merkte aber, es war ein kaum verhohlen gequältes Lächeln. Ich blickte auf die Bananen, fragte mich, ob der süße Duft, der im Raum hing, von dem Obst kam, und ob es noch genießbar war.

»Es ist Sonntag«, sagte ich achselzuckend. »Ich wollte dich besuchen, sehen, wie es dir geht. Na, es scheint dir sehr gut zu gehen! Welche Richtung spielst du?«

»Ost«, sagte sie und nahm die Karten wieder. »Ich mag den Osten zwar nicht, aber man kann's sich ja nicht aussuchen. Na, jetzt, wo du da bist, wird jemand für mich einspringen müssen. Seid ihr einverstanden?«

Die Damen hatten nichts dagegen.

»Blanche!«, rief eine von ihnen. »Kommst du zu uns und spielst für Marguerite weiter? Ihr Sohn ist da.«

»Na gut, dann muss ich wohl«, sagte Mamie nicht sehr erfreut und stand auf. Als ich den Stuhl zurückzog, bemerkte ich, dass sie Hausschuhe anhatte, und sie rief im selben Moment: »Nun mal los, Blanche, hopp, hopp, die anderen warten!«

Blanche kam durch den Gang zwischen den Tischen geschnauft. Sie war klein und sehr dick, stark geschminkt und hatte ein jadegrünes Kleid an, das ihr Fleisch kaum zusammenzuhalten vermochte.

»Ich komme, ich komme, meine Liebe«, sagte sie freundlich mit dem breiten Lächeln ihres riesigen Mundes, der geformt war wie ein Schmetterling. »Schon bin ich da. Bonjour, Monsieur Raymond.«

In der kühlen und viel besseren Luft des Foyers sagte ich meiner Mutter, dass ich sie gern ausführen würde, in den

Park, zum Waldrand von Viroflay. Wir könnten einen kleinen Spaziergang unternehmen, was sie davon halte.

»Wenig«, antwortete sie. Mamie stand vor mir, sah durch die Glasfront hinaus in eine grüne, warme Ferne, die sie nicht interessierte, und wirkte unglücklich.

»Es gibt Regen«, sagte sie.

Und ich sagte, das sei Quatsch. Der Himmel sei blau, es sei wunderbar warm, und ich hätte sogar ein kühles Lüftchen für sie bestellt! Sie solle sich einen Ruck geben, für mich, ihren geliebten Sohn.

»Wie geht es den Mädchen?«

Das würde ich ihr draußen im Freien verraten, wohin es mich mit aller Macht zog und wohin sie so wenig wollte wie ein altes Welsweibchen, das man aus seinem Aquarium herauszukeschern versuchte.

Sie wurde im Jahr der Schlacht um Verdun geboren, und für ihre fast 90 war sie flink zuwege. Jetzt allerdings tippelte sie zu den Fahrstühlen. »Also gut, dir zu Gefallen, Raymond. Nur lass mich feste Schuhe anziehen und einen Schirm holen.«

»Den wirst du nicht brauchen.«

»Rede du nur« – schon kam der Fahrstuhl, und Mamie fuhr nach oben zu ihrem Zimmer.

Ich lief nach draußen ins Freie, an die frische Luft, setzte mich auf ein Mäuerchen, unterhalb dessen sich die Grünflächen des Parks öffneten, und atmete tief durch. Es half nichts. Denn als erfüllte der Geruch nun, da er verflogen war, meinen Kopf, so durchwaberte er jeden Raum in meinem Gedächtnis. Plötzlich sah ich Labeige vor mir, seltsamerweise wie er eine Schubkarre über den Schulhof schob, wo es bestimmt nie nach Bananen gerochen hatte.

Er sah mich auch, aber keiner von uns grüßte, denn dazu gab es keinen Anlass. Labeige zu grüßen wäre Heuchelei gewesen, und wenn ich als Junge in Villeblevin auch ab und zu heuchelte, so doch lediglich Klassenkameraden gegenüber und auch nur, weil die mir andernfalls das Leben zur Hölle machten.

Aber Bananen? Während ich auf der Mauer vor dem Altenheim saß und auf meine Mutter wartete, überlegte ich kurz, ob vielleicht der Duft, den Madame Labeige verströmt und der Maurice und mich so wild gemacht hatte, dem Geruch von Bananen ähnlich gewesen war. Ein seltsames Parfum. Madame Labeige hatte ich immer gegrüßt. Für ihr Alter und für ihr Aussehen kam sie mir müde und traurig vor. Und vielleicht weil sie sich irgendwie ähnlich waren, mochte auch meine Mutter die junge Frau des Hausmeisters und unterhielt sich manchmal mit ihr auf der Straße. Sie duzten einander, und Mamie hatte früher öfter erwähnt, wie sie mit Vornamen hieß, leider aber hatte ich den Namen wieder vergessen.

Am Himmel waren nun wirklich vereinzelte dunkle Wolken zu sehen, doch noch schien die Sonne und konnte ich mir nicht vorstellen, dass es tatsächlich regnen würde.

Zwischen dem trostlosen Parkplatz und der abweisenden Glasfront saß ich auf einer Mauer aus verputzten Findlingen und dachte nach. Etwas fehlte... in meinem Kopf eine Verbindung, und der Geruch war die einzige Spur, doch auch die verlor sich in einer irritierenden Leere. Hatte ich etwas vergessen? Ich spürte nur deutlich, das Gefühl aus dem Aufenthaltsraum wollte nicht weggehen, ein furchtbares Gefühl, das den ganzen Körper ergriff.

Als könnte ich miterleben, wie ich bei lebendigem Leibe verrottete – schauderhaft. Und sofort wurde mir kalt, obwohl der Nachmittag so schwül und drückend war. Ich fragte mich, wo meine Mutter blieb, und nahm mir vor, ihr noch fünf Minuten zu geben, bevor ich hinein und zur Rezeption gehen und sie in ihrem Zimmer anrufen würde. Sie schien nicht im mindesten froh, mich zu sehen. Hätte man sie vor die Wahl gestellt zwischen einem Spaziergang mit mir und einer Partie Bridge, sie hätte keinen Moment gezögert, sich für das Kartenspiel entschieden und den Fragesteller ausgelacht. Ich war drauf und dran, hineinzugehen, als ich jemanden pfeifen hörte und einen Mann bemerkte, der über den Parkplatz zu seinem Auto ging. Der Kerl pfiff ein Liedchen, und obwohl es bestimmt nicht dieselbe war, hörte ich plötzlich wieder die Melodie, die er immer gepfiffen hatte – Labeige.

Und da war sie wieder – die schwarze Banane. Ein heißer Schauder durchlief mich. Ich stand auf, drehte mich um und sah über die Mauer hinweg in den Park hinunter, wo auf dem einladend grünen Rasen zwischen Bäumen und Sträuchern niemand war. Der Wadenbeißer. Hatte er einen Schüler auf dem Kieker, verfolgte er ihn bis in den Unterricht. Einmal hatte ich einem ekelhaft süßlichen Geruch in meinem Ranzen nachgespürt und zwischen den Büchern und Mappen schließlich eine Banane hervorgegraben. Seit Tagen, wenn nicht einer Woche musste sie dort verborgen gewesen sein. Sie war schwarz. Sie hatte eine Schale wie aus Pappmaché. Ich zeigte sie in der Pause auf dem Schulhof herum. Ein paar Jungs, nicht ich, spielten Fangen damit, und als es gongte, warf ich das Ekelding in den Müllkorb.

Mitten in der Stunde klopfte es an der Tür. Labeige kam herein. Er fragte Véroniques Mutter, unsere Lehrerin, ob er kurz etwas zum Thema große Pause sagen dürfe, und hielt daraufhin einen Vortrag über Pausenbrot, Ballspiele, Abfallvorschriften. Was er aus der Kitteltasche zog, ähnelte einem Enterhaken, und ehe ich begriff, dass es sich um meine Banane handelte, sah ich mich bezichtigt, das widerwärtige Ding durch ohnehin verbotenes Fangenspielen mutwillig ungenießbar gemacht und dann achtlos weggeworfen zu haben.

»Wer, ich?«

»Ja, du!«, rief er.

Damit kam er durch den Mittelgang, wobei er die Banane, für alle sichtbar, hochhielt, bis er sie mir auf den Tisch legte.

»Essen. Damit du dir merkst, was man wegwirft und was nicht.«

Und weil keiner, auch nicht Véronique, die unter den anderen Mädchen saß, protestierte, sondern sogar ihre Mutter stumm blieb, und weil ich außerdem glaubte, auf diese Weise noch am besten meinen Ekel vor Labeige zu zeigen, aß ich die Banane. Ich zog die harte Haut ab, biss in das braune Fleisch und würgte es hinunter. Während er neben mir stand.

»Brav. Jetzt zum Wegwerfen«, sagte er. »Was du in der Hand hältst, das ist die Schale, Raymond Mercey. Sie kann man nicht essen. Sie ist nutzlos. Man kann sie auf zweierlei Weise wegwerfen: a) so dass jemand darauf ausrutscht oder b) in den Müll, damit sie keine Gefahr darstellt. A) oder b): Es liegt bei dir.«

Also stand ich auf, ging zum Abfalleimer und warf die Bananenschale hinein. Und als ich wieder saß, patschte er mir auf den Rücken, schlenderte nach vorn und verließ ohne weiteres Wort pfeifend das Klassenzimmer.

23

Die Senke, in der der Park des Altenheims lag, ging etwa einen Kilometer entfernt in den Wald von Viroflay über, und von meiner hohen Warte aus sah ich, dass dort zwischen Bäumen ein kleiner See lag, türkis im Licht, das Sonne und Wolken auf den sich bis zum Horizont erstreckenden Wald warfen. Ich sah einen Schwarm Wildenten über dem Wasser kreisen und stellte mir vor, wie die Vögel niedergingen und einzeln auf dem See landeten, und versöhnt von dieser Vorstellung wie auch davon, dass mir die Banane wieder eingefallen war, dachte ich, der Wald, der See, die Enten wären ein schönes, nicht zu weit entferntes Ziel für den Spaziergang mit Mamie.

Meine Mutter entschuldigte sich immerhin, als sie endlich, nach 20 Minuten, herauskam. Pen habe angerufen, aus Pont-Aven, wo es übrigens bereits regne. Sie lasse mich grüßen.

Wann ich Pen zuletzt gesprochen hätte, fragte sie, als wir die Stufen zum Park hinunterstiegen und sie sich bei mir einhakte.

Es war eine Fangfrage, ich beschloss, nicht darauf einzugehen. Ich würde Pen abends anrufen, sagte ich stattdessen, und dass ich das ohnehin vorgehabt hätte.

»Du solltest Jeanne nicht immer vorziehen«, sagte meine Mutter am Fuß der Treppe, wo sie sich von mir losmachte. »Pénélope ist genauso deine Tochter, und du weißt, dass sie es nicht leicht hat.«

»Natürlich. Ist mir durchaus bewusst, Maman.«

»Also gut«, sagte sie, »marschieren wir direkt in den Regen hinein«, und dabei hob sie kurz den zusammengefalteten Schirm, bohrte ihn in die Luft und zeigte so auf die dunklen Wolken, die sich nun am Himmel häuften und die es tatsächlich nach Regen aussehen ließen, auch wenn es unwahrscheinlich war.

»Du siehst blass aus«, sagte sie, »bleich, obwohl du einen Sonnenbrand hast.« Und dabei kicherte sie leise in sich hinein, leise und spöttisch, ich hatte es lange nicht gehört.

»So etwas bringt nur mein Sohn fertig.«

Wir spazierten unter den Platanen und Linden hindurch über die Wiesen. Auf meine Frage hin erzählte Mamie, wie es im Théâtre Mogador gewesen sei. Sartres *Fliegen* hätten ihr gut gefallen, wider Erwarten. Besonders die Elektra. Und die Kostüme! Dämlich hingegen habe sie die Fliegen gefunden. Bühnenhintergrund sei eine riesige Leinwand gewesen, und darauf habe man zweieinhalb Stunden lang in Nahaufnahme Stubenfliegen krabbeln sehen, kreuz und quer und hin und her, wie sie sich paarten und putzten, wie sie fraßen und abschwirrten und wieder landeten. Als seien Fliegen wunder was für eine Tierart. Oder als seien sie ausgestorben. Sie habe mehrfach minutenlang dem Stück nicht folgen können, weil sie immer nur auf die Fliegen habe schauen müssen. Könne Ablenkung, pardon, der Sinn von Theater sein?

»Und dann der Orest«, sagte sie. »Na, ein großer Schauspieler wird aus dem nicht werden, ein Jean-Louis Barrault jedenfalls bestimmt nicht.«

Ich kannte *Die Fliegen* nicht, hatte das Stück weder gelesen noch im Theater gesehen, ich kannte überhaupt nichts von Jean-Paul Sartre, und um den Preis, das Gespräch damit auf

Camus lenken zu können, gab ich das gegenüber meiner Mutter offen zu.

Sie nickte.

»Seine Augen«, sagte sie, »diese weit auseinanderstehenden und nach außen schielenden Glupschaugen. Sie haben mich an Sartre immer abgeschreckt. Ist das Angst, Abscheu oder beides? Wer weiß es! Vor Sartre habe ich mich immer gefürchtet und geekelt zugleich.«

Und immer schon habe sie sich gefragt, was eine so stattliche Erscheinung wie Simone de Beauvoir habe finden können an einem so herablassenden hässlichen Gnom, wie Sartre einer gewesen sei. Mit der Spitze ihres Regenschirms stocherte sie in einem Maulwurfshügel herum.

»Keiner zu Hause«, sagte sie trübsinnig. »Alle weit nach unten geflüchtet.«

»Vielleicht«, sagte ich, »hätten wir doch lieber warten und dir eine Karte für ein Camus-Stück schenken sollen. Sieh mal, Maman: Da geht es in den Wald. Oben vom Haus aus habe ich einen kleinen Waldsee gesehen. Lass uns da hingehen.«

Wir verließen die Wiese. Junge Bäume, die in Drahtmanschetten steckten, flankierten einen breiten Sandweg, auf dem wir langsam nebeneinanderher auf den Waldrand zu gingen. Niemand außer uns war in dem Park unterwegs. Ich hörte einen Specht, konnte ihn in den Bäumen aber nicht ausmachen. Und ich bemerkte, dass die Sonne verschwunden und der Himmel nun voller dichter dunkler Wolken war.

»Man kann sich streiten«, sagte Mamie. »Man kann sich bis aufs Blut mit jemandem befehden, das kommt vor, so ist das Leben, das kein Zuckerschlecken ist. Man kann nicht mit allen Menschen befreundet sein.«

Ich wusste nicht, was sie mir damit sagen wollte, auch

wenn ich ihr recht gab und zustimmte. Zumindest auf ihr Temperament traf diese Sicht der Dinge zu.

»Nur ist eine Feindschaft auch eine Form von Verbundenheit«, sagte sie. »Und deshalb sollte sie zu Ende sein und sollte man seinem Gegner den Respekt zollen, den er und seine Familie verdienen, wenn der Tod ihn mitten aus dem Leben reißt.«

Wir blieben stehen, und mit ihren wässrigen hellblauen, fast 90 Jahre alten Augen sah sie mich an.

»Denk an deinen Vater und mich, mein Lieber. Einer verschwindet, und der andere bleibt da. Und plötzlich wird dir klar: Dass du weiterleben kannst, ist ein Geschenk, ein Geschenk auch dessen, der gestorben ist. Und deshalb«, sagte sie streng, unterstützt von einer abfälligen Geste, und setzte sich wieder in Bewegung, »hätte Monsieur Sartre damals, als sein Freund und Feind Camus in unserem Rathaus aufgebahrt lag, nach Villeblevin kommen müssen. Er würde ihm die letzte Ehre erwiesen haben, wenn er nur etwas Anstand besessen hätte.«

Wir erreichten den Waldrand. Zwischen den Bäumen gabelte sich der Weg, und ich sah am Ende desjenigen, der linker Hand davonstrebte, eine von hohen Laubbäumen gesäumte Lichtung und dass dort das struppige Gras übersät war von Disteln, die über das Unkraut hinwegragten.

»Was meinst du«, fragte ich, »ist das der See?«, und meine Mutter sah hinüber zu der Lichtung und sagte, sie wisse es nicht und könne so weit auch gar nicht sehen, aber wir würden es erfahren, wenn wir hingingen.

An eine Futterkrippe am Wegrand hatte jemand einen orangeroten Salzblock gebunden. In seinem Umkreis war alles Gras niedergetrampelt und wie alter Schorf die Rinde von den Baumstämmen gelöst. Die unteren Zweige waren angeknabbert und abgekaut, aber nirgends sah man ein Tier. Ich meinte, den See riechen zu können, einen morastigen, schweren Geruch wahrzunehmen, war mir jedoch nicht sicher. Dann aber hörte ich sie, das Schnattern und Planschen der Enten.

»Maman, erinnerst du dich an Maurice?«, fragte ich.

»Du meinst unseren Koch? Maurice, der letztes Jahr in Rente ging? Und wie ich mich an den erinnere!« Sie lächelte, bevor sie wieder ihr Kichergeräusch hören ließ.

Ich nahm ihren Arm und hakte ihn bei mir ein. So nah am Ziel ist es besser, sie festzuhalten, dachte ich, und möglichst unbeteiligt sagte ich nein. Nein, nicht Maurice den Koch hätte ich gemeint, sondern Maurice aus Villeblevin. Maurice Ravoux.

»Den kleinen Maurice, deinen besten, na ja, ehemals besten Freund, der Schriftsteller geworden ist? Mon dieu, wie kommst du jetzt auf den kleinen Ravoux? Wegen Sartre?«

»Er schreibt mir Briefe«, sagte ich. »Er scheint krank zu sein, sehr krank, todkrank. Aber es gibt da einige Ungereimtheiten. Hast du ihn in den letzten Jahren einmal gesehen oder gesprochen?«

»Ich? In den letzten Jahren deinen Freund Maurice? Wie sollte ich, wie kommst du darauf? Er war ein netter Junge, etwas still, und er hatte wie du nur diese Maschine im Kopf, die ihr zusammen gebaut habt, diese ...«

»Draisine«, sagte ich.

Und meine Mutter: »Nein, ich habe ihn nicht mehr gesehen, seit er und die kleine Chévreaux damals aus Villeblevin weggezogen sind.«

Der Wald öffnete sich, er wurde lichter, und schließlich

gab er den Blick auf den See frei, an dessen Ufer der Sandweg entlangführte. Das Wasser war tiefbraun und verströmte einen erdigen, aus der Nähe nicht mehr angenehmen Blumenvasengeruch. Die Enten schwammen in der Mitte des Sees, bestimmt ein Dutzend Vögel, die keine Notiz von uns nahmen. Ich sah, dass einzelne Regentropfen ins Wasser fielen und helle, silberne Wellenkreise über die Oberfläche schickten.

Wir standen am Ufer unter zwei großen Sommereichen mit dichten kupfergrünen Kronen, in denen man Vögel singen und schimpfen hörte, wir sahen auf den See, und ich sagte zu Mamie, sie habe recht gehabt, es fange an zu regnen.

»Egal, ich habe ja feste Schuhe an und meinen Schirm dabei«, sagte sie gelöst und beinahe fröhlich. »Es ist schön. Eine Schande, dass ich in elf Jahren nie hier war. Sieh nur, Raymond, die Wildenten.«

»Hast du mit seiner Mutter noch Kontakt gehabt?«

»Ich weiß nicht, von wessen Mutter du redest.«

»Maurice Ravoux' Mutter.«

»Corinne?«, fragte sie, ohne den Blick von dem See abzuwenden. »Nein. Nicht, seit sie diesen furchtbaren Menschen geheiratet hat. Robert Paroche. Der alles, was er in der Finger bekam, betatschen musste. ›Cora‹ nannte er sie, als wäre sie eine Schlampe oder eine Schäferhündin!«

»Roger Patache«, sagte ich, »der Bruder von Pipin.«

Und sie: »Ja, richtig, Pipin. Roger und Pipin Patache. Der arme Pipin. Der war eine Seele.« Sie seufzte, und dann sah ich, wie wieder ein winziges Lächeln über ihr Gesicht huschte.

»Corinne ist gestorben«, sagte ich, »schon vor acht Jahren. Das ist zwar traurig, berührt aber nicht mein Problem. Ich frage mich, woher Maurice wissen kann, dass auch Véronique nicht mehr lebt. Denn das hat er mir geschrieben: dass ihn ihr Tod vor zwei Jahren erschüttert habe. Wenn auch du es ihm nicht gesagt hast, von wem kann er es wissen?«

»Woher soll ich das wissen? Da gibt es doch viele Möglichkeiten. Ein Schultreffen – na gut, Véroniques Eltern leben nicht mehr, von ihnen kann er es nicht erfahren haben. Irgendein dummer Zufall. Ich würde mir darüber keine Gedanken machen. Abgesehen davon, Raymond, dass es doch wohl das Einfachste wäre, du würdest Maurice selber fragen. Hast du ihm geantwortet?«

»Nein«, sagte ich. »Und ich habe es auch nicht vor.«

»Na denn.« Sie zuckte mit den Achseln. Wieder hörte ich ihr Kichern, es klang spöttisch und ich bezog es auf mich, und weil sie meine Verzweiflung noch immer nicht bemerkte, war ich gekränkt, dachte aber zugleich, dass es Unsinn ist, sich vor seiner 90-jährigen Mutter zu fühlen wie ein Schuljunge.

Die ersten Tropfen drangen durch das Blätterdach über unseren Köpfen. Drüben auf dem See war die Wasseroberfläche nun nicht mehr glatt und nicht mehr ruhig, man sah die silbernen Regenfäden, wie sie schräg ins Wasser schnitten, und ihr Prasseln und Rauschen wurde mit jeder Sekunde stärker. Ich sah, die Enten schwammen aufeinander zu und sammelten sich zu einem dichten Pulk. Mamie spannte den Schirm auf, sie hielt mir den freien Arm hin.

»Halt mich bitte fest, mein Junge. Und lass uns zurückgehen. Ich glaube nicht, dass das ein Schauer ist.«

Sie hakte sich bei mir ein, und ich nahm ihr den Knauf aus der Hand und hielt den Schirm so, dass keine Tropfen sie trafen. Ich spürte den Regen in den Haaren, wie er mir den

Hinterkopf hinunterrann in den Kragen und wie mein Hemdrücken auf einer Seite allmählich durchnässt wurde.

»Ich will nicht darauf herumreiten«, sagte ich ruhig nach ein paar Schritten unter dem Schirm und kaum dass wir uns von dem See abgewandt hatten. »Aber woher weißt du, dass Maurice Schriftsteller ist?«

Die erste Frage, auf die sie nicht sogleich mit einer Gegenfrage antwortete, zugleich die erste, deren Antwort klarstellen würde, was sie wirklich wusste. Sie überlegte, während wir durch den tropfenden Wald gingen und das Laub das Regengetrommel zu einem Prasseln verstärkte. Sie überlegte weniger, meinte ich in ihrem Gesicht lesen zu können, woher sie es wusste, als vielmehr, wann sie gesagt hatte, Maurice sei ein Schriftsteller.

»Ich weiß es nicht«, sagte sie dann bloß. »Ich kann es dir nicht sagen.«

»Jemand muss es dir erzählt haben«, beharrte ich. »Wer war es? Erinnerst du dich nicht?«

»Ach Raymond!«, zischte sie, und ihr Ellbogen in meiner Armbeuge versetzte mir einen kleinen, spitzen Stoß. »Jetzt hör schon damit auf! Wenn ich mich nicht irre, habe ich Bücher von ihm gesehen, einen ganzen Haufen Bücher mit seinem Namen darauf. Aber wo? Und wem sie gehörten?«

»Sehr schade.«

Ich gab mir keine Mühe, meine Niedergeschlagenheit zu verbergen. Ich sah den Ausgang des Waldes und wie von dem Regen, der auf die Wiesen herabrauschte, im ganzen Park ein feiner Dunst aufstieg. Auch die Hügel kroch er hinauf, ostwärts lag dahinter La Défense, dann kam Paris, und vor uns stand dort oben das Altenheim, kleine flimmernde Lampen leuchteten am Eingang, wo ich auf dem Mäuerchen gesessen hatte. Der Regen hing dunkel am grauen Himmel, eine wabernde Masse aus Sommerunwetter und Gewittergewölk, die nach Versailles hinüberzog. Ich war maßlos enttäuscht von dem Spaziergang, und ich fragte mich, ob es wohl einmal wieder besser käme, als es jetzt war.

»Erinnerst du dich denn an Labeige«, fragte ich, »den Hausmeister?«, und wusste im selben Moment, dass es ein Fehler war, aber dass ich nicht anders konnte, als meiner Wut endlich Luft zu machen, und dass es kein Zurück mehr gab. Einmal gesagt, ließ sich ein Wort nicht zurücksagen, nur eine Geste konnte es wiedergutmachen, lautete eine von Véroniques Lebensweisheiten. Recht hatte sie damit. Die Gewalt der Kränkung aber bestand darin, dass sie keine tröstende Geste zuließ, dass einem nur der Zorn Luft verschaffte und dass danach nichts blieb als noch profaneres Selbstmitleid.

»Natürlich!«, lachte Mamie und sagte, sie würde sich sogar sehr gut an ihn und seine Frau erinnern.

Und ich sagte, ich dagegen hätte fast alles vergessen, so zum Beispiel den Vornamen von Madame Labeige.

»Joëlle«, sagte meine Mutter sofort. »So hieß sie. Was ist aus ihr geworden, aus der lieben Joëlle?«

Und ich sagte wieder, ich wisse es nicht. »Aber weißt du, dass der stille und nette Maurice, als er 15 war, ein Verhältnis hatte mit der lieben Joëlle, mit Madame Labeige?«

»Nein«, sagte sie.

»Doch«, sagte ich.

Und sie: »Unfug. Der kleine Ravoux mit den hellblauen Schuhen, auf die er so stolz war?«

Und ich: »Kein Unfug. Er hat mit ihr geschlafen, und nicht nur einmal. Unten in der alten Baracke am Bahndamm. Und draußen in der Ruine vom Gutshaus. Da trafen sie sich. Und Maurice war 15 und ja, er hatte hellblaue Schuhe, und weißt du, wer sie ihm geschenkt hat? Delphine, die kleine Chévreaux –«

– Delphine, dachte ich, was habe ich dich geliebt! Und du, was hast du mir angetan? Die ganze Begeisterung des Füreinanderbestimmtseins ausgelöscht und vom Tisch gewischt, als hätte es sie nie gegeben. Noch am Tag vor dem Unfall hatte ich sie gefragt, ob sie mich heiraten werde. Ich war 16 und sie war 16, und ich war verzweifelt und sie glücklich, weil sie da schon mit Maurice ging. Sie sagte »Eines Tages, vielleicht«, sie sagte »Küss mich«, sie sagte »Im nächsten Leben«, sie sagte »Ich mag dich doch auch«, und sie sagte im Grunde nichts.

Stumm, ohne weiteres Wort der Erwiderung oder der Beschwichtigung, ging Mamie unter dem Schirm neben mir her durch den verregneten Park. Einmal sagte sie mehr zu sich als zu mir, sie könne sich das nicht vorstellen und sie glaube es auch nicht. Ich spürte, wie ihr Arm sich verkrampfte, und sah, wie hinter ihren Augen die Gedanken kreisten, dennoch fragte sie mich nicht, woher, von wem ich davon wisse.

Vorbei ist es mit dem Jahrhundertsommer, dachte ich, als wir zur Treppe kamen und hinaufstiegen.

Ich brachte sie noch hinein und bat die junge Frau am Empfang, mir ein Taxi zu rufen. Obwohl ihr Rock nass war und sie fror, ließ es sich meine Mutter nicht nehmen, unter dem Glasvorbau, von wo aus man den Parkplatz sah, mit mir zu warten, und so standen wir da und sagten nichts außer Floskeln.

Es regnete noch immer. Aus der Senke mit dem Park und seinen Bäumen stieg kräftiger, erdiger Geruch auf. Über dem

Wald, genau dort, wo wir gelaufen waren, sah ich sie kommen, schnell flogen sie heran. Als die Wildenten die Wiesen schon beinahe überflogen und den Hügel vor sich hatten, auf dem meine Mutter und ich standen und ihrem Flug mit Blicken folgten, verloren sie immer mehr an Höhe, ganz so, als würden sie etwas Bestimmtes suchen, das unter ihnen lag. Sie flogen, schien es, auf uns zu, und erst als ich schon ihre Gefiederfärbungen und daran männliche von weiblichen Tieren unterscheiden konnte, drehten sie, noch immer in Formation, scharf ab, als hätten sie entdeckt, wohin sie wollten, und beabsichtigten, dort zu landen. Dann aber schienen uns die Enten zu sehen, wie wir stumm, blass, verärgert und bezaubert zu ihnen aufblickten. Und so stiegen sie wieder und drehten zugleich ab, vervielfachten den Abstand zu meiner Mutter und mir in Sekundenbruchteilen und nahmen, jede in eine andere Richtung, Reißaus.

24

Mir fehlte die Kraft, mich am selben Abend mit André zu streiten. Das Taxi setzte mich ab, und ich sah, der rote Jeep war wieder da. Er parkte an fast derselben Stelle vorm Haus, die Fahrräder auf dem Dach und die Ladefläche vollgestopft mit Sachen für einen Ausflug ans Meer, zu dem es nicht gekommen war und nicht kommen würde. André saß am Steuer, er aß etwas und schien Zeitung zu lesen. Er würdigte mich keines Blickes. Und ich ging nicht zu ihm, sondern verschwand durch den prasselnden Regen ins Haus, lief hinauf ins Schlafzimmer und zog die nassen Sachen aus.

Ich sah dabei durchs Fenster nach draußen, wo sich der letzte Rest Licht allmählich zurückzog, und fragte mich, ob ich erleichtert oder wütend sein sollte, dass ich meinen Schwiegersohn offensichtlich unterschätzte. Er war sturer, als ich angenommen hatte. Seine Drohung schien er zwar nicht wahr gemacht zu haben, noch nicht. Aber er hatte wohl tatsächlich die Absicht, mein Haus zu belagern. Was ging in dem Menschen vor? Glaubte er, passiven Widerstand zu leisten? Oder hatte er sich eine Zermürbungstaktik zurechtgelegt? Wobei man sich fragen musste, ob nach zwei Nächten im Auto André nicht eher sich selbst zermürbte. Meinte er, Jeanne umstimmen zu können, indem er ihr und mir seine Verzweiflung demonstrierte? Ich konnte ihm seinen Schmerz nachfühlen. Aber half das André? Ich schloss die Vorhänge und legte mich hin, und eine ganze Weile hörte ich dem Regen zu, wie er gegen das Fenster trommelte.

Ich nahm mir eine grundlegende Kurskorrektur vor. Anstatt mit jeder Unterhaltung, die ich führte, die Dinge weiter zu verwirren, mussten klare, deutliche Linien gezogen werden! Es lag an mir, Grenzen zu ziehen, mir selbst, aber auch jedem anderen, Grenzen, die Konsequenzen nach sich zogen, angefangen damit, dass a) André aufhören musste, mein Haus zu belagern. Es war mein Haus, auch mein Gästehaus, seit Véronique nicht mehr lebte. Folglich musste ich Jeanne klarmachen, dass b) sie ihre Ehekrise, ihre Trennung oder was auch immer zwischen ihr und André im Schwange war, nicht auf meinem Grund und Boden und auf Kosten meiner Gesundheit austragen konnte. Ich musste c) zu einem friedlichen Nebeneinander mit meiner Nachbarin zurückfinden. Ich musste mich jedoch d) zugleich schützen vor den Übergriffen durch Robertine Sochu, wie ich mich e) schützen musste vor dem Spott meiner alten Mutter, auch wenn f) Mamie allen Anspruch auf Schonung hatte. Mamie musste geschont werden, sagte ich mir, koste es, was es wolle, und dass ich sie und am besten g) mich ebenso verschonen sollte mit meinem nichtswürdigen Herumwühlen in der Vergangenheit. Was nichts anderes bedeutete, als dass ich h) Maurice Ravoux, i) Delphine Chévreaux, Ravoux, Péres oder wie immer sie mittlerweile hieß, sowie j) die Labeiges, k) die Pataches und l) alle die anderen mumifizierten Gestalten aus dem Raymond-Mercey-Gedächtnismuseum verbannen musste. Das nahm ich mir vor, a) bis l), zwölf Punkte, und sie schienen mir gute Vorsätze zu sein – so gut und so versöhnlich, dass ich mitten in dieser sich abzeichnenden Beruhigung meiner geordneten Gedanken einschlief und traumlos hinüberglitt in den nächsten Tag.

25

Als ich aufwachte und aus dem Fenster sah, regnete es nicht mehr. Die Sonne schien. Robertine Sochu saß in ihrem Garten mit einer Tasse Tee und telefonierte. Weder an der Straße noch in der Auffahrt parkte Jeannes Alfa.

Der Geländewagen war dagegen noch da, doch André saß nicht am Steuer. Ich warf mir den Morgenrock über, eilte hinaus und überzeugte mich davon: Der Wagen war abgeschlossen, leer. Eine neue Bürowoche fing an. Als ich unter der Dusche stand, betete ich, dass zutraf, was am wahrscheinlichsten war: dass Jeanne sich besonnen, dass sie André nach einer weiteren im Auto verbrachten Regennacht verziehen und ihn mitgenommen hatte nach Paris. Die Arbeit würde beiden den Abstand voneinander ermöglichen, den sie bitter nötig hatten.

Aber auch für mich begann eine neue Woche. Ich hatte einiges in die Tat umzusetzen. So frühstückte ich und rief währenddessen Véroniques Gärtnerei an, um die Umpflanzung der Büsche in die Wege zu leiten. Die *Jardinerie*, wie sich der Betrieb neuerdings nannte, hatte in zwei Tagen am Nachmittag einen Termin frei, und so wurden wir uns rasch einig. Ich legte auf und frühstückte zufrieden weiter.

Als Nächstes rief ich Pen an. Doch sie ging nicht an ihr Handy, und die Nummer von Thierrys Eltern in Pont-Aven hatte sie mir nicht dagelassen. Mir wurde bewusst, dass ich nicht einmal Thierrys Nachnamen kannte.

Ich rief bei meiner Mutter an, um mich für unseren Disput zu entschuldigen. Aber auch sie nahm nicht ab. Kurz überlegte ich, die Zentralnummer des Altenheims zu wählen und Mamie ausrufen zu lassen, stellte mir dann allerdings ihre Empörung vor und ließ es lieber bleiben.

In sechs Wochen hatte sie Geburtstag und wurde 90. Ich konnte sie mit den Kindern zum Essen ausführen. Sie aß gern elsässisch wie mein Vater, der mit dem Schiff den Rhein befahren hatte. Es gab ein gutes und ruhiges elsässisches Restaurant am Boulevard de la Reine. Jeanne, Pénélope, André, Thierry, sie und ich und vielleicht Robertine Sochu konnten dort einen schönen, versöhnlichen Abend verbringen. Die elsässische Küche sagte mir nicht mehr zu als andere regionale Küchen. Ich war mit meinem Vater nie auf dem Rhein gefahren, nur einmal, in irgendwelchen Herbstferien, ging ich an Bord unserer *Henriette*, die in Misy-sur-Yonne festgemacht lag. Keineswegs, wie meine Mutter meinte, war sie ein Flamländer. Die *Henriette* war vielmehr eine Péniche der Freycinet-Klasse, und mich und meinen Vater brachte sie über den Marne-Rhein-Kanal nach Strasbourg. Immerhin – es gab recht interessante elsässische Weine.

Sogar Joëlle Labeige konnte man einladen und Mamie damit überraschen. Man musste nur herausfinden, wo sie lebte – und sichergehen, dass sie inzwischen Witwe war.

Ein Zeit lang überließ ich mich diesem Einfall und malte mir aus, wie André mir eine ähnliche Mappe wie über Maurice Ravoux auch über Joëlle Labeige zusammenstellen ließ, mit Angaben zu Schullaufbahn, Hochzeit, beruflichem Werdegang, Kindern, und mit einem Bild, das sie zeigte, wie sie heute aussah – alt. Eingefallen. Oder vielleicht aufgeschwemmt. Müde und abgekämpft. Bei diesem Ehemann kein Wunder.

Wie alt war sie, als wir 13 waren? 23, kaum älter. Am liebsten sah ich sie so vor mir wie an dem Tag, als Maurice' Großonkel starb und Corinne Ravoux und Roger Patache den Toten in seiner Wohnung fanden. Anders als der Verräter Maurice, der Joëlle Labeige zwei Jahre später ganz für sich haben sollte, kam ich ihr nie näher als an diesem Tag. Maurice' Mutter hatte ausgerechnet sie angerufen, um auf uns zwei bis zum Platzen erregte Achtklässler ein Auge zu haben. Während Cora und Roger nach einem Weg suchten, um in die verrammelte Wohnung des Professors zu gelangen, stand Madame Labeige vor uns und strich uns durch die verfilzten Mähnen. Unvorstellbar, dass sie nackt war unter ihrem Kleid. Dass darunter Schultern waren, so weiß, wie ihr Lidstrich schwarz war. Ihr Geruch berauschte mich, nie vermochte ich zu entscheiden, ob der Lidstrich absichtlich über den Augenwinkel hinausreichte, und selbst dass ihre Haltung bestenfalls schlaff war, schmälerte meine Bewunderung nicht: Joëlle war erschöpft, weil das Bewohnen einer so schönen Hülle ihre ganze Kraft aufbrauchte.

Sie hatte breite Schultern, volle Brüste und runde Hüften. Die Hand, die ich in meinem Haar spürte, war weich, warm und stark, und ihr Gesicht war das eines Mädchens, wirkte aber leicht ramponiert. Kleine Linien schnitten über ihre Mundwinkel und noch feinere zogen sich um die Augen mit den dichten Wimpern, grüne Augen, die groß wie Maurice' Augen, aber immer etwas gerötet waren. Ihr Haar, braunes, war schulterlang, krumm gescheitelt und brauchte eine Frisur. Auf der einen Mundseite hatte sie dicker Lippenstift aufgetragen als auf der anderen, und das Kleid, das sie unter dem Mantel anhatte, stand ihr nicht, weil sie vergessen hatte, es bis unten zuzuknöpfen, oder weil es wieder aufgegangen war. So sah man viel von ihren Beinen, die kräftig und muskulös waren und die ich schön fand, obwohl oder gerade weil sie vorn in der Strumpfhose eine Laufmasche hatte. Ich sah sie vor mir, Joëlle an diesem Tag: wie sie im ersten Stock von Haus Ravoux lächelnd an der Flurwand lehnte, während Maurice' Mutter nicht aufhörte, an einem Telefontischchen zu rütteln. Immer wieder rutschten Corinne Ravoux Haarsträhnen ins Gesicht. Und immer wieder wischte sie die Strähnen nach hinten und klemmte sie sich hinters Ohr, so dass man den Zorn in ihrem Blick sah, gerichtet auf das Innere der Schublade, die sie halb herausgerissen hatte und in der sie herumwühlte.

»Was ist das alles für ein Kram hier, dieser ganze Mist!«, keifte sie. »Maurice, wie oft hab ich gesagt, du sollst hier nicht alles reinstopfen, jeden Dreck, wie oft!«

Wie gemein sie werden konnte. Auch Roger, der mit uns in

dem Flur stand, schien bereits Bekanntschaft gemacht zu haben mit Coras dunkler Seite. Denn er ging auf Abstand und sagte kein Wort mehr, während Madame Ravoux in dem Tischchen weiter nach dem Schlüssel zur Wohnung des Professors suchte und schließlich die Schublade herausriss und den Inhalt kurzerhand auf den Boden kippte. Maurice hockte sich neben sie auf den Teppich und half ihr, die Sachen zu durchforsten.

Die unmöglichsten Dinge lagen da auf dem Teppich.

»Komm her«, jammerte sie, »komm, ich hab's nicht so gemeint, Schatz. Guck, meine Strumpfhose ist auch zerrissen.«

»Man sollte so was gar nicht anziehen und barfuß gehn«, sagte Madame Labeige so umwerfend, dass Maurice und ich die Augen verdrehten. »Maschen, Maschen, Maschen! Tagtäglich nichts als Maschen.«

Den Schlüssel fanden sie damals nicht unter den Sachen, aber seine Mutter nahm Maurice trotzdem in den Arm und küsste ihn auf die Stirn. Und so deutlich wie den Ellbogenstoß meiner Mutter gestern im Park spürte ich noch, wie Madame Labeige, Joëlle, vor einem halben Jahrhundert im Flur der Ravoux meine Hand nahm und sie streichelte, langsam und zärtlich, in kreisenden Bewegungen, so lange, bis alles in mir kreiste.

Corinne Ravoux schlug vor, die Feuerwehr zu rufen. Roger hielt das für unnötig, die Tür könne er allein eintreten. Er sagte es vorsichtig, mit seiner weichsten Stimme: »Wenn sie so ist wie deine, tret ich sie ein. Wenn du es sagst, Cora, hau ich das Ding kurz und klein.«

Noch einmal versuchte ich, Pénélope zu erreichen, vergeblich. Daraufhin rief ich die Auskunft an und ließ mich mit der

Redaktion des *Rivoli* verbinden. Ich sah zur Uhr, nahm das Telefon und postierte mich am Küchenfenster, um den Postboten nicht zu verpassen.

André war nicht da. Er sei, sagte mir eine Sekretärin, bis auf weiteres nicht zu erreichen. Immerhin glaubte mir die junge Dame aber, dass ich sein Schwiegervater sei, und gab mir Andrés Handynummer.

Nach ein paar vergeblichen Versuchen bekam ich ihn an den Apparat. Er sagte kaum mehr als zwei Worte. Meine Frage, ob er Jeanne getroffen habe, beantwortete er nicht. Auf die Frage, ob er beabsichtige, eine weitere Nacht vor meinem Haus zu biwakieren, sagte er nein, aber als ich ihn fragte, ob er noch immer vorhabe, nach Auvers zu fahren, meinte er ja. Wann? Schweigen. Ob er tatsächlich von mir verlange, dass ich meine eigene Tochter aus dem Haus warf – Schweigen. Ob er bereit sei, abends zum Essen und Reden zu mir zu kommen – nein. Nur wir zwei, er und ich – nein. Dann er, Jeanne und ich?

»Nein«, sagte er und gähnte.

Das Fahrrad des Postboten erschien auf dem Gehweg unterhalb der Auffahrt.

»Ich kann dir nicht helfen«, sagte ich.

André schwieg.

»Wenn das deine Vorstellung von Diskussion ist«, sagte ich und beobachtete den Briefträger dabei, wie er seine Lenkertasche nach Post für mich durchforstete, »und wenn du meinst, auf diese Weise eine Ehekrise durchstehen zu können, eine Ehekrise mit meiner Tochter wohlgemerkt – dann gute Nacht.«

Er sagte nichts, und der Postbote kam die Auffahrt herauf, er hatte mehrere Briefe in der Hand.

Ich erzählte André, dass ich vergeblich versucht hätte, seine Schwägerin zu erreichen, dass ich in Sorge um Pen sei und dass ich mich an die Visitenkarte erinnert hätte, die Thierry ihm gegeben habe... »Würdest du mir bitte sagen, ob eine Handynummer auf der Karte steht?«

Nur ein paar Sekunden, dann nannte er mir die Zahlenfolge. Mehr sagte er nicht.

Ich bedankte mich, hob an, die Einladung für den Abend zu erneuern, nahm mir vor, ihn zu fragen, wo er stecke – und hörte, wie er die Leitung unterbrach, grußlos, ein unverhohlener Affront.

Drei Briefe lagen im Kasten, einer vom Krankenhaus, einer vom Altenheim und einer, der größte und einzig gelbe, von Maurice Ravoux.

26

Ich war fest entschlossen, diesen dritten Brief nicht zu öffnen. Ich würde ihn, nahm ich mir vor, am nächsten Tag dem Postboten zurückgeben, als unerwünschte Zustellung. Und als solche legte ich ihn beiseite und öffnete die anderen Schreiben, die beide, wie sich herausstellte, Rechnungen waren.

Die Halbjahresabrechnung für das Apartment meiner Mutter im Seniorendomizil Viroflay. Die Tagegeldabrechnung für meinen Aufenthalt auf der kardiologischen Station der Clinique de la Porte Verte.

Die beiden von Zahlen und Summen durchsetzten Auflistungen links und rechts in Händen, hatte ich den Eindruck, sie würden sich ebenso gut austauschen lassen.

Und ich stellte mir vor, wie es wäre, würde ich in dem Haus auf dem Hügel am Waldrand leben, Bridge spielen und den Wildenten zusehen, die über den Park geflogen kamen, in 10, 15, 20 Jahren. Während Mamie weit über 100 oder wahrscheinlich längst gestorben wäre.

Ich legte die Rechnungen beiseite, legte eine Hand auf den Brief von Maurice und befühlte, indem ich darüberstrich, den Inhalt des Umschlags. Ich konnte die Büroklammer spüren, die die Seiten mit dem nächsten Unfallkapitel zusammenhielt.

Der Satz fiel mir wieder ein, den Jeanne in der Schule gelernt und an den sie sich erinnert hatte: Der absurdeste Tod sei, bei einem Autounfall zu sterben. Ich war da anderer Ansicht als Albert Camus. Der Tod war für jeden ein Unfall. Sogar wenn man sich seines baldigen Todes bewusst war und sich mit ihm abfand, war die Tatsache, dass man sterben musste, ein unverschuldeter Gewaltakt. Es war nicht so, wie meine Mutter meinte: Weiterzuleben, wenn ein anderer starb, war kein Geschenk. Ich empfand es nicht als Geschenk, ohne Véronique weiterleben zu müssen. Es war Raub, der Raub meiner Frau. Blieben mir 20 Jahre zu leben, zehn davon, wäre das möglich, gäbe ich ohne nachzudenken Véro. Denn dass überhaupt einer starb, den man liebte, war eine zum Himmel schreiende Ungerechtigkeit. Ohnmächtig stand man daneben, dazu verdammt, weiterzuleben, bis man selbst an die Reihe kam. Warum musste man überhaupt sterben?

Den Tod wünschte ich meinem ärgsten Feind nicht, sogar Maurice Ravoux nicht, der mich mit der Draisine im Stich gelassen, der mich verraten, mir Delphine weggenommen und der mit Joëlle Labeige geschlafen hatte. Solange er mit seiner Existenz mich nicht behelligte, konnte er meinetwegen so alt werden wie die Linden und die Schildkröten.

Aber was wusste ich. Oft kam es mir so vor, als würde ich überhaupt nicht älter, nur dümmer werden. Anders als Véronique, Jeanne und André hatte ich *Der Mythos des Sisyphos* nicht gelesen. Was Albert Camus über den Tod dachte, entzog sich meiner Kenntnis. Ich wusste von Camus, dass er Algerienfranzose war. Er schrieb für die Résistance. Er war befreundet und hatte sich überworfen mit Sartre, von dem ich noch weniger wusste, und er war während des Algerienkrieges de Gaulles Berater. Camus sagte man nach, er sei den Frauen verfallen. Das aber waren viele Männer. 1957, als Botwinnik und Smyslow um die Schachweltmeisterschaft fochten, erhielt Camus mit Mitte 40 den Literaturnobelpreis, ohne dass ich etwas von ihm gelesen hatte, und keine drei Jahre später fuhr zufällig in dem Dorf, wo ich als Junge lebte, und zufällig an dem Tag, als mein bester Freund und ich mit einer selbstgebauten Draisine aus dem Dorf, das Villeblevin hieß, verschwinden wollten, ein grüner Facel Vega, in dem auch Albert Camus saß, gegen eine Platane. So starb er, so viel war sicher.

Von Sisyphos wusste ich, dass er der war, der nie mit etwas fertig wurde. Mit dieser Strafe belegten ihn die Götter. Sie bestraften ihn dafür, dass er es gewagt hatte, den Gott der Unterwelt zu fesseln, was zur Folge hatte, dass niemand mehr starb. Selbst diejenigen, die enthauptet oder geviertelt worden waren, lebten weiter. Sisyphos war listiger als alle die finsteren Götter und Götterhausmeister. Ich wusste, irgendwann beschloss er deshalb, die Strafe, die Zeus ihm aufgebrummt hatte, als etwas zu betrachten, das ihm allein gehörte. Wieder und wieder einen Felsblock einen Berghang hinaufwälzen zu müssen, nur damit ihm der kurz vor Erreichen des Gipfels zu schwer werden, aus den Händen rutschen und den Hang wieder hinunterrollen konnte, diese unsinnige Bestrafung wurde zu Sisyphos' Lebensinhalt, und mehr noch, er erkannte darin schließlich sogar sein Glück. Sisyphos, die Götter, ihre Strafe der ewigen Wiederholung und dass sie einem die Zeit gab, über sich selbst nachzudenken, ja sogar Camus' Satz »Wir müssen uns Sisyphos als einen glücklichen Menschen vorstellen« – alles plausibel. Nur eines wollte mir nie in den Kopf an der Geschichte, dem Mythos: Ich wusste wirklich nicht, wie ich mir in der Unterwelt einen Berg vorzustellen hatte.

»Hallo? Thierry? Hier Pénélopes Vater. Wie geht es euch? Wo seid ihr gerade?«

Die Verbindung war schlecht. Thierry sagte, sie seien am Meer, doch wo, verstand ich nicht. Ich meinte, im Hintergrund die Brandung zu hören, aber war unschlüssig, ob es nicht doch die Funkverbindung war, die so kräftig rauschte.

»Moment«, rief Thierry, »ich gehe etwas höher, da ist ...«, aber was da war, ein Turm, ein Fels, ein Vorsprung, eine Mauer, war nicht zu verstehen.

Plötzlich sagte Thierry klar und deutlich: »Bonjour, Raymond, wie geht es Ihnen? Schön, dass Sie anrufen!« Er war etwas außer Atem. Und ich hörte den Wind, Böen, die um das Handy wehten.

Dass es mir gut gehe, danke, sagte ich, und ich erklärte ihm, weshalb ich auf seiner Nummer anrief und wie ich sie in Erfahrung gebracht hatte.

»Wo seid ihr denn gerade?«

»Nahe der Baie des Trépassés«, sagte er, »westlich von Quimper. Gigantische Wellen sind hier, wir surfen jeden Tag bis zum Umfallen. Der Wagen ist kaputt, er ist in der Werkstatt, weswegen wir hier festsitzen. Aber wir haben ein paar Leute kennengelernt, die eine kleine Jacht haben. Vorgestern sind wir mit ihnen raus und draußen im Meer geschwommen. Leider ist Pénélopes Handy ins Wasser gefallen.«

»Du meinst, als ihr auf dem Meer wart?«

»Ja«, sagte Thierry und lachte, »es ist ins Meer gefallen!«

»Na, dann kann ich lange versuchen, sie zu erreichen. Wo steckt sie denn?«

»Sie ist grad los, Wasser holen. Aber warten Sie, soll ich sie rufen?«

»Ja, bitte, ich wollte kurz ...«

Weiter kam ich nicht. Ich hörte nur noch den Wind und wie Thierry mehrere Male Pénélopes Namen rief, und ich stellte mir dabei vor, wie er auf einem Felsen stehend, unter dem das blaue Meer gegen einen Streifen Strand brandete, das Handy hin und her schwenkte, bis Pen ihn verstand, bis sie winkte und barfuß und im Bikini zu ihm hinaufgestiegen kam.

»Vor ein paar Tagen rief André an«, sagte Thierry plötzlich und wieder klar und deutlich mit seiner angenehmen Stimme. »Er und Jeanne wollten übers Wochenende nach Pont-Aven kommen, aber dann hat er sich nicht mehr gemeldet. Ich hoffe, die beiden haben uns nicht gesucht. Wir konnten ja nicht weg hier, wegen des Wagens.«

»Nein«, sagte ich, »sie sind nicht gefahren. Es ist ihnen etwas dazwischengekommen.«

»Gut, da bin ich beruhigt. Ich wollte André ohnehin wegen dieses Jobs anrufen«, sagte Thierry. »Da kommt Pénélope. Ich gebe sie Ihnen. Alles Gute, Raymond, auf bald.«

»Bonjour, Papa!«, sagte Pen laut und ebenfalls außer Atem, aber sie klang sehr fröhlich. »Was für eine Überraschung! Geht es dir gut?«

»Mit jedem Tag etwas besser«, sagte ich und dass ich viel schlafen, im Garten sitzen und spazieren gehen würde. Ich erzählte ihr von meinem Besuch bei ihrer Großmutter, dass es Mamie gut gehe und dass sie sich über ihren Anruf gefreut habe. Auch Grüße von Madame Sochu richtete ich aus.

»Jeanne und André wollten übers Wochenende kommen«, sagte Pen, »aber wir haben nichts mehr von ihnen gehört. Und ich dumme Kuh habe leider mein Handy verloren.«

»Die Fische und die Krebse können jetzt damit telefonieren, Thierry hat's mir erzählt. Es liegt auf dem Meeresgrund.«

»Ja, da liegt es gut, oder?«

Sie lachte, und mich durchlief ein warmer Schauder, weil sie glücklich war, auch wenn das Pech sie verfolgte. Thierrys alter Saab war kaputt gegangen und sie hatte ihr Handy ins Meer fallen lassen, dennoch lachte sie, warm, erfrischend und ansteckend. Seit dem Tod ihrer Mutter hatte ich sie so nicht mehr erlebt.

»Was ist mit Jeanne?«, fragte sie. »Auf meine SMS hat sie nicht reagiert. Na ja, wer weiß, vielleicht haben ja die Fische ihre Antwort bekommen. Weißt du, ob sie bei mir in der Wohnung war? Oder ist sie noch sauer auf mich?«

»Nein, Schatz, keine Sorge«, sagte ich. »Jeanne ist etwas angespannt. Sie hat Probleme.«

»Ah ja? Hat sie eine Affäre?«

Pen lachte.

Wie kam sie darauf?

Und woher nahm sie den Sarkasmus?

»Manchmal«, sagte sie, »muss man Fehler machen, damit man merkt, dass man noch lebt.«

Ich war perplex. Von einer zur anderen Sekunde musste ich

mich fragen, wie es in Wahrheit zwischen meinen Töchtern aussah, ein Verhältnis, das mir Anlass zu Kummer oder Sorge nie gegeben hatte. Ich erinnerte mich an Mamies Satz, ich solle Jeanne nicht immer vorziehen, Pénélope sei genauso meine Tochter und habe es nicht leicht. Dass mir das durchaus bewusst sei, hatte ich geantwortet, eine glatte Lüge. Gar nichts war mir bewusst.

»Ist die Frage ernst gemeint? Wie kommst du darauf?«

Ich hörte den Wind, der bei ihr wehte, und wieder das Rauschen, das vielleicht doch von der Brandung in der Baie des Trépassés kam, und ich hörte im Hintergrund Thierry, der sich mit jemandem unterhielt und dabei lachte.

»Sag bloß, du hast nicht gemerkt, wie verzweifelt André war«, sagte Pen. »Der immer so glückliche, immer so strahlende André – der Mann der tausend Ziele? Hat er es nötig, sich so aufzuspielen? Ich bitte dich!«

Ich hätte nichts bemerkt, sagte ich.

»Auch nicht an Jeanne? Also ich weiß nicht, ich kenne sie ganz anders. Als ich sie auf deinem Gartenfest gesehen habe, o, là, là, dachte ich! Mal wieder Sehnsucht zu haben, das fehlt ihr. Erinnert sie sich eigentlich an etwas wie Herzschmerz? Oder kennt sie nur noch ›Probleme‹? – Papa, ich muss Schluss machen, der Werkstattleiter ist da. – Ich komme!«, rief sie.

»Ich dachte, ihr seid am Strand«, sagte ich.

»Also momentan nicht gerade!« Pen lachte. »Wir stehen in der Gluthitze auf dem Parkplatz von so einer Auspufffirma. Seit einer Stunde fuhrwerkt eine niedliche kleine Kehrmaschine um uns herum. Aber zum Glück liegt hier auch noch ein Berg Teerbrocken. Auf dem steh ich, weil das Handy von meinem Schatz sonst kein Netz hat.«

Als ich aufgelegt hatte, saß ich minutenlang reglos am Tisch und starrte hinaus in den Garten. Ich dachte über nichts nach. Es erschien aussichtslos, mir über irgendetwas klar werden zu wollen. Ich stellte mir Pen vor, wie sie auf dem Parkplatz einer Auspufffirma auf einem Berg Teerbrocken stand und telefonierte. Was hätte ihre Mutter dazu gesagt? »Komm da sofort runter!« vermutlich. Ich dachte an einen Ausspruch von Véronique: »Willst du etwas sehen, was noch niemand sah, dann schneid dir einen Apfel auf.« Denn das Obstmesser und der angeschnittene Apfel auf dem Beifahrersitz von Andrés Jeep fielen mir wieder ein, und durch den Kopf schwirrte mir der Titel des Manuskripts, das Jeanne mit Anmerkungen versah: *Die Küche von Liliput. Abnehmen mit Lemuel Gulliver.* Welche Tristesse. Vielleicht hatte Pen ja recht, vielleicht musste man manchmal Fehler machen, damit man merkte, dass man noch lebte. Im nächsten Moment hielt ich den Brief von Maurice in der Hand und riss den Umschlag auf.

27

Die Postkarte, die unter der Büroklammer klemmte, zeigte ein Gemälde. Ich hatte es nie zuvor gesehen: *Der Regen.* Vincent van Gogh hatte das Bild im Juli 1890 gemalt, und es war Eigentum des National Museum of Wales in Cardiff – so stand es auf der Rückseite der Karte.

Maurice' Zeilen in seiner schwarzen Tinte liefen quer und dicht untereinander über die Kartenrückseite. Weder die vertikale Mitteleinteilung oder das kleine leere Quadrat für die Briefmarke noch das Adressfeld hatte er beachtet. Er hatte über jede Linie und Zeile hinweg die ganze Karte vollgekritzelt. Wie war das bei seiner Krankheit möglich? Wie hatte er da eine so zierliche Schrift? Und wie schrieb er Schreibmaschine, wie tippte er?

Ich sah, dass die getippten Seiten – doppelt so viele wie sonst – auch diesmal einen Titel hatten: *Ferner als die Nacht, höher als der Tag*. Worunter ich mir nichts vorstellen konnte. Aber obwohl ich zunächst die Karte lesen wollte, zog mich der Anfang des neuen Kapitels sofort in den Bann.

Denn es ging darin um die Patache-Brüder: »Das Gesicht des Mädchens mit dem rötlich blonden Pferdeschwanz, das er für ein paar Sekunden in der Heckscheibe des Wagens sah, versetzte ihn in helle Aufregung. Blut schoss ihm ins Gesicht. Und sofort spürte er auch die Angst, sein Bruder könnte bemerkt haben, was mit ihm vor sich ging. Nur deshalb begann Pipin von der Marke des Autos zu quasseln, das sie da eben überholt hatte, und froh, dass Roger anscheinend ganz mit sich und dem Steuern des Lasters beschäftigt war, tat er so, als habe er etwas Wichtiges vergessen.«

Dieses Mädchen mit dem rötlich blonden Pferdeschwanz war Anouchka Gallimard, nahm ich an, und ich versuchte mich zu entsinnen, wie ich sie am Tag des Unfalls gesehen hatte. Ich erinnerte mich kaum an sie, sehr wohl aber daran, was Pipin, der sich nach dem Unfall um sie gekümmert hatte, noch Monate später von ihr erzählte. Seit er sie im Schlamm des Ackers und inmitten von lauter Wrackteilen gefunden hatte, war er völlig vernarrt in die junge Frau, so sehr, dass er nicht nur Fotos von ihr sammelte, Zeitungsmeldungen über sie, den Unfall und ihr Leben in der Pariser Gesellschaft, und dann dazu überging, Bücher zu lesen, die in den Éditions Gallimard erschienen, Bücher, von denen es Tausende, Zehntausende gab, sondern so sehr, dass er sich mehrmals

Anouchka Gallimards wegen sogar von seiner Odile und deren Töchterchen lossagte – der Kleinen mit der Beinschiene, deren Name mir nicht einfiel.

Ich blätterte die Seiten durch und sah, dass Maurice mir zwei Kapitel geschickt hatte. Das zweite, etwas kürzere, hieß *Der tanzende Wagen*, eine Formulierung, die, wie ich mich erinnerte, ebenfalls von Pipin Patache stammte. Bevor Michel Gallimards Facel Vega gegen den Baum gerast war, habe der Wagen auf der Chaussee Walzer getanzt, hatte Pipin immer gesagt, etwas, das ich mir nie hatte so recht vorstellen können. Ich beschloss, mir die beiden Kapitel in Ruhe anzusehen, im Garten, wollte aber zunächst lesen, was Maurice mir Neues mitzuteilen hatte.

»Mein lieber Raymond!«, begann die Karte.

»Erinnerst Du Dich, wie es am Tag des Unfalls geregnet hat? Wie durchnässt wir auf der Draisine waren? Und weißt Du noch: die Krähen über dem Ackerfeld, wie riesig sie waren? – Ich liebe dieses Bild: Der Regen. Die Felder. Die Krähen. Das Dorf. Es ist alles da und so wie damals, nur dass van Gogh Auvers gemalt hat statt Villeblevin. Ich habe es gesehen, als Delphine und ich in Wales waren, vor 25 Jahren. Seither träumte ich davon, ein Buch mit diesem Bild als Umschlag zu schreiben.

Ein Buch werden die Unfallbeschreibungen nicht ergeben. Meine Kraft wird dazu nicht reichen. Ich schicke Dir zwei Kapitel. An einem weiteren, dem vorletzten, schreibe ich. Das letzte aber bleibt Dir überlassen: Ich zähle auf Dich! Der Tod setzt allem eine Grenze, nicht aber dem Erzählen.

Adieu, Raymond, verzeih mir – und genieße den prächtigen Sommer.

Dein Freund Maurice«, hatte er unterschrieben, und als ich das las, zuckte ich getroffen zusammen.

Mein Freund Maurice. Mein treuloser Kamerad. Er bat mich um Verzeihung. Und er schrieb mir im selben Atemzug von einer Reise mit Delphine, als sei sie das Natürlichste von der Welt und würde mir nicht einen Stich ins Herz versetzen. So war es immer. Sein schmallippiges, geringschätziges Lächeln, als irrte ich mich in allem und als fände er das amüsant. Jetzt plötzlich zählte er auf mich. Jetzt plötzlich sagte er mir Lebewohl.

Ich legte die Postkarte zu den beiden Rechnungen, stand vom Tisch auf und ging in den Garten. Ich bereute es, den Brief doch geöffnet zu haben, und nahm mir fest vor, die Kapitel über die Patache-Brüder unter keinen Umständen zu lesen. Nicht erreichbar sein, dachte ich, einfach nicht mehr erreichbar sein, und mir fiel wieder Pénélopes Handy ein, das ich angerufen hatte, als es schon auf dem Meeresgrund lag.

Ferner als die Nacht, höher als der Tag – so fühlte ich mich, genau so. Ich taumelte durch den Garten, die Sonne, diesen prächtigen Sommer, den ich alles andere als genoss, weil ich ihn gar nicht wahrnahm. Ich ging wieder hinein. Ich setzte mich an den Tisch. So als wäre nichts geschehen, begann ich zu lesen.

28

Das Gesicht des Mädchens mit dem rötlich blonden Pferdeschwanz, das er für ein paar Sekunden in der Heckscheibe des Wagens sah, versetzte ihn in helle Aufregung,

Blut schoss ihm ins Gesicht, und sofort spürte er auch die Angst, sein Bruder könnte bemerkt haben, was mit ihm vor sich ging. Nur deshalb begann Pipin von der Marke des Autos zu quasseln, das sie da eben überholt hatte, und froh, dass Roger anscheinend ganz mit sich und dem Steuern des Lasters beschäftigt war, tat er so, als habe er etwas Wichtiges vergessen. Ein toller Trick, der Klaps an die eigene Stirn, er wandte ihn des Öfteren an. Was nichts daran änderte, dass kein Bild in der Zeitung seine Aufmerksamkeit fesseln konnte, jedes Foto kam ihm bloß wie eine weitere Heckscheibe vor, die vor seinen Augen kleiner und kleiner wurde und sich schließlich in weiter Ferne in nichts auflöste. Auf jedem Bild sah er wieder das Mädchen, das sich hinter der Scheibe zu ihm umwandte, während der Wagen davonstrebte und es mit fortnahm.

Er stellte sich vor, wie das Mädchen auf dem Rücksitz saß und aus dem Fenster sah, während davor die Bäume vorüberflogen, alle die Bäume, die Roger und er noch abtransportieren würden, waren sie erst einmal gefällt, entastet und aufgestapelt. Pipin stellte sich vor, wie er neben ihr saß, neben ihr in dem durch das Wäldchen rasenden Wagen, etwas, was außer in seiner Phantasie natürlich nie geschehen würde. Aber dort, in seiner Phantasie, erzählte er ihr von dem Wäldchen der Chévreaux, wo er als Junge gespielt und sich versteckt hatte und wo viele Tiere lebten, die man auf den Feldern zwischen Villeblevin und Champigny nie zu Gesicht bekam. Einen Dachs zum Beispiel hatte er einmal gesehen, und er stellte sich vor, wie er sie fragte, ob sie schon einmal einen lebendigen Dachs gesehen habe, nicht im Zoo, sondern draußen, im Wald. Darauf wandte sie ihm das Gesicht zu und war ganz nah, er hörte sie Luft holen. Da sah er wieder ihre

Brauen, Augenbrauen, wie er sie in Wirklichkeit im Gesicht noch keiner Frau gesehen hatte. Er kannte sie nur von Fotos und aus dem Kino, in das Roger ihn ab und zu mitnahm, wenn er kein Mädchen dazu hatte überreden können. Simone Signoret und Brigitte Bardot waren Schauspielerinnen, die solche Brauen hatten, feine, dunkle, weit in die Stirn hineingezogene Bögen, durch die die Augen mit den langen Wimpern riesig erschienen. Schwer zu sagen, warum ausgerechnet diese sowieso wunderschönen Frauen so schöne Augenbrauen hatten. Bei solchen Augenbrauen war es wahrscheinlich, dass das Mädchen überhaupt schön war, und er stellte sich vor, wie es ihn küsste, wie es roch, sich auszog, die Beine, die Brüste, und wie das Mädchen ihn anlächelte und ihm die Hand reichte, um ihn zu sich heranzuziehen. Sein Herz schlug wild bei diesen Gedanken. Er merkte und konnte nichts dagegen tun, dass sein Glied steif wurde, doch, sagte er sich aufgewühlt, du kannst etwas dagegen unternehmen, Idiot! Denk an was anderes, und fertig. Und solange, los, leg dir die Zeitung auf den Schoß, aber gefälligst mit den Bildern nach oben.

»Was ist los?« Roger drehte das Transistorradio leiser, das zwischen ihnen stand. »Was bist du so raschlig?«

Roger wirkte angestrengt und nervös, eine Stimmung, in der man ihm besser nicht zu nahe kam. Pipin sah sich durchbohrt von zwei dicken schwarzen Pupillen, Augen, wie sie auch ihr Vater bekommen hatte, ehe er ungehalten wurde und ein Arm herüberlangte, um sich einen von ihnen zu greifen, ob Roger oder Pipin war ihm meist gleichgültig gewesen.

»Ich weiß nicht, ich weiß nicht, ich weiß nicht«, sagte Pipin. Er vermied es, Roger weiter anzusehen. Indem er die Zeitung zusammenfaltete, sah er aus dem Seitenfenster. Das

Glas vibrierte. Es bebte so stark, dass es ein Wunder war, wenn die Scheibe nicht aus dem Gummirahmen sprang und davonflog.

Ein Mädchen brauchte er eigentlich gar nicht, er hatte ja eines. Oder zumindest lag es nur an ihm, ob er Ernst machte mit Odile und ihrer kleinen Tochter. Odile mochte ihn. »Ich spüre«, sagte sie, »dass es nicht stimmt, was Roger und die anderen von dir sagen«, nämlich dass er bloß mit halbem Hirn denken könne, weil ihm sein Vater die andere Hälfte zu Brei geprügelt habe. Odile wusste, was er gern mochte, und tat es für ihn, er brauchte es nicht einmal zu sagen.

Odile war nicht schön.

Sie hatte Spiegeleierbrüste.

Ihre Beine waren dick.

Odile hatte sich ein Kind machen lassen von einem, der sie überhaupt nicht liebte, der Männer liebte und in Toulouse lebte, er hatte sich nie wieder gemeldet.

So lebte Odile zusammen mit der kleinen Elodi in einer Kellerwohnung. Sie nähte. Und manchmal arbeitete sie als Serviererin.

Pipin mochte sie auch.

Odile roch gut.

Und sie war lieb, zu Elodi und zu ihm.

Er mochte nur eines nicht an ihr, nämlich dass sie für kurze Zeit Rogers Mädchen gewesen war und dass sie fast immer von Roger erzählte, wenn Pipin bei ihr lag und sie ihn streichelte.

»Ich glaube nicht, dass du recht hast«, sagte er. »Das war im Leben kein Chevrolet. Aber du tust einfach so, als wär es einer gewesen. Ich glaub es trotzdem nicht, auch wenn dich das wütend macht.«

»Also hör mal«, sagte Roger, »was soll das werden? Meinst du, ich streite mich mit dir, nachdem ich 60 Baumstämme auf den Laster gehievt habe? Von mir aus glaub, was du willst, Blödmann, glaub, dass es ein Peugeot war, es war trotzdem ein Amischlitten, wenn kein Chevy, dann eben ein Buick oder wie immer man die Karre ausspricht, und ich will dir auch gern sagen, woher ich das so genau weiß.«

Roger konnte sagen, was er wollte, Pipin war sich absolut sicher, dass das grüne Coupé weder ein Buick, DeSoto, Hudson, Studebaker, Oldsmobile, Pontiac, Lincoln, Cadillac, Ford noch ein Chrysler oder Chevrolet, sondern ein Facel war, und das nicht nur, weil er auf der Kofferraumklappe das Emblem gesehen, sondern auch weil er in einer Autozeitschrift sich einen Bericht mit vielen Fotos angesehen hatte. Daher wusste er sogar, wieso der Facel *Vega* hieß, weil der Sternenname nämlich an den Ford Comet erinnern sollte. Bestimmt verwechselte Roger den Wagen mit einem Ford Comet. Jedenfalls behauptete er nur deshalb das Gegenteil, weil er von der Existenz einer französischen Automarke mit Namen Facel keinen blassen Schimmer hatte.

Zitternd wie das ganze Führerhaus sagte Roger es selbst: »Es gibt keinen französischen Wagen, der so aussieht. Guck ihn dir an! Sucht richtig nach dem Baum, um den er sich wickeln kann.«

Sie hatten das Wäldchen fast durchquert. Nach einer letzten Kurve lag die Straße gerade vor ihnen. Durch den Regenschleier sah Pipin den Ausgang des Forstes, den Horizont über den Feldern, die beiden Bögen der Yonne-Brücke und den Qualm der Dampflok, die dort verschwand. Im Licht standen die großen Chausseebäume an der Landstraße nach Paris. Roger hatte recht. Jetzt sah auch Pipin, mit welchem

Tempo das Auto unter den kahlen Bäumen dahinraste. Nur die Rücklichter leuchteten noch fast so hell wie in dem Moment, als die Vega sie überholt hatte.

Seine Erregung war verschwunden, nur noch ein bisschen warm war ihm zwischen den Beinen. Er nahm die Zeitung vom Schoß und schlug sie so auf, dass von der Straße und von dem roten Lichterschein in der Ferne nichts mehr zu sehen war. Und weniger zu Roger als vielmehr in die Zeitung hinein, zum amerikanischen Präsidenten Eisenhower, der darin abgebildet war und ihn mit seinem Pfannkuchengesicht angrinste, sagte Pipin: »Na, kann schon sein. War wohl ein Amischlitten.«

Eine Minute zuvor war Pipin Patches Blick dem ihren noch nicht begegnet, als sich Anouchka Gallimard an den Tag erinnerte, als Michel den Facel gekauft hatte und sie zum ersten Mal damit fuhren. Seine Eleganz und Raffinesse flößten ihr vom ersten Moment an einen Respekt ein, den sie vor keinem anderen Gegenstand hatte. Denn das vergaß sie bei aller Ehrfurcht nie: Die Vega war ein Gegenstand, wenn auch freilich einer, der quasi ein Eigenleben führte. Lange Stunden brachte man in dem Facel zu, ohne zu spüren, wie schnell er einen vom Meer oder aus dem Midi zurück in die Stadt brachte.

Die Liebe, die ihr Stiefvater für seinen Wagen empfand, teilte sie nicht. Viel zu unheimlich die Kraft, die sich da hinter leisem Brummen versteckte. Gab Michel Gas, schrak Anouchka fast jedes Mal zusammen, so verstörte sie, was da rings um sie schlummerte in Motor, Getriebe und Achsen, etwas, das sich mit einem Mal kundtat, animalisch, unvorstellbar. So war es seit jenem Tag.

Und jetzt war sie 18. In der Handtasche steckte ihr Führerschein. Und neben ihr saß ihre Mutter, die nie im Leben selbst Auto gefahren war und der sie hatte versprechen müssen, bis zu ihrem 18. Geburtstag zu warten, ehe sie sich an ein Steuer setzte. Bis gestern hatte sie ihr Versprechen gehalten, aber seit sie davon entbunden war, seit dem Geburtstagsessen in Thoissey, passierte etwas Merkwürdiges mit ihr. Weder mit ihrer Mutter noch mit Michel konnte sie darüber reden, am ehesten hätte sie sich noch Albert anvertrauen, Camus aber wirkte trotz des ganzen Witzereißens düster und versunken, und außerdem ließ Michel ihn nicht aus den Augen.

Sie hatte schreckliche Angst. Wovor, wusste sie nicht. Vor allem Möglichen. Ein paar Freundinnen, die schon 18 geworden waren, hatten es vorhergesagt, und definitiv, es stimmte, sie hatte Albträume, sie fühlte sich hässlich, sie war zum Verrücktwerden unsicher, jeder Mann glotzte sie an, und sie, was viel schlimmer war, glotzte zurück, lächelte für jeden Idioten und taumelte von einem Schweißausbruch zum nächsten. Sie glotzte wie aus einem rollenden Käfig, in den man sie gesperrt hatte, jeder sah sie an und erwartete etwas Atemberaubendes, die Pariser Clique, Antoine, der hoffte, dass sie endlich über Nacht bei ihm blieb. Jetzt war sie erwachsen, jetzt musste es dazu kommen. Genauso hier, in dieser Höllenmaschine. Seit ihrer Abfahrt aus Thoissey plagte sie die Panik, Michel könnte sie auffordern, nach vorn ans Steuer zu kommen, um die Vega zu fahren.

Sie war heilfroh, dass ihr Geplapper über den Porsche wenigstens das hatte verhindern können. Nicht im Traum dachte sie daran, sich ein Auto schenken zu lassen wie das, in dem Jimmy Dean gestorben war. Sie wollte überhaupt kein Auto. Antoine hatte eines, und solange sie Antoine hatte, brauchte sie kein eigenes. Ein wenig hörte sie dem Lied zu, das Montand im Radio sang, das brachte sie auf andere Gedanken. Sie lauschte Préverts Text und fand ihn naiv, aber zu Montand passte er gut, auch wenn der Schauspieler Yves Montand besser war als der Chansonnier. Albert schien den Text nicht nur auswendig zu kennen, sondern auch sehr zu mögen, stumm bewegte er vor ihr auf dem Beifahrersitz die Lippen, während er fast versonnen lächelnd aus dem Seitenfenster blickte.

Über Camus' Schulter hinweg sah sie den Holztransporter, der sich in einiger Entfernung vor ihnen durch den Wald mühte. Sie rasten so schnell auf sein Heck und den an einem der Baumstämme im Regen flatternden Sicherheitswimpel zu, dass ihr nicht einmal Zeit blieb, nach vorn zu schnellen und zu kreischen. Bloß ein halb erstickter Laut kam aus ihrer Kehle.

Janine aber rief: »Vorsicht! Michel!«

Sie bekam seine Rücklehne zu fassen, klammerte sich daran fest, und ihr Oberkörper schoss nach vorn. Floc flog von ihrem Schoß, jaulend landete er im Fußraum.

Michel wechselte halb auf die Gegenfahrbahn. Er neigte den Kopf nach links, um an dem Laster vorbeizusehen, dann gab er Gas, und aus ihrem tiefen Grollen gehoben, brüllte die Vega wie von einem Peitschenhieb auf die Schnauze getroffen auf. Anouchka spürte den Schub durch ihren Körper gehen, sie wurde in den Sitz gepresst und sah im Augenwinkel, dass es ihrer Mutter genauso erging. In den Seitenfenstern tauchte in voller Länge der Laster auf, ein schlammiges, von Regenwasser triefendes Monstrum, dessen Lärm jeden Laut schluckte.

Sie drehte sich nach dem Lastwagen um und sah durch die Heckscheibe. Früher einmal, kurz nach Entstehung der Kontinente, musste sein Führerhaus blau gewesen sein. Einer der Scheinwerfer, die wie Augen aussahen und sogar so etwas wie Lider hatten, war blind. Michel scherte zurück auf die Spur, der Facel setzte sich vor den Laster. An seinem mächtigen Stoßfänger sah sie Äste hängen, Birkenzweige, von denen einige bis auf die Straße herabreichten, wo die Blätter durch die Pfützen fegten. Ein Ungetüm, zum Glück brachten sie einen rasch wachsenden Abstand zwischen sich und diese einäugige Blechkreatur. Kurz sah sie die Männer in dem Führerhaus. Der Fahrer lachte oder brüllte etwas und hob dabei die Hand oder Faust. Er winkte. Und der Jüngere neben ihm hatte hellblonde, weiße lange Haare, er war fast noch ein Junge. Dann tanzten wieder die Regenfäden zwischen ihnen, und der Lärm ging unter in der Suada aus Vorwürfen, die ihre Mutter Michel machte, indem sie ihm von hinten sanft bei den Haaren packte.

»Meine Frisur«, rief Michel, »meine schöne neue Frisur! Ja, ich gelobe es, alles, was du willst, aber zerstör nicht meine Schönheit!« Er lachte und gluckste, und Janine ließ ihn los.

»Mein Gott«, sagte sie, »ich habe ein Kind geheiratet.«

Endlich erinnerte sie sich an Floc, sie hob das Hündchen zurück auf ihren Schoß und strich ihm das Fell glatt.

»Komm her, mein Krokodil. Ist ja noch mal gut gegangen.«

Camus wandte Michel kurz das Gesicht zu und fragte sich beim Anblick seines rotwangigen Freundes, wie er wohl reagiert hätte, wäre ihnen ein Wagen entgegengekommen. Es spielte keine Rolle. Der Zufall war auf ihrer Seite gewesen, und jetzt hatten sie gut lachen.

»Komm, Kleiner, geh ein bisschen vom Gas«, sagte er müde. »Janine hat recht. Und noch hast du ja keine Lebensversicherung. Wir wollen's mal nicht herausfordern.«

Mit zusammengekniffenen Augen sah Michel ihn an, er sagte nichts, fragte nicht, was, nach Camus' Ansicht, sie besser nicht herausfordern sollten. Aber die Vega wurde merklich langsamer. Man konnte meinen, Michels gute Laune treibe den Wagen an.

»Aha, bravo!«, rief Janine. »Albert wenigstens nimmst du ernst.«

Anouchka wandte sich noch einmal um und hielt Ausschau nach dem Scheinwerfer des Lastwagenzyklopen.

Sie kamen aus dem Wald. Kurz blendete das freie silberne Licht über den Feldern längs einer Platanenchaussee. Mit noch immer viel zu hohem Tempo rasten sie zwischen die Bäume hinein. Dort aber, in den fliegenden Schatten, gewöhnten sich die Augen an die Weite. Camus sah in der Ferne wieder den Zug, der über eine Brücke dampfte, Vögel, die über die Äcker versprengt durch die Luft gaukelten, Krähen und Elstern, zwei Handvoll Vorboten des neuen Frühlings, wenn alle die Wolken, aus denen es regnete und regnete, verdampft waren und aus dem Himmel der Wind vom Meer her einen Geruch brachte nach Diesel und Oleander. Wie rührend und wie vergeblich. Die ganzen Bemühungen, zu beweisen, dass das Leben nicht tragisch war. Das Tragische musste verworfen werden, nachdem man ihm ins Auge geblickt hatte, nicht vorher.

Ein Fahrradfahrer stand am Straßenrand, ein alter Mann mit einem Regencape.

Bestürzung stand in seinem Gesicht, Bestürzung, wie schnell sie vorüberflogen.

So sahen vor 3000 Jahren die hellenischen Bauern die Götter vorbeifliegen, geflügelte Pferde, fliegende Wagen, und von dem vergessenen amerikanischen Flieger Weyman schrieb

Alain-Fournier irgendwo, dass er sich während eines Wettfluges von Issy nach Paris einmal verirrte, woraufhin er auf der nächstbesten Straße landete und einen wahrscheinlich kreidebleichen Obstbauern bat, mit ihm aufzusteigen, um ihm den Weg zu zeigen. Wer konnte schon sagen, wohin unterwegs er war. Die Kinder, die sich lieben, hieß es in dem Chanson von Prévert, sie sind anderswo, ferner als die Nacht und höher als der Tag. Dass einer sagen konnte, wohin es ihn auf keinen Fall treiben sollte, kam vor. Bloß war man damit allein. Denn während man noch auf der Suche war, sollte man immer schon irgendwo angekommen sein. Auf jedem Meter verkündete einem eine andere Stimme, was man erreicht habe, und dabei wusste man doch, es war nicht das Richtige.

Camus hielt die Schlüssel des Hauses in Lourmarin in der Hand und strich mit den Fingerkuppen über das geriffelte Metall. Gern wäre er länger geblieben. Er hielt sich fest an dem Köfferchen auf seinem Schoß. Das Manuskript, an dem er in den letzten Wochen geschrieben hatte, erstmals seit langem ausdauernd und mit anhaltender Freude, *Der erste Mensch*, ein neuer Roman, dehnte das Leder und machte das Köfferchen schwer. Er sah einen kleinen roten Wagen in einiger Entfernung in die Chaussee einbiegen und ihnen entgegenkommen, eine Zufallsbegegnung, die noch nicht stattgefunden hatte, ihm aber bereits seltsam tröstlich erschien.

Michel hatte allen Grund zu lachen. Janine, Anouchka und er waren glücklich und kehrten heim von einem Urlaub am Meer. Doch genauso wenig Grund zur Niedergeschlagenheit gab es für ihn selbst. Er liebte – liebte jetzt vier Frauen zur selben Zeit und wusste selbst nicht, wie das gekommen war. Er war kein Casanova. Und wenn doch, dann war er wie Giacomo Casanova persönlich, der sich selbst zum erfundenen

Chevalier de Seingalt geadelt hatte und nach dem jeder mehr Recht hatte, alles für die Erhaltung seiner selbst zu tun, als ein Herrschender, seinen Staat zu erhalten. Francine war seine Frau und Gefährtin, Maria seine Vertraute, Catherine seine Freundin, Mi seine Geliebte. Er liebte sie alle vier und fühlte sich von ihnen allen wiedergeliebt. Und er schrieb, schrieb ja wieder. Zwei Jahre lang hatte er geschlafen und war wieder erwacht aus dem Schwarzseherkoma.

Noch ein Quäntchen mehr Pessimismus, und die Despotie des Unglücks hätte ganz geherrscht über ihn. Wie sich mit dem Gedanken zufriedengeben, dass nichts Sinn ergab und man an allem so verzweifelte. Und wie das Band beschreiben, das die ganze Liebe immer aufs Neue verknüpfte mit der Verzweiflung. Er fühlte die Zacken der Schlüssel in seiner Hand. »Ich werde wieder ich selbst.« Trotzig stand der Satz auf der letzten Seite seines Tagebuchs in dem Köfferchen. Nüchtern betrachtet war nichts damit gewonnen – außer vielleicht die Erkenntnis, dass Ironie am Anfang aller Bekümmerung stand, Zynismus aber ihr bitteres Ende war. Jenseits davon gab es nur noch die Leere, und er hatte einen Blick in ihr leeres Reich geworfen und war dann zurückgekehrt unter die Lebenden. Die Leere hielt keiner aus. Man tat gut daran, seine stärkste Wache am Tor zum Nichts aufzustellen.

29

Urplötzlich war der Wagen mit den vier blendenden Scheinwerferkegeln auf ihrer Seite und kam ihr entgegengeflogen. Wodurch er aus der Spur gebrochen und wie er hinübergewechselt war auf ihre Fahrbahn, hatte Gilberte Darbon nicht gesehen, doch sie meinte, es sich vorstellen zu können, sah dieses erste Ausscheren also fast wirklich, als der Wagen eine Sekunde darauf erneut aus der Spur brach, bloß um zurückzuscheren auf die Gegenfahrbahn.

Was war passiert? Wildwechsel, dachte sie, ein Reh. Aber sie hatte kein Reh gesehen. Vielleicht war der Fahrer eingeschlafen oder an dem Wagen war ein Reifen geplatzt. 400, dann vielleicht noch 300 Meter lagen zwischen ihr und dem fremden Auto, das sein Fahrer nicht mehr unter Kontrolle bekam. Hin und her schlingerte der grüne Wagen über die Chaussee, er wurde von einer Straßenseite auf die andere und wieder zurück geworfen und schien doch sein Tempo nicht zu drosseln. 300 Meter. In dem trüben Licht und bei dem Regen eine Entfernung, die unmöglich machte, zu erkennen, was passiert war.

Wohin? Sie trat mit ganzer Kraft auf das Bremspedal, stemmte sich gegen das Lenkrad und steuerte auf den Straßenrand zu. Kurz brach der Renault mit dem Heck aus, sie zog die Handbremse, es gelang ihr, in den zweiten Gang hinunterzuschalten, dann spürte sie auch schon das Rütteln, die Räder ratterten in den Kotflügeln, rutschten über den Grasstreifen, vorbei an einem Baum mit gesprenkelter Rinde.

Auf dem Böschungsstreifen kam sie zum Stehen. Halb auf der Straße, halb auf dem Gras stand der Renault still. Sie kuppelte aus. Ihr Herz raste, und noch immer sang Yves Montand.

Ein Riss lief durch den Tag und rannte auf sie zu. Was Gilberte Darbon sah, konnte sie nicht fassen, sie meinte, nicht richtig zu sehen, sie stellte das Radio ab und schaltete den Motor aus, bloß zwei kleine Handgriffe, aber dann hörte sie es, und es stimmte. Was sie sah, geschah.

Sie sah den grünen Wagen tanzen, hin und her über die gesamte Breite der Landstraße. Aber anders als vorher hob er nun bei jedem Richtungswechsel mit den Rädern einer Seite ab vom Boden. Das Auto stand in der Luft, stand und schoss zugleich weiter auf sie zu.

Und in seinem Schlepp hatte es lauter Vögel. Große, schwarze, wild kreischende Krähen oder Dohlen wurden hinter dem Wagen emporgewirbelt und davonkatapultiert. War das möglich? Es waren so viele, dass das gar nicht sein konnte, ein riesiger Schwarm, der herstob hinter einem außer Rand und Band geratenen Auto, so viele, als würden die Vögel erst durch das Auto entstehen oder als würde das Auto vor ihren Augen sich auflösen und Stück für Stück Vogel werden.

Alles binnen Sekunden. Der Riss ging durch die Zeit: Eine Sekunde darauf wurde Gilberte Darbon klar, dass es keine Vögel waren, was sie hinter dem Wagen sah. Sie sah seine Beifahrerseite, sah, dass zumindest einer der hinteren Reifen von der Felge geplatzt war, nackt schleifte sie über den Teer, und auf ihr lastete das ganze Heck, eingesunken und zerbrochen schlitterte es über die Fahrbahn. Teerteile, Teerfetzen, von der Felge und der Achse aufgeschlitzt, rissen aus der Straße, hinter dem Wagen wirbelten sie auf und flatterten wie panisch das Weite suchende Vögel davon.

Gab der zur Seite schlingernde Wagen die Sicht frei, sah Gilberte Darbon die Zerstörung, die er anrichtete, dann lag der Riss vor ihr. Der Wagen schlitzte die Straße auf, er pflügte sie um, und diese Zertrümmerung, die Verwüstung der Straße, auf der er fuhr, und die Zerstörung seiner selbst und seiner Insassen, raste genau auf sie zu.

200 Meter vielleicht lagen noch zwischen dem Wagen und ihr.

Sie sah: dass das Coupé voll besetzt war; mindestens vier Menschen saßen darin.

Sie sah: den Mann mit dem Fahrrad; gehüllt in sein Regencape stand er am Straßenrand etwa auf halber Strecke zwischen dem tanzenden Auto und dem Ausgang des Wäldchens.

Sie sah: Am Ausgang des Wäldchens, wo die Landstraße zur Chaussee wurde, tauchte zwischen den Bäumen ein blendendes Licht auf; es gehörte zu einem Lastwagen, einem Holztransporter, der aus dem Wald kam und dem ein Scheinwerfer fehlte.

Sie sah den Wagen auf sich zukommen: Die Vögel aus Teer, die er aus der Straße schnitt, sah sie aufflattern und davonwirbeln und hörte ihre gellenden Schreie.

Sie sah im Spiegel sich selbst: Sie war es, die schrie.

Auch Roger Patache schrie.

»Ui!«, schrie er. »Ui!«

Pipin ließ die Zeitung augenblicklich sinken und sah auf die Straße: Das grüne Coupé war ins Schleudern geraten, der Facel schlingerte hin und her über die gesamte Breite der Platanenchaussee, als tanze er Walzer.

»Was hab ich gesagt! Was hab ich gesagt, jetzt hat's ihn erwischt!«, schrie Roger hellauf begeistert und mit ganzer Kraft, um den Motorenlärm des Lasters zu übertönen. »Pass auf, gleich kracht es, und wie!«

»Da ist noch einer«, sagte Pipin.

Ein gutes Stück jenseits von der Vega kam ihnen ein kleiner roter Wagen entgegen. Pipin sah, wie der Renault scharf bremste, so dass das Heck kurz ausbrach, bevor der Wagen an den Straßenrand rollte. Dort blieb er stehen.

»Na, ob das so ein guter Platz ist, um sich da hinzustellen?«

Roger rief: »Wenn der in den Roten reinbrettert, dann gute Nacht!«

Pipin bemerkte, wie erregt sein Bruder war. Roger zerbiss sich die Unterlippe. Seine Augen waren weit aufgerissen. Er starrte auf die Straße, wo Regenwasserpfützen standen.

»Hast du eine Ahnung, was so ein Amischlitten wiegt? Mindestens zwei Tonnen!«, rief Roger. »Der reinste Panzer. Nur dass der da mit 130 Sachen durch die Gegend brettert. Der macht alles platt, was sich ihm in den Weg stellt. Was ein Glück, dass die uns überholt haben!«

Weshalb hatte der Fahrer die Kontrolle über den Facel verloren, was war passiert? Pipin ärgerte sich, dass sie in ihrem zitternden und dröhnenden Laster zu spät kamen. Es ärgerte ihn, nicht eingreifen zu können, mit ansehen zu müssen, wie der schöne Wagen und das schöne Mädchen darin schon in der nächsten Sekunde vielleicht von der Straße getragen und zerrissen wurden. Am meisten ärgerte ihn, dass Roger offenbar Freude daran hatte, und es machte Pipin rasend, zu spüren, wie dieselbe Gewaltlust in ihm aufstieg, auch wenn er bloß Lust hatte, seinem Bruder an die Gurgel zu gehen, damit er endlich das Maul hielt.

»Schau mal, der alte Cassel – da!«, brüllte Roger.

Er versetzte Pipin einen Hieb auf die Schulter und zeigte dann mit derselben Bewegung seines Arms auf den Alten, der mit einem Fahrrad zwischen zwei Bäumen stand und ihnen fassungslos entgegensah. Roger drückte auf die Hupe wie ein Berserker. Aber sie ertönte erst, als sie längst an Paul Cassel vorbei waren.

Und Roger brüllte vor Lachen.

»Der alte Depp! Dieser Volltrottel! Huhu! Huhu!«

Pipin kamen die Tränen. Sein Ärger, sein Zorn und seine Wut zerflossen, wie durch einen Brunnen stiegen sie durch den Hals, durch die Nase und strömten ihm in die Augen.

»Was ist, warum heulst du?«, grölte Roger. »Wenn du das nicht mit ansehen kannst, guck weg. Gleich gibt's Hackbraten.«

Sie fuhren unter den Bäumen hindurch, und der Regen sprühte gegen die Scheibe. Zwei Wasserschleier, einer Regen, einer Tränen, nahmen Pipin die Sicht. Er wischte sich über die Augen, als sein Bruder schrie, er solle sich festhalten – das Miststück beginne, die Straße aufzuschlitzen.

Roger trat mit voller Wucht auf die Bremse. Die Maschine heulte auf, sie zitterte nicht mehr, sie schüttelte sich, und Pipin wurde bewusst, wo er war und was es bedeutete, eine Vollbremsung hinzulegen mit einem alten Ungetüm wie ihrem Simca, wenn der randvoll mit Holz beladen war.

Roger war ein guter Fahrer, der beste, er fuhr auch den Bürgermeister, Pipin liebte seinen Bruder und konnte sich im Augenblick keinen besseren Bruder vorstellen. Ach, dachte er, während er sich festklammerte, Roger, mach, dass wir die Stämme gut festgekettet haben. Mach, dass sie sich nicht lösen und nach vorn rutschen und die Fahrerkabine zertrümmern und uns zerquetschen! Er spürte, wie der Simca in die Knie ging. Und er sah, sie wurden langsamer, wenngleich der furchtbare Spalt, den der Facel Vega in die Straße riss, immer noch näher kam, näher und näher und näher. So dass Pipin sich mit der Zerstörung, die die Baumstämme in ihrem Rücken anrichten konnten, gleichzeitig auch das Unglück ausmalte, das auf der Straße vor ihnen auf sie wartete, dann nämlich, wenn sie mit dem Laster, mit einem oder mehreren

Rädern, in den Spalt hineingerieten. Was würde mit ihnen passieren? Oder wenn einer der Teerbrocken sie traf, die der grüne Wagen aus der Fahrbahn heraustranchierte wie ein Stück Fleisch aus einem Gänsebraten? Er stellte sich vor, wie so ein Brocken ihre Scheibe zertrümmerte, wie der Schwall aus Glas hereinflog, sie überschüttete und ihnen die Gesichter zerschnitt, wie von der Wucht seiner Last getrieben der Simca in den Spalt rollte und wie er, so in Schieflage gebracht, gar nicht anders konnte als umzukippen.

Wir werden sterben, dachte Pipin. Mach, dass wir nicht sterben, Roger, und das letzte Bild, das er sich ausmalte unter neuerlichen Tränen, war wieder das von dem Holz, den Birkenstämmen, für die er so viel Zärtlichkeit empfand, von denen er jeden einzelnen um Verzeihung gebeten und gestreichelt hatte, als sie darangegangen waren, sie zu fällen und zu verladen. Die Birken der Chévreaux würden durch die Heckwand der Kabine brechen und Roger und ihn unter sich begraben. Pipin dachte keine Sekunde lang noch einmal an das Mädchen.

Roger Patache war Fahrer durch und durch. Er fuhr nicht nur Lastwagen, er fuhr auch seinen Freund Léaud, Villeblevins Bürgermeister, der querschnittgelähmt war. Roger war überzeugt, dass die Leute in dem Wagen keine Chance hatten – sie würden verunglücken, und er und Pipin, der nicht aufhörte zu flennen, würden den Unfall mit ansehen und danach die Scherereien mit den Toten und Verletzten haben. Denn Roger war außerdem fest überzeugt, dass es ihm gelingen würde, den Lastwagen anzuhalten. Es ging nicht darum, den Leuten in dem Wagen zu helfen, die sich den Unfall selbst eingebrockt hatten. Er war es seinem kleinen Bruder schuldig, der nur ein halbes Hirn hatte und der den Schatten ihres

Vaters nicht loswurde. Roger würde es schaffen. Sie würden am Leben bleiben, und Pipin würde irgendwann aufwachen und zu Verstand kommen.

Roger wurde für eine halbe Minute eins mit dem Lastwagen. Er sah durch die Windschutzscheibe, durch die Regenfäden auf die Straße und maß mit hin und her wandernden, der Schlangenlinie des Risses folgenden, raschen Blicken die Entfernung, die blieb, um noch rechtzeitig zu stoppen. Er bremste, sein ganzes Körpergewicht lastete auf dem Pedal, und Roger war schwer und massig, ein muskelbepackter, athletischer Kerl, würde er in den letzten Jahren weniger getrunken haben. Zugleich aber gab er den Bremsen genug Spielraum, damit die Räder nicht blockierten. Keine Vollbremsung! Nicht mit dem verfluchten Drecksholz auf dem Buckel, sagte er sich im Stillen.

20 Meter bevor der aufgerissene, mit Teerschollen übersäte Bereich der Landstraße begann, hielt der Simca an. Roger spürte in seinem Rücken den Andrang des Holzes gegen die Ketten und Stahllager der Ladefläche. Doch kein Stamm löste sich. Der Laster keuchte und fauchte. Aber er stand.

»Raus!«

Als Pipin sich nicht rührte, sondern bloß weiterflennte und nach Luft japsend durch die Scheibe starrte, versetzte ihm Roger einen Fausthieb auf den Arm. Pipin heulte auf, fuhr herum und schluchzte, und schon hatte Roger die Fäuste seines Bruders vor dem Gesicht.

Er hielt Pipins Hände fest, drückte fest zu, um ihm wehzutun, und blickte dabei in das rote, nassgeflennte Gesicht.

»Mach, was ich dir sage! Raus hier«, sagte er ruhig. »Rüber über den Graben, wo du in Sicherheit bist. Und hör auf zu heulen!«

Pipin gehorchte. Er öffnete die Beifahrertür und sprang in den Regen. Roger schaltete den Motor ab, ließ das Scheinwerferlicht brennen und machte dann, dass auch er hinauskam. Er sah, als er um den Simca herumlief, Pipin, wie er davonrannte, mitten auf der Straße dem grünen Wagen hinterher oder hinüber zu dem roten Auto am Straßenrand. Nur ein Mensch saß darin, meinte er zu erkennen. Er rief nach seinem Bruder, brüllte seinen Namen.

»Pierre!«, schrie er, »Pierre!«

Dann knallte es, und der Tag zerbrach in ein Davor und ein Danach. Der grüne Wagen schleuderte gegen einen Baum, riss auseinander, flog durch die Luft. Aber Pipin blieb nicht mehr stehen.

30

Es war immer ein seltsames Gefühl, kam einem ein Name, den man vergessen hatte, wieder in den Sinn. Als käme er zu einem zurückgeflogen, wie eine Taube. So hieß die Tochter von Pipins Freundin Odile: Elodi!

Ich war froh darüber, und zum ersten Mal seit 46 Jahren war ich Maurice Ravoux für etwas dankbar. Was ein noch seltsameres Gefühl war.

Es war schon Nachmittag. Wollte ich das Gästehaus inspizieren, bevor Jeanne heimkam, musste ich mich sputen. Seit ich mich dazu durchgerungen hatte, den Brief doch zu öffnen und die beiden neuen Kapitel zu lesen, fühlte ich mich viel besser. Was weniger damit zu tun hatte, wie Maurice versuchte, sich in diese – wie viele waren es? – Menschen einzufühlen, die damals den Unfall miterlebt hatten. Es ging mir besser, weil ich eine Entscheidung getroffen hatte.

Wenn es stimmte, was Pen behauptete, wenn es manchmal besser war, das Falsche zu tun, dann musste man ebenso gewahr sein, dass das Falsche zu tun bedeuten konnte, dass man sich selbst, seine Ansichten und Überzeugungen unversehens in Gefahr brachte, eine Gefahr, die alles durcheinanderrüttelte und die nicht nur die Gegenwart betraf – mich an diesem Nachmittag, an diesem Tisch und über dieser Postkarte –, sondern genauso Zukunft und Vergangenheit.

Niemand hätte vor 30 Jahren nur zu mutmaßen gewagt, die Halbleiterforschung könnte sich vereinen mit Chemie und Biotechnologie – dass es möglich sein würde, ernsthaft, vernünftig, ohne jedes pseudowissenschaftliche Tamtam die Aufhebung der Grenze zwischen Leben und totem Material in Erwägung zu ziehen. Dem Plasmaleiter gehörte die Zukunft. Allerdings ging mich – mit meinem umschnürten Herzen, in meinem Vorruhestand – der Plasmaleiter nichts mehr an. Sowenig wie die organische Synthese immer neuer Molekülkombinationen.

Der molekulare Partnertausch. Die Metathese. Grubbs, Schrock und Chauvin, der so alt war wie ich, hatten für eine geniale Idee und ihre nicht minder geniale Anwendbarkeit den Nobelpreis erhalten. Yves Chauvin, hatte ich gelesen, empfand die Stockholmer Ehrung als ausgesprochen peinlich. Warum? Darum: Wurde man alt, brachte die Zukunft ganz andere Herausforderungen mit sich, kleine, unscheinbare, für Forschung, Fortschritt oder das Allgemeinwohl völlig irrelevante.

Doch wie immer man es betrachtete, die Gefahren waren dieselben. Worum ging es mir, wenn ich mich fragte, ob es besser war, Maurice Ravoux ohne ein Lebenszeichen meinerseits sterben zu lassen oder ihn vielleicht doch zu besuchen? War es wie für Jeanne auch für mich an der Zeit, das Falsche zu tun? Damit ich spürte, dass ich noch lebte?

Es ging nicht darum, recht zu haben und Maurice dies noch ein letztes Mal vorzuführen, so wie seine Karte mir noch einmal vorführte, dass Delphine sich für ihn und nicht mich entschieden hatte. Mit ihm und nicht mir war sie in Wales gewesen, in Agadir, im Kongo. Dennoch war die Frage nach richtig oder falsch eindeutig beantwortet: Ich hatte recht, Maurice unrecht. Voilà. Es war falsch von ihm, mir das Mädchen wegzunehmen, das ich liebte, meine Freundin, falsch auf eine so unzweideutige Weise, wie es verständlich und dennoch nicht richtig war, dass er sich mit Joëlle Labeige einließ, die wir beide verehrten und beide begehrten.

Aber was hätte er tun sollen? Ich kannte keinen Mann, ob jung oder alt, der nein zu einer Frau gesagt hätte, nur weil sie die Frau eines Freundes war. Im Arsenal der Dilemmata, mit denen die Natur so reichlich für uns sorgte, eines der bittersten. Eine menschliche Katastrophe, die mir, gottlob, zeitlebens erspart blieb. Sah man sich vor die Entscheidung gestellt, entweder eine Liebe oder eine Freundschaft zu opfern, gab es keinen Ausweg außer den, auf die Zeit zu vertrauen.

Maurice hatte sich zweimal für die Liebe und gegen unsere Freundschaft entschieden. Beides, seine Liebe zu Delphine und sein Verlangen nach Joëlle Labeige, konnte ich ihm nachfühlen und ihm daher verzeihen. Wenn ich aufrichtig zu mir selbst war, hatte ich ihm beides schon vor Jahrzehnten verziehen.

Denn wäre ohne seinen Verrat an den Werten unserer Freundschaft je Véronique frei für mich gewesen? Wir hatten

Töchter, die mindestens so wundervoll waren wie Delphine Chévreaux es gewesen war. Bei aller Verachtung, die ich hegte für die uns aufgepfropften Verhängnisse, mir war durchaus bewusst, was Emerson sagte, nämlich dass jede Wand eine Pforte, dass der Reichtum an Möglichkeiten zu jeder Zeit unerschöpflich war.

Aus welchen Gründen auch immer sich meine Töchter zurzeit nicht sonderlich grün waren, ich zweifelte keine Sekunde daran, dass niemand Jeanne besser kannte und einzuschätzen wusste als ihre Schwester. Zwar konnte ich mir nicht vorstellen, dass Pen recht hatte mit ihrer Vermutung – ihrem Wunschdenken, musste man fast sagen –, Jeanne würde eine Affäre haben. Doch so, wie sie sich verhielt, mir gegenüber, vor allem aber gegenüber André, ließ sich das auch nicht ausschließen. Meine väterliche Intuition war jedenfalls alarmiert. Ich maß der Tatsache, dass Jeanne momentan etwa fünfmal so viel rauchte wie normalerweise, mehr Bedeutung bei als allen Beteuerungen und jedem vernünftigen Hin und Wider.

Hatte sie tatsächlich eine Affäre – eine Affäre mit wem überhaupt, musste man sich fragen –, dann gab es Spuren. Falls es Spuren gab, würde ich sie finden, genug Zeit an diesem Nachmittag blieb noch. Und falls ich tatsächlich in meinem Gästehaus Spuren einer Liebesaffäre meiner Tochter mit einem anderen Mann fand, würde ich Jeanne auf der Stelle hochkant an die frische Luft befördern. Das war vielleicht falsch, aber das war ich mir und meinen Überzeugungen von Treue und Verantwortung schuldig.

Falsch, ich war mir gar nichts schuldig. Falls Jeanne sich wirklich entschlossen hatte, ihr Leben mit André aufzugeben, musste ich als ihr Vater mich vielmehr fragen, welche Gefahren auf sie lauerten. Denn gefährlich war etwas, das einen nur vermeintlich nicht verletzen konnte, plötzlich aber hinterrücks angriff – erbarmungslos und heimtückisch, so, wie Maurice mich verletzt hatte. Delphine Chévreaux, Joëlle Labeige, längst nahm ich ihm seine Rücksichtslosigkeit nicht mehr übel. Was ich ihm nicht vergeben und nicht vergessen konnte, hatte mit keiner Frau der Welt etwas zu tun.

Aber war es denn überhaupt so, dass eine Trennung von André für Jeanne das Falsche war? Warum sollte es falsch sein, die Unfreiheit, den Trott, die zusammengepressten Lippen, die schleichende Zermürbung, das verbaute Glück aufzugeben? Falsch war alles, was einem das Gefühl gab, das Leben würde nicht mehr viel bedeuten. Falsch, gefährlich falsch war, anzunehmen, im Verlust nicht des Lebens, sondern der Lebendigkeit könnte etwas Befriedigendes liegen. Durchschritt man dieses Tor zum Nichts, an das Camus dachte – Camus, wie Maurice Ravoux ihn sah –, was fand man denn auf der anderen Seite? Im Nichts sah es aus wie nach der Detonation einer Neutronenbombe. Alles war da, aber nichts mehr war lebendig. Der Schmerz, der Kummer, nur sie verschwanden.

Der Weg ins Nichts war der Weg von eins zu null. Die infinitesimalen Zahlen strebten gegen null, wurden es aber nie. Hinter der Null stand ein Komma, und hinter dem Komma standen unzählbar viele Nullen, gefolgt von einer einzigen einsamen, unüberwindbaren Eins. In der Hand hielt ich die Rechnung der Clinique de la Porte Verte: Hätte der Mensch, der sie aufgesetzt hatte, in einem Anfall von buchhalterischem Wahn die Zahl darauf vermerkt, die Aristoteles in Erklärungsnot brachte, das Blatt wäre bedeckt mit Nullen. Nur dass ein einzelnes Blatt Papier bei weitem nicht ausreichte, um die Zahl darzustellen. Sie hatte so viele Nullen hinter dem Komma, dass ein Buch dafür nicht ausreichte. Ein Buch nicht und nicht eine ganze Bibliothek voller Bücher voller Nullen. Nicht alle Bibliotheken, die es seit Aristoteles je gegeben hatte.

Millionen und Abertrillionen von Nullen reichten nicht aus, um alles zunichtezumachen. Wie unvorstellbar, wie wundervoll. Nach all den Nullen doch diese Eins – sie war der letzte Posten, der Wächter am Tor zum Nichts. Und dorthin strebten wir alle. Aber bevor wir verschwanden, trafen wir einander alle wieder, die Liebenden und die Betrogenen, die Freunde und Feinde, sogar Maurice und ich. Denn was uns alle ans Leben band, war einzigartig wie wir selbst. Auch ein Maurice Ravoux hatte es erkannt: Der Tod setzte allem eine Grenze, nicht aber dem Erzählen.

Mit seinem Brief und den Rechnungen ging ich ins Arbeitszimmer, um sie in den Schreibtisch zu schließen. Den Schlüssel schon abgezogen, überlegte ich es mir anders und schloss die Schublade wieder auf. Da stand Véroniques Humidor. Ich klappte ihn auf und sah, alles darin war so, wie sie es hinterlassen hatte: die Visitenkärtchen, die Karteikarten, versehen mit einem grünen Punkt, wenn der betreffende Gast Vegetarier war. Nichts ging verloren, wenigstens die Namen nicht. Ich nahm noch einmal das Kapitel zur Hand, in dem Maurice über Pipin und Odile schrieb. Und mehrere Male las ich dann erneut die Stelle, die mir nicht aus dem Sinn ging.

»Ein Mädchen brauchte er eigentlich gar nicht, er hatte ja eines. Oder zumindest lag es nur an ihm, ob er Ernst machte mit Odile und ihrer kleinen Tochter. Odile mochte ihn...« usw.

»Odile war nicht schön.
Sie hatte Spiegeleierbrüste.
Ihre Beine waren dick.
Odile hatte sich ein Kind machen lassen von...« usw.
»So lebte Odile zusammen mit der kleinen Elodi in einer Kellerwohnung. Sie nähte. Und manchmal arbeitete sie als Serviererin.
Pipin mochte sie auch.
Odile roch gut.
Und sie war lieb, lieb zu Elodi und zu ihm.
Er mochte nur eines nicht an ihr, nämlich dass sie für kurze Zeit Rogers Mädchen gewesen war...« usw.

»So lebte Odile zusammen mit der kleinen Elodi« – es war dieser Satz, der mich nicht losließ. Im Arbeitszimmer am Fenster stehend, fragte ich mich, was an dem Satz mich so irritierte. Immer wieder las ich die beiden Namen, so lange, bis sie mir ihr Geheimnis, wie es mir vorkam, endlich zuflüsterten und ich mich erinnerte, mit Maurice oder sogar mit Elodi selbst irgendwann einmal darüber geredet zu haben: »So lebte Odile zusammen mit der kleinen Elodi« – –
Die Namen Odile und Elodi setzten sich aus denselben fünf Buchstaben zusammen. Sie bildeten, hätte Jeanne gesagt, ein Palindrom, und André hätte ihr widersprochen und gesagt, wäre es ein Palindrom, würde der Name Elido heißen, Elodi aber sei kein Palindrom, es sei ein Anagramm. Wie auch immer, ich erinnerte mich, wie mich das als Schuljunge faszinierte und wie ich eine Zeit lang alles daransetzte, herauszubekommen, ob es ein Zufall war oder ob Odile ihrer Tochter diesen Namen als Zeichen gegeben hatte. Wenn vielleicht auch unbewusst, so war Elodis Name ohne Frage ein Zeichen

der Liebe Odiles, das sie aneinander band, aber das zugleich, wie es mir auch jetzt schien, die beiden auf seltsame Weise spiegelte.

An Odile konnte ich mich kaum erinnern. Was Maurice von ihr schrieb, stimmte: Sie war keine Schönheit, aber sie hatte Herz, und jeder, der gleichfalls nur ein bisschen Herz hatte in Villeblevin, mochte sie, weil sie tapfer war und nicht aufsteckte. Heute wäre Odile eine alleinerziehende Mutter gewesen, wie es sie zu Hunderttausenden gab. 1959 war sie ein Schandfleck und wurde bestenfalls bemitleidet. Sie hatte, auch das stimmte, eine Kellerwohnung in der Nähe der Kirche, dort nähte sie, und auch meine Mutter und Corinne Ravoux, die sie mochten und die ihr vor den geifernden Vetteln des Dorfes den Rücken stärkten, gingen mit Sachen zum Ausbessern und Umändern zu Odile in die Rue du Flagy.

Wie hieß sie mit Nachnamen? Er stand in großen grauen, verblichenen Lettern an ihrem Fenster fast auf Höhe der Straße. Ich sah noch die Gardinen hinter den Scheiben, fliederfarbene Rüschen, aber an den Namen erinnerte ich mich nicht.

Ihre Tochter war vielleicht drei Jahre jünger als wir. Sie hatte diesen Gehfehler und wurde wegen ihrer Beinschiene von den meisten in der Schule gemieden. Wenn ich mich nicht täuschte, war Delphines Vater Dr. Chévreaux Elodis Arzt, und deshalb kümmerte sich Delphine ab und zu um sie und ging mit ihr zu Véronique, wo die beiden älteren Mädchen sie schminkten oder als Prinzessin verkleideten. Die meiste Zeit aber war Elodi mit ihrer Mutter und mit Pipin Patache allein.

Auch ich redete nur selten mit ihr. Sie war so klein, und sie hatte diese Beinschiene, unter der eine lange weiße Narbe war, die mir Angst machte und die ich abscheulich fand.

Ich wollte nicht länger an dieses kleine Geschöpf denken, das wieder aufgetaucht war aus dem Museum meiner Erinnerungen und heute als Seniorin irgendwo über einen Bürgersteig hinkte. Also schloss ich Maurice Ravoux' Brief endgültig weg. In der Küche aß ich einen Happen und sah zur Uhr. Es blieb noch eine Stunde, bis Jeanne Büroschluss hatte, genug Zeit, um im Gästehaus der Sache auf den Grund zu gehen.

Ich holte die Schlüssel und ging hinaus. Es war heiß. Blendendes Sonnenlicht, als ich auf die Terrasse trat. Im nächsten Moment blieb ich stehen, ohne es zu wollen, und schloss die Augen. Ein kalter Schauder überlief mich, und auf der Stelle fing ich an zu frieren. In meinem Garten wurde es mitten im Juli Winter.

31

Es war im Winter des Unfalls, im Winter unseres großen Verschwindens, ein Tag in den Weihnachtsferien kurz vor der Fahrt mit der Draisine: Unterwegs zu einer Besorgung für meine Eltern stromerte ich durch das eisige Dorf. Ich hatte das beständige Gefühl, jemand würde mich beobachten, doch wenn ich mich umsah, war niemand da. Trotzig, voll trüber Gedanken, trieb ich so dahin, Eis auf einem Meer von Traurigkeit. Villeblevin im Winter war noch schlimmer als Villeblevin im Sommer. Da aber – rief jemand, und ich war mir sicher, das Rufen galt mir.

Elodi kam mir nachgelaufen, sie hinkte über die Straße und rief, ich solle warten. Wie ich hatte sie einen Einkaufsbeutel dabei, und so blieb ich stehen, muss auf sie gewartet haben und ging dann mit einem bestimmt mulmigen Gefühl, das sich mit jedem Schlurfen des kaputten Beins verstärkte, neben ihr her.

Es hatte eine böse Geschichte mit ihr gegeben. Immer, wenn ich sie sah, musste ich daran denken, es war ein seltsamer Automatismus, mit dem ich ihr sicherlich Unrecht tat. Aber ich konnte es nicht ändern. Im Gegensatz zu den anderen, die sich von der Spiegelscherbe erzählten und die Geschichte ausschmückten und weitersponnen, hatte ich sie immerhin selbst miterlebt. Ich war ohne mein Zutun Zeuge geworden und fragte mich immer wieder, was die Jungs aus meiner Klasse wohl dazu getrieben hatte. Als Elodi an diesem Tag mit mir durch Villeblevin lief, fragte ich mich pausenlos, was sie wohl zu sehen gehofft und was sie dann wirklich gesehen hatten, als einer von ihnen die Spiegelscherbe auf den Boden legte und ein anderer sie mit der Schuhspitze Elodi unter den Rock schob. Wir hatten auf dem Schulhof gestanden, Elodi mit dem Rücken zu uns. Erst als ein anderes Mädchen kreischte, fuhr sie herum, trat dabei auf die Scherbe, und die Scherbe zerbrach.

»Was musst du besorgen?«, wollte sie wissen und zeigte auf den Beutel, der an meinem Handgelenk hing.

»Nichts«, log ich. »Ich lauf nur so durch die Gegend.«

»Du auch? Ihr habt euch verabredet!« Elodi lachte fröhlich und gab sich Mühe, mit meinem Tempo Schritt zu halten. »Im Schwimmbad, oder?«

Ich wusste nicht, wovon sie redete. Es war Winter, da ging keiner ins Freibad. Es kam mir so vor, als wäre ich die ganze Strecke durch die Kälte gestapft, nur um ihr in die Arme zu laufen. Und ich war fest entschlossen, die erstbeste Ausrede zu meiner Flucht zu nutzen.

Sie erzählte, im Freibad träfen sich ein paar Jungs und Mädchen aus der Schule. Ob wir nicht nachsehen wollten.

»Ist doch lustig!«

Sie grinste, und ich war mir sicher, dass sie die anderen, die mir gleichgültig waren, beobachtet hatte. Aber auch damit tat ich ihr vielleicht Unrecht.

»Wieso bist du dann nicht dort, wenn es so lustig ist?«

Ängstlich und nachdenklich sah sie mich an, und nach einer Weile sagte ich deshalb zu ihr, ich würde mitkommen.

»Da«, meinte Elodi am Freibad, »bei den alten Bäumen.«

Ich sah die Bäume, sonst aber niemanden. Irgendwo, weit weg in den Wiesen jenseits des Bahndamms, lief ein Mann mit einem großen gelben Hund. Ich sah ihn noch so deutlich vor mir wie gestern mit Mamie am See die Wildenten. Ab und zu warf der Mann einen Ball. Der Hund wetzte los, bremste, überschlug sich im Gras und blieb liegen. Hatte der Mann ihn erreicht, rannte der Hund weg, und das Spiel begann von neuem.

Elodi konnte mich genauso gut zum Narren halten, zuzutrauen war es ihr, so oft wie sie allein mit sich oder dem durchgedrehten Pipin Patache war. Ich stellte mir die Spiegelscherbe vor, wie sie zwischen ihren Füßen gelegen hatte, ich stellte mir vor, wie ich hinter sie trat und unter ihren Rock sah.

Dann sah ich die anderen – und sah sofort, unter den sechs oder sieben Jungs und Mädchen, die auf Kartondeckeln im Gras saßen und fast alle rauchten, war auch Delphine. Wir grüßten und setzten uns zu ihnen. Es wurde herumgeblödelt, Gras ausgerupft, das kalte Gras irgendwem auf die Haare gestreut, ein Mädchen boxte, ein Junge kippte um, er stellte sich tot, er wurde zum Zombie, das Mädchen sprang kreischend auf und lief weg, der Untote wackelte hinterher, bis das Mädchen sich ergab.

Sie redeten über Weihnachten, Ferien, Lehrer. Delphine sagte kein Wort und sah niemanden an, auch mich nicht. Sie tat, als wäre ich nicht da. Alle, so kam es mir vor, sahen Delphine und mich an und fragten sich, was mit uns los war.

Die Jungs und ihre Angeberei, die Mädchen und ihr Kreischen, die kahlen Bäume und das Schwimmbecken ohne Wasser, der trostlose Winter und ich, alles schien Delphine unendlich zu langweilen.

Sie stand auf, und das erste, was sie in die Runde sagte, war zugleich das letzte: »Ich muss weg.«

Es waren die letzten drei Wörter, die sie sagte, als sie noch meine Freundin war oder als zumindest ich sie noch als meine Freundin betrachtete.

Sie hatte einen roten Mantel an. Und in dem diesigen Licht schimmerte ihre Haut so hell wie ihre Haare. Auch mich ödeten die anderen endlos an, und ich schickte Delphine einen flehentlichen Blick, den sie aber nicht erwiderte. Zwischen den Fahrrädern griff sie im Gras nach einer Tasche und rannte unter den Walnussbäumen durch, die Steintribüne hinunter und über den Freibadrasen davon.

Mir war klar, dass ich ihr nachlaufen würde. Keine Minute später fragte ich, ob die Bademeisterei offen sei oder die Besuchertoiletten, und sagte auf das allgemeine Achselzucken hin, dass ich nachsehen ginge.

Und Elodi sagte: »Warte, ich komm mit.«

Ich rüttelte an den Türen – wie erhofft, war alles geschlossen. Mir rannte die Zeit davon, Delphine rannte mir davon, und ich wusste nicht mal, weshalb.

»Da musst du wohl in die Büsche, Raymond!« Elodi lachte und sagte, sie würde aufpassen, dass keiner komme.

Damit stellte sie sich vor der großen Hecke auf und drehte

mir den Rücken zu. Da stand sie, und ich sah, dass einer ihrer Kniestrümpfe verrutscht war, dass unter ihrem Rock die Beinschiene und die weiße Narbe hervorsahen.

Auf der anderen Seite lag die Schrottplatzwiese des alten Cassel. Ich tauchte durch die Hecke und rannte so schnell ich konnte. Ich rannte bis zum Bahndamm. Und da hörte ich sie.

Zehn vor zwei. Das Pfeifen kam von der Brücke, der schrille, lang anhaltende Pfiff. Und dann sah ich sie: die Schöne, die Wunderbare. Sie war eine Schlepptenderlok, eine deutsche der Baureihe 52, die nach dem Krieg nach Frankreich gekommen war und seither 150 Y hieß. Mit Tender war sie 27 Meter lang. Wie 1620 schwarze und weiße Pferde, so stampfte sie auf mich zu, sie würde mich einhüllen und in ihrem Dampf mitnehmen nach Paris, weg, weg aus Villeblevin.

Mit der ganzen Kraft ihrer Schönheit und dem Wunder ihrer Mathematik, keinen Meter vor mir, unaufhaltsam, zum Greifen nah, donnerte sie an mir vorbei.

Delphine sah ich an diesem Tag nicht mehr, so lange ich auch nach ihr suchte. Immer wieder, während ich rannte, drehte ich mich um... aber ich sah auch Elodi nicht mehr, und schließlich vergaß ich wenigstens sie.

32

Nach Spuren eines fremden Mannes im Leben seiner ältesten Tochter brauchte ein Vater, der offene Augen hatte, nicht lange zu suchen.

Véronique, Véronique! Wie hatte Jeannes Mutter jede Art

Ordnung verteidigt und gepflegt, wie ordnungsliebend war sie gewesen.

In ihrem Gästehaus hätte sie der Blitz getroffen – der Blitz der Erkenntnis, dass jede Ordnung eine Illusion war.

»Mon dieu, Raymond!«, hätte sie ausgerufen, die Türklinke noch in der Hand. »Wie sieht's denn hier aus! Wie nach einer Plünderung!«

Und gleichgültig, wie sicher man sich sein konnte, dass Jeanne ausgeflogen und keiner im Haus war, Véro hätte nach ihr gerufen, schon der Ordnung halber: »Jeanne!«, und sie hätte dabei – was sie selten tat – die Hände in die Hüften gestemmt, »Jeanne, falls du da bist, kommst du auf der Stelle runter, jetzt sofort!«

»Véro, sie ist im Büro«, wäre zu sagen mir zugefallen. Und je nachdem, in welcher Stimmung ich war, hätte ich angefügt: »Beruhige dich, halb so schlimm, ich kümmer mich drum.«

So aber, allein, wie mir bei diesem Anblick wieder klar wurde, sagte ich nichts, sondern sah mich stumm bloß um: Das Kaminzimmer sah wirklich aus wie von marodierenden Schiffbrüchigen verwüstet.

Sessel und Sofas waren an die Wände gerückt – bereit, in Brand gesteckt zu werden. Von der Stehlampe baumelte ein Männerunterhemd. In der Zimmermitte ragte wie eine Atlantik-Bohrinsel der Glastisch aus dem Teppich. Leere Gläser standen darauf, eines zerbrochen, leere Rotweinflaschen und eine fast geleerte Flasche Scotch – Johnnie Walker. Dazwischen Plastikpackungen und Teller mit Salatresten. Ich sah zwei leere oder bis auf abgeknabberte Krusten leere Pizzakartons. Volle Ascher. Halb volle Kaffeetassen. Einen Bücherstapel. Kugelschreiber. Zigarettenschachteln. Einen Block Post-it-Zettel. Eine Nagelschere. Eine Pflasterpackung. Auf dem Teppich, wie das letzte Stück Treibgut so verwaist, ein Päckchen Jodsalz.

Der Glastisch war übersät von Manuskriptseiten, die ihrerseits übersät waren von Notizen in mehreren Farben, Streichungen und kleinen, wie während Telefonaten nervös aufs Papier hingestrichelten, belanglosen Zeichnungen.

»Die Küche von Liliput« stand als Stirnzeile auf jedem Blatt. Es waren Seiten aus Jeannes *Gulliver*-Manuskript.

Eine leichte Wolldecke, die Véronique und mich bis nach Buenos Aires und von dort über das Südmeer begleitet hatte, die mit uns auf der *Plouzané* in der Antarktis gewesen war, lag zusammengeschoben in einer Sofaecke.

Kleidung hing über den Lehnen der Sessel: Hosen, Blusen, T-Shirts, ein Rock mit so großen gelben Blüten darauf, wie keine Blume sie hatte, aber meine Tochter sie stolz durch die Welt trug. Rote Socken lagen neben der Couch auf dem Teppich. Und an der Terrassentür, wo durch die halb heruntergelassene Jalousie nur wenig Licht ins Zimmer fiel, stand ein Paar Herrenschuhe, Slipper, deren Leder in einem Streifen Sonne friedvoll schimmerte.

Es gab nur einen Gegenstand, den ich in die Hand nahm, weil er mir in diese heillose Unordnung nicht zu passen schien. Das Päckchen Salz war überraschend leicht, kein Wunder, es war leer bis auf ein paar trostlose Körner.

Seinen Inhalt entdeckte ich auf dem Teppichboden unter dem Glastisch. In zwei rosaroten Kreisen – fliederfarben wie vor einem halben Jahrhundert Odiles Gardinen in der Rue du Flagy – hatte das Salz den verschütteten Wein aufgesogen. Rot schimmernde Strahlen durchzogen die beiden Kreise: Überall auf dem Teppich leuchteten die Haare meiner Tochter.

Die nächste Überraschung wartete in der Garage. Auf der Suche nach einem Müllsack schaltete ich das Licht an und sah mich einem fremden Wagen gegenüber. Da stand so kühl und stumm wie der Schatten in dem Raum eine dunkelblaue Citroën DS.

Ich hatte lange keine mehr gesehen.

Wann, fragte ich mich, indem ich um sie herumging, hatte ich zuletzt so still, so allein vor einer DS gestanden?

Abgesehen vom SM war die DS das schönste Modell, das Citroën zustande gebracht hatte. Diese Déesse, diese Göttin hatte ihre Glanzzeit lange hinter sich – die weiß-schwarzen Nummernschilder, Pariser Kennzeichen, stammten mindestens aus der Regierungszeit Giscard d'Estaings.

Rost allenthalben. Ein Kotflügel am Heck war eingedrückt und vor Urzeiten von einem Stümper verspachtelt worden.

»Was für eine Schande«, murmelte ich vor mich hin.

Ich fand es einigermaßen verwunderlich, dass die große Limousine in meine kleine Gästehausgarage passte. Noch verwunderlicher war nur, dass ich weder gesehen noch gehört hatte, wann und von wem meine seit Jahren leer stehende Garage zum Unterschlupf für eine Rostlaube gemacht worden war.

In gewisser Hinsicht gehörten die Dinge nicht denen, die sie besaßen. Das war nur juristisch so. Die Dinge gehörten denen, die sie sich am meisten wünschten. Natürlich fragte ich mich, wem die DS gehörte. Aber ich fragte mich auch, wann zum letzten Mal ich in der Garage gewesen war, wie lange der fremde Wagen hier folglich bereits vor sich hin rottete.

Eine Woche? War ich seit dem Krankenhaus überhaupt schon einmal wieder hier drin gewesen? Gehörte die DS demzufolge mir?

Ich war unschlüssig, ob ich mir das wünschen sollte. Es war einer meiner Jugendträume, eine DS zu besitzen, ein erotisch aufgeladenes Begehren, ungleich stärker als der Statusspleen, mir einen gebrauchten SM zu kaufen, als ich mit Ende 20 stellvertretender Laborchef wurde und mir einen in Goldmetallic lackierten *Super-Maserati* hätte leisten können. In der Garage überlegte ich: Von 1955 bis 75 baute Citroën die DS, von 1970 bis 75 den SM. Meinen Führerschein hatte ich mit 18 gemacht, 1962, und doch hatte ich keinen der beiden Wagen je gefahren. Für Véronique war die DS ein Gangsterauto, und einen SM fuhren bloß Snobs und Aufschneider aus den Pariser Banlieues.

Zwar war ich weder Gauner noch Angeber. Ich war – wenn überhaupt – herzkrank, nicht aber auf den Kopf gefallen. Es bestand kein Zweifel, wem der Wagen gehörte, und es spielte keine Rolle, ob Jeanne mittlerweile sieben Nächte, drei oder nur eine Nacht mit diesem Muco verbracht hatte.

Ich sah nach, ob die Karre abgeschlossen war, und fand die Fahrertür offen. In einer Ecke der Garage fiel mir ein Plastiksack mit altem Gartenwerkzeug in die Hände. Ich schüttete ihn aus, verstaute das verrostete Zeug in einem Regal und ging zurück ins Haus, fest entschlossen, den Müll aus dem Kaminzimmer, der sich in der Küche fortsetzte, in den Sack und den Sack in den Wagen zu verfrachten. Dasselbe galt für jedes Stück Kleidung, das nur halbwegs nach Mann aussah.

Ich hörte Véronique: »Nicht mit der Kneifzange fasse ich die Socken eines fremden Kerls an!«

Ich hörte mich selbst: »Ich mach es, ich mach's. Geh und setz dich in den Garten. Leg die Beine hoch. Ruh dich aus.«

Aber in Wahrheit hörte ich nichts – nichts außer meinen Schritten im Verbindungsflur zwischen Garage und Haus.

Nur mein Gefühl war dasselbe, ob Véronique da war oder nicht, ein zugleich zärtliches und trauriges Gefühl – wie im Märchen, wo Schwarzdorn sagte, Véroniques Lieblingsfee aus Kindertagen: »Das Beste, was ich dir wünschen kann, mein Kind, ist ein bisschen Unglück.«

33

Als ich ins Kaminzimmer zurückkam, saß auf dem Sofa wie aus dem Nichts materialisiert, nur in Unterwäsche und Socken, den roten Socken vom Teppich, dem Unterhemd von der Stehlampe, mein ramponierter Schwiegersohn.

»Bonjour, Raymond«, krächzte André dünn und sah mich an aus einem zerknitterten Gesicht, auf dem ein silberner Haarschopf saß und in alle Richtungen vom Kopf abstand.

Mit der flachen Hand wischte er sich über dieses Gesicht, drückte Daumen und Zeigefinger in die Augenhöhlen und sah mich dann erneut an – mit wildem Blinzeln.

Seine Augen sahen zum Fürchten aus.

»Schlimm sieht es aus hier«, meinte er und entschuldigte sich. Er hustete. »Gott!« Er bat mich, ihm zehn Minuten zu geben, um sich anziehen und einen Kaffee aufsetzen zu können, dann würde er aufräumen, sauber machen, alles würde aussehen wie zuvor.

Um ihm eine Atempause zu verschaffen, ging ich in die Küche. Ich warf ein paar Dinge in den Müll und gab mir dabei alle Mühe, nicht eben leise zu sein. Die Unordnung, der Gestank nach kaltem Rauch, der Müll überall waren mir ziemlich gleichgültig. Ich freute mich, dass André da war, dass er offensichtlich oben im Schlafzimmer genächtigt hatte. Vor ein paar Stunden, als ich ihn anrief und er mir Thierrys Nummer gab, musste ich ihn aus dem Schlaf gerissen haben. Ich wollte, dass sich jedes Gefühl von Peinlichkeit und alle Missverständnisse zwischen uns in Luft auflösten.

»Wo ist Jeanne?«, rief ich hinüber. »Ist sie trotz eures Gelages in den Verlag gefahren?«

Keine Antwort.

»In der Garage übrigens ... da steht ein großes dunkelblaues Ding. Könnte einmal ein Auto gewesen sein! Falls es eins war, sieht es einer DS ziemlich ähnlich. Hast du eine Idee, wer ... der Besitzer ist?«

Keine Antwort.

»Wie möchtest du den Kaffee? Schwarz? – André?«

»Ich bin hier«, sagte er, als ich ins Zimmer zurückkam. Er saß unverändert auf dem Sofa. Nur eine gräuliche Röte hatte sich über sein Gesicht gezogen: Sie löste jeden Ausdruck darin auf, übrig blieb eine umfassende Empfindlichkeit.

Ob er Kopfschmerzen habe.

Er schüttelte den Kopf.

»Der Kaffee ist gleich fertig. Du solltest besser wieder hinaufgehen und dich hinlegen. Zumindest so lange, bis Jeanne kommt.«

Er sah mich nicht an. Lieber starrte er in den kalten und grauen Kamin. Ein Feuer war nie darin angezündet worden, das wusste André aber nicht, und wusste er es doch, so war es ihm in diesem Moment sicher nicht wichtig.

Plötzlich schien er sich entfernt seines Zustandes bewusst zu werden. Er sagte, indem er sich räusperte und wieder und wieder räusperte: »Ich kann dir nicht sagen, wann Jeanne wiederkommt. Sie hat sich freigenommen. Sie und ihr Freund sind wohl ans Meer gefahren.«

Ich setzte mich in den Sessel, der der Küchentür am nächsten stand.

»Sie und wer?«

Und André sah mich an, kurz, müde, doch der erste Augenblick, in dem er halbwegs wach war. Sofort griff er auf dem Glastisch nach seinen Zigaretten.

»Ivan Loïc. Kennst du ihn?«, fragte er und ließ gleichzeitig das Feuerzeug die erste Flamme des Tages erzeugen.

Also doch. Als würden sich meine Gedanken trennen von meinem Körper, der sitzen blieb in dem Sessel, rannten meine Gedanken auf ihren Gedankenbeinen hinaus ins Freie. Und wie seltsam doch die Vorstellung war: Draußen im Licht des Nachmittags wehte leichter Wind, blies durch die Bäume und sandte heiße Brisen durch die Rollläden.

»Ich verstehe ehrlich gesagt nicht, wie das alles zusammenhängt: du, dieses Gangsterauto in meiner Garage und dieser vulgäre Kerl«, sagte ich. »Nein, ich kenne den Mann nicht, glaub mir das bitte. Jeanne hat mir von Disputen mit ihm erzählt – und dass du ihn ihr empfohlen hättest. Wart ihr denn zusammen hier, zu dritt?«

»Waren wir wohl.«

Andrés ausgestreckte Hand mit der Zigarette darin suchte nach einem Aschenbecher, einem, der nicht überquoll von Kippen, Korken, Alupapier, Schnipseln und Asche.

»Nimm eine Tasse«, sagte ich – eine von den Tassen, die Véronique heilig gewesen waren, die sie in Schuss gehalten hatte mit Jules Muglers Zigarrenasche.

»Gestern am späten Abend rief sie mich an. Ich saß im Wagen, draußen vorm Haus. Es goss in Strömen, ich konnte sie kaum verstehen. Sie sagte, ich solle nicht durchdrehen, aber sie sei nicht allein. Ein Mann sei bei ihr im Gästehaus. Er sei betrunken und würde handgreiflich werden. Sie habe sich im Bad eingeschlossen. Sie habe Angst. Und dann bat sie mich zu klingeln. Sie würde mir öffnen und mich hineinlassen. – Tja. Was hättest du gemacht?«

»Zunächst hätte ich ...«, sagte ich ehrlich und viel zu perplex, um zu realisieren, dass von meiner Tochter die Rede war, »zunächst hätte ich sie gefragt, wer der Mann ist, dem man da gleich ... gegenübertreten soll.«

»Mmh«, machte André, »genau das hab ich getan.«

Er stellte die Aschenbechertasse zurück und griff, mit in die Stirn gezogenen Brauen, nach einer neuen Zigarette.

»Und Jeanne hat es mir gesagt: Muco. Ivan Loïc. ILM. Er sei bei ihr. Und es tue ihr so leid. Und dann fing sie an zu weinen und sagte, sie müsse auflegen.«

In der Küche piepte die Kaffeemaschine.

Gesicht verquollen, Lippen gerissen, gerötet die Augen, so saß er vor mir, reckte sich, nur um erneut in sich zusammenzusinken, und erzählte, während er trank, was in der Nacht passiert war. Aus den silbernen Winkeln dieser rot umrandeten Augen sah er mich an, immer öfter und immer länger. Ich merkte in dieser Stunde im Gästehaus, wie das Vertrauen zwischen uns nicht erschüttert war, sondern wie wenig Vertrauen wir überhaupt je füreinander aufgebracht hatten.

Weshalb war er nicht im Büro, fragte ich mich unaufhörlich, so als würde es nichts Wichtigeres geben. Ihn selbst fragte ich das nicht. Es war André, der irgendwann und, wie mir nicht entging, bemüht um Beiläufigkeit einflocht, dass er den Job beim *Rivoli* wohl verloren habe. Und noch mehr habe er verloren, viel mehr, alles, sagte er.

Und ich: »Nun mal langsam. Immer der Reihe nach.«

Es habe in Strömen gegossen. Während ich nichts ahnend geschlummert hätte und er vor dem Haus in seinem Jeep gesessen und auf sein verstummtes Handy gestarrt habe.

Jeanne, habe er gedacht. Er konnte es sich nicht vorstellen. Nicht seine Frau, meine Tochter, nicht mit Muco, der sein Vorgesetzter, sein Abteilungsleiter, der ein nur durch Ignoranz aufgestiegener, unberechenbarer, zynischer und ungebildeter Schmock war. Finster wie Saint-Just. Gerissen wie Robbespierre. Und dumm wie das Schafott.

Obwohl nichts und niemand so dumm sei wie er selbst. Ohne ihn hätte Jeanne diesen Fatzke nicht kennengelernt. Und hätte sie ihn kennengelernt, ohne dass es dabei um eine Übersetzung gegangen wäre, auf einem Empfang der Redaktion, oder beim Beachvolleyball – der o-beinige, nikotingelbe, arschlose ILM beim Volleyball an der Seine! Der Abstinenzler! –, sie hätte ihn im Handumdrehen als das durchschaut, was er war. Ein Zerstörer. Zerstört vom Alkohol. Verfeindet mit allem und jedem, vor allem aber mit sich selbst.

Was Jeanne dazu getrieben hatte, sich mit Muco einzulassen, wusste er nicht. Er wusste, was ihn selbst dazu getrieben hatte: Angst. Geltungsdrang. Beides zusammen, das sei er – beflissen, eilfertig, ein Duckmäuser.

»Ich wusste es ja«, sagte er und kaute mit großen gelben Zähnen den Rauch seiner Gitane, »ich wusste, er lügt! Ich kenne seine Vita. Übersetzt hat er zuletzt etwas vor 20 Jahren, einen Fantasyroman: *Das Wolkenpendel* – oder *Pendel und Wolke*? Egal. Als ich erwähnte, meine Frau suche händeringend einen Übersetzer für ein historisches Kochbuch, dachte ich, er könne mir vielleicht einen Namen nennen. Dachte, er schnalzt mit der Zunge: ›Holla, André, Ihre Frau macht sich!‹ – Stattdessen sagte er, das sei genau seine Kragenweite. Eine Herausforderung. ›Rufen Sie Jeanne an – ich bin ihr Mann. Legen Sie ein gutes Wort für mich ein?‹ Und dann bot er mir das Du an. – Hättest du es ausgeschlagen?«

»Und ob«, meinte ich ohne Zögern. »Ihr mit eurem Umarmungszwang. Irgendwann umarmt euch der Teufel, und genau das wird er fragen: ›Wir sagen doch Du?‹«

Jedenfalls habe er vorm Haus im Auto gesessen, sagte André. »Die Scheibenwischer waren in vollem Gang, aber unfähig, es mit meinen Tränen aufzunehmen.«

Erst viel später fand ich zufällig heraus, dass auch das ein Satz aus *Lolita* war.

Er rannte durch den Regen zum Gartentor. Er rannte über den schwarzen Rasen, bis er am Gästehaus war und sich auf der Terrasse unterstellte. Parterre und Obergeschoss waren erleuchtet, aber sehen, was drinnen vor sich ging, konnte er der geschlossenen Rollläden wegen nicht. Er überlegte, ob es klug war zu klingeln. Dann rief er Jeannes Handy an.

Muco meldete sich: »André! Die Stimme aus dem Grab!«

Sie öffnete die Tür und ließ ihn hinein. Sie umarmte ihn. Sie strich ihm durch sein nasses Haar. Sie flitzte in die Küche und kam zurück in den Flur mit einem Geschirrhandtuch, damit er sich trocken rubbelte. Sie hatte kaum etwas an: Jogginghose, ärmelloses T-Shirt. Sie trug keinen BH und war barfuß.

Sie flüsterten.

»Wo ist er?«

»In der Garage. In seinem Auto. Er hat mein Handy«,

sagte sie, als wäre ihr Handy die Erklärung, der Schlüssel, die Lösung. Sie schmiegte sich an ihn. Rote Strähnen blieben auf seiner Schulter liegen, wenn sie ein Stück zurückwich.

»Er möchte, dass ich mitkomme.«

»Mitkomme wohin?«

Sie zuckte die Achseln. »Ans Meer. Er ist verrückt.«

Er ging durch den Flur und blickte ins Kaminzimmer. Es sah so aus wie jetzt, sagte André zu mir – ein Chaos.

»Zumindest ist er verrückt nach dir. Hat er dir wehgetan?«

Sie lächelte. Nein, hatte er nicht. Würde er nie tun.

Lächerlich, dachte er. Schon Mucos Anwesenheit war ein Übergriff, eine Gewaltanwendung, eine Kriegserklärung –

»Hast du nicht gesagt, er würde handgreiflich werden?«

»Er wollte mit mir schlafen, ja.«

»Und? Hast du geschlafen mit ihm?«

»Ich habe mich von dir getrennt«, sagte Jeanne.

»Seinetwegen? Für einen versoffenen, verlogenen Kloakenreiniger wirfst du alles weg? Jeanne – sag mir, dass das nicht wahr ist. Hast du mit ihm geschlafen?«

»Ich weiß nicht«, flüsterte sie und sah ihn aus glitzernden großen Augen heraus an. »Ich würde es nicht so nennen.«

Sie hatten in der Tür zum Kaminzimmer gestanden. Es war die Tür, neben der ich im Sessel saß, einen halb gefüllten grauen Müllsack zwischen den Knien wie einen großen leblosen Hund. Alles in dem Raum erschien mir traurig. Das ganze Haus, dieses Gästehaus, wo kein Mensch je zu Gast gewesen war, es war nie etwas anderes gewesen als todtraurig. Es gab keinen besseren Ort für unsere Tochter, um einen Schlussstrich unter ihre Ehe zu ziehen. Nicht wahr, Véronique? So wie es in ganz Villeblevin für Maurice und Delphine keinen besseren Ort als unten am Bahndamm die Baracke hätte geben können, um ihre Freundschaft zu mir für beendet zu erklären.

Schwer zu wissen, wohin man sich wenden sollte.

Aus den silbernen Winkeln seiner Augen sah André immer wieder auf diese Tür. An einem Türpfosten hatte er gelehnt, am anderen meine Tochter. Sie blickten beide zu Boden, auf ihre Füße, er auf ihre lackierten Nägel, sie auf seine Schuhe, braune Slipper, seine Lieblingsschuhe.

»Was machen wir jetzt?«

»Willst du denn mit ihm ans Meer fahren?«

»Weiß nicht. Ich glaube schon.«

»Ich dachte, ich soll herkommen, um dich zu retten!«, sagte André und fing an zu weinen, und auch als er mir davon erzählte, fing er an zu weinen.

Jeanne presste sich an ihn, legte das Gesicht in seine Halsbeuge und küsste ihn. »Aber das tust du doch«, sagte sie. »Du rettest mich. Genau das tust du.«

Dann standen sie eine Zeit lang stumm und reglos aneinandergedrängt in der Tür und waren zum ersten Mal seit langem allein und unter sich. Der Krieg André gegen Jeanne und Jeanne gegen André war vorbei. Und André sagte, er habe plötzlich nicht die geringste Vorstellung davon gehabt, was in aller Welt sie beide überhaupt habe entzweien können. Es gab nichts. Alles war gut. Jeanne liebte ihn. Nur die Gewissheit war hinzugekommen, dass sie auch einen anderen lieben könnte.

»Geh jetzt«, sagte sie. Und dann löste sie sich von ihm und ging den Flur hinunter mit ihren langen roten Haaren, bis zur Tür in die Garage.

34

Aber er war nicht gegangen.
»Als sie hereinkamen, saß ich hier, genau wie jetzt.«
Er hatte aufgehört zu weinen und sich das Gesicht trocken gerieben. Es war noch immer gerötet, aber seinen Augen gaben die Tränen einen frischen Glanz: Ivan Loïc habe ihn begrüßt, als sei nichts geschehen. Er habe keine Bemerkungen gemacht, es habe keine Abfälligkeiten gegeben, keinen Hohn.
»Er saß da, wo du sitzt. In T-Shirt und Jeans. Barfuß. Und er hatte diese stumpfen, leblosen Augen.«
Aber Jeanne. Wie hatte sie sich verhalten?
»Sie war kühl«, sagte er. »Vielleicht war sie auch nur müde. Sie sagte nicht viel, rauchte und schenkte uns Wein ein. Sie hörte Muco zu, der meinte, einen Vortrag über Jonathan Swift halten zu müssen – an den Haaren herbeigezogene Anekdoten und Witzeleien. Der Einzige, der darüber lachte, war er.«
»Hast du ihm das gesagt?«
»Was hätte das geändert, Raymond – es hätte Streit gegeben, und bei der ersten Gemeinheit seinerseits wäre ich ihm ins Gesicht gesprungen und hätte ihn fertiggemacht. Oder er mich. Für mich wäre es auf dasselbe hinausgelaufen. Oder glaubst du etwa noch an das Märchen, ein Boxkampf zwischen zwei Kerlen würde über die Gefühle einer Frau entscheiden? Tust du nicht, soweit kenne ich dich.«

Damit hatte er recht, auch wenn ich mir nicht im Klaren darüber war, wie gut er mich kannte. Nicht gut genug jedenfalls, und seit etwa einer halben Stunde bedauerte ich das.

»Zwischen Männern läuft leider jede Verbindung auf ein Kräftemessen hinaus. Nein, du hast recht«, sagte ich. »Ich habe wirklich noch keine Frau kennengelernt, die sich davon hätte beirren lassen. Ich weiß, dass meinen Töchtern körperliche Gewalt zuwider ist – allerdings weiß ich auch, dass sie in Liebesdingen nicht leichtfertig sind.«

»Und ich dachte, die Liebe deiner Tochter würde mir gelten«, konnte André sich nicht verkneifen zu sagen. Es war das erste Mal seit unserem Disput am Jeep, dass er gemein wurde – ich nahm mir vor, auf der Hut zu sein.

»Ich dachte das auch, André, ich dachte das auch. Ich wollte bloß sagen: Doppelt schwierig wird es dadurch, dass in den Augen meiner Töchter ein Mann – ein Mann, den Jeanne oder Pénélope wirklich lieben, wohlgemerkt –, dass er nichts an Anziehungskraft einbüßt, nur weil er –«

»Du meinst: nur weil er sich prügelt? Jemandem den Arm oder ein paar Rippen bricht?«

Ich nickte sehr nachdrücklich, um es ihm klarzumachen.

Aber er verstand nicht, worauf ich hinauswollte. Er sah mich bloß fassungslos an, und es war offensichtlich, dass nur wenig fehlte, um ihn zum Toben zu bringen.

»Jeanne ist eine äußerst tolerante Frau«, sagte ich ernst und fest. »Ihre Grenze ist erreicht, wenn man sie verletzt oder wenn sie sich gezwungen sieht, sich selbst zu verletzen. Davor ist sie bereit, sehr viel hinzunehmen. Sehr viel, André.«

»Tja!«, rief er. »Wie man's macht – ta ta! ...«, und er trommelte sich mit den flachen Händen auf die Schenkel, »... ist es verkehrt.« Er sah mich an: »Ich habe Jeanne nie wehgetan.«

»Nein, das weiß ich«, sagte ich, obwohl es nicht stimmte, oder obwohl ich nicht wusste, ob es stimmte. Er hatte sie mit Sicherheit zumindest so verletzt, wie Jeanne ihn verletzt hatte. Wie sollte es anders sein, wenn zwei 15 Jahre lang tagein, tagaus damit beschäftigt waren, sie selbst zu bleiben. Ich nahm seine Tasse, um ihm noch einen Kaffee zu holen.

Es war leicht, geliebt zu werden.

»Fuck!«, hörte ich ihn sagen, bevor er wieder seinen Boris-Spasski-Fluch ausstieß: »Ssobáka!«

Und es war so schwer, zu lieben.

Als ich zurückkam, war er dabei, sich anzuziehen. Etwas auf dem Glastisch schien ihn zu irritieren: Wieder und wieder fixierte er denselben Fleck, ohne dass ich erkennen konnte, was dort war.

Inzwischen hatte er seine Hose an – sie war voller Rotweinflecken. Und er war dabei, sein Hemd zu suchen, das er unter der Beule aus Klamotten auf der Couchlehne zu vermuten schien, als er plötzlich sagte, so als habe er meine Gedanken erraten: »Jedenfalls – musste was passieren. Und weil ich nicht ging und weil ich mich genauso wenig mit ihm prügeln wollte, was, glaube ich, Muco ziemlich fuchsig machte, schlug Jeanne vor, wir sollten dieses alberne Spiel spielen. Ich glaube, ich habe erst da gemerkt, wie betrunken die beiden waren. Und weißt du, was mir das Klügste schien? Ich habe ja manchmal so ein Gespür...«

Ich wusste es nicht. Das Klügste war sein Fachgebiet.

»Ich bin in die Küche, habe mein Glas ausgegossen und mir Kirschsaft eingeschenkt. Sah genau aus wie Rotwein!«

Er lachte mich an, und ich nickte und sah ihm dabei in die blicklosen, traurigen Augensterne.

Das Hemd übergezogen, aber noch keinen Knopf zugeknöpft, nahm er den kleinen Stapel mit den Post-it-Zetteln vom Glastisch und hielt ihn hoch.

»Und was«, fragte ich, »was wollte Jeanne spielen? – Ich meine, das ist doch grotesk. In eurer Situation ...«

»Königsscharade.«

Er warf den Zettelblock auf den Tisch zurück. Dann sah er mich an, ängstlich und zornig zugleich.

Wenn André ein Gespür hatte, so war es das Gespür des Kindes für seine Infantilität. Er stand noch immer unter Schock, wurde mir klar. Kindisch war nicht nur, in einer Nacht, in der seine Ehe in die Brüche ging, mit seiner Frau und deren Geliebtem eine Partie Königsscharade zu spielen. Ebenso kindisch war, wie er mir in allen Einzelheiten davon erzählte und wie er mir vorführte, wie sie hier gesessen hatten, mit gelben Zetteln an der Stirn – so als dauerte das Spiel noch immer an und als könnte er es noch immer nicht fassen.

Und jetzt, obendrein, mein ungläubiges Gesicht.

»Kennst du es nicht? Komm schon ... Du kennst es wirklich nicht?«

Nur dass ich aus ganz anderem Grund fassungslos war.

Ich kannte das Spiel, natürlich, sogar sehr gut – wenn auch nicht mit Post-it-Zetteln. Wir hatten normale Zettel benutzt, Zettel, die auf der Stirn hielten, indem Véronique, Delphine, Maurice und ich uns jeder ein Gummiband über den Kopf zogen. Am oberen Rand rissen wir Zacken in die Zettel, so dass sie, hatten wir sie aufgesetzt, wie Kronen aussahen. Deshalb nannte Delphine das Spiel Königsscharade.

Ich schüttelte den Kopf. »Ich mag Spiele nicht, oder nur selten. Und ich hätte auch nicht mitgespielt. – Aber du hast, wenn ich dich recht verstehe.«

Und ganz gefangen in der Erzählung von der vergangenen

Nacht, schien André außerdem vergessen zu haben, wie oft wir zum Ausklang einer Gartenparty Königsscharade gespielt hatten: er, Jeanne, Pen, Freunde wie Jules Mugler und Suz, Nachbarn wie die Sochus und Véronique und ich. Jeanne liebte das Spiel – so wie ihre Mutter es geliebt hatte, in eine andere Rolle zu schlüpfen, die eines Bekannten, einer Trickfigur, einer historischen Berühmtheit oder eines Tiers.

Man musste Fragen stellen, um zu erraten, wer man war. Die anderen durften nur mit Ja oder Nein antworten, und nach jedem Nein war der Nächste in der Runde dran und versuchte mit jeder Frage die Figur einzukreisen, deren Namen er auf der Stirn trug.

André riss einen gelben Zettel von dem Stapel und pappte ihn sich auf die Stirn. So stand er vor mir, ohne die Miene zu verziehen, und knöpfte dabei sein Hemd zu. Wir Kinder in Villeblevin waren Pharaonen, Kaiser und Königinnen gewesen, Napoleon, Katharina, Heinrich IV., Alexander, Echnaton oder Hatschepsut. Mein Schwiegersohn ähnelte der Karikatur eines traurigen Grubenarbeiters, vor der Stirn eine Lampenattrappe aus gelbem Klebepapier.

Einer musste den Raum verlassen, während die anderen beratschlagten, wer oder was er war. Das Ergebnis schrieben sie auf einen Zettel.

Die Garage war der einzige Raum, wo man nicht hörte, was im Kaminzimmer geredet wurde. Jeanne holte André von dort zurück, und Ivan Loïc trank sein Glas leer, bevor er aufstand, torkelte, André angrinste mit leeren Augen und ihm den Zettel aus der flachen Hand dann so kräftig auf die Stirn drückte, dass sein Kopf in den Nacken klappte und Muco ihn festhalten musste, damit er nicht zu Boden ging.

Ich versuchte mir eine Jeanne vorzustellen, die diesem Schauspiel ungerührt zusah. Es gelang mir nicht. Hatte ich sie je so betrunken erlebt?

»Das bist du!«, grölte Muco. »Zettel nicht anfassen! Setz dich, du kleiner –«

Weiter kam er nicht. Er ließ sich auf den Teppich fallen, rappelte sich auf und lehnte sich an den Kamin, wo er glucksend in sich hineinkicherte.

»Alles in Ordnung mit dir?«, fragte Jeanne.

Die Frage galt nicht André, sie galt ILM. Sie berührte ihn nicht, fiel André auf, sie fasste das besoffene Ungeheuer nicht an, sie wich sogar seinem Blick aus. Er war ihr widerlich.

Gedanken, die seine Hoffnung nährten, noch könnte nicht alles verloren sein.

»Alles bestens«, lachte Muco. »Du bist dran! Setz dich in mein Auto und hör ein bisschen Musik, Schätzchen – André und ich überlegen uns in der Zwischenzeit, wer du bist. Machen wir, altes Haus, was?«

Er antwortete nicht. Aber auf dieses »Schätzchen« hin nahm er einen Respekt einflößenden Schluck Kirschsaft.

Jeanne war in der Garage. André hörte, wie sie die Wagentür zuschlug, und mit demselben abgedämpften Knall spürte er die flammende Woge in sich anrollen, eine lodernde Walze unbändigen Zorns auf den Mann, mit dem er plötzlich allein war, auf dem Teppich hockend, um einen Glastisch herum. Er hatte keine Vorstellung, wie er sich wehren sollte gegen die Feuersbrunst einer solchen Wut.

»So ist die Situation, mein Freund«, sagte Muco. »Wenn du mir was sagen willst – bitte.« Er nahm sich eine Zigarette. Und er schenkte sich sein Glas wieder voll. »Feuer?« Und als André nicht reagierte: »Hallo? Jemand zu Hause?«

André rührte sich nicht. Vor ihm, auf der blauen Packung seiner Gitanes, auf dem Scherenschnitt der über den Schriftzug stöckelnden Tänzerin, lag sein Feuerzeug. Er zog es aus der Tasche, als er mir von den Minuten allein mit Muco erzählte, und ich erkannte den kleinen silbernen Zylinder wieder – ein Weihnachtsgeschenk von Pen.

»Mein Lieblingsschwager« nannte sie ihn. Eher wollte er sterben, als Muco für nur eine Sekunde Pénélopes Feuerzeug zu überlassen.

»Was für ein Schlaukopf du bist«, sagte ILM. »Was für ein armseliger Hirnakrobat.«

Nur mit Mühe wuchtete sich Muco an den Glastisch heran. Auf der Suche nach Feuer durchwühlte er die Papiere darauf. Die Flasche kippte um, der Rotwein schwappte über die Seiten, über die Tischkante und auf den Teppich, und der Bücherstapel kippte um, ein Camus-Band und ein Roman von Hammett fielen zu Boden. André spürte den Luftzug des fremden Körpers in seiner Nähe, das Zettelchen auf seiner Stirn zitterte. Aber er bewegte sich nicht.

»Oder doch, einmal habe ich mich kurz bewegt«, sagte er zu mir und lächelte resigniert. »Ich habe mein Feuerzeug eingesteckt.«

Solange Jeanne in der Garage war, sprach er kein Wort mit Ivan Loïc Muco. Dem schien es egal zu sein, er begann irgendwann, für sie beide zu reden.

Er sagte: »Mal sehen. Wer soll deine kleine Frau denn mal sein? Hast du 'ne Idee? Nein, du hast keine. Wundert mich gar nicht. Welcher Name könnte ihr denn gefallen, was könnte sie zum Lachen bringen, he? Keine Idee? Nein, keine.

Hast du nie gehabt. Egal! Bin ja auch noch da. Wir nennen sie ... nennen sie ... Madame de Pompadour? Ähnlich streng is' sie ja. – Mireille Darc? Ähnlich sexy. – Oder Minnie Maus?«

Die Einfalt kroch über seine Visage. Seine lauchgrünen Augen waren langsam vom Rotwein, eingelegt in Johnnie Walker, und in seinem Mundwinkel wippte die Zigarette auf und ab, kalt und nutzlos.

Dann schrieb Muco etwas auf das gelbe Viereck, das für Jeannes Stirn bestimmt war, und sagte zu André: »Gut! Das wird ihr Spaß machen. Kannst sie holen.«

André blickte durch das Zimmer, das er so gut kannte. Nach meinem Gartenfest hatte Jeanne hier zum ersten Mal mit ihm offen von Trennung gesprochen. Er sah in das dunkle Maul des Kamins und auf die Bücher, die auf dem Boden lagen – *Der Mythos des Sisyphos* und *Der gläserne Schlüssel*. Er musste sich nicht einmal verstellen oder sonderlich Kraft aufwenden, um den Gedanken, den Schimmer eines Gedankens, der ihm durch den Kopf ging, Wirklichkeit werden zu lassen: Er sah sich um in dem Zimmer und war wie durch ein böses Wunder der einzige Mensch in dem Zimmer. Muco war verschwunden, er hatte aufgehört zu existieren. So wie es in der Tierwelt den Baiji, den Weißen Flussdelphin, nicht mehr gab, sagte André zu mir, so gab es in seiner Welt Ivan Loïc Muco nicht mehr. Der Baiji wurde von den Chinesen als Götterbote verehrt, und er war ausgestorben, und Ivan Loïc Muco war genauso ausgestorben. Und deshalb tat André nicht bloß so, als habe er nichts gehört. Er hatte nichts gehört. Und er spürte, dass das die Lösung für ihn war. So ließ sein Zorn ihn los und zog sich die lodernde Wut zurück auf das nächtliche Meer – indem er schwieg, sich nicht rührte und Muco für vergangen erklärte. Indem er ihn zu einem erloschenen Schatten erklärte.

Den gelben Zettel auf seinen Handrücken klebend, kam Muco hoch, schaffte es auf die Beine, streckte sich und hustete, so heftig, dass seine Zigarette davonflog. Sie landete in Andrés Schoß und blieb dort liegen – unsichtbar, nicht länger existent, wie bereits geraucht, Asche, verweht.

»Ich geh selber. Ich hol diese wunderbare Frau selber aus der Garage«, sagte Muco und schleppte sich auf seinen O-Beinen davon.

»Sagte ich schon, dass du deinen Job los bist, Arschloch? Du bist gekündigt«, rief er aus dem Flur, »wetten?«

»Und du bist tot«, sagte André und sagte es auch nicht. Er dachte es und bewegte die Lippen dabei. Zu einem, der tot war, laut etwas zu sagen, ergab keinen Sinn.

35

Muco blieb in der Garage, denn jetzt war er an der Reihe, einen Namen zugeschrieben zu bekommen, den er würde erraten müssen. Zettel an der Stirn, kam Jeanne ins Zimmer zurück. Sie lachte, so fror sie.

»Ist mir kalt! Meine Füße sind abgestorben« – damit rannte sie die Treppe hinauf. Als sie wieder herunterkam, hatte sie Wollsocken an den Füßen und eine Strickjacke an.

»Keine Angst, ich hab nicht in den Spiegel geguckt!« Sie setzte sich zu André auf den Teppich, schob die Zehen unter seine Schenkel, und er spürte die Kälte und war dankbar.

»Und? Schon eine Idee?«

Erst da konnte er den Namen lesen, der an ihrer Stirn stand: »Maman« hatte Muco auf den Zettel geschrieben.

»Verstehst du?«, fragte André mich. »Verstehst du, was für ein Teufel –«

So weit wollte ich nicht gehen... obwohl die Unverfrorenheit unglaublich war. Jeanne gleichzusetzen mit ihrer verstorbenen Mutter war mehr als makaber. Es war ein Übergriff auf unsere Familie, und es war ein gemeiner Hieb für André, der keine Kinder mit Jeanne, sich aber immer Kinder mit ihr gewünscht hatte.

Und Jeanne sah auf den Zettel an seiner eigenen Stirn und lächelte ihr Mädchenlächeln, das er schon fast vergessen hatte – »Das wirst du nie erraten!«

Er redete wieder. Als Jeanne herumflachste über diese oder jene Figur, die Ivan Loïc ähnlich sehe und auf die er dennoch nicht würde kommen können, merkte André, wie auch seine Gedanken wieder zu kreisen anfingen. So nah vor ihr, dass er sie zu sich ziehen und hätte küssen können, fragte er sich, wieso er nur auf Muco wütend war, nicht aber auf Jeanne.

Denn er war nicht wütend auf sie. Nicht einmal, wenn er sich vorstellte, wie sie hier gesessen hatten, Vokabeln besprachen, Rezepte diskutierten aus Swifts Dublin zu Beginn des 18. Jahrhunderts und Jeanne sich von diesem säuerlich riechenden Widerling begrapschen und küssen und wie sie irgendwann unter Gekicher und Gestolper umgezogen waren ins Schlafzimmer unter dem Dach – während der Regen gegen das Kippfenster prasselte. Während er, keinen Steinwurf entfernt, unter demselben Getrommel in seinem Auto saß und ihr gemeinsames Leben, das sich in Auflösung befand, verfluchte. Und während ein Haus weiter ihr Vater schlief – ich.

Er wusste keine Antwort darauf... außer vielleicht, dass er nicht wütend auf sie war, weil er panische Angst hatte, sie vollends zu verlieren, wenn er seinen Zorn, diese rasende Eifersucht und Gekränktheit, an ihr ausließ. Oder?

Doch, doch, ich war ganz seiner Ansicht.

Einmal, als sie ihn lange ansah und merkte, welche Mühe er sich gab, seinen Kummer zu überspielen, als sie ihm über den Arm strich und ihn sanft drückte, sagte er zu ihr: »Komm, wir sperren ihn in die Garage. Und dann verschwinden wir! Wir fangen einfach noch mal von vorne an. Es wird –«

»Ich weiß nicht«, sagte Jeanne. »Ich glaube, ich liebe dich nicht mehr.«

Und sie zog ihre Füße zurück. Und sofort waren da wieder Tränen in ihren Augen. Und in ihm das Gefühl, sie zu verletzen, nur dadurch, dass er ihr nahe kam – nur dadurch, dass es ihn noch gab. Tränen in ihren Augen, obwohl doch er derjenige war, der allen Grund zu weinen hatte... Oder weinte sie etwa, weil sie ihm solchen Kummer bereitete?

»Gut«, sagte er. »Ich bin hergekommen, weil du mich gerufen hast – keine Ahnung, zu welchem Zweck. Sicherlich nicht, um dieses Spiel mit euch zu spielen.«

Jeanne gab zur Antwort, sie wolle nur nicht mehr streiten müssen, nicht mehr weinen, ob er das nicht verstehe.

»Gut«, sagte André wieder. Immer, wenn er mit Jeanne aneinandergeriet, hatte er das paradoxe Bedürfnis, das Letzte, was er zu ihr gesagt hatte, noch einmal zu sagen, eine Endlosschleife zu fabrizieren, die nichts bedeutete.

»Gut«, sagte er zum dritten Mal, »spielen wir. Aber wenn es vorbei ist –«

»Dann?«

»Wird es Zeit, dass du dich entscheidest.«

Jeanne wischte sich die Tränen ab. Sie stand auf.

»Du stellst mir ein Ultimatum«, sagte sie.

Und damit ging sie aus dem Zimmer.

»Schreib einen Namen auf den Zettel«, rief sie. »Irgendeinen. Es ist mir so egal.«

Sie saßen auf dem Boden um den Glastisch herum und spielten Königsscharade. Beim Hereinkommen hatte Muco das letzte volle Glas Rotwein umgekippt, er hatte sich an einer Scherbe geschnitten, und Jeanne hatte die Wunde versorgt und dann Salz auf die Flecken gestreut. So saßen sie da, Zettel an der Stirn, stellten einander Fragen und tranken Scotch. Apfelsaft gab es nicht, kein Tricksen mehr möglich: André war schnell so betrunken wie Jeanne und ihr Freund.

War Muco an der Reihe und stellte eine Frage, antwortete ihm nur Jeanne. André erwiderte nichts, weder nickte er noch schüttelte er den Kopf. Jeanne wartete jedes Mal, ob er etwas sagen würde, sah kurz zu ihm hin und gab dann für sie beide die Antwort. Sie lautete immer »Nein«. Muco konnte fragen, was er wollte – es traf nichts zu, er fand nichts über sich heraus, null.

Wie war das möglich?

André sah mich an und verzog dabei keine Miene. Verbitterung und Trotz, beides stand ihm funkelnd in den Augen, und deshalb sahen sie wie Augensterne aus.

»Niemand«, sagte er endlich. »Niemand« hatte er auf Mucos Zettel geschrieben.

Die erste Frage, die Delphine stets gestellt hatte, fiel mir ein: »Bin ich noch am Leben?«

Jeanne gewann. Auf die richtige Fährte, nachdem sie erraten hatte, dass sie bereits gestorben war, führte sie die Frage: »Liebte ich Blumen?« – worauf Muco keine Antwort wusste, denn schließlich hatte er Véronique nicht gekannt.

»Ja«, sagte André laut und vernehmlich.

»Auch Büsche?«, fragte Jeanne mit inzwischen unüberhörbarem Lallen. »Sträucher, blühende Sträucher?«

»Ja«, sagte André. »Hast du sogar sehr geliebt.«

»Schlehen besonders, stimmt's? Und Jasmin…« – und weil sie sich sicher war, dass sie richtig lag, riss sie sich den Zettel von der Stirn und las ihn.

»Maman!«, rief sie und lachte unter Tränen.

»Bravo!«, keuchte Muco. »Das hast du wirklich schnell erraten.«

Und André sagte: »Bravo! Das hast du wirklich schnell erraten«, denn diesen Satz, dieses Lob für seine Frau hatte vor ihm keiner ausgesprochen – niemand, absolut niemand.

»Lass ihn quasseln«, sagte Muco, »der weiß nicht mehr, was er sagt.« Und damit riss er sich den Zettel ab und las – niemand lachte auf, niemand zerknüllte das Papier, und niemand warf es weg.

»Wir sollten fahren«, sagte Jeanne.

Und das taten sie. Niemand rief ein Taxi, Jeanne ging sich umziehen und packen, und André blieb sitzen, er wartete. Er wartete, bis er hörte, wie die Haustür ins Schloss schnappte.

»Himmel! Das kann doch nicht wahr sein«, rief ich und sprang aus dem Sessel.

36

Als er sich angezogen hatte, machten wir uns daran, den Glastisch zu entrümpeln. Ich hielt den Müllsack, während André die Ascher darin auskippte und die leeren Flaschen hineinwarf, das zerbrochene Glas, die Scherben, Korken, Pizzakartons und was an Abfall, Essensresten und undefinierbarem Unrat sonst noch auf dem Tisch lag. Als nur noch die Manuskriptseiten, Bücher und Stifte und der geschichtsträchtige Block Post-it-Zettel übrig waren, trug ich den Sack in die Küche und machte dort weiter. Ich hörte, wie er im Kaminzimmer die Rollläden hochzog, die Terrassentür aufmachte und wie er die Sessel und Sofas zurechtrückte. Durch die Küche zogen kurz darauf ein feiner frischer Hauch aus dem Garten und das Geplauder der beiden Pirole, die, wie ich wusste, sich im Wipfel einer Pappel ihr Nest gebaut hatten.

»Möchtest du den Rest Kaffee?«, rief ich hinüber, aber es kam keine Antwort – zumindest nicht von André. Stattdessen Musik, die Stereoanlage ging an, und ich hörte Arthur Rubinstein am Klavier die Pirole übertönen mit dem Minutenwalzer von Chopin, den Jeanne so liebte.

Aber gut. Er hatte eine Menge zu verarbeiten, und wie immer die Sache zwischen Jeanne und diesem Muco ausgehen würde, meinem Schwiegersohn oder Noch-Schwiegersohn standen schwere Zeiten bevor. Ich ließ, was mir von dieser Nacht erzählt worden war, zu Chopin Revue passieren und dachte an Jeanne, daran, dass nun allem Anschein nach ein neuer Lebensabschnitt für sie begann, mit oder ohne ihren Mann. Wie hatte ich so blind sein können? Wieso war sie mit ihren Sorgen nicht zu mir gekommen? Wäre sie damit zu ihrer Mutter gegangen? Ich war zu aufgewühlt, um einen klaren Gedanken fassen zu können. Wäre Véronique noch am Leben, ach, wäre sie das – sie hätte den Ehekummer ihrer Tochter viel früher, vielleicht sogar rechtzeitig erkannt, da war ich mir sicher. Sie hätte mit ihnen gesprochen, mit beiden zusammen und mit Jeanne und mit André allein, viel früher, nicht erst, wenn es zu spät war.

Von diesem Schiffbruch blieb nur ein einziger Zeuge. Fett und grau ließ ich den Müllsack in der funkelnden Küche stehen und ging hinüber. War das überhaupt Rubinstein? Chopin war es mit Sicherheit. Aber sonst... abgesehen von dem Gespenst des Pianisten, auf Knopfdruck hervorgeholt aus der Stille der Zeit, war niemand im Zimmer. Spätnachmittagssonne fiel durch die offene Tür. Der Tisch blitzte. Akkurat gestapelt lagen Jeannes Manuskript und ihre Bücher auf der Glasplatte und warteten dort auf ihre Rückkehr.

André saß draußen auf der kleinen Terrasse. Den Kopf an die Hauswand gelehnt, ließ er sich die Sonne aufs Gesicht scheinen, hörte der Musik zu und rauchte. Er blinzelte zu mir herauf und lächelte, als er mich in der Tür stehen sah. Er habe an unser kleines Schachscharmützel gedacht... und es tue ihm alles sehr leid, die ganzen Scherereien, der Ärger und wie er mich und Robertine Sochu nachts an seinem Auto behandelt habe.

»Vergeben und vergessen«, wollte ich sagen.

Doch er kam mir zuvor. »Weißt du, vielleicht sollte ich es besser nicht erzählen«, sagte er, und dabei sah er mich nicht mehr an. »Aber – ich würde jetzt gern reinen Tisch machen, verstehst du? Damit nichts zwischen uns steht, wenn ich gleich aufbreche. Ich möchte, na ja … ehrlich zu dir sein, Raymond.«

Ich hatte keine Ahnung, wann er mir etwas verschwiegen oder mich belogen haben könnte, und ich überlegte noch, ob er mir damit bereits ein Geständnis gemacht hatte – als er etwas aus einer Hosentasche hervorholte und es mir hinhielt.

»Du hast mich nicht gefragt, wer ich war.«

Wer er war? – Dann begriff ich. Es war ein Post-it-Zettel. Er war zerknüllt, und ich faltete ihn auseinander und las, was darauf stand: »Maurice Ravoux«. Die Schrift war Jeannes.

»Sie riefen sich ein Taxi und sind abgedampft. Ihr Auto stehe bei Ivan Loïc; ich solle mir keine Sorgen machen; ich solle hierbleiben und mich ausschlafen – das war das Letzte, was sie sagte. Also bin ich geblieben. Ich meine, ich hatte ja genug, worüber ich mir den Kopf zerbrechen konnte – und habe das auch immer noch. Gestern Nacht aber, als sie weg war, habe ich mich immer wieder nur eins gefragt: Warum war ich ›Maurice Ravoux‹? Wieso haben sie mir ausgerechnet den Namen deines Freundes gegeben?«

»Jeanne haben seine Briefe sehr mitgenommen«, sagte ich, ohne lange überlegen zu müssen. »Außerdem glaube ich, dass sie mir und natürlich auch dir Vorwürfe macht, weil ich dich und nicht sie gebeten habe, über Maurice Nachforschungen anzustellen. Sicherlich war es ein Seitenhieb auf dich – aber nur in einem Spiel, André. Es war bloß ein Spiel.«

Der Walzer war zu Ende. Man hörte die Pirole wieder. Sehen konnte ich sie allerdings nicht, sie waren zu weit oben in den Bäumen. Oriolus oriolus. Es klang, als würden sie ihren Namen singen.

André kam hoch, zunächst in die Hocke, drückte die Zigarette aus und stellte sich dann vor mich hin, viel zu nah, wie ich fand. Er schüttelte langsam den Kopf. Zum ersten Mal an diesem Nachmittag sah er mich, ohne meinem Blick auszuweichen, durchdringend an – und ich wusste plötzlich, dass alles ganz anders war und dass es erst jetzt ernst für mich wurde.

»Es war kein Seitenhieb auf mich. Falls es überhaupt einer war, dann war es einer auf dich«, sagte er. »Komm mit.« Und er ging hinein.

Er ging zum Glastisch, während ich in der Terrassentür stehen blieb und ihm zusah – wie er mit beiden Händen den Bücherstapel vom Tisch nahm, wie er die zwei obersten Bücher zurücklegte und wie er mit den restlichen zu mir ins Licht kam und sie mir so hinhielt, dass ich ihre Rücken lesen konnte. Auf jedem, und es waren sieben oder acht Bücher, stand derselbe Name: *Maurice Ravoux – Die Küste des Lichts. Über Marokko, Maurice Ravoux – Schwarze Ewigkeit. Reisen durch den Kongo, Maurice Ravoux – Die Katzen von Agadir.*

»Jeanne meinte, sie habe sie gestern aus Pens Wohnung geholt. Hier«, sagte André, indem er das schmalste Buch aus dem Stapel zog und es mir hinhielt. »Soweit ich festgestellt habe, ist das jüngste dies hier.«

Ich nahm den Band und sah mir den Umschlag an. Er hatte recht. Es war Maurice' jüngstes Buch, erschienen vor vier Jahren, *Die letzten drei Tage im Leben des Vincent van G.*, und darauf abgebildet war *Der Regen*, van Goghs Gemälde, das in Wales hing, das Bild von der Postkarte, nur in leuchtenderen Farben.

»Na gut, seine Bücher«, sagte ich hilflos, »Jeanne hat seine Bücher mitgenommen, bestimmt, weil sie neugierig war. Komisch bloß, dass Pénélope mir nichts von ihnen erzählt hat.«

Der Regen. Die Felder. Die Krähen. Das Dorf. Er war vor 25 Jahren mit Delphine in Wales gewesen, seither träumte er davon, ein Buch mit diesem Bild als Umschlag zu veröffentlichen, das hatte er mir selbst geschrieben. Und nun hielt ich das Buch in der Hand.

»Schlag's auf«, sagte André, »egal, wo. Schlag es irgendwo auf und du verstehst, warum sie es dir beide nicht erzählt haben.«

Ich schlug es auf. An einer Stelle. Dann an einer anderen. Und an noch einer – es gab keine Seite, die ohne Anmerkungen war, ordentlicher, nirgends unleserlicher Bleistiftanmerkungen, Unterstreichungen, Ausrufezeichen, Fragezeichen. Es war weder Jeannes Schrift noch war es Pénélopes.

»Unmöglich«, sagte ich und wusste doch, es gab keinen Zweifel.

»Darf ich?« – André nahm mir das Buch aus der Hand. Er schlug es vorn auf und zeigte mir, was auf der ersten, einer ansonsten weißen Seite stand.

»Für Véronique – glaub mir, der Tag kommt, da alles zwischen uns so verschwindet, wie wir verschwinden.
In Liebe Dein Maurice.«

37

Die nächsten Tage verließ ich das Haus nur, um mir im Garten die Beine zu vertreten. An dem Nachmittag, als die Gärtner kamen, sah ich den beiden jungen Männern dabei zu, wie sie die Wurzeln der Schlehe und Johannisbeerbüsche aushoben. Ich war überrascht, was für ein Riesenloch zwischen meinem und dem Grundstück der Sochus entstand, und ließ mich von dem Gesellen und seinem Lehrling beraten, wie man es am besten füllte. Doch als sie die Büsche dann auf ihre Schubkarren luden, sie hinüberfuhren und am Gästehaus begannen, sie einzusetzen, ging ich zurück, schloss die Tür und machte dasselbe wie seit Tagen: Ich wandelte durchs Haus und machte nichts.

Ich hörte weder etwas von André noch von Jeanne – und auch ich meldete mich bei beiden nicht. Eine zweite Karte von Pen kam unterdessen, ein kurzer Bericht, dass das Wetter noch immer schön und dass ihr Wagen wieder flott sei; der tapfere alte Saab fahre besser als zuvor, schrieb sie. In einer guten Woche wollte sie mit Thierry zurück sein, mit mir im Garten sitzen und Mamie besuchen fahren.

Eine grässliche Antriebslosigkeit fraß mich regelrecht auf. Ich hätte nicht einmal sagen können, dass ich sonderlich deprimiert gewesen wäre. Selbst dazu war ich zu gelähmt. An einem Vormittag fing ich aus heiterem Himmel an, Rechnungen für die Steuer zu sortieren, und ließ die Papiere nach ein paar Minuten frustriert, angeödet, überzeugt von der absoluten Sinnfreiheit jeder Tätigkeit, überall im Haus verstreut liegen. Stunden später war mir die Unordnung lästig. Weitere Stunden vergingen, in denen ich das Chaos betrachtete und darüber meditierte. Und es wurde Nacht, bis ich alles, was herumlag und nur entfernt Rechnungen, Briefen und Buchseiten glich, einsammelte und in den Müll warf.

Der Kühlschrank leerte sich – und als er leer war, aß ich nichts mehr. Ich stand am Spülbecken und trank Wasser. Und ich sah dabei zur Uhr. Etwa alle drei Stunden kam ich in die Küche, trank Leitungswasser und sah zur Uhr. Wie ein hagerer Hund, den man in seiner Nähe duldete, dem man aber nie ganz trauen mochte, ließ mich der Hunger tagelang zufrieden. Er tat harmlos, während er immer näher kam. Nachts dann überfiel er mich, wenn ich aufwachte aus Träumen, von denen ich nur Farben im Gedächtnis behielt. Aufrecht saß ich im Bett, hörte meinem Magenknurren zu, den Pappeln, wie sie rauschten und rasselten, oder dem Regen, wenn es regnete, und dachte nach über 39 Ehejahre.

Nachdem vier Tage so verstrichen, ging es mir erstaunlicherweise besser. Ich konnte es mir nicht erklären, höchstens damit, dass es ein Trick meines Körpers war, eine List, um mich zum Einkaufen zu bewegen. Mein Trotz regte sich, nicht gegen meine schleichende Verwahrlosung, sondern gegen alles, was der Verwahrlosung noch hätte Einhalt gebieten können: Überlebenswille, Sonnenlicht, Leitungswasser. Glaubte man Aristoteles, war schon für den ersten Philosophen überhaupt, nämlich Thales, Wasser die Ursubstanz, und verschwommen erinnerte ich mich, gelesen zu haben, Thales sei einmal während einer Sternenbeobachtung in einen Brunnen gestürzt. Eine Magd habe ihn deshalb verhöhnt, worauf Thales angeblich zu der Frau sagte, andere würden ihr Leben lang in einem Brunnen liegen und es nicht einmal merken. Aber ich las auch nichts. In diesem düster-euphorischen Zustand hörte ich im Radio Jean-Baptiste Lullys *Drei Sarabanden* und vergoss darüber derart viele Tränen, dass ich wie ein Verdurstender halluzinierend zu glauben begann, nur dafür das ganze Wasser getrunken zu haben. Der Motettenterrorist Lully, erfuhr ich, hatte sich beim Dirigieren einen Taktstab in den Fuß gerammt und war, als er sich weigerte, den Zeh amputieren zu lassen, an Wundbrand gestorben – was es auch nicht besser machte. Es klingelte an der Tür. Als ich öffnete, erzählte mir Robertine Sochu, sie habe im Theater meine Mutter getroffen. Beste Grüße solle sie ausrichten.

Ich bedankte mich und entschuldigte mich – ich sei sehr beschäftigt. Aber sie ließ sich nicht beirren. Sie sei bestürzt von meinem Aussehen – dürr, fahl, krank sähe ich aus, nicht einmal mehr wie der Schatten meiner selbst, eher wie der Schatten meines Schattens. Nur dass Schatten für gewöhnlich nicht so schlecht röchen. Und ich musste ihr recht geben, auch wenn ich es nicht sagte.

Sie kochte etwas für mich. Ich saß da und beobachtete sie dabei. Mittags und abends bereitete sie mir an den nächsten Tagen Essen zu, das mich stärken und meinen Magen schonen sollte, Reis, mageres Fleisch, Nudeln mit Gemüse, dazu zum Trinken das Wasser, nach dem ich süchtig war. Und Robertines Verköstigung stärkte mich tatsächlich. Ich merkte es daran, dass wir uns gut unterhielten, während wir aßen, daran, dass ich keine Eile hatte, sie loszuwerden, wenn wir fertig waren und sie die Küche aufräumte.

»Wenn ich mir etwas von Ihnen wünschen würde«, sagte sie einmal, »wären Sie dann so gut, mir den Wunsch zu erfüllen, Raymond? – Es ist nur eine Kleinigkeit.«

Ich sagte ohne zu zögern, das täte ich gern, wenn es in meiner Macht stehe – und ging davon aus, dass sie auf Pflanzen zu sprechen käme, die sie sich am Zaun zwischen unseren Grundstücken vorstellen könne, in dem Krater, der dort entstanden war. Über nichts anderes sprachen wir so viel wie über Gärten. Sie nickte und legte mir die Hand auf den Arm. Dann bat sie mich, ich möge zum Arzt gehen.

Sie sagte: »Sie haben auffällige Augen, Raymond – das eine graugrün, das andere graublau, stimmt's? Sie sehen so traurig aus.«

Und sie sagte, nach Bertrands Tod habe sie ein Buch über den Herzinfarkt gelesen.

»Wussten Sie, dass, wenn ein Herzinfarkt außerhalb des Krankenhauses eintritt, ihn nur 20 bis 30 Prozent überleben? Bei plötzlichem Herzstillstand sind es sogar nur zwei bis drei Prozent. Und zwar nur die, bei denen eine schnelle Reanimation schnell Wirkung zeigt.«

Ich sagte, ich hätte keine Ahnung, wie schnell eine Reanimation bei mir Wirkung zeigen würde.

»Machen Sie sich nicht lustig«, sagte sie. »In dem Buch steht, Wiederbelebungsversuche, mit denen später als acht Minuten nach dem Herzstillstand begonnen wird, sind fast immer zum Scheitern verurteilt – wie bei Bertrand. Und danach liegt die Wahrscheinlichkeit zu überleben praktisch bei null.«

Praktisch null sei nicht gleich null, sagte ich. Praktisch null heiße, es lasse sich nicht sagen, es lasse sich bloß vermuten. Es heiße, immer wieder gebe es einen, der am Leben bleibe, und keiner könne sich so recht erklären, weshalb.

»Wie heißt das Buch?«

Robertine sagte es mir: *Wie wir sterben*.

In der Clinique de la Porte Verte diagnostizierte die Ärztin, die mich untersuchte, einen psychovegetativen Erschöpfungszustand der Sonderklasse. Bei meiner Konstitution, meiner Größe und dem wenigen Gewicht, das ich auf die Waage brächte, sei damit nicht zu spaßen.

Ich hätte das auch nicht vor.

Fein! Denn verstärkt würde meine Erschöpfung durch eine leichte Unregelmäßigkeit des Herzens, eine Folge der Crescendo-Angina. Es sei so, sagte die junge, große, blendend aussehende Frau, als würde mein Herz die Überbelastung, die ich ihm zumuten würde, abzumildern versuchen, indem es winzig kleine, nur Sekundenbruchteile lange Pausen einlegte, das aber immer wieder.

Weitere Medikamente für mein Herz wollte sie mir nicht verschreiben, Ruhe und Ausgeglichenheit dagegen schon, nur gebe es dafür leider kein Rezept – ob ich große Sorgen hätte, fragte sie, und ich dachte nach.

Ich dachte: Hatte Véro selbst ihm erzählt, wie es um sie stand? Niemand sonst kam dafür in Betracht. Mit »Oktober 2004« hatte Maurice die Widmung datiert, die er ihr in sein letztes Buch schrieb. Am 15. November 2004 war Véronique hier gestorben. Hatte sie ihm aus der Klinik geschrieben? Oder hatten sie auch telefoniert? War er vielleicht sogar hier gewesen?

Ob ich Zeit hätte, in die Ferien zu fahren, fragte mich die Ärztin.

»Ich fürchte, ich mache auf dieselbe Art Urlaub wie mein Herz«, sagte ich – was ihr ein Lächeln entlockte. Sie lächelte wie eine Bergsteigerin: Eine Kette aus Herausforderungen war das Leben, jede einzelne dazu da, gemeistert zu werden.

Ob sie je bei einem Patienten ALS diagnostiziert habe, fragte ich sie, als ich mir das Hemd zuknöpfte, worauf sie mich ansah, als hätte ich soeben, unter ihren Augen, auf eine Zyankalikapsel gebissen.

»Sie hatten eine Herz-OP, eine Angioplastie, die laut Akte zehn Jahre zurückliegt und erfolgreich war«, lautete ihre Antwort. »Sie leiden nicht an amyotropher Lateralsklerose. Seien Sie dankbar dafür.«

Verblüffend trickreich machte mein Herz Ferien – die Vorstellung war beruhigend. Sie gab mir das Gefühl, nicht allein zu sein, auch wenn ich, arithmetisch betrachtet, laut Akte, allein war. Tief in mir drin tickte wie eine denkende Uhr ein kluger Mechanismus, der lebte und der deshalb acht darauf gab, dass auch ich lebte.

»Den ganzen Sommer lang habe ich mein Herz verflucht. Dabei schlägt ein Wunderwerk in meiner Brust«, sagte ich zu Robertine, nachdem ich aus der Klinik zurück war und sie herüberkam. Wir standen in der Küche und berieten, was wir kochen wollten.

Auch sie fand das amüsant. Aber ihr Lächeln war frei von Herablassung. Sie freue sich über meinen wiedererwachten Humor – dass es mir Ernst war, schien sie nicht zu merken, und für mich machte es keinen Unterschied. Ich freute mich, dass sie da war und mir zuhörte.

An einem dieser Abende durchforsteten wir mein Altpapier. Robertine hatte vorgeschlagen, sich meiner Steuerabrechnung anzunehmen, und ich willigte schließlich ein, als ich den Stapel, den ich weggeworfen hatte, wieder in Händen hielt.

»Was halten Sie davon, wenn wir ausgehen, Sie und ich?«, fragte sie plötzlich und wurde rot, bevor sie sich wegdrehte, damit ich es nicht sah.

»Ich finde, wir könnten Ihre Wiederauferstehung ein bisschen feiern. Ich bin eingeladen. Der Sohn von Freunden heiratet, und zu seinem Junggesellenabschied geben die beiden heute Abend ein kleines Fest. Haben Sie Lust?«

Froh, dass ich mitkommen wollte, ging sie hinüber, um sich zurechtzumachen. Ich tat dasselbe. Ich zog mir ein frisches Hemd an und einen leichten Sommeranzug und bestellte ein Taxi. Bis es kam, ging ich mit einem Glas Wasser um den Flügel herum und polierte, ohne es zu merken, mit dem Ärmel sein Holz – ich merkte es erst, als Robertine klingelte und sagte, der Wagen sei da.

Während der Fahrt hinaus nach Viroflay redeten wir nicht viel. Durch die halb offenen Seitenfenster kam die warme Luft herein, der Freitagabendverkehr füllte die Straßen, und ich beobachtete die Scheinwerfer der entgegenkommenden Wagen. Nach langer Zeit bekam ich zum ersten Mal wieder Lust, selbst am Steuer zu sitzen.

Der Fahrer war jung und erzählte, im Parc-des-Princes-Stadion an der Porte Molitor gebe es ein Konzert, halb Versailles sei unterwegs, um sich die Rockband anzusehen. Ich fand das schwer vorstellbar. Alle die Autos mit allen den Leuten darin unterwegs zu einem Konzert. Aber ich sagte nichts.

»Sie sollten viel öfter aus dem Haus gehen, Raymond«, meinte Robertine, so als habe sie meine Gedanken gelesen. Sie legte den Kopf schief und lächelte mich an aus ihrem schmalen Gesicht. Ich hatte es liebgewonnen, ihre glatte Haut und die schön geformten Ohren, ich hatte sie in den letzten Tagen oft beobachtet.

»Sie sollten vielleicht umziehen. Haben Sie schon dran gedacht?«

»Oft«, log ich. »Aber der letzte Impuls hat mir immer gefehlt. Warum fragen Sie mich das jetzt?«

Sie zuckte mit den Achseln und sah aus dem Fenster.

»Ich muss daran denken, wie es für mich war in den Jahren nach Bertrands Tod. Das Haus, der Garten ...«

»Aber Sie sind dageblieben«, sagte ich, »so wie ich.«

Sie nickte. Es gab nichts als die schwarzen Bäume dort

draußen zu sehen, Umrisse, an denen wir vorüberbrausten, die übergingen in andere, gleiche Umrisse.

»Wir wollen dem Kummer nicht nachlaufen, nicht heute«, sagte sie.

Sie erschien mir mit einem Mal so traurig, dass ich ihre Hand nahm. Ich hielt sie fest, bis Robertine sie zurückzog, um dem Fahrer den Weg zu zeigen: Wir bogen in ein Waldstück ein. Die Luft, die aus dem Dunkel zu uns in den Wagen strömte, war kühl und duftete.

38

Der See, an dem die Fischerhütte und die Partyzelte standen, war zu groß, um derselbe See sein zu können, zu dem ich mit meiner Mutter gegangen war. Aber sie ähnelten einander, und als ich nach dem Büfett allein ans Ufer hinunterging, während Robertine sich mit den Gastgebern unterhielt, schaute ich deshalb noch einmal genau hin, ob ich mich nicht täusche – ob auf einer Anhöhe am anderen Ufer nicht vielleicht doch das Seniorendomizil stand. Denn sogar die Enten waren da: Manchmal schwammen ein paar durch den Lichtschein, den einer der weißen Baldachine aufs Wasser warf. Jenseits davon aber war alles dunkel, Ufer, Bäume und Anhöhen. Über dem See stand ein halber Mond. Eine würzige Brise wehte und machte mich schaudern, so wohl tat sie. Ich fragte mich, wann Mamie schlafen ging.

Es war eine nette, gediegen-elegante Gesellschaft. Jung und Alt plauderte miteinander zwischen den Zelten und der hell erleuchteten Hütte, aus der Musik und immer wieder das hohe Lachen einer Frau in die Nacht herausdrangen. Ich sah, dass unter einem der Zeltdächer die Musikkapelle sich anschickte, an die Instrumente zu gehen. Unter einem anderen spielten eine junge Frau und ein Mädchen mit einem weißen Rock Tischtennis. Und ich sah am Rand der leeren Tanzfläche Robertine stehen. Sie winkte mich zu sich, und ich ging hinauf. Im Rücken den See und den Wind, vor mir dies Winken, ihre Freundlichkeit und Traurigkeit, ging ich langsam hinauf zu Robertine – das war der Moment. Ohne dass ich es merkte, erreichte meine Verwirrung ihren Höhepunkt und wurde Robertine Sochu ganz Véronique für mich.

Wir unterhielten uns kurz mit ihren Freunden, die sagten, wie stolz sie auf ihren Sohn und wie betrunken sie seien, viel zu betrunken, um noch ein »vernünftig hingekriegtes Gespräch« zu führen. Sie hatten recht – und ich konnte es ihnen nachfühlen. Auch in mir, der ich fast nüchtern war, drehte sich alles. Ich folgte Robertine zu einem Einzeltisch. Ein Kellner brachte Cognac. Wir stießen an.

»Eine schöne Feier«, sagte ich beklommen, »wirklich nette Leute. Ich danke Ihnen, dass Sie mich mitgenommen haben.«

»Ich glaube nicht, dass ich ohne Sie überhaupt hergekommen wäre.« Sie strahlte mich an. »So allein fällt es immer schwer, sich aufzuraffen. Insofern – geht der Dank an Sie zurück, postwendend.«

»Der Brief ist angekommen, danke«, erwiderte ich, und sie quittierte den seichten Scherz mit einem offenen Lächeln. Auf dem Tisch... Seit wir aus dem Taxi gestiegen waren, hatte ich darauf gewartet, wieder ihre Hand nehmen zu können. Jetzt war die Gelegenheit dazu.

»Ich möchte etwas mit Ihnen besprechen«, sagte Robertine plötzlich ernst, »seit Tagen möchte ich das schon, Raymond. Können wir etwas Grundsätzliches klären, bevor es hier gleich zu laut dafür wird?«

»Nur zu. Gern.« Ich stützte die Ellenbogen auf und verschränkte die Hände vorm Kinn. Die Musiker waren bereit, sah ich, aber der Gastgeber noch beschäftigt, der Tanz nicht eröffnet. »Wenn Sie meinen, dass ein so schöner Abend…«

»Es ist nichts Schlimmes – oder vielleicht doch. Ich weiß es nicht. Beantworten Sie mir eine Frage.«

»Eine Frage. Gut – ich werde ehrlich antworten.« Ich sah, dass in Robertines Rücken die junge Frau und das Mädchen begannen, sich mit Tischtennisbällen zu bewerfen. Die Bälle flogen davon und landeten irgendwo im Dunkeln.

»Sehen Sie nicht durch die Gegend, sondern sehen Sie mich an, Raymond«, sagte Robertine, und im selben Moment spürte ich ihre Hand auf meiner. »Ihr Schwiegersohn, haben Sie mir erzählt, hat Ihnen diese Bücher gegeben. Bücher, die Ihrer Frau gehörten und die Ihre Töchter nach Véroniques Tod aufgehoben haben.«

»Aufgehoben oder vor mir versteckt«, sagte ich, »je nachdem, wie man es betrachtet.«

»Schön, das stimmt. Jedenfalls sind die Bücher von diesem… Maurice heißt er, stimmt's?«

»Egal, wie er heißt.«

»Er hat die Bücher jedenfalls Ihrer Frau gewidmet – nicht bloß eines, sondern alle. Als Sie mir die Widmungen gezeigt haben, war ich, das muss ich zugeben, perplex – aus zwei Gründen.«

»Weil es so zärtlich klingt, was er schreibt?«

»Ja. Zum einen. Zum anderen, weil… weil es so lange ging. Wie viele Jahre liegen zwischen der ersten und der letzten Widmung? 20 Jahre?«

»Fast, ja. Wobei das nichts zu bedeuten hat«, sagte ich bitter und löste meine Hand aus der ihren, um zu trinken. »Wer weiß, wie lange er ihr schon schrieb, als er noch keine Bücher hatte, die er ihr widmen konnte. Wer weiß, wie oft sie sich trafen. Und wann? Und wo? Wer weiß das schon.«

»Schsch«, machte sie und beugte sich über den Tisch zu mir, »schsch! – Raymond, genau das ist es, wonach ich Sie fragen möchte. Seien Sie ehrlich –«, wieder nahm sie meine Hand. »Glauben Sie ernsthaft, dass Véronique Sie hintergangen hat? Betrogen? Mindestens 20 Jahre lang und mit einem gemeinsamen Schulfreund? Sagen Sie mir das, bitte.«

»Ich hätte es auch nie für möglich gehalten, dass meine Tochter ihren Mann...« Der Satz ging unter im Lärm des Mikrophons. Im weißen Jackett forderte der Bandleader die Gäste auf, keine Scheu zu zeigen und auf die Tanzfläche zu kommen. Der Bräutigam stellte die Musiker vor. Hinter ihren stummen Instrumenten wirkten sie wie nur zu drei viertel existent. Als sie aber zu spielen anfingen und die erste Melodie über die Tanzfläche und weiter über den dunklen See strich, waren sie plötzlich ganz da, anwesender jedenfalls, als ich es war.

»Kommen Sie!«, rief Robertine, indem sie aufstand, meine Hand aber nicht losließ. Sie zog mich vom Stuhl hoch. Auf keinen Fall wollte ich jetzt tanzen.

Sie zum Glück ebenso wenig. Sie ging voraus, aus dem Stimmengewirr den Pfad, den ich schon kannte, hinunter zum See, und drehte sich dabei mehrfach nach mir um, wie um sicherzugehen, dass ich auch mitkam.

Nebeneinanderher schritten wir am Ufer entlang, so weit, bis die Musik nur noch ein elektrisches Zittern in der Luft war. Betörend schöner Duft kam von einem Busch in Ufernähe, nur ein schwarzer Fleck vor noch mehr Schwärze. Mondlicht, Wolkenlicht, ein glitzerndes Feld auf dem See, sonst war alles dunkel. Auf dem Wasser schnatterte ab und zu eine Ente.

Ich wusste nicht, was sie von mir hören wollte. Ich merkte bloß, wie meine Empfindungen für sie verflogen – dass ich das Gefühl festhalten wollte, aber dass das scheinbar nicht in meiner Macht lag. Schweigend liefen wir am Wasser entlang, und es gab nichts, was ich hätte sagen können.

Robertine meinte irgendwann, sie mische sich in etwas ein, was sie nichts angehe. Es tue ihr leid.

»Es tut Ihnen leid?«, sagte ich ehrlich entrüstet. »Pardon, ist es nicht eher so, dass ich Ihnen leidtue?«

»Ja, wahrscheinlich. Wahrscheinlich ist es so«, sagte sie. Und wieder entschuldigte sie sich: »Verzeihen Sie.« Und wieder war sie ein Stück weiter weg. »Lassen Sie uns zurückgehen, Raymond. Es wird zu dunkel hier. Und ich friere.«

Wir machten also kehrt und gingen langsam zurück. Erneut kamen wir zu der Stelle, wo der kräftige angenehme Duft in der Luft hing, und diesmal begann Robertine allen Ernstes, über Pflanzen zu reden. Hibiskus. Ob Hibiskus nicht genau das Richtige wäre für den Krater in meinem Garten.

Ich griff nach ihrem Arm, hielt sie fest und drehte sie zu mir um. Und indem ich sie an den Schultern hielt, als sie dicht vor mir stand, sagte ich: »Jetzt hör mir zu. Sieh mich an. Ich weiß nicht, was passiert ist zwischen Véronique und diesem Mann, den ich einmal gekannt habe und den ich irgendwann vergessen habe und der sich jetzt, ohne dass ich begreifen könnte, wie das möglich ist, als der Schatten meines Lebens erweist. Und ich will auch gar nicht wissen, was zwischen den beiden wann, wie oft, wo und wie lange passiert ist, verstehst du? Es ist nur so, dass ich mich frage, wer da fast 40 Jahre lang mit mir zusammengelebt hat. Warum hat sie mir nie etwas erzählt – von diesen Büchern, diesen Empfindungen? Irgendwann muss es angefangen haben.«

»Vielleicht hat sie es Ihnen erzählt, und Sie haben ihr vielleicht nicht zugehört.« Robertine blickte über meine Schulter hinweg auf den See hinaus, und ich ließ sie los, enttäuscht, dass sie mein Du nicht erwiderte, enttäuscht, dass sie Véronique verteidigte.

»Nicht nur mein Vertrauen in sie und alles, was zwischen uns war, hat sie kaputtgemacht, sondern auch mein Vertrauen in alles, was je wieder sein könnte zwischen mir und einem anderen Menschen«, sagte ich finster, kategorisch und aufrichtig.

Und Robertine sagte, sie wisse das. Und sie könne es mir nachfühlen. »Kommen Sie, mir ist so kalt!« Sie hakte sich bei mir unter. »Gehen wir zurück, ja? Gehen ist gut, Gehen ist immer gut.«

Also zurück. Wir gingen weiter, stumm und, obwohl wir uns berührten, jeder für sich. Aber schon nach ein paar Schritten sagte sie: »Was meinst du, wieso er dir die Briefe schreibt? Hast du dich das schon mal gefragt?«

Ich antwortete ihr nicht. Ich wollte bloß hören, wie sie es noch einmal sagte.

»Ich sag dir, warum. Denn ich hab da eine Theorie.«

»Aha, eine Theorie. Jetzt kommt's.«

»Ja, genau.« Sie lachte. »Also pass auf – oder willst du es lieber nicht hören?«

»Doch, unbedingt. Warte, ich wärm dich ein bisschen.«

»Gute Idee.« Sie schmiegte sich an mich.

Und ich: »Du zitterst ja.« Ich legte den Arm um ihre Schultern. Plötzlich waren es wirklich ihre, Robertines, und ich hielt sie fest und hörte ihr zu, so lange, bis wir ins Licht der weißen Zelte und zu der Musik zurückkamen.

Es wurde getanzt: ein anmutiger, etwas altmodischer Foxtrott, dessen schönstes Paar die junge Frau und das Mädchen mit dem weißen Rock war, das sie an den Händen hin und her schwang und das dabei über das ganze Gesicht strahlte. An den Tischen saß fast niemand mehr. Eine Weile standen wir unschlüssig herum, aber dann nahm ich Robertines Hand, und wir gingen hinauf zu den anderen. Neben der Tanzfläche im Gras sah ich die Tischtennisbälle liegen, ein Muster, im Dunkeln sah es wie ein Sternbild aus.

39

In dieser Nacht, allein in meinem Bett, träumte ich zum zweiten Mal von Maurice. Wieder kam der kleine Hund in dem Traum vor. Er war noch verstörender als der erste von der Elster und dem Busch voller Augen, und doch empfand ich die paar Stunden, die ich träumend schlief, fast als Erholung, denn wenigstens für kurze Zeit beendeten sie das Grübeln, mit dem ich vor mich hin dämmerte.

Ich saß als Beifahrer in einem Auto, das ins Schleudern geraten war. Durch das Wageninnere flog der kleine Hund. Einmal war er vorn bei mir und Maurice, der am Steuer saß, dann verschwand er wieder. Landete er auf dem Lenkrad und versuchten die Pfoten sich daran festzuklammern, dann drosch Maurice auf das Hündchen ein und es flog mir auf den Schoß.

Noch während des Traums wurde mir klar, in welchem Auto ich saß. Ich merkte es spätestens, als hinten Janine Gallimard schrie, Maurice solle um Gottes willen Floc nichts tun. Ich drehte mich um und sah, dass es Véronique war, die schrie.

Aber Maurice konnte nichts tun. Er steuerte, bremste und schaltete, der Wagen reagierte nicht. Es regnete, und im Funkeln des Sprühregens sah ich draußen die Bäume.

Maurice brüllte, wir sollten den Hund festhalten, wenn wir nicht wollten, dass er ihm den Hals umdrehe. Auch Jeanne war da. Sie saß hinter mir und rief, sie habe Floc, sie halte ihn fest.

»Ich halte ihn fest! Ich halte ihn fest!«, schrie sie immer wieder, und mit dem Schrei meiner Tochter im Ohr wachte ich auf.

Mittags irgendwann hatte ich mich beruhigt und holte Robertine zu einem Spaziergang ab. Es war der letzte Augustsamstag. Ich hatte eine Überraschung für sie, doch dafür musste ich sie für ein paar Stunden aus dem Haus locken.

Am Ende der Rue de Louveciennes verließen wir Le Chesnay und gingen in den Wald. Lange nachdem wir zu Haus gewesen waren, hatte ich in der Nacht gehört, wie es zu regnen begann, und nun stieg unter den Bäumen noch immer ein feiner Dunst auf und glitzerten überall im Sonnenlicht Spinnennetze. Ich erzählte Robertine von dem Traum, auch von dem ersten, und ich sah in ihrem Gesicht, dass beide sie ähnlich verstörten. Während wir durch das grüne Gefunkel dahinschritten, kam ich auf das zurück, was sie gemutmaßt hatte, ihre Theorie, mit der sie mir, so mutmaßte ich, eine Brücke hatte bauen wollen.

Robertine wiederholte, was sie mir an dem Seeufer gesagt

hatte: Es sei durch nichts bewiesen, dass Véronique mir je untreu war. Darauf zu vertrauen sei nicht nur das Beste für mich, damit solche grässlichen Träume aufhörten. Es sei auch meine Pflicht gegenüber ihrem Andenken. Bestimmt habe sie diesem Maurice Ravoux nie geantwortet – weder auf ein Buchgeschenk noch eine Widmung und auch auf keinen Brief hin, den er ihr vielleicht, aber nur vielleicht, geschrieben habe.

Sie gebe zu, es sei wahrscheinlich, dass es Briefe gegeben habe – die Briefe an mich sprächen dafür.

Doch es gebe kein Anzeichen dafür, dass Véronique sie auch beantwortet habe. Warum hätte sie ihm antworten sollen? Aus Höflichkeit? Um der alten Zeiten willen? Um sich mit seinen Vorstellungen auseinanderzusetzen?

Womit sie sich auseinandergesetzt habe, seien seine Bücher. Sie waren voller Anmerkungen, und die Anmerkungen seien kritisch und streng.

Kritisch und streng, das musste ich zugeben.

Véronique müsse die Bücher genau gelesen haben – so genau, dass mir von dieser Jahre währenden Lektüre zu erzählen gar nicht möglich gewesen sei.

Soweit ihre »Theorie«, wie ich sie im Mondschein an dem See zu hören bekam. Dann hatten wir getanzt, und meine Bedenken und meine Zweifel waren durcheinandergewirbelt und hatten sich vorläufig in Luft aufgelöst.

»Wieso meinst du, Véronique habe mir von der Lektüre der Bücher nicht erzählen können?«, fragte ich sie nun, als wir allein waren und durch den Wald spazierten. Denn das war es, was mir eine Nacht lang durch den Kopf geistert war, diese Frage viel mehr als Robertines Haut und wie sie geduftet hatte. Erst der Traum, in dem ich Camus, Maurice

Michel Gallimard, Véronique dessen Frau und Jeanne deren Tochter gewesen war, hatte mich von meinem vergrübelten Halbschlaf erlöst.

Sie sagte: »Weil du es nicht toleriert hättest. Ich weiß es nicht, aber ich glaube, du kannst sehr eifersüchtig sein. Du hättest den Unterschied nicht gelten lassen – nicht als Mann.«

»Unterschied? Zwischen ihm und mir, meinst du?«

»Nein« – sie lachte und küsste mich. »Nein, Raymond. Ich meine den Unterschied zwischen eurem Jugendfreund Maurice und Maurice Ravoux, dem Verfasser dieser unseligen Bücher.«

Wie sich die Sache für sie darstelle, hatte Véronique ein Interesse weder an dem Freund von früher noch an dem Autor. Vielmehr habe sie seine Entwicklung fasziniert – was mit den Jahren aus ihm geworden sei. Und nicht nur aus ihm. Auch aus ihr.

Eine sympathische Vorstellung. Moralisch betrachtet hilfreich, mathematisch gesehen zweifellos richtig. Es überzeugte mich nicht. Ebenso hätte sie sagen können, es gab Rehe und Pilze und Beeren in diesem Wald, weil Rehbraten mit Steinpilzen und Preißelbeeren so gut schmeckte.

»Unfug«, hätte ich zu meiner Mutter gesagt.

Zu Robertine sagte ich: »Ich glaube, du redest die Sache schön. Du willst es mir bloß leichter machen.«

»Natürlich möchte ich das. Aber nicht nur«, sagte sie, und leichthin, so als habe sie es die ganze Zeit gewusst: »Weißt du, ich bin nicht Véronique. Gerade deshalb hat das alles so viel mit uns zu tun. – Raymond, bitte überlege: Gibt es einen Hinweis, nur einen einzigen, dass sie mit dem Mann in Kontakt stand? Mit ihm persönlich? Warum hätte sie das tun sollen?«

Es gab einen Hinweis, jawohl: Er wusste, dass sie sterben würde, aus seiner letzten Widmung ging das hervor. Und er wusste, dass sie gestorben war und wann.

»Lass uns zurückgehen, komm«, sagte ich sanft, wie ich es zu Véronique gesagt hätte, und stupste Robertine an. »Vergessen wir es einfach. Wollen wir?«

Sie schüttelte den Kopf. Eine feuchte silberne Strähne klebte auf ihrer Stirn, dort, wo ein paar helle Sommersprossen waren. Ich strich sie beiseite, und dann küsste ich sie auf den Mundwinkel.

»Komm.«

»Nein. Lass es uns klären, um ihretwillen und unsertwillen. Du weißt, dass es nur einen Grund gibt«, sagte sie.

Und ich: »Ja. Sie hat ihn geliebt.«

Und wieder Robertine, ihr Gesicht dicht vor mir, in ihren Augen den Wald, das Licht, das grüne Gefunkel: »Warum, wofür ihn lieben? Und seit wann hat sie ihn geliebt? Schon immer? Weil sie ihn nie vergessen hat? Oder plötzlich wieder? Seit einer Zufallsbegegnung? Bloß weil es das gibt? – Sie hatte sich für dich entschieden. Ihr hattet Kinder, Freunde, eine Geschichte, Pläne. Raymond, du warst so ein Teil von ihr, wie sie ein Teil von dir war und immer sein wird.«

Mir dämmerte endlich, worauf sie hinauswollte. Ich wollte nur aus dem Wald hinaus, nach Haus. Ich wollte in mein Kummermuseum zurück, Wasser trinken, den Flügel polieren, Aristoteles widerlegen und endlich Camus lesen, dem ich ein Leben lang aus dem Weg gegangen war. Als er starb, ging meine Kindheit zu Ende. Ich wollte durch mein Haus schlurfen und sinnlos Gedanken vergeuden an die Populationsdynamik der Pirole und meinetwegen auch der Elstern.

Nein, ich wollte geliebt werden. Gerettet werden. Und ich

wollte Robertine lieben – nicht so, wie ich Véronique geliebt hatte und sie immer noch liebte, und dennoch lieben… Du bekommst noch eine Chance, Raymond! Diese Frau, die immer da war, jetzt ist sie für dich da. Sie kann dich zurückholen ins Leben. Ihr werdet aufeinander aufpassen müssen, und das wird euch Kraft geben. Nur nimm sie jetzt – sag es ihr, und dann nimm sie für dich. Wer weiß, nicht weit weg hat über Nacht Maurice sein Leben vielleicht ausgehaucht. In diesem Moment liegt er da, er wird schon kalt, und er ist allein. Aber du, du warst tanzen.

»Vergiss nicht, ich habe sie gekannt«, sagte Robertine, als wir wieder vor ihrem Haus standen. »Ich habe euch erlebt. Ihr wart sehr verschieden und wahrlich nicht immer einer Meinung. Doch in einem wart ihr euch stets einig: darin, wie man mit den Leuten umgeht. Du hast dich entschieden, deinem Freund nicht zu antworten und dich nicht mit ihm zu treffen. Ich bitte dich – Lieber! Glaub doch nicht, deine Frau hätte sich anders entschieden. Sie hat sich genauso entschieden wie du. Weißt du denn wirklich nicht, warum?«

»Nein«, hauchte ich. »Sag's mir.«

»Weil sie immer für dich mit entschieden hat, so wie du noch jetzt für Véronique mit entscheidest.«

Ich öffnete die Pforte und ließ Robertine den Vortritt. Wir kamen in ihren Garten, und sie bemerkte die Veränderung sofort.

»Was ist denn hier passiert? – Raymond, sieh doch!«

Der Zaun war nicht mehr da. Ein Weg aus Steinplattenscherben verlief hinüber in meinen Garten. Und wo die Johannisbeerbüsche und die Schlehe gestanden hatten, da wuchsen mit roten, orangeroten und gelben Blüten Straucheibische und Stundenblumen.

»Alles Hibiskus«, sagte ich stolz. »Madame Sochu? Ihren Arm bitte. Kommen Sie, gehen wir ein paar Schritte durch unseren Park.«

40

Ohnehin war jede Rettung bloß ein Aufschub.
Ich saß am Schreibtisch. Detektivisch las ich noch einmal alle Botschaften, die ich von Maurice besaß, seine Widmungen in den Büchern für Véronique, die Briefe an mich, die Van-Gogh-Karte, die Unfallbeschreibungen – als das Telefon klingelte.

Jeanne rief von einer Freundin in Alençon an, bei der sie für ein paar Tage untergekommen sei. Sie sagte mir rundheraus, sie habe ein Verhältnis gehabt, aber das sei vorbei. Ivan Loïc, dieses arme Schwein. Sie habe genug von ihm. Von seiner Sauferei. Von dem ganzen Selbsthass, den er auf alles projiziere. Ob ich überhaupt noch mit ihr reden wolle.

»Jeanne, du bist meine Tochter«, sagte ich sanft. »Was ist passiert?«

»Ach, Papa.« Sie schniefte. »Weißt du, was er ist? Soll ich es dir sagen?«

André hatte es mir bereits gesagt, und Jeanne wiederholte es nun: Ein Zerstörer. Zerstört vom Alkohol. Verfeindet mit allem und jedem, vor allem aber mit sich, das sei er. Sie habe es nicht mehr ausgehalten, wie er über dieses Schundblatt *Rivoli* hergezogen habe, über André, diesen lachhaften Idioten, und auch über sie selbst, ihre Arbeit, das neue Buch, Swift: Jonathan Swift, den Kinderbuchautor. In einem Hotel an der

Grande Plage von Saint-Malo seien sie gewesen. Dort könne er von ihr aus jetzt gegen die Wände rennen, so lange, bis er... Ach, es sei ihr so egal.

Sie fragte nicht, wie es mir ging oder ihrer Großmutter, oder ihrer Schwester, die nur zwei Stunden entfernt von Saint-Malo Urlaub machte. Wahrscheinlich fühlte sie sich furchtbar schuldig. So vieles war kaputtgegangen, wo sie doch nur einmal aus ganzem Herzen gelacht hatte. Und jetzt, da sie weinte, war es wie immer mit Jeanne: Niemand konnte erwarten, dass sie mit Tränen in den Augen nur eine Scherbe aufhob von dem Scherbenhaufen, der da vor ihr lag.

Ich fragte sie nach André.

Sie habe nichts von ihm gehört.

»Hast du ihm nicht erzählt, dass du in der Bretagne warst, dort, wohin er mit dir wollte?«

Nein, habe sie nicht. Müsse sie das?

»Was soll jetzt weiter passieren mit euch?«

Sie wisse es nicht.

Pause.

»Wann hast du denn vor, wieder etwas zu wissen?«

Sie wisse im Augenblick nur, dass es aus und vorbei sei mit Ivan Loïc – auf allen Ebenen. Sie habe im Verlag angerufen und das Swift-Kochbuch für nicht publizierbar erklärt. Und sie habe mit verschiedenen Leuten geredet. Sie hätten es ihr versprochen: André bekomme seinen Job zurück. Ob ich wisse, dass Ivan Loïc für seinen Rauswurf gesorgt habe.

Fangfrage. »Nein«, sagte ich unschuldig, »André hat mir nichts erzählt.«

»Der große ILM wird jetzt aufpassen müssen, dass man nicht ihn vor die Tür setzt«, sagte sie kalt, und ich hörte, wie sie sich eine Zigarette ansteckte.

»Jedenfalls gibt es da noch ein kleines Problem. Kann nämlich gut sein, dass er bei dir aufkreuzt. – Hallo, Papa? Bist du noch da?«

»Jaja. Ich höre dich.«

»Sein Auto steht doch in deiner Garage.«

»Mach dir deshalb keine Sorgen. Der Schlüssel steckt ja. Ich werde den Wagen an die Straße stellen.«

Das schien sie zu erleichtern. Sie lachte. Vielleicht werde die DS ja gestohlen – gönnen würde sie es ihm. Selber schuld, wenn man sich umzingelt sehe von Dieben, Nichtsnutzen und Kretins. Die Welt sei schlecht.

»Ich danke dir so sehr, Papa.« Leider müsse sie schon auflegen.

Also fragte ich schnell: »Warst du sehr traurig, als du es erfahren hast?«

Sofort belegte sich ihre Stimme. »Ach, ich weiß nicht.« Sie schniefte wieder. »Eigentlich wusste ich ja gleich, dass mit ihm nicht auf einen grünen Zweig zu kommen ist. Er ist –«

»Jeanne! Ich rede nicht von dir und diesem Mann.«

Pause.

Sie sagte nichts mehr.

Und dann meinte ich zu hören, wie sie schluckte, wie sie etwas trank.

»Ich warte auf eine Erklärung.«

»Du meinst – wegen der Bücher?«

»Wegen der Bücher, wegen der Bücher!«, rief ich gemein. »Natürlich meine ich die Bücher! Woher hast du sie?«

Aus Pens Wohnung mitgenommen. Sie habe vorgehabt, mir nichts davon zu erzählen, doch sie sei an dem Abend im Gästehaus so betrunken gewesen, und als sie dann mit Ivan

Loïc los sei, habe sie die Bücher vergessen. Erst am Meer seien sie ihr wieder eingefallen. Es tue ihr schrecklich leid.

»Ich glaube allerdings«, sagte sie, »dass sie nichts zu bedeuten haben.«

»So? Glaubst du das? – Soll ich dir verraten, was ich glaube? Ich weiß nicht mehr, was ich glauben soll!«

Woher ihre Schwester die Bücher habe, wollte ich wissen. Am Meer wieder eingefallen ... als sie Hand in Hand mit einem fremden Kerl über den Strand spaziert sei, oder wie hätte ich mir das vorzustellen?

»Woher soll Pen sie schon haben?« Jeanne wurde spöttisch. Sie fühlte sich angegriffen. »Maman wird sie ihr gegeben haben. Aber doch nicht, um dir... Ach, was weiß ich! – Dass du den Schwulst, den er ihr da hineingeschrieben hat, überhaupt ernst nimmst!«

»Du etwa nicht?«

»Natürlich nicht!«

»Wie kannst du da so sicher...?«

Sie hörte die Frage gar nicht, sie lachte plötzlich. Laut und herzhaft lachte meine Tochter mich aus. Oder sie lachte ihre Ungläubigkeit heraus, nicht zu unterscheiden.

»Es gibt eine Weise, sich elend zu fühlen, die nur Frauen kennen«, hätte Véronique gesagt.

Ich wartete, bis sie sich beruhigte. Es dauerte. Dann entschuldigte sie sich. Dennoch, ich müsse zugeben, es sei albern, anzunehmen, Maman hätte auf derlei Herzensergüsse –

»Du bist betrunken«, sagte ich.

Und Jeanne: »Ich? Kein Stück. Oder doch? Ein bisschen.« Sie kicherte. »Und?«

Und ich sagte, ich würde jetzt auflegen. Aber dass ich noch eine Frage hätte. Ich bat sie, ehrlich zu sein.

»Na gut. Eine Frage. Schieß los.«
»Hat eure Mutter euch nur die Bücher gegeben oder gibt es auch Briefe?«
Pause.
»Briefe? Du meinst von diesem Maurice?«
Darauf antwortete ich nicht.
Schließlich sagte sie: »Keine Briefe. Nicht einen. Ehren...«, sie musste aufstoßen, »...wort.«

Ich saß am Schreibtisch und starrte vor mich hin. Die Briefe, die Karte, die Unfallkapitel und seine Bücher, da lagen sie. Wozu waren sie gut? Die Katzen von Agadir. Wenn es stimmte, wie ich es mir zurechtlegte, dann hatte Maurice Bücher geschrieben über die Reisen mit seiner Frau. Seine Frau war Delphine, und sie war meine Freundin gewesen. Er hatte die Bücher meiner Frau geschickt, die seine Freundin gewesen war, und hatte sie versehen mit sehnsüchtigen Widmungen: »Für Véronique – wie gern wäre ich hier mit Dir gewesen, in Agadir! Doch das Leben verläuft anders. Wohin nun? Immer Dein Maurice«.

Ich verglich die Handschrift der Briefe und Karte mit jener der Widmungen und war mir nicht sicher, dass es wirklich dieselbe war. Doch genauso wenig ließ sich mit Bestimmtheit sagen, dass es zwei verschiedene waren. Seine Schrift hatte sich über die Jahre verändert – so, wie wahrscheinlich auch meine nicht mehr die von 1979 war.

Seit Wochen schob ich den Entschluss, zu ihm zu fahren und ihn zur Rede zu stellen, vor mir her. Auch ich musste mich fragen: Wohin nun? Von allen Ausflüchten war keine übrig geblieben, und jetzt gab es nur noch einen Gedanken, der mich davon abhielt. Es war der absurdeste von allen, und ich wusste selbst, nur die Geißel der Ängstlichen, die Eifersucht, trieb einen so weit.

Aber noch einmal schob ich die Vorstellung, Maurice Ravoux könnte in meinem Haus gewesen sein, weit von mir. Weder das eine noch das andere wollte ich als letzte Möglichkeit in Betracht ziehen: weder dass er hier gewesen war noch dass ich zu ihm fahren musste. Ich rief Robertine an. Als ich ihre Stimme hörte und mir klarmachte, dass sie ganz in der Nähe war, nur ein Haus weiter, sammelte ich mich etwas. Ich erzählte ihr von Jeannes Anruf und dass sie Muco den Laufpass gegeben habe.

»Ich muss den Citroën aus der Garage holen. Würdest du mir helfen? Ich bin mir nicht sicher, dass ich das alte Schiff da allein rausbekomme.«

»Jaja, kein Problem«, sagte sie gut gelaunt. »Und wann? Sofort?«

Sie bat mich, ihr zehn Minuten Zeit zu geben. Was los sei mit mir. Ich würde abgehetzt klingen.

»Findest du? Ach nein«, sagte ich, dann legten wir auf.

War es wirklich so abwegig, anzunehmen, dass er einmal hier gewesen war? Sicher, auch unter anderem Namen hätte er sich kaum selbst hier einschleichen können. Was aber, wenn Véronique ihn eingeladen hatte? Vielleicht hatte sie eine Freundin eingeweiht. Und als deren alter Freund aus Schultagen war er hier aufgekreuzt... Ich schob die Papiere und Bücher beiseite und nahm den Humidor aus der Schublade.

Die Karteikarten darin waren wie nicht anders zu erwarten alphabetisch geordnet. Unter R fand sich Anouk Rainier, Véroniques Freundin, mit der wir auf der *Plouzané* in die Antarktis gefahren waren. So wie sie während der Kreuzfahrt allein blieb, kam sie auch zu uns nie in Begleitung. Sie verabscheute mich. Anouk hielt mich für anmaßend und hochtrabend und warf mir vor, in allem etwas Besonderes sehen zu wollen. Egal, ob es stimmte, es war etwas, was ihr abging, und zwar vollständig. Anouk war besonders einfallslos.

Dann die inzwischen verstorbenen Rollands, er Architekt, sie Illustratorin. Anfang der Neunziger waren Claude und Bernadette in der Schweiz bei einem Lawinenunglück ums Leben gekommen. Und es gab eine Karte für Rémi, die zwar einen grünen Punkt, aber keinen Nachnamen verzeichnete – Rémi, Pénélopes Freund, mit dem sie studiert hatte und der ein, zwei Sommer lang zu Gast bei uns gewesen war, bevor er wie manch anderer junger Mann aus dem Leben unserer Jüngsten wieder verschwand.

Renauds aus Dreux, offenbar beide Fleischesser. Aber sie waren auch Weinkenner und, wenn ich mich recht erinnerte, selbst Winzer mit einem kleinen Weingut im Midi. Dann Roches, die jahrelang davon träumten, aus Clichy ins Grüne zu ziehen, schließlich aber in ihrer Villa in Neuilly versauerten und sich nicht mehr meldeten. Und der pompöse Ridon, der Versailler Butterkeksfabrikant, Alphonse Ridon mit Frau, die keinen Vornamen und sicherlich auch keine Ahnung hatte von den Mauscheleien ihres Gatten mit der Gewerkschaft, derentwegen er holterdiepolter bankrottging und auf seinen Keksbergen sitzen blieb. Ridons gingen ins Elsass, und ihre Fabrik stand lange leer, bis ein koreanischer Autoteilezulieferer sie kaufte.

Ich sah nach unter M. Da gab es Fabienne Minaldi und ihren um einiges jüngeren Mann Jacques, der im Labor ein paar

Jahre lang meine rechte Hand gewesen war. Bis er sich entschloss, auszusteigen. Fabienne ließ sich von ihm scheiden, er war ihr nicht quirlig genug, und Jacques zog nach Neuseeland. Sogar seine Kinder sahen ihn angeblich nie wieder. Er war ein fähiger Mitarbeiter, und den Planarhalbleiter, der sein Steckenpferd war, hätte er um einiges voranbringen können. Dass er sich stattdessen für Wollschafe und eine Farm bei Auckland entschied, fand ich respektabel. Dann – Mugler. Ihr Zahnarzt. Der Stifter dieses Zigarrenkastens. Manchmal träumte ich auch von Jules Mugler, aber dass es bessere Träume waren, konnte ich nicht behaupten.
Mamie.
Die Maufois aus Nanterre.
Und die Magès aus Meudon.
Und Bruno Marais-Petit, der eines Nachts so sturzbetrunken im Kiesbett der Auffahrt lag, dass er nicht einmal merkte, wie ihm Dr. Muglers kurzzeitige Lebensgefährtin Nicolette mit ihrem neuen Cabriolet über die Hand fuhr. Juli 1977. September 1983. Juni 1979. Juli 1992. Auch wann diese illustre Gespensterschar bei uns zu Gast gewesen war, hatte Véronique verzeichnet. So viele von ihnen waren seltsame Vögel. Und so viele lebten nicht mehr. Simone. Sie hatte ein paar Häuser weiter gewohnt. Ganz langsam war sie an MS zugrunde gegangen. Zuletzt saß sie im Rollstuhl. Dann kam sie gar nicht mehr. Und dann gingen wir zu ihrer Beerdigung. Ihre Eltern waren Tschechen gewesen, Flüchtlinge. Auch Simone Marek war immer allein, nie in Begleitung zu uns gekommen.
Ich blätterte weiter. Aber weder unter M noch unter einem anderen Buchstaben war eine Karte, die annähernd auf Maurice Ravoux gepasst und die meine Erinnerung an diesen

Gast, inkognito in meinem Haus, zum Leben erweckt hätte – einen Mann in meinem Alter, allein, gebildet, eloquent, viel in der Welt herumgekommen, der auffällig leuchtende Augen und auf dem Handrücken eine weiße Tätowierung hatte.

Es war eine groteske Vorstellung: Maurice hier, unter falschem Namen, ein Sommerabend, ich begrüßte ihn, einen entfernten Bekannten vielleicht von Suz, weil sie eingeweiht war. Ich redete mit ihm, vielleicht über den Garten, das Haus, zeigte ihm, wo das neue Gästehaus stehen würde, und kümmerte mich dann um den Grill und die Musik und sah ihn ab und zu in ein Gespräch vertieft, mit Suzette, mit Mamie oder Véro – und erkannte ihn nicht. Vielleicht saßen wir zu später Stunde noch zusammen mit Jeanne, André, Pénélope und Rémi, mit den Sochus und ihm und spielten Königsscharade. War das möglich? Es war undenkbar – ich hätte ihn wiedererkannt. An seinem Lächeln, den Augen, an der Art, wie er mit Véronique sprach, hätte ich ihn wiedererkannt. Es war so undenkbar, wie dass sie die für ihn erfundene Karte aus der Kartei entfernt hatte.

Ich schloss den Humidor und stellte ihn zurück mit demselben beklommenen Gefühl wie zuvor. Kurz darauf klingelte Robertine, und ich ließ alles stehen und liegen und eilte hinaus.

41

Als ich das Garagentor in die Höhe wuchtete und das Licht auf den Wagen fiel, wurde mir bewusst, was ich vorhatte. Mucos DS war in wirklich erbarmungswürdigem

Zustand. An dem Tag im Gästehaus mit André war sie mir wie eine stolze Vertreterin einer untergegangenen Epoche erschienen, jetzt aber sah ich, dass es umgekehrt war.

»Tja«, meinte ich hilflos, »etwas frische Luft könnte ihr gut tun.«

Robertine nahm es mit Humor: Selbst eine Göttin komme in die Jahre. Dann sagte sie achselzuckend: »Komm. Wie wollen wir's machen? Soll ich runter an die Straße oder dich erst hier herauslotsen?«

Ich versuchte abzuschätzen, was schlimmstenfalls passieren konnte, und entschied: Links und rechts war zwischen Wagen und Torrahmen genug Platz, selbst für einen mit meinen verschütteten Fahrkünsten. Mein Rover war nicht klein gewesen. Aber seit drei Jahren hatte ich hinter keinem Lenkrad gesessen. Robertine trat ans Heck des Citroëns und strich über die verchromte Dachflosse, die eines der hinteren Blinklichter umschloss.

Dann ließ ich den Motor an und schaltete die Scheinwerfer ein, und nach einem ziemlich krächzigen Husten unter der Haube pumpte die Hydropneumatik das Chassis hoch. Schwarzer, dann blauer und schließlich immer dünnerer weißer Qualm waberte aus dem Auspuff und ließ mich im Spiegel, der, Halter nach unten, auf dem Armaturenbrett klebte, auch wieder Robertine sehen: Zwischen den grünen Pfosten der Hecke stand sie unten am Fuß der Auffahrt im Kies, klatschte und winkte und freute sich wie ein Kind. Ich legte den Rückwärtsgang ein, und die betagte Schönheit rollte langsam ins Freie.

Als ich die DS vor die Thujen manövriert hatte, kam Robertine an die Fahrertür und steckte den Kopf zu mir herein. Im Wagen roch es nicht gerade angenehm. Staub überall, Abfall, ein alter Basketball und Teile der Innenverkleidung lagen auf dem Boden und den Rücksitzen.

»Weißt du, dass mein Alter Herr so eine fuhr!«, sagte sie mit leuchtenden Augen und strich mir über die Schläfe. »Genau so eine – mit dem komischen Lenkrad und komischen Spiegel. Nur in einer anderen Farbe, nicht dunkelblau, sondern weinrot.«

Ich schaltete den Motor aus. Die Hydropneumatik senkte mich sanft zwei Handbreit dem Erdboden näher, und Robertine erschrak nicht einmal, sondern fuhr mit abwärts und rief dabei: »Jaja, genau! Ist das nicht toll? Ich kann mich so gut daran erinnern!«

»Hör zu«, sagte ich ernst, als der Wagen still stand. Ich wandte ihr das Gesicht zu und sah ihr in die Augen. »Ich habe überlegt: Ich glaube, ich sollte nicht länger warten und zu ihm fahren. Jetzt gleich. Wer weiß, wie lange man noch mit ihm reden kann. Verstehst du das?«

»Natürlich«, sagte Robertine, »gut sogar...« Sie griff nach meiner Hand, die auf dem Lenkrad lag, und streichelte sie. »Das ist eine wirklich gute Idee, Raymond.« Genau das habe sie mir vorschlagen wollen.

Als sie noch ein Kind gewesen sei, habe ihr Vater ihr oft eine Geschichte erzählt. »Ich glaube, sie war von Rousseau«, sagte sie. »Rousseau sieht einen Baum. Er nimmt einen Stein und sagt sich: Wenn ich den Baum treffe, wird mein Leben künftig glücklicher sein. Er wirft und trifft nicht. ›Zählt nicht‹, sagt er sich, ›das war nur Übung‹, und er tritt näher an den Baum. Er wirft ein zweites und drittes Mal, und immer wirft er daneben und sagt sich: ›Zählt nicht, ich war unkonzentriert, ich war abgelenkt.‹ Bis er genau vor dem Baum steht. Und was macht er?«

»Einsehen, dass er sich selber betrügt«, sagte ich. »Hoffentlich.«

»Er wirft, trifft und sagt sich: ›Hab ich's doch gewusst!‹«

»Was ist da in deinen Haaren?«, fragte ich sie. »Da ist was Helles. Hast du sie gefärbt?«

»Nein, ich nicht.« Sie schüttelte die Haare, als hätte sich ein Blatt darin verfangen. »Meine Friseurin war das, ›Highlights‹ nennt man das, und ich könnte sie erwürgen –«

»Na ja, wenn es Highlights sind …«

»Nimmst du mich mit?«

»Möchtest du das?«

Sie plinkerte mich an und nickte.

»In einem gestohlenen Wagen? Um dabei zu sein, wenn sich zwei alte Männer anschweigen?«

Sie legte den Kopf schief und lächelte, und mit den Highlights im Haar und ihrem hellblauen Lidschatten war sie wunderschön.

»Gut, komm mit, von mir aus«, sagte ich möglichst tonlos. Aber ich könne ihr nichts versprechen. Vielleicht würde ich ihm den Hals umdrehen. Oder ich würde nicht aufhören, ihn zu küssen – was allerdings eher unwahrscheinlich sei.

»Küss lieber mich«, flüsterte sie und schob den Kopf zum Seitenfenster herein. »Ich hab so lange darauf gewartet.«

Ich blieb sitzen, während Robertine noch einmal hineinging, um ihre Handtasche zu holen: Sie wolle ein Telefon mitnehmen für den Fall, dass wir eine Panne hätten, außerdem einen Autoatlas, etwas Proviant, Wasser, meine Tabletten … Ich gab ihr meinen Hausschlüssel.

Es war nicht mehr so drückend heiß wie noch ein paar Wochen zuvor, als ich mitten durch die Gluthitze bis zum

Bahnhof gelaufen war. Aber unangenehm warm war es noch immer. Ein milchig weißer Himmel, Wolke an Wolke, wölbte sich über Versailles, und die Luft schien zu kleben, so viele Gewitterfliegen schwirrten umher. Ob dieses Vorhaben wirklich eine gute Idee war? Rue Daubigny 15. Der Schweiß brach mir aus, als ich mir vorstellte, in zwei Stunden am anderen Ende von Paris durch einen kleinen Touristenort zu fahren – auf der Suche nach einer Straße und einem Haus, wo ein Mann lebte, mit dem ich seit vier Jahrzehnten kein Wort geredet hatte.

Ein Schmetterling kam in den Wagen geflattert, ein schöner bunter Geselle, der sich zu mir verirrte und mich für eine Weile heiterer stimmte. Ein Tagpfauenauge. Damit es entwischen konnte, kurbelte ich auch das Beifahrerfenster runter, und der Falter flog hinaus. Ich wollte die Vorstellung, noch vorm Abendessen Maurice Ravoux gegenüberzustehen, verscheuchen, deshalb griff ich mir vom Rücksitz einen alten Wollschal, der dort lag, und fing an, den Staub von Lenkrad und Armaturen zu wischen.

Warum hatte ich ihn nicht angerufen? Gleich nach seinem ersten Brief hätte ich ihn anrufen und mir diese unerwünschte Kontaktaufnahme ein für alle Mal verbitten sollen. Hätte ich auf Jeanne gehört, hätte ihm mit einem Brief unmissverständlich deutlich gemacht, dass ich am Aufwühlen der Vergangenheit nicht interessiert sei – die Vergangenheit wäre nicht aufgewühlt worden, Véroniques Andenken hätte keinen Schaden genommen, ich säße nicht in einer Schrottkarre, die mir nicht mal gehörte, und würde mich nicht genötigt sehen, damit ans Totenbett eines Menschen zu eilen, mit dem ich nichts zu schaffen haben wollte. Ein durchs Mark fahrendes Geräusch machte der Schal, wenn er über den Kunststoff glitt, und der

Staub blieb daran haften wie Rost an Fingerkuppen. Noch einmal sah der Schmetterling herein – guten Tag, gestatten, Tagpfauenauge. Kurz setzte er sich auf die Beifahrertür, dann aber gaukelte er davon und verschwand. Seltsam, dass ich mich ausgerechnet mit diesem Wagen aufmachte, um Maurice den letzten Besuch abzustatten. Wie oft hatten wir in Villeblevin an meinem Kinderzimmerfenster gesessen und dabei zugesehen, wie gegenüber die DS von Bürgermeister Léaud vor der Mairie hielt. Roger Patache stieg aus und entriegelte das Tor. Und bevor er wieder einstieg, zielte er auf uns mit einer Pistole aus Zeigefinger und Daumen.

Bei Rocquencourt fuhren wir auf die N186. Wir kamen durch Marly-le-Roi, gondelten ein Stück am Seine-Bogen von Monte-Cristo entlang und hielten uns dann in nordwestlicher Richtung an die Wegweiser nach St. Germain-en-Laye. Trotz des dichten Samstagnachmittagverkehrs kamen wir zügig voran: Der Wagen fuhr ruhig und brummte unauffällig, und Robertine las gekonnt die Karte, gab mir ab und zu Anweisung, die Spur zu wechseln, und genoss ansonsten die fremde Gegend. Außer Tankstellen voller Lkws, Lagerhallen, Holzgroßhandlungen und einem McDrive war allerdings nicht viel zu sehen zwischen Seine und Wald von St. Germain. Auf dem umzäunten Spielplatz einer Hochhaussiedlung sah ich zwei Schwarze, die mit Motocross-Maschinen alle Kinder vertrieben hatten und nun den hügeligen Rasen umpflügten.

Ich merkte erst, dass Robertine nervös war, als wir kurz nach Fourqueux abbogen auf die ruhigere N184; sie führte schnurgerade durch den Wald. Ich wusste, dahinter würden wir noch einmal über die Seine fahren, dann durch Cergy und schließlich an Pontoise vorbei – und schon, in kaum einer halben Stunde, würden wir im Oise-Tal sein. André hatte recht: Bis Auvers war es ein Katzensprung.

»Was hast du?«, fragte ich sie also und erhielt als Antwort einen bekümmerten und zugleich ängstlichen Blick, dessen Anlass mir schleierhaft war.

»Habe ich was falsch gemacht? Bist du böse?«

»Nein«, sagte sie, »nein, Raymond, bin ich nicht. Aber… bestimmt bist du gleich böse auf mich.«

Damit zog sie aus ihrer Handtasche einen zusammengefalteten Umschlag. An seiner gelben Farbe erkannte ich ihn. Es war einer von Maurice' Briefen, und ich wunderte mich, dass sie ihn mitgenommen hatte, fragte mich, was sie darin entdeckt haben könnte, und fragte das auch Robertine.

Sie sagte: »Es ist kein alter Brief. Es ist ein neuer. Er war heute in der Post. – Lieber, ich dachte bloß, es ist besser, ihn dir erst unterwegs zu geben, damit du es dir nicht anders überlegst.«

»Hast du ihn gelesen?«

»Nein. Nein, siehst du: Er ist noch zu.«

Eine Weile dachte ich daran, umzukehren. Aber ich verwarf den Gedanken wieder. Diese Unverfrorenheit machte mich nur noch wütender. Der Liebhaber meiner Frau, selbst vom Sterbebett aus schrieb er mir Briefe. Ich würde ihm den Kopf abreißen. Ich wollte es hinter mich bringen, und ich wusste, ein zweites Mal würde ich mich nicht auf den Weg machen.

Also entschloss ich mich, anzuhalten. – Fahr rechts ran, dachte ich, stell dich auf die Standspur unter die Bäume, mach den Warnblinker an, lies, was der Kerl dir mitzuteilen hat. Und dann entscheide, ob du weiterfährst.

»Komm, halt an«, sagte Robertine. »Fahr auf den nächsten Parkplatz und lies den Brief.«

»Nein«, sagte ich, von meinem Trotz überrannt, »ich halte nicht an. Schluss! Ich fahre jetzt dorthin. Schon vor Wochen hätte ich das tun sollen. Bitte lies mir den Brief vor.«

»Bist du sicher?«

»Absolut. Mach ihn auf.«

Sie riss den Umschlag auf, und als sie die Papiere daraus hervorholte – getippte Seiten, wie gehabt zusammengehalten von einer Büroklammer –, sagte ich, dass der Brief ein Gutes immerhin habe: Wir würden nicht umsonst in das Kaff fahren. Er sei noch am Leben, noch.

»Wenn ich mit ihm fertig bin, vielleicht nicht mehr.«

Robertine überflog die erste Seite. Ein Lächeln huschte über ihr Gesicht, und ich rätselte, ob es dem Brief galt oder meiner Rächeranwandlung. Der Wald längs der Schnellstraße nahm kein Ende. Dann hörte er so plötzlich auf, als seien dem Schöpfer die Bäume ausgegangen, und ich lenkte die DS auf die Seine-Brücke bei Conflans-Sainte-Honorine.

»Ja, du hast recht, wahrscheinlich lebt er noch. Aber es ist schon sehr merkwürdig«, sagte Robertine ernst. Ihr Lächeln war verschwunden. »Der Brief ist ganz kurz. Und nicht von ihm.«

»Wieso nicht von ihm? Was meinst du damit?«

»Hör zu: ›Verehrter Herr! Anbei das vorletzte Kapitel über den Unfall von Albert Camus, wie Monsieur Maurice es Ihnen versprach. Er lässt ausrichten, es liege nun bei Ihnen. Nochmals beste Wünsche soll ich ferner Ihnen und Ihren Kindern bestellen. Hochachtungsvoll P. Blois‹.«

»P. Blois? Wer ist das?«, fragte ich unsinnigerweise, denn woher sollte Robertine das wissen. Ich fragte sie, ob der Brief von Hand oder mit der Maschine geschrieben sei.

»Von Hand.« Sie hielt mir das Blatt hin, und ich sah auf die

Schrift und erkannte sie wieder: Es war dieselbe Handschrift wie in den früheren Briefen.

»P. Blois – vielleicht ein Verwandter«, sagte Robertine.

»Hat er keine. Jedenfalls nicht, soweit ich weiß. Könnte ein Pfleger sein. Meinst du, er ist tot?«

»Wollen wir es nicht hoffen. ›Er lässt ausrichten, es liege nun bei Ihnen‹ – das klingt ziemlich lebendig.«

Das musste ich zugeben. »Vielleicht ist dieser Blois sein Sekretär. Oder sein Nachlassverwalter.«

Nervös, wie ich war, schaltete ich das Radio ein. Gedudel ertönte, und ich bat Robertine, einen Klassiksender zu suchen. Kaum hatte sie einen gefunden, spielte dort jemand die *Barricades mystérieuses*, und ich schaltete das Gerät aus.

»Couperin«, sagte ich, »auch so ein Terrorist.«

Robertine lachte. »P. – das kann auch eine Frau sein.« Sie streichelte mir die Wange. »Wie fühlst du dich? Wollen wir eine Pause machen?«

Ich küsste ihre Hand und schüttelte den Kopf. »Nein. Wenn wir gut durchkommen, sind wir in einer halben Stunde da. Dann machen wir Rast und trinken etwas, einverstanden? – Lies mir bitte das Kapitel vor. Hat es eine Überschrift?«

»Ja«, sagte sie. »Es heißt *Bäume Bäume Bäume*.«

Wälder, Chausseen, selbst Bäume gab es in den Gewerbegebieten zwischen Nanterre und Pontoise kaum. Bei Eragny konnte ich immerhin den blauen Zipfel des Flusses erhaschen.

»Schau – da ist sie. Die Oise.« Ich stupste Robertine an.

Und sie blickte auf von den Seiten auf ihrem Schoß, sah mich an und sagte: »Raymond, er beschreibt deinen Traum.«

42

Bäume bildeten den Tunnel, durch den sie rasten, aber es war kein Licht am Ende des Tunnels, es war vielmehr ein Tunnel am Ende des Lichts.

Der Wagen würde sich nicht endlos auf der Straße halten können, dafür fuhren sie zu schnell, dafür schlingerte die Vega zu stark. Der Regen, funkelnd zwischen den Platanen, tat sein Übriges. Entweder würden sie sich überschlagen, oder es trug sie gegen einen der Bäume. Eine weitere Möglichkeit sah er nicht und schien keiner von ihnen zu sehen, weder Michel, der fluchte und den das Lenkrad vom Sitz riss, herumriss und andersherum, noch die Frauen, die es hinten hin und her warf, wo es sie gegeneinanderschleuderte und wieder auseinander und die dabei kreischten, wild durcheinander mit dem jaulenden Hund.

Floc flog durch das Wageninnere. Einmal war er hinten, dann wieder vorn. Mit einem Mal sah ihn Camus mitten auf dem Lenkrad, wo seine Pfoten sich festzuklammern versuchten. Michel hieb auf das Fellknäuel ein, Floc landete auf dem Lederkoffer in Camus' Schoß, fand aber auch dort keinen Halt und verschwand mit dem nächsten Schlingern wieder nach hinten. Zerbrechen, alle Knochen in dem kleinen Körper werden zerbrechen, dachte Camus und spürte in der Faust das warme Metall der Schlüssel zum Haus in Lourmarin.

»Michel!«, schrie Janine, »Michel, mein Gott! Tu was!«
Aber was sollte Michel tun. Er tat ja alles, was er tun konnte, er bremste, er steuerte, er schaltete, der Wagen reagierte nicht. Sie waren zu schnell, zu schwer, es regnete, und im Funkeln des Regens waren da bloß Bäume Bäume Bäume.

»Haltet den Hund fest«, brüllte Michel, »wenn ihr nicht wollt, dass ...«

Anouchka fiel ihm ins Wort, sie keuchte, sie habe Floc, sie halte ihn fest, und das war das Letzte, was er von ihr hörte. Es waren überhaupt die letzten Worte, die Camus hörte.

»Ich halte ihn fest!« – Worte, die einem Hündchen galten, und er bezog sie auf sich.

Warum? Er sah den kleinen roten Wagen, auf den sie zuflogen, er sah das Gesicht der Frau auf dem Fahrersitz, und in der Sekunde, in der Michel das Steuer herumriss und die Vega an dem Wagen vorüberglitt, kam es Camus vor, als habe die Worte nicht Anouchka gesagt, sondern die fremde Frau mit den entsetzten dunklen Augen, die ihn anstarrten.

Sie hielt ihn fest. Jetzt, da die Kinder und seine Familie ihm entglitten, Francine, Mi, Catherine und Maria, die vier Frauen, die er liebte, der Roman, das Theater, die Überzeugung, kämpfen zu müssen um sein Land, ihm entglitten, Algerien, die Wüste, das Meer, seine Mutter, jetzt, da ihm alles entglitt, hielt diese Fremde in dem roten Auto ihn einen kurzen Moment lang noch fest. Dann sah er den Baum. Kein anderer würde es sein. Der glänzende Baum, kahl und schwarz, mit einem Muster aus großen goldenen Flecken das letzte Geschöpf, das ihn mit aller Macht anzog.

Es war gut, wenn er in diese Arme flog, denn er spürte, es gab keinen Grund mehr, seine Nacktheit zu leugnen. Keine Fragen mehr. Alles wurde spielerisch. Es hatte keine andere

Tiefe als die der Schmerzen, die auf ihn warteten und unerschöpflich sein würden. Eine wundersame Weisheit und eine Leidenschaft ohne ein Morgen vereinigten sich in den Goldflecken der Platane und nahmen sie vier und den kleinen Hund auf, als sie eintauchten in den nassen Schatten.

Linker Hand sah er noch Licht. Michel umgab Licht, während vor ihm selbst schon Dunkel war, so als legte Nacht sich über Tag oder teilten sich beide Tageszeiten dieselbe Stunde. Michel musste versucht haben, den Wagen an dem Baum vorbeizusteuern. Daher auf Michels Seite Licht und auf seiner eigenen Dunkel.

Der Facel raste gegen den Baum. Er rammte den Stamm zwischen den Scheinwerfern der Beifahrerseite und dem Kühler. Holzsplitter, Blechteile und Borkenfetzen, Chrom und Zweige prasselten gegen die Windschutzscheibe und wirbelten über das Dach kratzend davon. Um sein Gesicht zu schützen, hob Camus die Arme. Sie brachen an der Scheibe, die Arme brachen ihm die Nase, er schmeckte das Blut, das er vor sich über das Glas gespritzt sah, er spürte in der Faust den Schlüsselbund und zugleich den Schmerz in den zertrümmerten Armen, und er sah plötzlich über sich, nicht länger neben sich, Michel – als schliefe er, zusammengesackt über dem Lenkrad, mit herabbaumelnden, zuckenden Armen.

Der Aufprall riss die Vega herum, und im nächsten Moment kam eiskalte Luft herein.

Durch die Luft schleudernd brach der Facel auseinander, und herein kam eisige Luft in einem so mächtigen Schwall, dass es Janine und Anouchka in die Sitze zurückpresste und ihnen den Atem nahm.

Sie drehten sich. Verwundert, heil geblieben zu sein und

sich unverletzt zu sehen, drehten sich die Frauen um die eigene Achse und drehten sich in der Luft umeinander. Anouchka fiel auf ihre Mutter. Sie ließ Floc los. Wie ein Hut im Sturm flog der Hund davon und hinaus. Als die Vega sich ganz überschlagen hatte und zurück auf die Räder krachte, sah Anouchka nur den leeren Himmel, das im Wagen klaffende Loch und wie die kahlen Baumkronen vorüberkreiselten.

Janine hielt ihre Tochter fest, solange sie ihr Gewicht spürte. Sie umklammerte ihre Arme, aber es gelang ihr nicht, sie zu halten. Der Facel drehte sich, er hob wieder ab, und das Metall dröhnte, als zwischen Vordersitzen und Rücksitzen das Loch weiter aufriss. Janine sah ihre nackten Füße rennen, sie liefen durch die Luft, ihre Schuhe waren verschwunden, unter sich sah sie vom Regen glänzend schwarz den Asphalt, den sie nicht berührte und auch gar nicht hätte berühren können, weil er sich rasend schnell drehte, so wie sich ringsherum die Felder, die Grasböschung und alle die Bäume drehten. Dann spürte sie Anouchka nicht mehr. Mit einem Mal waren nur Michel und Albert noch da, und doch war es ein anderer Raum, in dem die Männer sich nicht mehr gemeinsam, nur zeitgleich mit ihr noch drehten drehten drehten.

Bevor er die Augen schloss und in das Dunkel sank, gab es eine Sekunde, in der er klar und deutlich Michel sah. Nicht länger leblos, vielmehr mit kräftig ausholenden Armen und lächelnd über das ganze von der Sommersonne gebräunte Gesicht löste sich der junge Gallimard vom Steuer, öffnete die Wagentür und stieg aus. Da stand er, mit rotgoldenem Haar, mit hellblauem Hemd, mit leichter Jacke im Licht, einem Glitzern, das vom Meer kam. Michel zog die Augenbrauen hoch, ein Rucken des Kopfes wies über seine Schulter, »Komm schon, sei kein Spielverderber«, sagte er fröhlich. Er warf die Autoschlüssel in die Luft, fing sie und warf sie wieder, und dann ging er davon, unter den grünen Bäumen hindurch, in deren Laubwerk der Seewind rasselte und das voller gelber Früchte war. Mitten im Duft des Salzes, des Mittags: Quitten, Quittenduft.

Dann schloss Camus die Augen, und der Wirbel begann. Die Vega drehte sich, der leblose Michel über dem Steuer, die Felder, das graue Gras, der Tunnel aus Bäumen, alles drehte sich, tauchte auf und verschwand, tauchte wieder auf und verschwand erneut. Mi, dachte er, als es dunkel wurde unter den Lidern, ich erwarte dich, meine Inniggeliebte, meine Glühende, mein Mädchen, meine geliebte Geliebte. Ich segne meine Abhängigkeit.

Nur einmal hatte er den Baum gesehen, den Mi besonders liebte, jetzt aber sah er ihn wieder, die frei stehende Silberpappel im Jardin des Plantes, unter der sie so gern auf der Bank saß und las. Es gab eine ähnlich gewachsene, fast gleiche, Mi sagte: dieselbe, Pappel auf einem Fresko von Piero della Francesca in Arezzo. Mi wusste nicht, welche von beiden Silberpappeln sie zuerst gesehen und zuerst geliebt hatte.

Er hatte Catherine eher gekannt und eher geliebt, jetzt aber liebte er sie beide, Mi und Catherine. Catherine, ich wünsche dir ein Jahr der Liebe, eine Krone der Zärtlichkeit und des Ruhms, dachte er. Ich küsse dich und segne dich.

Er wirbelte dabei durch das Dunkel und den Lärm und dachte doch so ruhig nach wie an einem Nachmittag bei offenem Fenster. Er dachte an seine Bühnenbearbeitung von Faulkners *Requiem für eine Nonne*. Catherine spielte die Temple Drake. Er sah sich mit ihr im Schatten des Théâtre des Mathurins vor ihrem gemeinsamen Mittagslokal sitzen, dem *Coconnier*, wo er sein Essen hinunterschlang, während sie sagte, Temple sei wie eine Spule, die abgewickelt werde, und doch sei sie am Ende noch voll. Und gingen sie dann zurück zum Theater, kaufte sich Catherine immer ein Brot mit Tatar und aß es im Gehen unter der Reihe falscher Akazien mit ihren ballrund gestutzten Kronen. Unter dem ersten Baum biss sie zum ersten Mal ab, unter dem letzten hatte sie das Brot aufgegessen und lachte. Und er, vor ihr her rennend, schwadronierte über die Syntax in *Licht im August*.

»Hast du gesehen«, fragte sie, »das Elsternnest in dem Baum?« Und es sprudelte aus ihr hervor, wie ihr Großvater früher Elstern fing, mit einem Holzkasten, auf den sich immer wieder Elstern setzten, weil sie neugierig waren, was darin war.

Und was war darin? Er hatte keine Idee.

»Na, eine Elster!«

Alle diese Gedanken in Sekunden: Faulkner, Catherine, die Robinien in der Rue des Mathurins, die Elsternfalle, Mi, die Silberpappel, Piero della Francesca, Michel und die Quittenbäume bei Nizza. Er spürte, das Gewicht auf seinem Schoß, der Lederkoffer, war nicht mehr da. Obwohl er keine Schmerzen hatte, wusste er, sein Körper zerbrach und würde sterben. Im Recht war nur, wer nie getötet hatte. Also konnte Gott nicht recht haben.

Er saß nicht mehr. Er spürte, er lag. Aber wo? Noch immer drehte er sich, hörte den Lärm, fühlte die Kälte. Aber bewegen konnte er sich nicht, nicht mal die Augen zu öffnen gelang ihm.

Einmal zweimal dreimal drehte sich der Wagen und schleuderte sie auf dem Rücksitz hin und her, dann hörte sie zu zählen auf. Janine versuchte sich an einem Vordersitz festzuhalten. Mit jeder Drehung flog sie einmal nach links, einmal nach rechts gegen die Seitenwand, sie sah ihre Beine, die Nylonstrumpfhose, der Wollrock war hochgerutscht bis über die Hüfte, ihre Füße lagen auf der Ablage der Heckscheibe, und sie war eingekeilt im Fußraum zwischen den Sitzen, neben sich das Loch, das in Boden und Seite klaffte und durch das die Luft sie hinauszuziehen versuchte, wie sie Anouchka und Floc hinausgezogen hatte.

Dann sah sie Blut an ihrem Bein. Sie griff nach der Wunde, um zu sehen, ob sie tief war, konnte sie aber nicht erreichen. Alles drehte sich, wurde zugleich angezogen und zurückgepresst von der Luft, ihre Hand, ihre Beine, bestimmt zum achten oder neunten Mal drehte sich kreischend der zertrümmerte Wagen, in den sie eingesperrt war, und wie in einer Zentrifuge auf dem Jahrmarkt Kinder, die in irrem Kreiseln kopfunter die Holzwände hinaufrückten, sah Janine das Blut auf ihrem Schenkel hinaufwandern und sah, dass keine Wunde darunter war, aus der es hervorquoll. Erst da sah sie Albert.

Sein Körper klemmte zwischen den Vordersitzen. Schräg über ihr war sein Kopf, eine halbe Armlänge entfernt das Gesicht, ihr zugewandt, die Augen geschlossen, Blut rann aus Nase und Mund, lief an einem roten Faden herab und tropfte auf ihr Bein. Janine steckte im Fußraum fest, und sie griff im selben Moment nach Alberts Gesicht, als sich der Wagen erneut drehte. Die Wucht der Drehung war so stark, dass Janine freikam. Aber sie verlor auch jeden Halt, sie verlor Alberts Gesicht, und sie flog hinein in das Loch, hinaus, in den verregneten Himmel.

Maria, meine Herrliche, bis bald! Der Gedanke, dich wiederzusehen, macht mich so glücklich, dass ich lache. Ich habe keinen Grund mehr, auf dein Lachen zu verzichten, du meine Heimat. Ich küsse dich. Wieder war er in der Rue des Mathurins. Aber es war nicht Catherine, mit der er dort ging, es war noch Krieg, kurz nach der Landung der Alliierten, im Theater hatte sein *Missverständnis* Generalprobe, die junge Maria Casarès als Martha, und im Publikum saßen Cocteau und Sartre, die Beauvoir und der Gallimard-Clan, auch Michel und Janine, aber zwischen ihnen Pierre, Michels Cousin, Janines Gatte. Die Kronen der falschen Akazien waren nicht gestutzt, unter ihnen hindurch radelten sie heim, Maria saß auf dem Lenker, beschwipst wie er, glücklich, dass alle sie gesehen hatten, so wunderbar, so streng und mutig. Eine Razzia deutscher und französischer Polizei, und Maria forderte ihn auf, seine Druckvorlagen für die Widerstandszeitung ihr zuzustecken.

Sie lachte dabei.

»Du wirst durchsucht, ich nicht!«

Und sie behielt recht.

Bäume, alle die Bäume Bäume Bäume unter den Lidern in seinen Augen. Als bildeten sie eine Allee, unter der er hindurchtaumelte und an deren Ende er einen Garten liegen sah, licht und grün, mit den Bäumen aus seinem Gedächtnis, dem Gras seiner Erinnerung.

Da war die Kastanie hinter dem Haus in Verdelot, wo er sich mit Michel und Pierre versteckte vor der Gestapo. Er kochte algerischen Maisbrei, sie löffelten ihn im Schatten unter dem Baum. Janine schmuggelte Papiere zu ihnen hinaus, Nachrichten aus Paris, vom Fieber der Befreiung, das sie alle ergriff. Pierre fuhr in die Stadt zu seiner Buchbinderei, und kaum war er weg, gestand Michel Janine, dass er sie liebe.

»Und du, liebst du ihn auch?«, fragte er sie, als sie unter der Kastanie saßen. Michel war im Haus, und durchs Dunkel schwirrten Fledermäuse.

»Wenn ich an ihn denke, zittere ich. Schau«, sagte Janine, »so wie jetzt.«

Mit einem Mal war das Kreiseln vorbei. Janine flog. Sie sah nicht, wohin, sah über sich bloß den Himmel und spürte die Regentropfen zerplatzen in ihrem Gesicht. Sie dachte nicht an sich selbst und hatte keine Angst um sich. Sie dachte an Anouchka und Michel und sah ein Bild vor sich, das beide verband und in dem auch sie vorkam. Sie sah das Bild einer in zahllose Teilchen zerbrochenen Brücke, die noch in der Luft hing, aber nichts mehr würde tragen können. Diese Brücke war sie.

Er versuchte nicht länger, die Augen zu öffnen. In dieser letzten Sekunde geschah ein Wunder mit ihm, und er spürte deutlich, alle seine Wünsche würde es in Erfüllung gehen lassen. Mit geschlossenen Lidern konnte er plötzlich sehen, und so sah er, dass er mit Michel allein war, und auch wenn er nicht mehr wusste, wo sie beide waren, empfand er Michels Nähe in ihrer vollen schlichten Güte. Ein Garten. Es musste der Garten am Ende der Allee sein, durch die er taumelte. Michel und er saßen an einem Metalltisch unter einem Mandelbaum. Es dämmerte. Kühler Wind blies und es nieselte, aber der Mandelbaum blühte, sein Blütenschnee trotzte dem Wetter und spendete ihnen beiden Licht, die sie eingemummelt in Mäntel darunter saßen.

Also war Februar, wenn Algiers Mandelbäume bloß die eine Nacht lang blühten. Und da war auch seine Mutter. In eine Decke gehüllt, brachte sie ein Licht. Sie stellte das Kerzenglas auf das Tischchen und stand dann bei ihnen unter dem Baum.

»Sie werden sich erkälten, M'sieur Michel«, sagte sie.

Und Michel sagte: »Bestimmt, Madame. Aber wenn ich Glück habe, ist es eine gute Erkältung. Dann hilft sie mir, mich zu erinnern an den schönen Garten, an Albert und an Sie.«

Er hörte die Zwillinge und Anouchka, sie tobten durchs Haus, in der Küche Janine und Francine, die die provençalischen 13 Desserts vorbereiteten, die Fougasse, Äpfel, Winterbirnen... Orangen, Mandarinen, Nüsse... Feigen... Datteln und Mandeln... Francine, du bist meine Schwester, du bist mir ähnlich, seine Schwester aber sollte man nicht heiraten.

Wo war dieser Garten?

Die 13 Desserts gab es zu Weihnachten, und bei ihnen in Lourmarin war Maman nie gewesen. Wo stand dieser Mandelbaum? Maman, ich wünsche dir, dass du immer so jung und schön bist wie dein Herz.

Wo war dieses Haus?

Er spürte in seiner Faust die geriffelten Schlüssel, und da fiel es ihm ein.

43

Auvers-sur-Oise war noch kleiner, als ich es mir vorgestellt hatte. Der Ort lag zwischen dem Flüsschen und niedrigen Hügeln, die sich im Norden dahinwellten. Es gab nur eine Hauptstraße. Alte verwinkelte Häuschen bildeten das Zentrum, alle auffallend bunt und verblichen. Blumen und blühende Büsche sah ich an den Mauern, in den Gärten, einem kleinen Park neben der Straße, und wohl unter dem Eindruck dessen, was Robertine mir vorgelesen hatte, fiel mir auf, dass es zwischen den Häusern in den Gassen und Treppenaufgängen kaum Bäume gab, dafür aber umso mehr dort, wo Auvers endete. Bäume, Bäume, Bäume. Die Hügel waren dicht und dunkelgrün bewaldet. Und unten an der Oise musste es kühl und schattig sein unter den großen Trauerweiden.

Hausboote lagen dort. Pärchen saßen am Ufer und ließen die Füße ins Wasser hängen.

Wir stellten die DS auf dem Parkplatz einer Schule ab, deren Pavillons verwaist in der Hitze standen. Nur wenige andere Wagen parkten vor der mit Drachen, Sonnen und Tigern beklebten Glasfront, aber ihre Kennzeichen kamen von überall in der Republik, Finistère, Bas-Rhin, Rhône. Im Ort wimmelte es von Van-Gogh-Pilgern in kurzer Sommerkleidung. Keiner, der nicht eine Kamera am Handgelenk oder vor der Brust hatte. Als wir uns auf die Suche nach einem Lokal machten, um eine Kleinigkeit zu essen, hörte ich japanische, englische, deutsche, niederländische Sprachfetzen. Reisebusse kamen an, fuhren ab. Es war tatsächlich wie in Versailles – nur dass das Schloss fehlte und mit ihm die Luft kühlende Springbrunnen.

An der Hauptstraße entdeckten wir eine bunte Schautafel hinter Glas mit einem Ortsplan und fanden darauf die Rue Daubigny: Sie musste ganz in der Nähe liegen, unterhalb der Kirche, keine fünf Gehminuten entfernt. Die Tafel war bestückt mit kleinen Abbildungen von Gemälden. Jede schien für einen Fleck zu stehen, den Vincent van Gogh in Auvers gemalt oder gezeichnet hatte. Er musste das Nest Hunderte Male abgeschritten und es regelrecht vermessen und kartographiert haben, nur nicht anhand von Zahlen, sondern mit Bildern – ein Sonnenkranz aus leuchtend hellen Gemälden lag um den Ortskern. Aber vielleicht war das bloß Zufall. Ich wusste nichts von Van Goghs Arbeitsweise. Vielleicht hatte er einfach das gemalt, was ihm aufgefallen und schön erschienen war.

»Schau mal«, sagte Robertine vergnügt und zeigte genau hinter uns auf das kleine Rathaus, vor dem ein Gemüsemarkt aufgebaut war, wo zwei gusseiserne Kioske standen und sich an ihrem Mast die Trikolore in der Windstille nicht regte.

»Er muss etwa hier... hier gestanden haben«, sagte sie und machte dabei ein paar Schritte zur Seite. Auf dem Bildchen an der Tafel sah die Mairie genauso aus wie das Haus, das da vor uns in der Sonne stand, und doch war es ganz anders auf dem Gemälde, unförmig, lebendig irgendwie, es wirkte wie ein Zwischending aus Haus und Tier, und bei diesem Gedanken fiel mir der Schluss von Maurice' Kapitel wieder ein: das Haus, an das sich der sterbende Albert Camus erinnert.

Auch ein Bild von dem Gemälde, das den Umschlag von Maurice' letztem Buch zierte und das auf seiner Postkarte gewesen war, zeigte die Tafel: *Der Regen* war dem Ortsplan zufolge oben auf den Hügeln entstanden, in unmittelbarer Nähe zu dem Friedhof, auf dem van Gogh beerdigt lag.

»Komm«, sagte ich zu Robertine und zog sie weiter, »da drüben unter der Pergola ist ein Tisch frei...«

Missmutig und von grässlicher Nervosität erfüllt, stocherte ich in meinem Teller herum. Das Essen schmeckte abscheulich, die Hitze war unerträglich, jeder Alte, der auf dem Trottoir vorüberschlurfte, sah aus wie er. Obwohl ich so gut wie nie Bier trank, verspürte ich jetzt eine wahre Gier nach einem, und ich hatte das Glas noch nicht zur Hälfte geleert, als ich merkte, wie mir der Alkohol zu Kopf stieg und jede Bereitschaft dahinschwand, mit Robertine eine gemeinsame Vorgehensweise abzustimmen. Sie meinte es gut. Sie wollte mich bei Laune halten. Sie redete von dem Brief und dem Kapitel und sagte, es würde sich alles zeigen und als halb so dramatisch erweisen, wenn ich erst mit Maurice gesprochen hätte. Mein Traum von dem Unfall und seine Beschreibung meines Traums – die Übereinstimmungen seien bloß Zufall, was sollten sie sonst sein, Lieber?

Ich dagegen empfand die ganze Wucht des Irrsinns, dem ich mich hier aus freien Stücken aussetzte. Ich wünschte, es wäre nie so weit gekommen. Ich wünschte, ich hätte keinen der Briefe je erhalten, hätte nie wieder an Delphine Chévreaux gedacht und zu keiner Zeit gezweifelt an Véroniques Liebe. Ich wünschte, ich hätte Robertine Sochu nie geküsst. Und kurz wünschte ich mir sogar, die Uhr zurückdrehen zu können: Wäre ich nur in meinem Krankenzimmer in der Clinique de la Porte Verte, stünde ich doch nur wieder vor dem Spiegel wie der seiner Krone beraubte Ludwig XVI. Mein fahles eingefallenes Gesicht wünschte ich mir zurück, meine Hakennase und Bürste aus weißem Haar, von dem man die Allongeperücke herabriss samt Krone, der Krone von Frankreich.

»Du hörst mir ja gar nicht zu«, sagte Robertine.

Und ich: »Nein, tu ich nicht, stimmt. Ich bin müde«, und dabei dachte ich: Nie und nimmer! Nie und nimmer war es ein Zufall, dass er meine Träume erriet. Wir waren noch immer verbunden, alle die Jahre hatten nichts daran geändert.

Deshalb hatte er Delphine geheiratet, deshalb hatte er Véronique geschrieben, deshalb hatte er mir geschrieben, und deshalb saß ich nun als Tourist unter dieser Touristenpergola in dem Nest, wo er lebte.

Die Zeit der Gladiolen war vorbei, aber hier blühten sie noch. Es duftete nach Oleander und duftete nach Malve in dem ungepflasterten Gässchen, das über Stufen hinaufführte zur Kirche. Von den Mauern längs der Treppe hingen Ranken und Blüten. Und im Schatten unter den weißen Kelchen eines Trompetenbaums stand ein alter Bananenkarton, in dem eine Katze ihre Jungen leckte, die noch nicht einmal die Augen offen hatten. Robertine bückte sich und streichelte die Mutter eine Weile. Sie sprach mit ihr, als würde sie die Katze kennen, und verabschiedete sich von ihr wie von einer schwerhörigen Nachbarin. Dann kam sie zu mir, und in einem hellen Fleck Sonne küsste sie mich flüchtig und zärtlich, bevor wir weitergingen und höher, immer höher stiegen.

Ich erkannte die Kirche wieder – verblüffend. Ich wusste nicht, wie viele Reproduktionen von dem Gemälde ich in meinem Leben schon gesehen hatte. So wie in jedem Café, jedem Frisiersalon und jeder Arztpraxis von Versailles hatte ein Poster oder Druck von dem Bild mit der grauen Kirche vor dem meerblauen Himmel bestimmt auch in der kieferchirurgischen Folterkammer von Jules Mugler gehangen, und auch hier prangte eine Darstellung davon als Schautafel, genau dort, wo Vincent van Gogh gestanden haben musste, um die Kirche zu malen, nicht ahnend, dass die Leinwand, die er allmählich mit Farben füllte, 100 Jahre später so viel wert sein würde wie der Neubau eines Krankenhauses.

Da war das Bild, aber da war auch die Kirche. Da waren

Büsche und Bänke und Wege, und sie waren auch auf dem Bild. Robertine sagte, was auch ich dachte, dass nämlich van Goghs gemalte Kirche die Kirche, die vor uns in die Höhe ragte, erst wirklich erscheinen lasse.

»Irgendwie wird sie durch das Bild lebendig«, sagte sie.

Im Kirchhof standen Bänke, eine Reihe unter großen alten Pinien vor einem Wall aus Steinen, unterhalb dessen die Straße lag, die Rue Daubigny. Wir gingen an den Bänken vorüber, wie man eben an Parkbänken vorbeiging, auf denen niemand saß, aber wo in fünf Jahrhunderten schon Zehntausende gesessen hatten. Und mit einem Mal erkannte ich alles wieder: die Bank, den Steinwall, den Sandweg, die Schatten. Hier hatte er in dem Rollstuhl gesessen, als man das Foto mit dem Regenschirm von ihm machte... Kein Park oder Garten war auf Maurice' Porträt zu sehen, sondern der Kirchhof von Auvers.

Er lag keinen Steinwurf entfernt von seinem Haus. Es waren nur noch wenige Schritte. Ein paar ausgetretene und beschotterte Stufen führten zur Straße hinab. Am Fuß der Treppe, unmittelbar gegenüber, das Haus. Rue Daubigny 15. Eine gewöhnliche, schmale Straße, die sich im Schatten der Kirche über den Hügelhang schlängelte. Autos parkten am Rand. Eine Katze sonnte sich auf einer Motorhaube. Und ab und an ging ein Touristenpärchen vorbei, blieb stehen, und einer von beiden fotografierte den anderen vor der Treppe zur Kirche.

Ein graues Haus. Nicht groß, nicht klein. Ein gewöhnliches Wohnhaus, zwei Stockwerke, ausgebauter Dachstuhl. Ein Rosenstrauch neben der Haustür. Eine kleine Treppe führte zu ihr hinauf, nirgends aber eine Rampe für den Rollstuhl.

»Sieht nett aus«, sagte Robertine. »Guck, die Fenster.«

Die Fensterläden und die Tür, ja, ich sah es auch, sie waren leuchtend rot, johannisbeerrot gestrichen.

»Soll ich?«

Ich nickte, und sie drückte den Klingelknopf.

44

Im Haus hörte man Schritte, und nach einer Weile öffnete uns ein junger Mann mit langen blonden Haaren die Tür. In seinem zerknitterten weißen Hemd und dem schwarzen Anzug, der ihm um einiges zu klein war, wirkte er wie der Lehrling eines Bestattungsunternehmens, ausgelaugt von einer Drogennacht.

»Sie wünschen?«

Er war auffallend schmal, hatte große, leuchtend grüne Augen und einen breiten Spalt zwischen den oberen Schneidezähnen.

Ich stellte mich vor: »Raymond Mercey«, und wandte mich um – »Robertine Sochu, meine...«

»Pascal Blois. Guten Tag.«

Mehr sagte er nicht – weder, in welchem Verhältnis er zu Maurice stand, noch wie es dem Sterbenden ging. Er schien nicht sonderlich überrascht, mich zu sehen, und meine Absichten brauchte ich ihm gegenüber, offensichtlich der Verfasser des letzten Briefes, wohl nicht zu erläutern. Er nickte, gab Robertine und mir die Hand und trat darauf zur Seite, um uns ins Haus zu lassen. Ich unterdrückte den Impuls, zu fragen, ob Monsieur Ravoux noch am Leben sei. Nach diesem Totengräberaufzug zu schließen, war er es nicht.

Zudem roch es im Haus nach Reinigungsmitteln und Blumen. Eine weiße Treppe führte zu den oberen Stockwerken hinauf. Afrikanische Masken, kleine Wandteppiche und in Glasrahmen Fotografien von Buschmännern, Tuareg, Wüstenoasen und Bergseen zierten im Parterre die Wände des Flurs, in dem Blois uns überholte. Als er an Robertine vorbeieilte, sah ich, dass er Turnschuhe anhatte. Er öffnete eine Tür, die ins Wohn- und Esszimmer zu führen schien, und hielt sie uns auf. Dabei bleckte er die Zähne, so dass der Spalt in seiner ganzen Breite zum Vorschein kam. Vor den Fenstern lag in der Sonne ein verwilderter Garten, der sich hangabwärts zwischen Ahornbäumen und undefinierbarem Strauchwerk verlor.

»Bitte nehmen Sie Platz.«

Blois zeigte auf ein Sofa, zwei Sessel, vier Stühle – so viele waren wir gar nicht. Nervös wirkte er nicht. Ich schätzte ihn auf höchstens Ende 20, er hätte mein Enkel sein können. Eine Kristallvase stand auf dem Tisch, und auf einer Zeitung lagen eine Schere und ein Strauß weißer Blumen ausgebreitet: Der Geruch, der die Räume erfüllte – Lilien.

Ich setzte mich in einen Sessel und sah mich um. Es gab keine Bücher in dem Zimmer, keinen Fernseher, keine Stereoanlage, geschweige denn ein Klavier. Ein sonderbarer Raum, so licht, so grün von den Gartenbäumen, und doch so spartanisch. Ich fragte mich, was das Zimmer mir von Maurice erzählen könnte. Masken. Auch hier hingen sie an den Wänden, und in einem Schrank mit gläsernen Türen standen geschnitzte afrikanische Figuren, Frauen, Männer, Tiere, sowie eine ganze Batterie gerahmter Fotografien. Diese Masken: hölzerne Grimassen, Garanten für Albträume. Andererseits – wenn man diese martialischen Fratzen ein Leben lang von überall auf der Welt mitgebracht hatte?

Robertine blieb am Tisch stehen und fragte den jungen Mann nach den Blumen: ob sie aus dem Garten stammten und wie groß der Garten sei. So ein umwerfend schöner Garten!

Sie kamen ins Gespräch... und ich hörte zu, wie Pascal Blois die Worte setzte, es erschien mir bedeutsam, so als wäre es möglich, anhand seiner Wortwahl darauf zu schließen, wie er mit Maurice sprach und Maurice mit ihm. Unsicher, abwartend, fast ein wenig lauernd, dabei durchaus eloquent und gebildet kam er mir vor, als er Robertine von den Blumen, Büschen und Bäumen erzählte, die im Garten des Hauses wie überall in Auvers praktisch ohne Zutun wüchsen. Der Goldregen. »Laburnum vulgare« – der Spalt zwischen den Zähnen ließ ihn wie ein großes Nagetier aussehen, wie einen Marder, der Latein sprach. Es sei eine Pracht, sagte er, die Maurice stets sehr geliebt habe und immer noch liebe, auch wenn der Garten jetzt seit langem schon in beklagenswertem Zustand sei. Aber, wie man sehe, den Blumen und den Vögeln mache es nichts aus! »Turdus pilaris.« Im selben Moment, als er zum ersten Mal Maurice' Namen erwähnte, begann er, die Lilien einzeln in die Vase zu stellen.

»Verraten Sie uns, wie es Monsieur Ravoux geht?«, fragte Robertine und nahm eine Lilie vom Tisch. Sie hielt sie in meine Richtung, damit auch ich bewundern konnte, wie schön sie war.

Ich lächelte ihr zu, ein Dank dafür, dass sie hier war.

»Gern«, sagte Blois, ohne auf die Geste zu achten. Ich war mir sicher, dass er mich nicht leiden konnte – so wenig wie ich ihn und so wenig, wie ich es leiden konnte, dass er ungerührt fortfuhr, von jedem Stiel ein fingerlanges Stück abzuknipsen, ehe er die Blume in die Vase plumpsen ließ.

»Deshalb sind Sie und Monsieur Mercey ja hier.«

»Tja, das stimmt wohl«, sagte Robertine lächelnd.

Und ich sagte: »Na ja, meine Liebe, so ganz stimmt das nicht. Wir sind nicht aus Versailles gekommen, um zu fragen, wie es geht, sondern um mit Maurice Ravoux zu reden, und das persönlich. Es gibt Dinge, die ich mit ihm zu klären habe.«

Der Junge stand am Tisch, kehrte mir den Rücken zu und ordnete die Blumen. Er war dürr wie ein ausgemergelter Labormarder, und seine blassgelben Strähnen fielen ihm über die Schultern und waren ungewaschen.

»Maurice ist leider sehr schwach«, sagte er tonlos und ohne sich umzudrehen.

Ich beschloss, es nochmals mit Höflichkeit zu versuchen, nachdrücklicher, unnachgiebiger, unmissverständlicher Höflichkeit.

»Maurice Ravoux schreibt mir seit Monaten Briefe, in denen er wünscht, dass ich ihn besuche – oder in denen er das von mir verlangt? Sei's drum. Hier bin ich, ausgeschlafen, gesättigt, halbwegs guter Laune. Ich wäre Ihnen dankbar, würden Sie ihn davon unterrichten und mich dann zu ihm bringen.«

Robertine, die Lippen zusammengepresst, die Brauen in die Stirn gezogen, kam endlich zu mir und setzte sich in den Sessel neben meinem. Es sah aus, als würde sie ihn gar nicht berühren, so steif saß sie auf der Polsterkante.

Die Lilien waren in der Vase.

Blois faltete die Zeitung über den abgeschnittenen Stielen zusammen und nahm die Schere vom Tisch.

Er sah kein Mal herüber, als er das Zimmer durchquerte und an der Tür stehen blieb. Erst da sagte er, es tue ihm leid – woraufhin ich befriedigt nickte.

»Verzeihen Sie«, sagte er, »aber ich fürchte, Sie sind unter völlig falschen Voraussetzungen nach Auvers gekommen. Ich werde Maurice fragen, ob er Sie trotzdem sehen möchte. Oder ob auch er meint, dass es besser ist, wenn Sie wieder gehen.«

Damit ging er hinaus und schloss leise die Tür, und ich wusste mit einem Mal, an wen dieser verdruckste Sekretär, oder was immer er war, mich erinnerte. Er benahm sich, wie ich selbst mich benommen hatte, als ich so alt war wie er. Auch bei mir hätte keiner zu sagen gewusst, woher ich eine derartige Arroganz nahm, woher den Glauben, eine alles und jeden überflügelnde Geistesschärfe zu besitzen.

»Vielen Dank!«, rief ich ihm nach.

Und Robertine sagte leise: »Raymond, Raymond. Ich erkenne dich gar nicht wieder.«

Wir hörten Blois' Schritte auf der Treppe, dann über uns auf dem knarzenden Parkett, dann war von einer zur anderen Sekunde alles still. Robertine schien beschlossen zu haben, nicht weiter in mich zu dringen. Sie stand auf, strich mir über den Schädel und ging hinüber zu dem Vitrinenschrank.

Falsche Voraussetzungen – was meint er damit, fragte ich mich. Säße ich etwa hier, hätte Maurice oder er selbst mir nicht geschrieben?

»Komm her, Raymond«, sagte Robertine nach einer Weile, während deren ich bloß zur Decke starrte und lauschte. Man hörte nicht das kleinste Geräusch.

»Das musst du dir ansehen. Ich glaube, das bist du.«

Ich stellte mich neben sie und blickte auf das Foto, auf das sie zeigte: Tatsächlich, da war ich. Und da war er. Maurice Ravoux und ich, mit nackter Brust, mit nacktem Bauch, in

Badehose und mit nassem Haar, breit grinsend in eine Kamera, mit der uns wer auch immer geknipst hatte. Nicht älter als 15 waren wir auf dem Bild, in unserem Rücken sah man die Walnussbäume, ihre ganze geschwungene Reihe zwischen Bahndamm und Freibad.

»Ja«, sagte ich. »Villeblevin.«

»Und schau hier...« – sie war schon beim nächsten Bild. Als ich es mir ansah, durchzuckte mich ein Adrenalinschauder, denn es war ein Porträt, eine Nahaufnahme, von Delphine.

Delphine, wie ich sie nie erlebt hatte. Nicht mehr Delphine Chévreaux, Delphine Ravoux. Delphines Sommersprossen, ihre blonde Igelfrisur, die Grübchen und der herausfordernde Blick, aber nicht mehr der des Mädchens. Delphine als junge Frau, mit Ende 20 oder Anfang 30, aufgenommen irgendwo, in Agadir oder Avignon, ich wusste es nicht, und das Foto, angegilbt und schwarzweiß, verriet es nicht, es behielt es für sich.

»Seine Frau?«

»Ja«, sagte ich. »Seine geschiedene Frau.«

»Véronique ist auch da.«

Da stand ein kleiner Hund aus schwarzem Holz hinter dem Glas. Da waren die Figuren eines Tänzers und einer Frau, die eine Schale voller Obst oder Gemüse auf dem Kopf balancierte. Und da stand ein kleiner rotbrauner Rahmen, aus dem heraus Véro mich ansah. Robertine bückte sich, um das Bild besser sehen zu können.

Aber da waren auch noch andere Memorabilien, andere Figuren und andere Bilder, und ein in rotes Leder gebundenes Büchlein lag auf dem Glasbord hinter der Glastür wie in der Vitrine eines Museums. Das Buch berührte mich merkwürdig, ohne dass ich hätte sagen können, warum. Auf einem Foto waren Maurice' Mutter und sein Vater zu sehen, auf einem anderen, offenbar einem Hochzeitsfoto, Corinne Ravoux und Roger Patache und auf einem dritten Roger und Pipin, wie sie am Kühlergrill ihres zerbeulten blauen Holzlasters lehnten, von dem Maurice zu Recht gemeint hatte, er sehe aus, als habe ein Flugzeug ihn abgeworfen.

»Die Patache-Brüder«, sagte ich, »der ältere ist Roger, der später Maurice' Mutter geheiratet hat« – und ich zeigte auf das Foto von ihm und Corinne, Cora Patache. »Der andere ist Pipin.« Robertine nickte, und ich sah sie an, Robertines Haut, ihre Augenbraue, den Schwung ihres Kinns, alles was ich jetzt liebte, alles um mich abzulenken von Véroniques Anblick.

»Guck«, sagte sie, »er ist auch da.«

Ein Farbfoto zeigte einen blonden Jungen, der an einer Regenwassertonne lehnte und stolz die Zähne bleckend in die Kamera lächelte. Auf der Abdeckung der Tonne stand ein bunter Fuhrpark von Automodellen.

»Oder meinst du, er ist es nicht?«

Im Hintergrund des Bildes, oberhalb der Tonne, sah man ein offenes Fenster, und auf dem Fenstersims saß eine Frau, blond, mit Sonnenbrille im Haar. Auch das war Delphine, kein Zweifel, allerdings noch älter geworden, Delphine in mittleren Jahren, Delphine als Mutter.

»Woher soll ich das wissen«, sagte ich.

»Ach komm, natürlich ist es Blois. Guck doch die Zähne... 12 oder 13 wird er sein.«

Ich bat sie, beiseitezugehen.

»Was hast du vor?«

Ich öffnete den Schrank.

»Raymond –!«
Ich griff mir dieses Bild.
»Raymond, stell es zurück.«
»Warum? Weil es nicht mir gehört?«
»Ganz genau. Stell es zurück. Bitte!«
»Aber ihm gehört es, ja? Ein Bild von meiner Frau! – Ich will nachsehen, ob es datiert ist –«
»Wenn du nicht willst, dass ich gehe, und zwar auf der Stelle, dann tust du es zurück.«
Robertine sah mich an mit einem Blick, der keinen Zweifel aufkommen ließ, dass es ihr Ernst war.
»Du nimmst das Foto nicht aus dem Rahmen. Du hörst auf, kindisch zu sein. Und du erinnerst dich, was ich dir sagte: Sie war auch seine Freundin, eine Jugendfreundin.«
Wie alt war Véronique auf dem Foto? Sie war nicht mehr jung. Wann war es aufgenommen worden, von wem? Ich kannte das Bild nicht, kannte auch kein ähnliches, nicht einmal, was sie anhatte, kam mir bekannt vor. Sie lächelte schwach, und ich kannte immerhin dieses Lächeln. Doch was da im Hintergrund war, konnte eine weiße Wand unseres Hauses sein, genauso gut aber die Außenhaut eines Flugzeugs, der Wasserschleier des Apollo-Brunnens im Schlosspark, ein Segel, ein Eisberg.
Oben waren Schritte zu hören.
Robertine las wieder meine Gedanken: »Sie muss es ihm nicht geschickt oder gegeben haben. Komm, stell es einfach wieder hin. Es gibt so viele Möglichkeiten, wie er an das Bild gekommen sein kann.«
Auch in diesem Punkt hatte sie recht – zumindest so lange, bis ich mit ihm sprechen, ihn mir zur Brust nehmen und es aus ihm herausholen würde: Weshalb besaß er ein Bild

von meiner Frau, das ich nicht besaß und nicht einmal kannte? Wer hatte es gemacht? Hatte Véronique es ihm geschenkt, vielleicht als Dankeschön für seine Bücher, Widmungen und 20 Jahre währenden Liebesbekundungen? Sie war die Frau eines Jugendfreundes, Mutter zweier Töchter. Die Frage nach Jeannes und Pénélopes Befinden aus seinem ersten Brief fiel mir wieder ein. Das scheinheilige Aas. Aber was war anderes von einem zu erwarten, der selbst keine Kinder hatte, sondern lieber in der Weltgeschichte herumreiste, der in Algier die Meerwasserentsalzungsanlage von El Hamma konstruierte und Bücher schrieb und der sich bedienen ließ von einem verlotterten Jungspund mit losem Mundwerk. Falls ihr Terminkalender es zuließ, könnten mich meine Töchter im Gefängniskrankenhaus besuchen. Laburnum vulgare. Pen und Jeanne würde ich vielleicht verraten, wo in seinem verwahrlosten Garten ich ihn verscharrt hatte. Grabt unterm Goldregen.

»Er kommt zurück«, sagte Robertine, als wir Blois' schnelles Getrappel auf der Treppe hörten. Spring du nur, dachte ich, dich lasse ich gleich mit verschwinden. Sie nahm mir das Bild aus der Hand und stellte es zurück in die Vitrine.

»Warte«, sagte ich und griff mir das rote Lederbüchlein, bevor sie die Schranktür schließen konnte.

»Also...!«

Sie versuchte, es mir aus der Hand zu drehen, aber es gelang ihr nicht. Ich wandte mich ab. An meinem Rücken kam sie nicht vorbei. Ich klappte es auf. Und ich sah sofort, was es war.

»Was ist das für ein Buch? Du kannst doch nicht –«

Es blieb keine Zeit für Erklärungen. Kaum dass wir wieder saßen, ging die Tür auf und herein kam, ohne sie hinter sich zu schließen, lächelnd, rot angelaufen, mit nass gekämmtem Haar, Pascal Blois.

»Bitte, M'sieur, M'dame, kommen Sie«, sagte er eine Spur zu freundlich. »Maurice ist jetzt wach und möchte Sie sehen.«

45

Eine Zahnradschiene verlief längs der geschwungenen Treppe ins erste Stockwerk hinauf, und oben stand der dazugehörige Sesselaufzug und war mit einem weißen Laken zugedeckt. Der Flur lag im Halbdunkel – Licht fiel durch ein einziges Fenster, durch das ich draußen die Stufen sah, die zur Kirche führten, Touristen, die vorbeigingen, stehen blieben, fotografierten, weiterspazierten.

Blois bat uns, ihm zu folgen, und ging voraus, bis er vor der vierten oder fünften geschlossenen Tür stehen blieb. Er wandte sich um, wartete, bis wir zu ihm aufgeschlossen hatten, und sagte dann leise, fast flüsternd, dass, bevor wir hineingingen, er es für unabdingbar halte, uns von bestimmten Dingen in Kenntnis zu setzen.

Ich beschloss für mich, ihm nicht zu widersprechen, sondern mir anzuhören, was er zu sagen hatte. Wie ich mich im Zimmer verhalten würde, war eine andere Sache. Das entscheide ich, wenn ich ihm gegenüberstehe, dachte ich im selben Moment, als ich Robertine sagen hörte, er könne ganz beruhigt sein und sich auf uns verlassen.

»Es liegt mir fern, Ihnen Instruktionen zu erteilen«, sagte er darauf, und ich sah, wie seine Zungenspitze dabei kurz den

Zahnspalt befühlte, so als wäre er auch ihm neu. »Ich bitte Sie nur, Maurice' Gesundheitszustand nicht aus den Augen zu verlieren, wenn wir nun gleich zu ihm hineingehen.«

Und ich sagte: »Vielleicht skizzieren Sie uns den kurz.«

Und Blois sagte, indem sein Blick über mich hinglitt, bevor er sich eine feuchte Strähne aus der Stirn wischte: »Gern. Maurice leidet an einer Nervenerkrankung, die nicht heilbar ist und die in den letzten Monaten – so sieht es leider aus und so sehen es die Ärzte – ihr Endstadium erreicht hat. Beinahe sämtliche Körpermuskeln sind davon betroffen. Ihm bleiben die Herz- und Atemmuskulatur, sonst leider kaum noch etwas. Jede andere Bewegung ist ihm nicht mehr möglich.«

»Das klingt nach ... ALS, amyotropher Lateralsklerose«, sagte ich, »der Krankheit, die Mao Tse-tung hatte und die –«

»Mag sein«, unterbrach er mich. »Die Erkrankung ist selten. Aber ganz richtig: Man nennt sie ALS. Da Sie ihre Symptome kennen, dürften Sie wissen, dass jede Aufregung unabsehbare Folgen für Maurice hätte.«

Er legte eine Hand auf die Türklinke – eine Geste, die uns bedeutete, dass wir eintreten konnten, die zugleich aber bestimmte, dass wir erst eintreten würden, wenn Blois es für richtig hielt. Ich täuschte mich nicht: Ob wir uns hierin einig seien, fragte er und sah dabei mich fest an.

»Selbstverständlich sind wir uns darin einig«, sagte Robertine schnell. »Das Wohl von Monsieur Ravoux hat absolut Vorrang. Erlauben Sie aber bitte eine Frage, die im Zimmer zu stellen wohl etwas pietätlos wäre.«

»Bitte«, sagte er höflich mit einem Nicken.

»Wenn ich Sie recht verstanden habe, ist Monsieur Ravoux fast vollständig ... gelähmt – kann man das sagen?«

Blois nickte.

Und Robertine weiter: »Er ist so weit gelähmt, dass er weder sprechen noch schreiben kann, sagen Sie. Wie wird sich da Monsieur Mercey mit ihm unterhalten können?«

Blois sah mich an, und ich sah Blois an. Ich zog die Augenbrauen hoch und wartete, was er darauf sagen würde. Der Chefredakteur der *Elle*, von dem André erzählt hatte, fiel mir wieder ein, sein Buch, sein Augenlid.

»Ich werde Ihnen das im Zimmer erklären«, sagte Blois. »Seien Sie versichert: Solange Sie Ruhe bewahren und Maurice nicht echauffieren, werden Sie sich mit ihm über alles unterhalten können. Allerdings... muss ich Ihren Besuch zeitlich begrenzen. Wird eine halbe Stunde ausreichen?«

Eine halbe Stunde – ich hatte keine Vorstellung, was ich eine halbe Stunde lang mit Maurice Ravoux besprechen sollte. Ihn echauffieren? Ich war die Ruhe selbst. Drei Minuten, maximal, dann bin ich fertig mit ihm, dachte ich und zuckte mit den Schultern: »Von mir aus.«

Er zog die Hand von der Klinke wieder zurück.

»Ich frage mich nur, wie er da die Briefe an mich und die Kapitel über Camus' Unfall hat schreiben können«, murmelte ich eher vor mich hin, als dass ich es sagte. »Na, vielleicht wird dieses Mirakel ja am Ende der Audienz aufgeklärt sein.«

»Wie ich bereits sagte«, meinte Blois. »Sie gehen von falschen Voraussetzungen aus. Die Briefe an Sie und die Schilderung des tragischen Unfalls von Albert Camus in Villeblevin habe ich geschrieben, Maurice war dazu leider nicht mehr in der Lage. Dennoch, glauben Sie mir, stammt jedes Wort von ihm.«

Ich hatte genug. »Ist er Ihr Vater?«

»Nein«, sagte Blois ruhig, »nicht mein leiblicher. In gewisser Weise ist Maurice mein Ziehvater, ich kenne ihn mein Leben lang, auch wenn ich bis zu seiner Erkrankung nicht unter einem Dach mit ihm gelebt habe.«

»Er war mit Ihrer Mutter verheiratet, nehme ich an«, sagte Robertine, »mit Delphine.«

Er nickte. »Ich bin das Produkt der zweiten Ehe meiner Mutter. Inzwischen ist sie zum dritten Mal verheiratet – keine einfache Geschichte. Sind Sie bereit?«

Auch wir, betreten oder nicht, nickten.

»Dann kommen Sie. Vermeiden Sie aber bitte schnelle Bewegungen. Sie könnten Maurice erschrecken.«

46

Durch offen stehende Balkontüren strich die Sommerluft in das große helle Zimmer. Auch darin fehlten die Bücherregale. Kein Schreibtisch weit und breit, keine Medizinmannmasken an den Wänden, stattdessen gerahmte Drucke, alles sehr abstrakt, und nirgends ein van Gogh.

Ein weißer Vorhang teilte den Raum. Als Blois ihn beiseitezog, stand das Bett vor uns, und unter einer leichten Decke, den Kopf gebettet auf ein flaches Kissen, sahen wir den schmalen Körper eines Männleins mit schlohweißem Haar und fahlem Gesicht. Der Greis dort auf dem viel zu großen Lager hatte die Augen geöffnet. Aber wie sie unbeweglich durch das Zimmer starrten, lag kein Leuchten in ihnen, sie strahlten so wenig, wie in dem Haarschopf das Wilde steckte, das Maurice durch die Welt getragen hatte, als sei es seine rote Krone.

Zwei, drei Gesten des jungen Mannes, und wir traten näher. An der Wand thronte auf einem Wägelchen ein grüner Apparat und brummte. Etwas keuchte, schnaubte, dann floss Luft aus dem grünen Kasten durch einen Schlauch, der dem Alten in der Nase steckte. Sein Brustkorb hob sich und sackte wieder zusammen, und der Apparat brummte von neuem.

Draußen im Garten sangen Vögel, Singdrosseln. Was sie zwitscherten, war die Musik des Zweifels, und sie rührte mich: »Beirren, lass dich nicht beirren! Glaub's nicht, Raymond, glaub's besser nicht!« Ich wusste nicht, wer dieser Alte war, angeschlossen an ein Beatmungsgerät, neben sich auf dem Nachttisch, unfähig danach zu greifen und darin zu lesen, einen Band mit Chateaubriands Memoiren. Sicher war ich mir nur in einem: Dieser Mensch mochte ein Mann namens Maurice Ravoux sein, nie und nimmer aber war er mein Jugendfreund.

Umsonst hierhergekommen, so falsch in diesem Zimmer wie ich, ging Robertine stumm an mir vorbei. Sie hatte Tränen in den Augen, Tränen der Enttäuschung, und strich mir verständnisvoll über den Arm, bevor sie sich in die Balkontür stellte und hinaussah, hinunter in den Garten.

»Bitte setzen Sie sich«, sagte Blois zu mir und wies auf einen Stuhl neben dem Bett. Ich setzte mich. Sofort drang der Geruch des Bettes, des Kranken in meine Nase, und voller Abscheu hielt ich den Atem an, so lange, bis das Brummen erneut verstummte und durch den Schlauch Luft strömte.

Blois stellte sich ans Fußende und machte ein ernstes Gesicht. Er ist tot, dachte ich. Maurice ist gestorben, während wir unten vor dem Glasschrank standen und ich mein altes Notizbuch mit den Konstruktionszeichnungen und den Tempotabellen für die Draisine an mich nahm. Ich spürte sein

Leder in der Hosentasche. Ich hatte vorgehabt, ihm das Büchlein unter die Nase zu halten, als Beweis, auch wenn mir nicht klar war, wofür. Nun spielte auch das keine Rolle mehr. Und als hätte er meine Gedanken gelesen, sah ich langsam ein Lächeln in Blois' Gesicht auftauchen.

»Maurice, sie sind da, schau doch«, sagte er sanft.

Ich musste mir eingestehen, dass ich den Jungen falsch eingeschätzt hatte. Ich verstand mich selbst nicht mehr. Jeden, der Pascal Blois so herablassend behandeln würde, wie ich es getan hatte, hätte ich zu einem Ungeheuer erklärt.

Aber das Ungeheuer wollte sich seine Aufgewühltheit nicht anmerken lassen. Ich wollte vielmehr sehen, ob sich das Gesicht auf dem Kissen veränderte. Blois' Worte zeigten keine Wirkung. Es war Maurice Ravoux' Gesicht, und doch erkannte ich keinen Zug darin, keine Falte und keinen Schatten wieder. War das wirklich mein Maurice, so hatte er sich vollständig verändert. Nichts war übrig von dem Weltmeister im freien Balancieren auf den Gleisen, dem Jungen, der mit Kopf und Kragen in Wunderdingen steckte und der so stolz auf seine hellblauen Schuhe war. Bahndämme Villeblevins, Staudämme und Meerwasserentsalzungsanlagen Afrikas, der ganze Kongo, Agadir, die Bücher, die Jahre, die Frauen, Joëlle, Delphine, seine Frauen, und Véronique, meine Frau – verschwunden. Und als wäre sein Reservoir an Möglichkeiten damit aufgebraucht, hatte er nicht mal mehr die Kraft, mit einem Mundwinkel zu zucken oder ein Lid zu heben.

So hier zu liegen erschien mir als Strafe für den Verrat, den er begangen hatte und der viereinhalb Jahrzehnte zurücklag. Aber ich musste mich auch fragen, wer diese Strafe über Maurice verhängt hatte, wenn nicht ich es gewesen war.

»Ich befeuchte dir die Augen.« Pascal Blois kam um das Bett herum. »Dann könnt ihr reden.«

Vom Nachttisch nahm er ein Fläschchen und zog eine Pipette daraus hervor. Zwei Finger hielten die Lider auseinander, dann träufelte Blois ein paar Tropfen in Maurice' Augen.

Dann etwas Merkwürdiges: »Ja«, sagte er ruhig, »ja, das wird ganz bestimmt gehen« – was wie der Fetzen eines Selbstgesprächs klang.

Robertine warf mir einen fragenden Blick zu. Quer durch das Zimmer verband uns für eine halbe Minute eine betretene Irritiertheit – bis Blois fertig schien mit dem Träufeln und sich erneut uns zuwandte.

»Maurice bittet Sie, mit ihm zu sprechen, damit er Ihre Stimme hören und sie sich vertraut machen kann«, sagte er zu Robertine.

Und zu mir: »Bitte warten Sie noch. An Ihre Stimme kann er sich gut erinnern.«

Was er mir damit sagte, stand außer Frage. Richtig, ich hatte Maurice nicht begrüßt. Ich hatte es nicht für nötig gehalten oder war über meine Zweifel, ob es angebracht sei, einem Sterbenden einen guten Tag zu wünschen, zu rasch hinweggegangen. Peinlich. Es gab dafür keine Entschuldigung. Maurice Ravoux und Pascal Blois, sie mussten von mir denken, dass ich mich ganz von meinem Groll leiten ließ.

Robertine trat näher, setzte sich ohne zu zögern zu ihm auf den Bettrand und bat Maurice um Verzeihung, wenn wir – »Raymond und ich« – erst jetzt zu ihm kämen.

»Mein Name ist Robertine Sochu«, sagte sie, »ich kenne Raymond lange, wir haben viel über Sie gesprochen und freuen uns sehr, bei Ihnen zu sein, Maurice.«

Sehr wohl gab es etwas, was ich an ihm wiedererkannte – zwar nichts von früher, aus unserer Zeit in Villeblevin, und doch war da etwas, was mir Maurice Ravoux erst wirklich machte, lebendig wie für Robertine die Kirche war, weil van Gogh sie gemalt hatte: Sie sprach mit Maurice, und nach einer Weile nahm sie seine Hand. Sie erzählte, wie schön sie den Garten finde, wie viel ihr Blumen bedeuteten – da bemerkte ich auf seinem Handrücken die weiße Tätowierung, die mir auf dem Foto mit dem Rollstuhl aufgefallen war.

Blois stand noch immer am Fußende des Bettes. Er hatte sich eine Brille aufgesetzt. Ihre großen getönten Gläser erinnerten mich an Jeannes Sophia-Loren-Brille, wie sie ihre Lieblingssonnenbrille nannte. Robertine erzählte unterdessen von ihrem verstorbenen Mann, seinem Herzversagen und plötzlichen Tod vor drei Jahren. Wie froh sie sei, in mir, nachdem wir so lange Nachbarn seien, einen Partner gefunden zu haben. Dass ihr meine Genesung von einer ähnlichen Erkrankung, wie Bertrand sie gehabt habe, Auftrieb gebe, dass sie seither wieder an die Kraft der Zuneigung glaube. Als sie so Maurice' Hand hielt, sah ich, dass was dort weiß auf dem Handrücken leuchtete, keine Tätowierung war. Es war eine Narbe, schlecht verheilt, vielleicht eine Brandnarbe.

Blois dankte ihr, und sofort meinte ich, dass nun ich an der Reihe sei. Mir wurde heiß, der Schweiß brach mir aus. Ich fühlte mich unvorbereitet – als Blois sagte, dass es Maurice leidtue, wenn Robertine durch seinen Zustand an den Tod ihres Mannes erinnert werde.

»Sie sind einfühlsam«, sagte er, »und ich kann Raymond nur dazu beglückwünschen, Ihnen begegnet zu sein. Bitte sorgen Sie sich nicht um mich. Es geht mir gut und ich habe keine Schmerzen.«

»Das hat er Ihnen gesagt?«

Blois schüttelte den Kopf. »Nein«, sagte er zu Robertine, »nicht mir. Mit Ihnen hat er gesprochen.«

»Aber wie?«, fragte sie. »Wie spricht er denn mit mir?«

Das hätte ich auch gern gewusst.

Blois nahm die Brille ab. »Entschuldige«, sagte er offenbar zu Maurice. »Bist du einverstanden, wenn ich es deinen Gästen kurz erkläre?«

Das Gesicht, die vernarbte Hand oder die Augen – nichts zeigte eine Regung. Maurice antwortete nicht, ausgeschlossen.

Pascal Blois wandte sich wieder uns zu. »Ich erkläre es Ihnen. Es ist so –«

»Moment bitte«, unterbrach ich ihn, meine ersten Worte in diesem Zimmer. »Hat er Ihnen eine Antwort gegeben, ja? Es sah mir nicht danach aus.«

47

Was er Robertine und mir erklärte – es war nicht zu glauben. Er redete von »Blickelesen«, einem »Augen-Steno«, es war abenteuerlich. Nie und nimmer konnte er – was er behauptete – mit diesem gelähmten, versteinerten Menschen in Kontakt treten, nur indem er dessen Blicke las und sie übersetzte in die Sprache der Lebenden. Fauler Zauber. Blois griff eine Formulierung Robertines auf, eine für sie typische, wie ich sehr gut wusste. Es war eine Äußerung, die zeigte, wie einfühlsam sie war, die man deshalb aber nicht gleich für bare Münze nehmen musste: »Die Kraft der Zuneigung«, sie sei, so Blois, unabdingbar für eine Unterhaltung mit Maurice.

Das glaubte ich gern. Auch ich wünschte, die Zuneigung meiner ältesten Tochter würde ausreichen, um in ein vernünftiges Gespräch mit mir zu treten. Auch ich wünschte, die Zuneigung meines Schwiegersohns hätte seine Frau davon abgehalten, mit einem Dahergelaufenen ins Bett zu steigen. Und hätte meine Frau genug Zuneigung für mich aufgebracht, sie würde wohl kaum jahrzehntelang heimlich die ihr gewidmeten Bücher jenes Menschen vor mir versteckt haben, der hier so dicht vor mir lag, dass ihn zu erdrosseln naheliegender war, als auf der Suche nach einem Lebenszeichen in seine blicklosen blauen Ravoux-Augen zu starren.

Aber gut. Wie hatte ich mir das vorzustellen! Blois zeigte Robertine, dann auch mir die Brille. Eine Sonnenbrille. Sie hatte bräunlich violette Gläser. Ich nahm sie. Ich solle, sagte er, hindurchsehen – was ich, höflich, wissbegierig, also tat.

Vor meinen Augen erschienen Buchstaben. In jedes der beiden Gläser schien eine Reihe von hellen, lichtdurchlässigen Lettern eingestanzt, eingebrannt oder eingefräst, es war nicht zu erkennen. Hielt ich die Brille dicht vor die Augen, konnte ich durch die einzelnen Buchstaben und Ziffern – es waren auch Zahlen da – hindurchblicken und sah durch das A oder das G, das U oder Q das Zimmer: Robertine saß im L auf dem Bettrand; im H stand das grüne Beatmungsgerät und blubberte; und Blois lehnte eingefasst von der 2 unverändert am Fußende. Etwas mehr als ein Dutzend Lettern und Ziffern leuchteten in jedem Glas – der Verdacht lag nahe, dass es links wie rechts je 13 Buchstaben waren, das gesamte Alphabet, dazu zehn Ziffern, 0 bis 4 links, 5 bis 9 rechts.

Blois bestätigte mir das und nahm die Brille zurück.

»Auf diese Weise ist Maurice in der Lage zu buchstabieren. Wie Sie gehört haben, ist er inzwischen recht schnell darin, so dass ich ihn manchmal sogar bremsen muss.«

»Auf diese Weise...«, sagte Robertine. »Ehrlich gesagt, Monsieur Blois, verstehe ich die Weise nicht so recht.«

Ich hatte im Labor so manche Brille erlebt. Schutzbrillen, Vergrößerungs- und Verkleinerungsbrillen, 3-D- und Röntgen- und Laserbrillen hatte ich über Bauplänen und Zahlenkolonnen für Siliziumplatinen und Halbleitertabellen auf der Nase gehabt. Ich wusste, einer Brille war alles Mögliche zuzutrauen.

Auch wenn es den Anschein habe, so sei Maurice nicht vollständig gelähmt, sagte Blois. Von der Plegie noch nicht betroffen seien glücklicherweise der Herzmuskel und der Verdauungstrakt, ferner die Lungenfunktionen, auch wenn Maurice eigenständig zu atmen inzwischen schwerfalle. Arme und Beine zu bewegen sei ihm seit etwa zwei Jahren nicht mehr möglich. Zuletzt selbst geschrieben habe er vor über 16 Monaten. Er habe ursprünglich mit zehn, dann nur vier, schließlich noch einem Finger getippt, dem Ringfinger der Linken. Die Zunge bewegen, schlucken, sprechen könne er seit etwa einem halben Jahr nicht mehr.

»Ab da sprachen wir über eine Art Morsealphabet miteinander. Solange Maurice in der Lage war, die Lider zu bewegen, morste er, was er mir mitteilen oder diktieren wollte, nach einem Code, den wir gemeinsam erstellten. Auf diese Weise entstanden auch die ersten Kapitel der Unfallbeschreibung, die wir Ihnen geschickt haben. Sie kennen, sagen Sie, den Verlauf der Erkrankung«, meinte Blois zu mir. »Dann wissen Sie über ALS, dass die Lähmung nicht nur irreversibel ist. Sie breitet sich absehbar aus, bis sie den ganzen Organismus erfasst hat. Auch Maurice und ich wussten das.«

Es sei bloß eine Frage der Zeit gewesen. Die Augenlider hätten ihre Funktion vor rund drei Monaten eingestellt, als er Maurice wegen einer Lungeninsuffizienz ins Krankenhaus habe bringen müssen. Es sei ihnen daher wenig Zeit geblieben, die Brille zu entwickeln und zu testen. Aus dieser Zeit stamme der erste Brief an mich.

»Wenn ich Sie richtig verstehe, sind Teile der Augenmuskulatur von der Lähmung noch nicht betroffen.«

»So ist es«, sagte Blois, indem er erneut an den Nachttisch trat, das Fläschchen nahm und Maurice die Flüssigkeit in die Augen träufelte.

Wie oft er das machen müsse, fragte Robertine.

»Hängt von der Luftfeuchtigkeit ab«, sagte er, »und von Maurice' Verfassung.«

Und ich sagte: »Er kann die Pupillen bewegen.«

Und Blois: »Ja. Eingeschränkt, aber er kann.«

Und wieder ich: »Sie setzen die Brille auf, er fixiert die Gläser. Die Folge der Buchstaben, die er fokussiert, setzen Sie zu Begriffen und Sätzen zusammen.«

»So in etwa, ja«, sagte Blois.

Und ich: »Mumpitz.«

Und er: »Ich lese, was mir Maurice' Blicke buchstabieren. Der Rest ist reines Dolmetschen. Sie werden es gleich sehen – sofern Sie noch möchten.«

»Und ob ich möchte.«

»Raymond«, sagte Robertine, »bitte lass ihn doch ausreden. Und denk auch an Maurice. Er hört jedes Wort.«

»Der Abstand zwischen den einzelnen Buchstaben ist viel

zu gering, als dass ein Blick sie unterscheiden könnte«, sagte ich kopfschüttelnd. »Und das ist nur der Anfang.«

»Sie sind skeptisch, ich wäre es auch«, lachte Blois. »Aber wie gesagt: Ohne dasjenige, was Madame Sochu so treffend ›Kraft der Zuneigung‹ nennt, geht es auch gar nicht. Ich glaube, das Wichtigste muss ich Ihnen nicht erklären: Der Blick eines vertrauten Menschen lässt sich sehr wohl lesen, dazu braucht es Buchstaben nur zur Vergewisserung – etwa so wie beim Schach. Gedankenschachspieler spielen ohne Figuren, ohne Brett. Spielen Sie Schach?«

»Nein«, sagte ich.

Robertine protestierte. »Natürlich spielst du Schach!«

Und Blois lachte. »Was meinen Sie: Beginnen wir?«

»Womit?«

»Ich schlage vor, Sie fragen etwas.«

»Wen soll ich fragen – Sie?«

»Du sollst Maurice fragen!«, sagte Robertine und stand – etwas zu schnell vielleicht – endlich von diesem Bett auf. »Deshalb sind wir hier. Und du hast Fragen, die du stellen wolltest.«

»Allerdings.«

»Dann stell sie.«

»Vielleicht fragen wir erst mal ihn, ob er überhaupt mit mir reden will.«

Was postwendend geschah. Blois sah Maurice an, Blois nickte, Blois zufolge hatte Maurice zugestimmt.

»Mumpitz«, musste ich noch einmal loswerden.

»Stell eine Frage«, sagte wieder die Frau, die mir hier eigentlich hatte zur Seite stehen sollen, »eine Frage, die nur Maurice beantworten kann. Was hältst du davon?«

»Kein Problem«, sagte ich. »Soll ich direkt –?«

Blois nickte wieder. Schon hatte er die Zauberbrille auf. Er war bereit. Auch Robertine machte sich bereit. Wieder setzte sie sich auf die Bettkante, und wieder nahm sie in ihre Hand die Hand mit der weißen Narbe. Sie sah mich an und nickte.

»Maurice«, sagte ich also. »Bonjour, ich bin's, Raymond, Raymond Mercey. Ich hoffe, du kannst mich hören. Sag mir bitte: Erinnerst du dich an die Schneiderin deiner und meiner Mutter, damals in Villeblevin, in der Rue du Flagy?«

»Ja«, sagte Blois, ohne dass eine Pause entstanden wäre.

»Erinnerst du dich, wie sie hieß?«

»Odile«, sagte Blois nach einer Weile, »Odile Garrel.«

Odile Garrel. Richtig, Garrel hieß sie. »Garrel – Änderungen aller Art« stand an dem Fenster mit den Rüschengardinen, jetzt sah ich es wieder vor mir.

Nur war Blois, wenn es stimmte, was er sagte, der Sohn von Delphine, und Delphine hatte nicht selten auf Odiles, Odile Garrels kleine Tochter aufgepasst, so dass es nicht weiter verwunderlich war, wenn sie ihrem kleinen Pascal von der Schneiderin aus Villeblevin erzählt hatte.

»Sie hatte«, sagte ich, »eine Tochter, etwas jünger als wir, mit einer Beinschiene« – und mit einer weißen Narbe, die ganz ähnlich aussah wie seine.

»Elodi«, sagte Blois. Und wieder dauerte es eine Weile, bis er anfügte: »Sie war in dich verliebt. Sehr lange.«

Worauf ich meinte, dass ich das bezweifle. Ich sah auf meine Armbanduhr. Die halbe Stunde war fast um. Ich zog das Lederbüchlein aus der Hosentasche und schlug es auf. Auf dem Deckblatt – wessen Hand hatte es gekritzelt, meine, seine? – stand zu lesen: *Wie wir verschwinden*.

»Die Schöne, die Wunderbare«, sagte ich, ohne mich aus der Ruhe bringen zu lassen, »so nannten wir damals etwas, das ich hier genau beschrieben habe. Du hast das Buch 47 Jahre lang behalten, weshalb auch immer. Ich gehe davon aus, dass Monsieur Blois von dir oder seiner Mutter irgendwann erzählt bekommen haben wird, was wir so nannten. Allerdings dürften wir zwei die Einzigen sein, die noch wissen, welche Uhrzeit untrennbar damit verbunden war.«

»Sie meinen untrennbar mit ›der Schönen, der Wunderbaren‹?« Durch die Brille, durch das Gewimmel der Buchstaben, starrte Blois mich an.

Und auch Robertine sah mich an, verblüfft und offenbar nicht länger in der Lage, ihre Anspannung zu verbergen. Was kein Wunder war. Wunder passierten hier ohnehin zu viele. Sie holte tief Luft, sie zupfte sich etwas aus den Highlights, das gar nicht da war.

»Nenn mir die Uhrzeit, zu der sie immer kam«, sagte ich, »und ich will glauben, dass wirklich du mit mir redest, Maurice.«

Seine Antwort war knapp und bündig, und sie war richtig. Um zehn vor zwei kam damals täglich der Schnellzug Sens – Paris durch Villeblevin, gezogen von seiner schönsten Lok. Pünktlich um 13.50 Uhr stoppten er und ich monatelang die Zeit, die die Schöne, die Wunderbare brauchte, um durch unser Dorf zu donnern. Alle jemals von uns gemessenen Durchfahrtszeiten standen in dem Notizbuch, Kolonnen von Zahlen, die sich zumeist nur im Datum unterschieden. Es juckte mich in den Fingern, Maurice zu fragen, ob er sich an den Rekord erinnere, die schnellste Zeit, die der Zug je erreichte, gestoppt an einem Herbsttag, von dem nichts übrig war als in meiner oder seiner Jungshandschrift der Eintrag »6. Sept. 59 – 1,01 min.!!«

Allerdings hätte ich mich ohne das rote Lederbüchlein selbst wohl kaum an diese Märchenzeit erinnert. Warum also sollte ich ihn danach fragen – nach einer Minute und einer Sekunde, die ein Zug benötigt hatte, um vor fast fünf Jahrzehnten durch unser Blickfeld zu rasen. Ich hörte den Lärm, das Rattern, das Stampfen und unten am Bahnübergang das Bimmeln, und ich sah die Qualmschleppe vor mir, die sich über die Bahndammschneise breitete, den Qualm, wie er im Freibad in die dottergelben Walnussbaumkronen sank.

»Hast du gehört, was du hören wolltest?«

Ich wusste, worauf Robertines Frage zielte, und nickte.

Erst jetzt, ich hatte es ja selbst gesagt, stand ich am Beginn einer möglichen Aussprache mit Maurice. Jetzt saß sie mir im Nacken, die Zeit: Sie wurde knapp, sie verstrich, sie heilte keine Wunden, sondern riss alte wieder auf, bevor sie davonlief und nicht zu stoppen war. Ich fragte mich, ob auch er merkte, dass wir in all den Jahren dem einen Tag, um den es in Wahrheit ging, nie so nah gekommen waren wie jetzt, hier in diesem Sterbezimmer. Und ich blätterte in dem Büchlein zu der Seite, auf der keiner je das Datum dieses 4. Januar 1960 vermerkt hatte, weil wir an diesem Tag selbst auf den Schienen gewesen und mit der Draisine auf dem toten Gleis der Schönen, der Wunderbaren entgegengejagt waren.

»Wir müssen aufbrechen«, sagte ich. Es sei spät – was Unfug war. Die halbe Stunde sei lange vorbei – was stimmte. Ich stand auf und legte das Notizbuch auf den Stuhl.

»Bitte«, sagte Blois, »warten Sie einen Moment – Maurice möchte etwas sagen. Würden Sie ...«

»Raymond, bitte setz dich wieder, tu mir den Gefallen.«

Ich zögerte, aber nahm noch einmal das Buch. Umständlich setzte ich mich. Und Robertine zuliebe sagte ich: »Bitte.«

Blois sprach langsam. Manchmal stockte er und fragte nach. Dann wiederholte er den Satz, den der reglos daliegende Maurice ihm zuzublinzeln, tatsächlich zuzublicken schien.

Er sagte: »Ich habe schreckliche Fehler gemacht. Es war nicht falsch, Delphine zu lieben, denn wer könnte das sagen. Ich habe sie aufrichtig geliebt, und sie liebte mich. Falsch war, mit dir darüber nicht zu sprechen, Raymond. Falsch, unsere gemeinsamen Pläne und Wünsche und Träume fahren zu lassen für eine Liebe, die mich überrannt hat. Ich war so glücklich. Aber ich war nicht mehr bei mir auf der Draisine... – Draisine«, sagte Blois. »Stimmt das?«

Und ich sagte: »Ja. Draisine.«

Er fuhr fort: »Es ist grausam, was an dem Tag passierte. Es verfolgt mich, ich werde es nicht los, und darüber geschrieben zu haben hat nichts daran geändert.«

Das wundere mich nicht, sagte ich. »Der Unfall für sich genommen war grausam, jawohl, aber wir, wir haben den Unfall gar nicht gesehen. Davon, wie grausam es für uns war auf der Draisine, für Delphine und mich, davon hast du kein Wort geschrieben. Du hast es totgeschwiegen, so wie du vieles totgeschwiegen und begraben hast in deinen Büchern und deinen –«

»Ich möchte das Gespräch hier abbrechen«, sagte Blois. »Maurice, ich fürchte, das alles regt dich zu sehr auf.«

»– deinen Büchern und deinen Widmungen, diesen Grabplatten für deine Bücher«, hätte ich gesagt, aber ich war ja unterbrochen worden. Ich zuckte mit den Achseln. »Von mir aus. Robertine, könnten wir jetzt bitte gehen?«

»Großer Herr Jesus Christus, es geht doch gar nicht um Delphine oder um den unseligen Tag dieses unseligen Unfalls, um Albert Camus oder eine Draisine!«, sagte Robertine, ohne dass wir das abgesprochen hätten. Sie war jetzt ernstlich böse. »Um was geht es? Raymond! Würdest du bitte endlich, endlich damit rausrücken, dass es um Véronique geht.«

»Véronique«, sagte Blois, eine Feststellung, keine Frage.

»Meine Frau«, sagte ich sehr ruhig, »verstorben vor zwei Jahren. Ich bin hier... aus einem einfachen Grund... zu erfahren... von dir... woher du von ihrem Tod weißt, Maurice! Und ich will wissen, bestehe darauf, zu erfahren... ob sie, ob Véro je auf eines deiner Geschenke geantwortet hat... auf eine deiner Widmungen in deinen Büchern über die Katzen... ›Ich wünschte, du wärst... mit mir in Agadir‹. Deshalb sitze ich hier!«

Robertine starrte mich an, Blois starrte mich an, Maurice starrte unverändert in den Raum. Draußen im Garten die Vögel sangen noch immer, Stare, eine Drossel.

»Das war nicht sehr deutlich. Ro, wenn es zu konfus war«, sagte ich, »könntest du es bitte wiederholen?«

»Es war deutlich genug«, sagte Blois. »Maurice hat es verstanden. Bitte warten Sie, dann übermittle ich Ihnen seine Antwort: – – Nein. Véronique hat mir nie geschrieben, so wenig wie du. Aber genau wie du stand sie eines Tages, ein paar Wochen vor ihrem Tod, mit ihrem Pfleger in diesem Zimmer, um sich von mir zu verabschieden. – Ja, verstehe«, sagte Blois. »Als sie dann wieder fort war, rief ich alle paar Tage bei den Friedhöfen von Versailles an. Ich erkundigte mich nach den Toten der Woche. Das klingt makaber, aber was hätte ich tun sollen? Es war im Spätherbst, im November vor zwei Jahren – da nannte man mir ihren Namen.«

48

Ein hellblauer Himmel die Dächer, Sterne die Plätze, der Orbit der Périphérique... Wie wenig Paris meine Stadt war und meine Welt, merkte ich wieder in den folgenden Wochen. Robertine und ich pendelten zwischen Auvers und Versailles hin und her, aber nicht ein einziges Mal kam es mir in den Sinn, wir könnten einen Abstecher machen und uns in Montparnasse oder Montmartre die Beine vertreten, um auf andere Gedanken zu kommen. Ich hatte immer am Rand des Pariser Universums gelebt, auf kleinen Monden, dörfliche Trabanten, die des Nachts dunkel waren, kühl, von den Plejaden überfunkelt. Einmal fragte ich Maurice in Auvers, woher er die Narbe habe, und seine Antwort, so knapp sie war, überraschte mich nicht: »Paris.«

Anders als ausnahmslos alle Frauen in meinem Leben hatte ich es nie gemocht. Meine Mutter – geboren, verheiratet, verwitwet in Villeblevin. Bis zu ihrem Umzug nach Viroflay, ihrer Verpflanzung, war sie die zweitälteste Einwohnerin Villeblevins, und dennoch: Kam die Sprache auf Paris, war Mamie im Grunde ihres Herzens Pariserin – die Mitte Frankreichs! Irgendwo mittendrin in der Mitte lebte zum dritten Mal verheiratet Delphine Chévreaux, Delphine Ravoux, Delphine Blois und nun Delphine Péres. Mindestens seit zwei Ehen lebte sie in Paris. War ich – es ließ sich nicht immer vermeiden – in der Stadt, um mit André nach seinem Bürotag beim *Rivoli* in seinem Stammcafé einen Schachnachmittag zu verbringen, ertappte ich mich öfter dabei, wie ich zurück vom Pissoir um den Münzfernsprecher schlich, drauf und dran, Delphines Nummer nachzuschlagen. Ich tat es nie. Stets hielten mich schon die weich geblätterten siamesischen Zwillinge des Telefonbuchs davon ab, diese gesammelten Werke der Anonymität.

Mit Suzette und ihrer antarktischen Freundin Anouk fuhr Véro ins Marais zum Shoppen und Stöbern, Dame von schlichter Eleganz in Begleitung zweier bleichsüchtiger Vorstadtblumen. Sie liebte die Trödelläden und Antiquariate am Marché Saint-Paul. Rast machte sie im Teehaus Mariage Frères in der Rue du Bourg-Tibourg. Oder sie besuchte eine Ausstellung mit Jules, dem kunstsinnigen Zahnarzt ihres Vertrauens, gebürtiger Pariser. Ach Véro, du und die Bobos... Pen lebte an der Porte Molitor, und auch sie folgte ihrem Pariser Herzen, als sie mir bald nach ihrer Rückkehr aus der Bretagne offenbarte, sie werde mit Thierry zusammenziehen. Eine der großen Versailler Altbauwohnungen mit Blick auf Waffenplatz – Achselzucken – und Schloss – Achselzucken –, wie ich den beiden eine zu beschaffen und zu unterhalten helfen wollte, kam für sie nicht in Frage. Pen und Thierry zogen an die Place d'Italie. Ich mochte weder das 13. Arrondissement mit seinen Glaskästen und Multikultiallüren noch das 14., das Katakomben- und Toulouse-Lautrec-Touristen überschwemmten und in das – Achselzucken – auch Pénélopes ältere Schwester gespült wurde. O Jeanne... Als im Frühherbst ihres und Andrés Trennungsjahr begann, kehrte sie Versailles den Rücken und ließ ihren Mann und ihren Vater, den Waffenplatz und das Schloss, die gestutzten, gelb gewordenen Linden und die verschlafene

Reihe Taxis vorm Bahnhof hinter sich. Sie hätte auch zu mir ziehen können, ins Gästehaus, das ich ihr anbot, ja das ich ihr zu Füßen legte. Doch sie hatte recht, ich musste es einsehen, viel praktischer, selbstständiger und aufrichtiger war, wenn sie eine Zweizimmerbleibe mit Silberfischen im Bad und Mülltonnen im Hof, eine »Bude« in Fußmarschnähe zum Verlag anmietete.

Und die Frau in Versailles, die ich liebte, Robertine und Paris? Ro sagte nie wie Jeanne, es sei ihr ein Gräuel, ein zum Leben notwendiges wie das Waschen der Wäsche, nie, Paris sei ein Moloch, aber sie ein Teil davon, nie, es sei eine Dreckschleuder, aber die wunderbarste Dreckschleuder unter Gottes Sternenhimmel. Robertine liebte an Paris, was ich an Paris am wenigsten mochte: Es war nah. So nah, dass dort zu leben nicht notwendig sei. In 20 Minuten sei sie im Jardin des Plantes. Und einmal im Jahr zum Friedhof Père Lachaise zu pilgern, ans Grab ihres Jugendidols Gilbert Bécaud, reiche ihr. Mich zog nichts in den Jardin des Plantes. Bécaud sang *Nathalie* jede Woche im Radio. Als ich Robertine erzählte, Jeannes und Pens Stimmen, Tonfall, Ansagetext auf ihren Anrufbeantwortern würden absolut gleich klingen, es sei phänomenal, da erwiderte sie – nachdem ich nicht lockergelassen und sie es sich angehört hatte –, Paris rede wie Paris, Versailles wie Versailles, und das – Achselzucken – sei Unterschied genug. Ach, liebe Ro.

Saß ich so unter den Arkaden der Rue de Rivoli und wartete auf meinen Noch-Schwiegersohn, hatte ich es mir angewöhnt, ein Buch mitzunehmen und bei einem Pastis darin zu lesen. Da wir meist mit Andrés Auto zurückfuhren, kam ich für gewöhnlich mit der Bahn in die Stadt, stand für ein paar Stationen in den Gewürzduftwolken der Métro und schlenderte den

Rest zu Fuß bis zum *Chez Marie-Line*. Effektiver wäre es gewesen, mit der Lektüre schon im Zug zu beginnen, doch das tat ich nicht. Eine Bahnfahrt war für mich eine Reise, und eine Reise war zum Schauen da: Ich sah auf die Hügel von Viroflay, sah Mamies Domizil, sah den See, wo ich Robertine zum ersten Mal geküsst hatte, ich fuhr über die Seine und sah Lastkähne wie die *Henriette* meines Vaters. Ich sah die Skyline von La Défense und fragte mich, was mein Alter Herr wohl zu diesem Anblick gesagt hätte. Ich sah der Niedergeschlagenheit entgegen, die Paris unweigerlich zeitigte, sobald ich in das Getümmel meiner Umsteigestation *Invalides* tauchte.

Ich las ein zweites Buch über Aristoteles, dann eines von Yves Chauvin, das ich bald weglegte, sowie zernagt von Missgunst *Winzige Galaxien. Neue Wege der Planarhalbleiterforschung*, ein Werk meines früheren Mitarbeiters Jacques Minaldi, jetzt Jack und Wollschafzüchter in Neuseeland. Ro ermunterte mich, es stattdessen mit *Die Küste des Lichts*, *Schwarze Ewigkeit* oder *Die Katzen von Agadir* zu versuchen. Ich wollte nicht. Zauderer. Ich wollte noch immer nicht. Ignorant. Ich gab auf. Véronique hatte sie gelesen, Pen und nun Robertine. Ich fing an, Maurice' Bücher in der halben, manchmal ganzen Stunde zu lesen, die André zu spät kam, unterm Arm das Klappschachbrett, mit neuem Bobby-Fischer-Silberbart und altem Bobby-Fischer-Grinsen – Vorbote für Verbesserungen seiner lausigen Nimzowitsch-Indischen Verteidigung.

Ich las die Bücher über Afrika mit Interesse, ich las sie aufmerksam und voller Vergnügen – nirgends eine Spur, ein Kuss, ein Schatten von Delphine. Nirgends das, worauf ich insgeheim lauerte, nirgendwo war zwischen den Zeilen ein Gruß an Véronique versteckt. Man erfuhr viel über Marokko, ein Marokko vor der Zeit der Touristenströme, seine Geschichte, seine Menschen, sein »Inseltum«, wie es in *Die Küste des Lichts* hieß: »umgeben von zwei Ozeanen, einem Sandmeer und einem blauen«. Verblüffend, dass *Die Katzen von Agadir* nicht bloß ein historischer Roman war, sondern dass schon Maurice' erstes Buch im Jahr von Albert Camus' Unfall und unserer Entzweiung spielte. Der Roman handelte von den Wochen nach dem großen Erdbeben, das im Februar 1960 die Stadt verwüstete und bei dem wohl 15 000 Menschen umkamen. Sollte ich je davon gewusst haben, so hatte ich diese Naturkatastrophe komplett vergessen. Das Buch beschrieb die Suche nach Erinnerungen an die Tragödie und den Wiederaufbau, und selbst mich, kein Katzenfreund, rührte es, dass beinahe jede Figur des Geschehens eine gemeinsame Erinnerung teilte: Die Katzen der Stadt kamen aus den Ruinen, füllten die Straßen mit Leben und zeigten den Einwohnern von Agadir, was kein Erdbeben je würde zerstören können.

Weit mehr als Interesse, Vergnügen oder Lust an der Erkenntnis aber durchzuckte mich, als ich eines Oktobernachmittags in meiner Fensternische des *Marie-Line* das schmale Buch aufschlug, dessen Umschlag mir als Postkarte ein paar Monate zuvor ins Haus geflattert war. Vielleicht weil ich Auvers-sur-Oise inzwischen kannte und es während meiner regelmäßigen Besuche dort lieb gewonnen hatte, empfand ich beim Lesen von *Die letzten drei Tage im Leben des Vincent van G.* vom ersten Satz an eine kindliche Freude und einen Trost, der mir alle Pariser Trübsal vertrieb. Sie verschwand in derselben Farbigkeit, die mir vor Augen stand, wenn ich in der Rue Daubigny am Geländer des Balkons lehnte, hinuntersah in den wilden Garten und hinter mir im Zimmer Robertine und Pascal Blois mit Maurice reden hörte.

»Es ist gut, es gefällt mir«, antwortete ich für gewöhnlich auf Andrés Frage, wie das Buch sei. Ehe er das Schachkästchen abstellte, kam er um den Tisch und drückte mir die Schulter. Ich brauchte einige Zeit, um zu realisieren, dass er da war, so abgekämpft wie kampflustig, und er schien sich irgendwann an meine vorübergehende Gedankenversunkenheit gewöhnt zu haben. Er nutzte die Pause, um uns Kaffee und Wasser zu bestellen. Und bis der Kellner damit kam, behelligte er mich nicht weiter, ließ mich den Absatz zu Ende lesen und baute inzwischen Brett und Figuren auf, Damen, Könige, Türme, Läufer, Springer, dann die Bauern, immer in dieser Reihenfolge.

»Er malte 873 Bilder. Dass er in Wirklichkeit danach strebe, grauer zu malen, hatte er in Arles geschrieben, als sein Werk den Höhepunkt einer Farbdramatik erreichte, die alles in kreisende, flammende Mitleidenschaft zieht, und man ihn mied als den ›Verrückten mit den roten Haaren‹, ›rot wie eine Karotte‹, wie Arles' Spießbürger und Krämerseelen ihn verspotteten.«

Es zog mich weit weg, als ich das las – und doch näherte ich mich stetig dem Spielfeld, das unter meinen Augen Gestalt annahm. Arles ... eine Stadt, wo ich nie war. Naheliegender wäre gewesen, an Auvers, van Goghs *Regen*, die Postkarte und Maurice zu denken. Ich dachte an Arles, wie mein Vater es mir beschrieb, wenn er mit dem Kahn von dort zurückkam, und dachte an ein Bild, von dem Professor Ravoux Maurice und mir erzählte: Bei Arles lag die antike Totenstatt Alyscamps, zu deren Bestattungsriten gehörte, dass man Verstorbene im Sarg die Rhône hinabtreiben ließ, bis sie von Gerbern herausgefischt wurden, die für ihre Dienste die »Sterblichkeitsgebühr« kassierten. Wie diese Gerber, Totengräber und Trauernden, aufgereiht am Rhôneufer, erschienen mir in den Minuten, als André sie aus dem Kasten nahm, die weißen und schwarzen Figuren, und wie der Sarg, der stromabwärts trieb, kam das Schachkästchen mir vor, als es im *Chez Marie-Line* auf dem Tisch stand.

Einmal aber brachte mich André nach unseren drei oder vier Partien dann noch zur Place Denfert-Rochereau. Näher wollte er Jeannes Wohnung nicht kommen, und so verabschiedeten wir uns, und ich lief die paar Schritte zu Fuß. Jeanne hatte wenig Zeit. Gemeinsam mit einer jungen Übersetzerin arbeitete sie an einer Neufassung des Swift-Kochbuchs, pünktlich zu Weihnachten sollte *Die Küche von Liliput* in den Buchhandlungen sein, und bis das Manuskript redigiert und im Satz war, konnte die Cheflektorin/Sparte Lukullisches sich einen liebebedürftigen Vater nicht leisten.

Spätabends mit der Métro von Montparnasse über Duroc und Invalides und dann weiter mit der Bahn nach Versailles und dem Taxi nach Le Chesnay – die Odyssee der Heimreise stand mir bevor. Zudem war ich trunken von einer Serie überfallartiger Turmendspielsiege über den Ex meiner Tochter. Ich fragte mich, ob ich wohl Kapital schlug aus der viel umfassenderen Niederlage, die sie André beigebracht hatte. Und so saß ich aufgekratzt plappernd an diesem letzten schönen Spätherbstabend mit Jeanne auf dem kehrblechgroßen Balkon ihrer Bude.

Sie kochte. Ich blickte mitleidig zu den Tonnen hinunter. Wir tranken einen Syrah. Während wir aßen, fragte sie nach Mamie und Ro, und ich erzählte von unserem Theaterabend, dass wir Camus' *Caligula* gesehen hätten, und von Pénélope und Thierry, dass sie ein Baby erwarteten, worauf Jeanne in Tränen ausbrach. Sie steckte sich eine Zigarette an, obwohl im Aschenbecher eine klemmte und vergebliche Rauchzeichen sandte. Ich hoffte sie aufzuheitern, indem ich von Maurice' kuriosem Wunsch berichtete, wie Pascal Blois ihn gedolmetscht hatte: vor seinem Tod noch einmal eine schöne nackte Frau zu sehen – sie müsse allerdings behaarte Achseln haben, die rasierten Hühner von heute seien abscheulich. Jeanne fragte, ob wir ihm den Wunsch erfüllen wollten, und ich erwiderte wahrheitsgemäß, gern, nur dass ich nicht wisse, wie. Lachend erzählte ich von André, unseren Treffen. Dass er überlege, beim Stadtmarathon mitzulaufen. Dass er den Jeep verkauft, sich einen Kleinwagen angeschafft und dass er wohl eine neue Freundin habe.

»Neu ist gut.« Jeanne lachte noch immer und tupfte sich dabei mit dem Handrücken die Augenwinkel trocken. »Hat er dir etwa verschwiegen, dass ich sie getroffen habe, mitten auf dem Boulevard Raspail, ihn und seine Lolita?«

Ach, meine Sonne. War denn sie noch allein? Es gab so wenig Einvernehmen zwischen uns, kaum ein Thema, über das wir nicht aneinandergerieten oder das zu berühren nicht ihr, nicht mir peinlich gewesen wäre. Wie ging es ihr? Und mir? Wohlweislich hüteten wir uns davor, das zu fragen.

»Allein bin ich vielleicht«, sagte sie, »aber nicht so wie früher, mit ihm. Ich bin nicht einsam. Und wenn ich's doch mal bin, sagt mir wenigstens keiner, ich würde mich irren.«

Sie brachte mich nach unten. Vor dem Café, das unter ihrer Wohnung lag, tanzten im Abendwind die Zigarettenkippen übers Trottoir, als sie mich fragte, ob es wirklich so schlimm um Maurice stehe.

Ich nickte. »Die Lähmung greift auf die Lunge über.«

»Wie lange hat er noch?«

Ich sagte es ihr: »Vielleicht ein paar Wochen.«

André gestand mir die »Geschichte« mit seiner Mitarbeiterin Donita am Steuer seines jaulenden Gebrauchtkleinwagens auf der Schnellstraße zwischen Paris und Versailles – ein Peugeot 106, die Ziffer stehe für das Alter des Autochens. Ein vernieselter Abend Anfang November. Wind fegte das Laub von den Bäumen. Es wirbelte durch die Lichtkegel der Banlieuelaternen.

Sie sei 26. Und habe ein Töchterchen. Donita nenne sie »Miel«, Honig, weil die kleine Mireille so zu sich selbst sage.

Ich rechnete … 1957, Botwinnik gegen Smyslow, das Jahr des Schachkriegs, sein Geburtsjahr. Demzufolge wurde er nächstes Jahr 50. Demzufolge war er ein Vierteljahrhundert älter als Donita-Lolita. Wenigstens war sie erwachsen. Und André ein freier Mann, seit meine Tochter ihn verlassen hatte. Und doch – Jeanne und er befanden sich im Trennungsjahr, sie sollten herausfinden, ob ihre Ehe von Dauer sein konnte. Es sah mir nicht danach aus.

Bestens gelaunt ließ er das Thema fallen und kam zurück zum Schach. Aber das schien mir bloß so. Er erzählte von Boris Spasskis Freundschaft mit Bobby Fischer, Spasskis Aufforderung an den US-Präsidenten, wegen eines unter Strafe gestellten Schauturniers in Jugoslawien statt Fischer ihn verhaften zu lassen: »Bobby und ich begingen dasselbe Verbrechen. Verhaften Sie mich!«, habe Spasski angeblich George W. Bush geschrieben, worauf Fischer – André am Steuer brüllte vor Lachen – protestiert habe: »›Ich will Spasski nicht in meiner Zelle. Ich will ein Mädchen. Wie wär's mit dieser kleinen Russin, der Großmeisterin, wie heißt sie gleich?‹ – Verstehst du?«

Nein, ich verstand ihn nicht. Ein Paar geröteter Augen blickte mich an. Unsichtbarkeit war es, was er seit der Nacht im Gästehaus seinen Tränen antrainiert hatte. Keine Stunde später auf Robertines Sofa sah ich sie dennoch wieder: Zusammengesunken saß André da und schluchzte so laut, dass Ro und ich fassungslos waren.

49

Ein paar Tage darauf saß ich selbst wieder am Steuer und fuhr mit der DS zum achten oder neunten Mal hinauf nach Auvers. Pen begleitete mich. Ich hatte ihr von dem Citroën erzählt, doch gesehen hatte sie ihn bislang nicht. Zwei volle Werkstattwochen hatte die alte Rostschildkröte hinter sich, mit der Robertine und ich durch den Altweibersommer gekrochen waren.

Mit ihren roten Wangen, ihren strahlenden Augen und ihrem Bäuchlein ließ sich Pénélope auf das neue Veloursleder plumpsen. Schicker Schlitten – besonders der Lack. Ob Robertine die Farbe ausgesucht habe. Ja, sagte ich, das Weinrot der DS ihres Vaters – und alles bezahlt mit der Steuerrückerstattung, die ich Ro zu verdanken hätte.

Ich müsse ihr alles genau erzählen: die ganze Geschichte mit diesem Mann, der es fertiggebracht habe, die Ehe ihrer Schwester in die Luft zu jagen! Es war das erste Mal seit den Tagen meiner Rekonvaleszenz, dass ich mit Pénélope allein war. Die Schwangerschaft setzte ihr zu. Seit sie wusste, dass sie Zwillinge erwartete, arbeitete sie nur noch zwei Tage die Woche in der Galerie in Clichy, und doch fanden wir kaum Zeit füreinander. Thierry entwickelte Leibwächterqualitäten. Er wich ihr nicht von der Seite, wenn sie einmal zu Besuch kamen, und so kostete es Ro eine Woche an beharrlichen Überredungstelefonaten, bis meine Jüngste sich allein in den Zug nach Versailles setzte, erste Etappe ihres Ausflugs an die Oise, um endlich Maurice und den jungen Mann mit der Buchstabenbrille kennenzulernen.

Rocquencourt, Monte-Cristo, dann Cergy und schließlich Pontoise. Kurz vor Auvers hatte ich Pen alles erzählt, was ich vom Niedergang des Ivan Loïc Muco wusste. Viel war es nicht, das meiste Gerüchte: Der *Rivoli*, hatte ich von André erfahren, habe Muco entlassen. Er sei sturzbetrunken in der Redaktion erschienen und habe randaliert. Eine Kollegin erzählte Jeanne, ILM sei die Wohnung gekündigt worden, weil er die Miete nicht mehr gezahlt habe. Er habe sich darauf in der Wohnung verbarrikadiert, habe ein Laken aus dem Fenster gehängt, auf das mit Ketchup groß »Gerechtigkeit!« geschmiert gewesen sei. Folge: Die Gendarmen seien angerückt, er wurde auf die Straße gesetzt. Auch André hatte Kollegen, die sich das Maul zerrissen: Muco sei abgetaucht, Muco wohne möbliert in einem Loch in Bobigny, er schmiede große Pläne! Jeanne wurde per E-Mail darüber informiert, dass Muco in einem der Nepplokale unterhalb Sacré-Cœur als Kellner gearbeitet habe, er sei aber von einem auf den anderen Tag verschwunden, angeblich samt der Kasse. Wie ich in den Besitz des Wagens gekommen sei. Ich erzählte es Pen. Wochenlang stand die DS vollgetankt vorm Haus und warteten Ro und ich, dass Muco sie abhole. Anfang Oktober meldete sich eine junge Frau und bot uns in seinem Namen einen Handel an: Ihr Vater, so das Mädchen am Telefon, würde mir den Fahrzeugbrief schicken, wenn ich mich im Gegenzug verpflichtete, für die Verschrottungsgebühr aufzukommen. Sie gab mir eine Adresse – tatsächlich in Bobigny –, dahin sandte ich eine Einverständniserklärung. Ich überlegte, die Adresse zu melden, ließ mich aber von Robertine überzeugen, es nicht zu tun. Kurz darauf kamen Brief und Schenkungsurkunde, grußlos unterzeichnet. Eine Tochter? Jeanne sagte, Ivan Loïc Muco habe keine Kinder, er verabscheue Kinder.

Einen einsamen Wolf, eine verkrachte Existenz, offensichtlich zerrüttet von Drogen, nannte ihn Pen. Bezeichnend, dass ihre Schwester sich ausgerechnet mit einem solchen Berserker habe einlassen müssen. Dann aber wurde sie still, und sie sah lange aus dem Seitenfenster, als ich ihr von Jeannes Tränen erzählte und auch Andrés Tränen nicht verheimlichte.

»Wie furchtbar«, sagte sie. »Schrecklich, wenn zwei Menschen, die sich mal liebten, nur noch der Kummer verbindet« – und dabei legte sie die Hände auf ihren Bauch, eine links, eine rechts, eine Hand für jedes Kind, das sie unterm Herzen trug.

Sie werde über ihren Schatten springen. Keiner wisse, wie sehr Jeanne sie verletzt habe – und das nicht erst, seit sie Thierry kenne. Ihre ewige Selbstherrlichkeit. Woher, bitte, nehme Jeanne das Recht, andere so zu behandeln?

»Ich bin nicht ihre Angestellte. Und ich bin nicht mehr die kleine Schwester, die sie an den Haaren ziehen kann, weil ich mal irgendwo zuerst war.«

Nächstes Jahr werde sie 40, Mutter, und sie habe so viel von der Welt gesehen, dass Jeanne sich gewaltig anstrengen müsse, wolle sie das noch aufholen.

»Trotzdem...«

Noch nie habe sie es ertragen, Jeanne weinen zu sehen. Es mache sie unglücklich, zu wissen, dass Jeanne unglücklich sei. Und da sie jetzt offenbar zu ihrer Verzweiflung beitrage, wolle sie versuchen, sich mit ihr auszusöhnen. Sie werde sie anrufen, ihr die neue Wohnung zeigen. Sie werde ...

Meine Tochter Pénélope Mercey hatte schon immer ihren eigenen Kopf, ihre eigene Sicht auf die Dinge und vor allem ihre eigene Vorstellung von Gerechtigkeit. Um sie zu demonstrieren, musste sie kein mit Tomatensaft beschmiertes Laken aus dem Fenster hängen. Sie kam nach ihrer Mutter, während Jeanne, die Véronique äußerlich so ähnlich war, in Wahrheit eher mir glich. Pen war beschämt, als Blois sie durch den verblühten, grau in grauen Garten führte und sie von ihm erfuhr, dass entgegen ihrer Annahme Jeanne nie nach Auvers mitgekommen war. Ich sah sie rot werden. Ich wunderte mich, ließ mir aber nichts anmerken, während ich Maurice oben in seinem Zimmer ein paar Seiten seines geliebten Chateaubriand vorlas.

Für alle Beteiligten war der Tag des letzten Besuchs in Auvers aufwühlend. Maurice erzählte Blois – und Blois übersetzte es mir –, wie sehr ihn Pens Züge und ihre Art sich zu bewegen an mich erinnern würden. Blois und Pen mochten sich auf Anhieb und schlossen Freundschaft. Und ich diskutierte beim Abendessen mit dem jungen Herrn über eine Erfindung, von der er in *Science* gelesen habe – was ich ihm nicht glaubte: Der *Age Explorer* sei ein Vollkörperanzug, ausgerüstet mit schwergängigen Gelenken an Knien und Ellbogen, ausgestopft mit Gewichten und versehen mit einem Helm, der das Sichtfeld einschränke. Mit diesem Astronautenanzug für Pseudosenioren hoffe man, Jüngeren die Beschwerlichkeiten des Alters erfahrbar zu machen. Ich sagte Blois, was ich davon hielt – nichts. Körperliche Beschwerden im Alter waren Symptome. Was sie hervorrief, war durch nichts zu simulieren. Ein Zuviel an Erinnerungen, Angst, die einem niemand nahm und niemand nehmen konnte, Vereinzelung, Verlassenheit – sie machten alt. Starb man überhaupt, wenn man glücklich war und nicht allein?

Ich nahm wie gewohnt Abschied, still und eher von dem Garten als von Maurice, jedenfalls ohne zu ahnen, dass es diesmal tatsächlich so weit war. Und ich erfuhr, wie weit Pens Vorstellung von Gerechtigkeit, oder wie immer man es nennen mochte, wirklich reichte: weiter, als ich je gegangen war und je gehen würde. Als sie nach oben kam und mich vor die Tür bat, half meine ganze Entrüstung nichts. Sie war meine Tochter. Aber sie war auch eine Frau, die selbst entscheiden konnte, vor wem sie sich nackt auszog. Dann verschwand sie für eine Viertelstunde allein hinein zu Maurice. Unten im Maskenzimmer ging mir der Satz aus seinem ersten Brief nicht aus dem Kopf: »Ich war ja nie gut im Fach Selbstlosigkeit.«

50

»Ankunft Gare du Ciel: 29. November kurz nach 17 Uhr«, sagte Blois. »Der Afrika-Express. Gleis acht.«

Er rief am späten Abend an und teilte Robertine und mir mit, dass Maurice gestorben war. Die Lungen hatten am Nachmittag aufgehört zu atmen, vom Nottransport in die Klinik, von lebensverlängernden Maßnahmen hatte der Arzt, der dabei gewesen war, abgeraten.

Er habe nicht gelitten. Sei einfach eingeschlafen. Es sei schnell gegangen. Bestimmt tänzele er im Himmelsbahnhof über die Gleise.

51

In Le Chesnay waren wir bei Schneegestöber gestartet, und kurz hinter Rocquencourt hatte ich Thierry das Steuer überlassen. Drei Frauen in Schwarz, die Mäntel auf dem Schoß, saßen hinten, Pénélope, Robertine und meine Mutter, Mamie mit Sonnenbrille, da das Licht sie blendete. Milchig wölbte sich der Himmel über bepuderte Felder, entlaubte Kastanien und Ahornbäume. Auvers im Schnee, ganz weiß und alle Bäume kahl – so habe van Gogh es nie gesehen, er sei ja bloß für einen Sommer hier gewesen, sagte ich zu Thierry, als er den Citroën die schmale Straße über die Hügel hinauflenkte. Er war ganz damit beschäftigt, das alte Schiff in der Spur zu halten, für van Gogh hatte er da nur wenig Sinn. Aber Thierry und ich redeten eh nicht sehr viel miteinander.

Auch die Sandwege zwischen den Gräberreihen bedeckte die dünne weiße Schicht. Es war Sonntagmittag, kühl und feucht. Die Luft roch nach Schnee, und unten im Ort läuteten Glocken. Als wir über den Friedhof gingen, hakte meine Mutter sich bei mir unter, Ro nickte mir zu und folgte uns dann in einigem Abstand mit Pen und Thierry. Ich sah den blassen Sand leuchten, wo die anderen gelaufen waren, Spuren, die uns den Weg zu den Blumen und Kränzen auf dem Sarg wiesen. Ich zählte knapp zwei Dutzend Trauergäste, als wir uns in den schwarzen Kreis einreihten. Nach uns kam niemand mehr.

Pascal Blois stand in Mantel und Anzug und mit einer schwarzen Pudelmütze auf dem Kopf am nächsten zum Grab. Wer außer ihm und uns fünf war noch da? Jeanne hatte sich entschuldigt: André anlässlich einer Beerdigung gegenüberzutreten wolle sie weder sich noch ihm zumuten. Das verstand ich. Ebenso, dass sich André mit derselben Begründung entschuldigt hatte. Und auch ein Pfarrer fehlte. So war es Maurice' Wunsch gewesen. Über Gott hatte ich nie mit ihm gesprochen, ob er gläubig gewesen war, wusste ich nicht. Ich erinnerte mich an keine Stelle in seinen Büchern, wo er von seinem Glauben geschrieben hätte. Nur selten erkundigte er sich in den letzten Wochen nach Jeanne, ihrer Karriere, ihrer Ehe, nach André, einmal zeigte ich ihm ein Foto von den beiden und war dankbar, als er außer ein paar höflichen Bemerkungen nichts weiter sagte, nicht, wie schön Jeanne sei oder dass sie ihrer Mutter gleiche.

Schweigeminuten. Gekrächz umhergespensternder Krähen. Auf Pascal Blois' Gesicht stand kein Zeichen von Anspannung wegen der bevorstehenden Trauerrede. Ich blickte in die Runde. Gedenken, Sammlung. Offenbar war ich der einzige Nervöse. Und langsam, still und friedvoll begann es zu schneien, nicht anders als damals zu Professor Ravoux' Beerdigung in Villeblevin. Ich sah die vielen Alten und nahm an, dass es Nachbarn waren, Männer, mit denen Maurice in früheren Sommern Pétanque gespielt, Frauen, die für ihn eingekauft oder das Haus sauber gehalten hatten, silbernes oder weißes Haar wie Maurice in seinem Sarg und ich in der Schneeluft hatten sie.

Dabei waren es ganz andere Leute. Blois erzählte später, aus Auvers sei abgesehen von der Bürgermeisterin niemand zugegen gewesen. Die Alten waren frühere Kollegen von

Maurice, Ingenieure, Autoren, seine Lektorin, treue Leser, die der Traueranzeige des Verlags in *Libération* gefolgt waren – so wie die füllige Dame rechts von mir, die etwas jünger war und mir bekannt vorkam, ohne dass ich hätte sagen können, woher. Bis sie mir in ihrer Kaninchenfelljacke mit verwirrend lächelnden Augen kurz zuwinkte... und ich die Amerikanerin wiedererkannte, die mich am Versailler Bahnhof vorm Verdursten gerettet hatte. Adriana LaGuardia. Unmöglich.

Maurice hatte es möglich gemacht. Aid knuffte mich, als wir uns nach der Trauerzeremonie begrüßten und gemeinsam zum Parkplatz gingen, um uns dort, wie wir beide wussten, auch schon wieder zu verabschieden. Sie war keine Touristin, »but no!«. Sie war, wie ihr Mann, wie Chris, der bei ihrer Tochter in Brooklyn sei, Botschaftsangestellte. Sie habe vom Begräbnis des Schriftstellers Maurice Ravoux in der Zeitung gelesen und sei überrascht, mich am Leben zu sehen. Hätte ich ihnen damals auf der Brücke, in meiner verständlichen Verwirrung, also einen falschen Namen genannt!

»So who are you?«, fragte sie mich mit ihrer hellsten Stimme, legte mir noch einmal die Hand auf den Arm und blinzelte mich dabei an mit Augen, so groß und tief, als hätte die Zeit selbst Augen. Und es war Mamie, die ohne meine Zustimmung die Wahrheit sagte: »Wer soll er schon sein?«

Am Grab dessen, der wirklich gestorben war, stand links von mir Delphine. Sie war es zweifellos. Das kurze blonde Haar silbrig geworden, das Gesicht voll Fältchen, und doch... da war ein vertrauter Ausdruck in dem Gesicht, da war in mir die Unverwüstlichkeit meiner Erinnerungen. Und da war dieser abscheuliche Hüne. Neben ihr, die Pranke um ihre Schultern gewuchtet, stand groß wie ich, aber dreimal so breit, ihr dritter Mann. Natürlich, er konnte nichts dafür. Der ahnungslose Dieb. Er hatte Pascal die Mutter, Maurice die Frau, mir die Freundin geraubt, Delphine Chévreaux, das Mädchen mit dem Namen eines Wäldchens, das er, Péres, nie zu Gesicht bekommen und daher auch niemandem würde stehlen können: Das Wäldchen der Chévreaux gab es nicht mehr, die Patache-Brüder hatten es hoffentlich ratzekahl abgeholzt.

Kein Wink, kein Blick. Nicht die kleinste Geste, die mir verraten hätte, dass sie mich erkannte. Wie ein Nachfahre meiner selbst aus einem dörflicheren, verbundeneren Leben kam ich mir vor. Ich blinzelte in das beginnende Schneetreiben, und wie am Tag der Beerdigung von Maurice' Großonkel war ich wieder 14, für Sekunden der Junge, der junge Storch, dem kein Tod und kein Winter etwas anhaben konnten. Es gab Maurice. Es gab Véronique. Es gab Delphine. In den Gesichtern seiner Freunde las der Junge, dass es auch ihn gab. Es schneite, die Erde kreiste, egal, ob es Liebe und Freundschaft gab oder ob sie Erfindungen waren, es schneite und die Zeit verstrich, ohne dass es die Kinder kümmerte. Ro drückte meinen Arm. Sie hauchte mir ins Ohr, die Frau dort sei Delphine, nicht wahr? Ich nickte.

Und Pascal Blois zog endlich das Blatt Papier aus dem Mantel. Er drehte sich zu uns und begann seine kleine wunderliche Trauerrede auf Maurice Ravoux mit den Worten: »Leiden und Wunder sind Zwillinge, sie werden zusammen geboren.«

Das habe Chateaubriand gesagt. Blois erzählte von seiner letzten gemeinsamen Lektüre mit Maurice, den *Memoiren von jenseits des Grabes*. Er wolle daraus Maurice' Lieblingsstelle vorlesen, wie es sein Wunsch gewesen sei, die Stelle, wo Chateaubriand beschreibe, wie er Marie-Antoinette begegnete.

»Es ist ein einziger langer Satz über das Lächeln und seine Kraft«, sagte Blois, »darüber, wie das Lächeln die Zeit überdauert und über die Nichtigkeit siegt.«

Eine lange Pause folgte. Nichts passierte, außer dass es schneite.

Mit brüchiger Stimme las Pascal den Satz vor.

»Marie-Antoinette lächelte – und die Form ihres Mundes trat so deutlich hervor, dass mich die Erinnerung an dieses Lächeln (entsetzlich!) den Kiefer der Tochter von Königen wiedererkennen ließ, als man bei den Exhumierungen von 1815 den Schädel der Unglücklichen entdeckte.«

Seine Mütze war fast weiß von Schnee. Schädel, Kiefer, Exhumierung – betreten, erschüttert oder peinlich berührt von Dingen, die an einem Grab nichts zu suchen hatten, standen wir da und sahen ihn an. Er starrte auf das Papier in seinen Händen, aber sagte nichts mehr. Ich kannte ihn nicht gut. Aber ich kannte Pascal Blois immerhin so weit, dass ich ihm anmerkte, wie er mit sich rang, um nicht davonzurennen, sich nicht wenigstens dieses Blatt vors Gesicht zu pressen.

Dieses »entsetzlich!« und wie leise Blois es sagte … das war es, was ich zurückbehielt von Maurice' Beerdigung auf dem Friedhof von Auvers-sur-Oise.

Und dass die Mutter des Jungen sich nicht rührte. Sie hatte sich nicht verändert. Der Kerl an ihrer Seite, ihr Mann, hielt Delphine fest. Sie weinte. Und weil außer Pen und mir kaum einer nicht weinte – sogar Robertine, Thierry, die Bürgermeisterin, selbst die chronisch heitere Aid –, war es schließlich meine Jüngste, die in den verfluchten Kreis trat, Blois in den Arm nahm und ihn wegführte.

Erleichtert verfolgten wir in den nächsten Wochen, wie schnell er zu seiner freundlichen Unbeugsamkeit zurückfand. Das Haus in der Rue Daubigny sollte von städtischer Seite aus zwangsversteigert werden, es gab, wie sich denken ließ, zahlreiche Interessenten, doch Pascal Blois zögerte nicht sehr lange, bis er verkündete, Maurice' Haus überhaupt nicht veräußern zu wollen. Maurice hinterließ kein juristisch gültiges Testament. In der Auslegung des Anwalts der Stadt Auvers war Monsieur Ravoux' Vermächtnis, sein Besitz solle nach seinem Tod in eine Stiftung überführt werden, lediglich mündlich niedergelegt worden – was in Blois' Auslegung den Tatsachen widersprach. Den Tatsachen entspreche vielmehr, dass Maurice weder ein mündliches noch ein schriftliches Testament hinterlassen habe. Aus einem einfachen Grund: Er sei zu beidem nicht in der Lage gewesen. Und dennoch habe er seinen letzten Wunsch unzweideutig kundgetan – durch Blicke, mittels einer zum Blickelesen entwickelten Brille. Blois sagte mir, er werde nicht aufgeben, es zu beweisen, nicht ruhen, bis ...

Wenn wir so telefonierten, erinnerte er mich regelmäßig auch an, wie er meinte, Maurice' größten Wunsch. Denn der betreffe nicht die Stiftung, die Blois aufbauen und künftig leiten wolle. Nichts habe Maurice sich so sehr gewünscht, wie dass ich meine Erinnerungen dazu beitragen lassen möge, die Unfallbeschreibung abzuschließen.

Leider hätte ich keine Idee, wie das zu bewerkstelligen sei, sagte ich, ein hilfloser Versuch, die Sache abzubiegen. Und weil Widerstand zwecklos war, zumal wenn an meiner Seite eine Madame de Maintenon die Fäden zog, wurde Pascal Blois wenige Tage nach Neujahr zu uns ins Schloss eingeladen.

Wir gaben ein Sonntagsessen – eine kleine Gesellschaft, wie Ro es nannte. Jeanne holte Mamie ab, Pénélope, im sechsten Monat, kam mit Thierry. Für uns alle war es eine seltsame Vorstellung, dass sich Jeanne und Pascal zuvor nie begegnet waren, umso schöner aber war es, zu sehen, dass sie sich gut verstanden. Blois hatte Swift gelesen – er habe sich vorbereitet, wie er mir später gestand –, und so hatten die beiden bei Tisch ein nicht versiegendes Gesprächsthema. Und auch wir anderen konnten daran teilhaben, denn Ro überraschte nicht nur Jeanne mit einem Menü nach Rezepten aus *Die Küche von Liliput*.

Ich traf die Entscheidung, ihm zu erzählen, was auf der Draisine passiert war und was ich an der Unfallstelle in Villeblevin gesehen hatte, auch für mich plötzlich und ohne darüber nachzudenken. Sicherlich lag es an dem guten Wein, den wir an dem Abend tranken. Vor allem aber stimmte mich eine Äußerung um, die Blois machte, als wir für eine halbe Stunde im Garten allein waren. Er war weiß von letztem Schnee und so friedlich, wie ich es gern selbst gewesen wäre. Das Siebengestirn am Nachthimmel gab Rätsel auf, der Mond schien die Lösung, und da stand ich auf meinem kalten Erdengrundstück mit diesem jungen Mann, der mein Sohn hätte sein können, doch es nicht war. Der Zahnspalt, der mich anlächelte, war dafür Beweis genug.

»Ich will Ihnen von dem Tag erzählen, wenn Sie mir versprechen, dass Sie es aufschreiben«, sagte ich zu ihm.

Er werde es versuchen, meinte Blois. Und dann sagte er es: »Wissen Sie, Raymond, meine Mutter, Delphine, sie hat auf der Beerdigung nicht nur um Maurice geweint.«

Leiden und Wunder, es stimmte, sie waren Zwillinge.

52

Also erzählte ich es in meinem Garten, der in dieser Winternacht weiß und schwarz zugleich war. Zum ersten Mal seit fast auf den Tag genau 47 Jahren ließ ich jemanden wissen, was an jenem 4. Januar 1960 geschehen war. Ich erzählte Pascal Blois von der Baracke, der Draisine, von dem Mittag, als Maurice und ich von dort aufbrechen wollten, pünktlich, damit, wie wir es uns in den Kopf gesetzt hatten, der Mittagszug nach Paris uns entgegenkommen würde – ich erzählte Blois von der Schönen, der Wunderbaren ... und davon, wie alles anders kam.

Maurice erschien nicht allein. Was ich selbst vorgehabt, dann aber aus Furcht vor dem Vorwurf des Verrats sein gelassen hatte – Maurice tat es. Er kam mit Delphine zur Baracke und erklärte, sie würde mitfahren. Ich erzählte Blois, wie ich auf ihn losging, wie seine Mutter den Streit zu schlichten versuchte, von unserem Geschubse und Gerangele im Regen, wie die Zeit uns davonrannte und wie ich schließlich klein beigab. Wir schlossen das Tor auf, schoben die Draisine ins Freie. Ich sagte Maurice, dass ich im Gegensatz zu ihm ein Versprechen nicht brechen, dass ich mitfahren würde, aber dass unsere Freundschaft beendet sei, sollte er darauf bestehen, Delphine mitzunehmen. Ich sagte es ihm im Wissen, dass seine Antwort darüber entschied, ob er bereit war, mir vor aller Welt die Freundin auszuspannen.

Die gegenseitigen Kränkungen nagten an uns, als es losging. Und wir gewannen rasch an Fahrt. Die Draisine fuhr reibungslos. An dem Punkt, den wir errechnet hatten, erreichten wir auf dem toten Gleis das Höchsttempo, Freibad, Cassels Wiese, der Sportplatz, die letzten Bauernhöfe und Häuser, Villeblevin blieb zurück in Dunst und kaltem Regen.

Ich erzählte Blois, woran ich mich deutlich erinnerte – wie niedergeschlagen ich war, wie schal mir plötzlich unser Abenteuer erschien, dem ich so lange entgegengefiebert hatte. Maurice, ich, beide hätten wir im Gesicht des anderen lesen können, wie verletzt wir waren. Doch wir wichen unseren Blicken aus, wir sagten kein Wort. Einer hinter ihm, einer davor, bearbeiteten wir den Pumpschwengel, und an seinem Fuß, in ihrem Anorak auf der Holzplattform, kauerte Delphine. Sie hatte die Arme um das Rohr geschlungen, ich sah sie schlottern und presste den Schwengel hinunter, wartete, bis Maurice ihn wieder in Stellung brachte, wir rackerten im Takt, den wir monatelang eingeübt hatten, ich spürte Maurice' Kraft, spürte die Geschwindigkeit, und im selben Tempo, sagte ich zu Blois, raste mir der Zorn durch den Kopf.

Dann sei da plötzlich ihr Dampfschleier gewesen. Grau und schwarz, in dichten Wirbelstößen, stieg der Qualm über der Yonne in den Regen. Und ihr Pfiff – die Schöne, die Wunderbare pfiff. Maurice und ich sahen uns an: Alles lief wie geplant, die Maschine des großen Verschwindens, das tote Gleis, der Zug, der pünktlich war, unser Tempo, exakt errechnet in dem Notizbuch in meiner Tasche. Wir würden die Brückenweiche erreichen, kaum dass der letzte Waggon sie passiert hatte. In den Sekunden, als der Mittagszug vorbeipreschte, um durch Villeblevin zu donnern, war alles gut. Ich vergaß den Zorn und Kummer, die Nässe und Kälte. Ich vergaß sogar das Mädchen zwischen meinen Füßen.

Mir wurde schwindelig, versuchte ich mir klarzumachen, dass der junge Mann, der vor mir stand, der erwachsene Sohn dieses Mädchens war. Ich sah, er fror in seinem Anzug, aber dachte, der Anzug ist wahrscheinlich älter als er selbst und ein Erbstück von Maurice. Blois zitterte, und ich sah seine Mutter vor mir, Delphine, wie sie geschlottert hatte.

Ins Haus gehen wollte er nicht. Ich solle weitererzählen, denn so schnell würden wir uns nicht wiedersehen. Ich meinte, das würde ich doch nicht hoffen. Als Robertine einmal herauskam, um nach uns zu sehen – Gullivers Lieblingsdessert stehe auf dem Tisch –, bat ich sie, uns die Mäntel zu bringen.

Wir zogen sie über, und Blois sagte, von Maurice wisse er, dass die Draisine nur bis zu der Weiche kurz vor der Yonne-Brücke gefahren sei. Sie umzustellen, um auf das Hauptgleis zu gelangen, dazu sei es nicht mehr gekommen.

So war es. An der Brücke war das große Verschwinden zu Ende. Warum? Aus zwei Gründen: Als wir die Draisine gestoppt hatten, schafften wir es zum einen nicht, die Weiche umzustellen. Ob der Hebel klemmte oder ob die Blöcke festgerottet waren, seit wir es zuletzt ausprobiert hatten... wir fanden es nicht heraus. Und es spielte auch keine Rolle. Ohnehin hätten wir uns nicht einigen können, woran es lag. Sobald Maurice den Mund aufmachte, hagelte es von meiner Seite Beleidigungen, und sagte ich etwas, maulte er drauflos oder lachte mich aus.

Zum anderen Delphine. Es war mir gleichgültig, was sie von mir dachte. Ich war fertig mit ihr. Es war mir nicht entgangen, wie sie sich auf der Draisine an Maurice festgehalten und wie er ihr hinuntergeholfen hatte. Sie war auf die Brücke gelaufen und stand da zwischen den Schienen, genau dort, wo eben der Zug über den Fluss gekommen war.

Und von dort rief sie. Seit der Baracke ihre ersten Worte. Sie rief nicht nur Maurice, sondern auch mich – immer wieder, bis sie anfing zu winken und losstolperte, über die Brücke, wobei sie sich umdrehte und Zeichen gab, wir sollten kommen. Wir zögerten, aber trotteten schließlich los, erst Maurice, dann ich. So gingen wir ihr nach.

Über einen Acker hinweg, ein tiefschwarzes Feld, sahen wir vom Bahndamm aus die Chaussee nach dem Unfall – alles so, wie Maurice es beschrieben habe: das zerfetzte, um einen Baum gewickelte Autowrack, den roten Renault, der am Straßenrand stand, in einiger Entfernung mitten auf der Fahrbahn den Holzlaster und, halb im Graben, das Fahrrad.

Und doch sei es ganz anders gewesen. Elstern oder Krähen – an Vögel, die durch die Luft gaukelten, erinnerte ich mich nicht. Ebenso wenig an die Aufregung oder das Geschrei. Die Handvoll Leute, wie wir sie von unserer Warte aus drüben auf der Landstraße sahen, wirkten ruhig, sie bewegten sich ohne Hast, ganz so, als gingen sie zwischen den Trümmern des Autos und den Teerbrocken, die überall herumlagen, einer seltsamen Arbeit nach. Maurice erkannte die Gebrüder Patache – keine Kunst, weil da ihr Laster stand. Und ich meinte, den alten Cassel zu sehen, wie er sich mit Pipin, dem er sonst immer aus dem Weg ging, an dem Unfallwagen zu schaffen machte.

Ich erzählte Blois, woran ich mich am deutlichsten erinnerte: Delphine rannte los, über das Feld, Maurice ihr nach, und als dann auch ich losstürmte, klebte die feuchte Erde an meinen Schuhen, so dick, so schwarz, es kam mir vor, als schlüge ich im Rennen Wurzeln, als wollte der Acker mich festhalten.

Wie nah wir an den Facel Vega herangekommen seien, wollte Blois wissen. Hatte ich Camus gesehen? Ich sagte es ihm: Ja, kurz, für ein paar Sekunden. Dann hätten uns der alte Paul Cassel und diese Kindergärtnerin weggejagt, diese Frau aus Lyon, ihren Namen hatte ich vergessen.

Blois wusste ihn: Gilberte Darbon. Richtig. Sie war völlig außer sich und grün im Gesicht. Ihre Augen waren grün geschminkt und die Schminke verwischt über das ganze Gesicht. »Weg hier! Verschwindet, Kinder, holt Hilfe!«, kreischte sie und versperrte uns den Weg. Woran ich mich erinnerte: Ein Mann saß am Steuer des Wracks, blutüberströmt, die Arme hingen leblos herab, eine Hand nach außen gekehrt auf einem Schuh. Über ihm der andere, Camus. Es sah aus, als hätte man ihn in das zerrissene Auto hineingerammt, mit dem Kopf zuerst, bis er die Windschutzscheibe durchbohrte. Er klemmte zwischen den Vordersitzen. Ich sah, er war tot. Und in seiner offenen Hand: einen Schlüssel. Und die Frauen? Die junge sah ich die Straße hinuntertaumeln, verfolgt von Pipin, der ihr nachlief und nicht aufhörte, auf sie einzureden. Die ältere irrte über den Acker, sie wimmerte. Manchmal stolperte sie und fiel hin. Sie rief immer wieder ein Wort, das ich nicht verstand, »Floc!«, rief sie. »Wo bist du, Floc?« – dann stand der Alte vor uns, mit ausgebreiteten Armen schnauzte Cassel mich an, wir sollten abhauen, das sei kein Anblick für Kinder.

Also seien wir auf das Feld zurückgelaufen und hätten von dort aus zugesehen. Cassel beratschlagte sich mit Roger Patache, und nach einer Weile schien er ihn loszuschicken, Hilfe zu holen. Ich fragte mich, wieso niemand der Frau half, die wie ein Gespenst auf dem Acker umherlief und »Floc!« rief, worunter ich mir nichts vorstellen konnte. Dass Floc ihr kleiner Hund war und dass man ihn nie fand, erfuhr ich erst später. Ich beobachtete sie, sie tat mir so leid ... und als ich mich umdrehte, war ich allein, mit der Frau allein auf dem Feld.

Die Frau sei Janine Gallimard gewesen, sagte Blois, und ich nickte. Ja, aber das hätte ich da nicht gewusst. Ich sah Roger Patache am Steuer des roten Wagens und wie er ihn zurücksetzte und wendete. Und ich sah Maurice und Delphine zu ihm hinrennen. Roger bremste, riss die Tür auf, brüllte etwas, und die beiden sprangen hinten in den Renault. Roger gab Gas und fuhr mit ihnen davon.

Und weiter? Mit seiner Mutter hätte ich nie wieder gesprochen, sagte ich zu Blois. Und auch mit Maurice nicht, obwohl wir alle noch jahrelang in dem Nest lebten.

Es war vorbei. Vorbei war vorbei und doch erst der Anfang. Ich ging an dem Tag allein nach Villeblevin zurück, lange nachdem Gendarmerie und Krankenwagen über die Chaussee heulten. Über das Feld lief ich zum Bahndamm hinauf, dann über die Brücke bis zu der Weiche, wo das tote Gleis begann.

Alle Figuren, Vorkommnisse, Orte und Gegenstände gibt es so, wie ich sie schildere, nur in diesem Roman und für die Dauer seiner Lektüre. M.B.

Der Autor dankt dem Deutschen Literaturfonds e. V. für die Förderung.

Mirko Bonné
Der eiskalte Himmel
Roman
432 Seiten. Gebunden.
ISBN 978-3-89561-401-9

Der eiskalte Himmel ist ein moderner Abenteuerroman, fesselnd bis zur letzten Seite, voll klirrender Polarluft, voller Lebendigkeit in seinen Figuren und Geschichten. In ebenso genauer wie poetischer Sprache folgt Mirko Bonnés Roman Shackletons legendärer Imperial Trans-Antarctic Expedition durch das Eis und spürt den Beziehungen unter jenen Männern nach, die für 635 Tage aus der Welt fielen.

»Subtil beobachtet. Hinter der fesselnd erzählten Eis-Reise verbirgt sich auch ein Essay über die Zeit.«
Michael Braun, Neue Zürcher Zeitung

»*Der eiskalte Himmel* erinnert an Stan Nadolnys *Die Entdeckung der Langsamkeit*, – kongenial Bonnés unbekümmert-fröhlicher Grundton und sein ruhiger und sprachsicherer Rhythmus; ein Buch, in das man sich verlieben kann: lesen (!) und sich dabei viel Ruhe nehmen, oder, wenn man so will, Ruhe finden.«
Lutz Bunk, Deutschlandradio

Schöffling & Co.

»Das perfekte Buch, um aus der Welt zu fallen. Es müssen ja nicht gleich 635 Tage im ewigen Eis sein, die 432 gemütlich auf dem Sofa genossenen Seiten sind auch schon ein verdammt großes Glück.«
Brigitte

»Mirko Bonné ist ein spannender, fast dokumentarischer Abenteuerroman gelungen – und er berichtet, zu welcher Größe Menschen in Extremsituationen fähig sein können.«
Alexander von Sallwitz, NDR

»Mit sehr viel Humor, wunderschönen Bildern und ohne einen Absatz Langeweile. Mirko Bonné wirkt einen reißfesten Stoff um wahre Begebenheiten und authentische Figuren – ein Meisterstück.«
STERN

»Bonné hat aus den historischen Fakten und dem wüsten Klima einen Abenteurroman gemacht, in dem der Schnee nur so von den Eisbergen donnert. Erbarmungslos.«
Sandra Kerschbaumer, Frankfurter Allgemeine Zeitung

Schöffling & Co.

Mirko Bonné
Ein langsamer Sturz
Roman
176 Seiten. Gebunden.
ISBN 978-3-89561-400-2

Mario Ries weiß nicht, wie ihm geschieht. Er steht mit seinen Koffern allein auf einem türkischen Flughafen. Eben ist er einem Flugzeugabsturz entgangen. Beim Landeanflug auf Izmir hat er unter sich das Wrack der Maschine gesehen, mit der er hätte kommen sollen. Sein Weiterleben erscheint ihm wie »ein Glück, ein furchtbares Glück«.

Ein langsamer Sturz spannt sich zwischen Demütigung und Treue, Schock und Aufbegehren, zwischen Kabale und Liebe. Mario Ries verliert erst die Fassung und dann den Glauben an die Welt. Stattdessen findet er zu sich.

»Es ist zu hoffen, dass Mirko Bonné vielen Lesern den Boden unter den Füßen wegziehen wird.«
Neue Zürcher Zeitung

»In einfacher und klarer Prosa erzählt Bonné souverän, wie innerhalb weniger Tage ein Leben vollkommen aus dem Gleichgewicht gerät. Mit viel psychologischem Spürsinn erzählt er von Gehässigkeit und Verzweiflung, von Demütigung und Aufbegehren. Letztlich von der wunderbaren Kraft der Zärtlichkeit.«
Kölner Stadtanzeiger

Schöffling & Co.

Mirko Bonné
Die Republik der Silberfische
Gedichte
112 Seiten. Gebunden.
ISBN 978-3-89561-402-6

Die Republik der Silberfische versammelt die neuen Gedichte von Mirko Bonné, Gedichte aus den letzten sechs Jahren, aus einer Zeit, als nichts blieb, wie es war: ein Haus, ein Garten, eine ganze Landschaft lösen sich vor den Augen des Lesers ebenso auf wie die Liebe, die sie einmal zusammenhielt. Bonnés Abschiedsgedichte bilanzieren und fragen, was dennoch bleibt.

»Mirko Bonnés Gedichte entwickeln sich aus einem längeren Atem als dem, den sie zum schlichten Verlauten bräuchten – sie sind durchwirkt und bleiben angetrieben vom Atem eines Erzählers, der auch ein großer Leser ist. Jedes Gedicht eine embryonale Geschichte, fast jedes ein Lebensdokument.«
Felix Philipp Ingold

»Es geschieht dem Leser häufig in diesem Band, dass er von Gedicht zu Gedicht geführt wird. Die Teile des Bandes bilden keine Zyklen im engeren Sinne, aber die Gedichte sprechen miteinander, und wer dem Gespräch der Texte zuhört, versteht Zusammenhänge, die ihm zunächst rätselhaft erscheinen. Bonné verfügt über eigene und öffentliche, über seine und unsere allgemeine Öffentlichkeit. Seine Horizonte sind weit. (...)
Es ist sehr viel Lebenswirklichkeit in diesem Band.«
Herbert Wiesner, Die Welt

Schöffling & Co.